24,-

Brenda Weathers · Das Haus in Pelham Falls

Brenda Weathers

Das Haus in Pelham Falls

Übersetzung aus dem amerikanischen Englisch
Michaela Huber

Daphne Verlag

Titel der amerikanischen Originalausgabe

The House in Pelham Falls

By Naiad Press Inc.
Tallahassee, Fl., USA 1986

1. Auflage 1988 Göttingen

Umschlaggestaltung: Monika Neuser
Druck und Satz: Fuldaer Verlagsanstalt GmbH
Vertrieb: Frauenliteraturvertrieb,
E.-Ollenhauer-Straße 231,
6200 Wiesbaden,
Telefon (0 61 21) 41 07 80

ISBN 3-89137-005-9

Für meine Schwester
Carolyn

Die Autorin möchte wirklich *allen* danken, insbesondere Kathleen Boyle, Caitlin Sullivan, Rebecca McLeish und Victoria Lewis – und meinem ersten Englischlehrer auf dem College, der mich in „Aufsatz“ durchfallen ließ.

Über Brenda Weathers

Ich wurde 1936 in einer texanischen Kleinstadt geboren. Das Wort, das ich als Kind am liebsten dachte, noch lieber aussprach, war das Wort „sie". Ich liebte es besonders, wenn im Radio eine Sturmwarnung für die texanische Küste durchgegeben wurde, denn damals gab man allen Hurricanes weibliche Namen, und die Verbindung von Weiblichkeit mit etwas Mächtigem begeisterte mich.

Ich hatte mein Coming Out mit 15 in einem west-texanischen Baumwollfeld während eines Sandsturms, und seit diesem stürmischen, ereignisreichen Tag bin ich lesbisch. 1958 wurde ich wegen Homosexualität von der Texanischen Frauenuniversität verwiesen – erst verhaftet und verhört, dann von Polizisten zum Schlafsaal eskortiert, um meine Habseligkeiten zusammenzupacken. Statt daß diese Episode mich eiligst zu den Konventionen heterosexuellen Lebens hätte zurückkehren lassen, machte sie aus mir eine überzeugte lesbische Aktivistin. Ich war eines der ersten Mitglieder der Los Angeles Gay Liberation Front (Schwulen- und Lesben-Befreiungsfront Los Angeles) und habe seither meine Zeit und Arbeitskraft fast ausschließlich dieser Gemeinschaft gewidmet. Im Jahre 1974 sicherte ich uns die größte Bundesförderung, die jemals an eine offen lesbische Organisation vergeben wurde, und gründete das Alcoholism Center for Women (Zentrum für Alkoholikerinnen) in Los Angeles. Diese Organisation ist heute, nach zwölf Jahren, immer noch lebendig und aktiv. Vor kurzem wurde ich vom Bürgermeister von Seattle in eine Sonderkommission für die Angelegenheiten von Schwulen und Lesben berufen, ebenfalls in jüngster Zeit wurde ich zu einer der Advocate 400 (400 Anwälte) ernannt, eine Liste prominenter Aktivistinnen und Aktivisten in den USA.

Mit dem Schreiben begann ich vor drei Jahren, als eine Freundin mich einlud, an einem Schriftstellerinnen-Kurs teilzunehmen. Kürzlich habe ich ein rustikales Haus in Seattle erworben, mit Blick auf Puget Sound und die Olympic Mountains, in dem ich mich äußerst wohlfühle und mit sieben Katzen und einer Bulldogge namens Daisy teile.

Prolog

Pelham Falls, Maine
1891

Schon früh im Dezember türmten sich die schrägen Schneewehen bis zu den Fensterläden des kargen Bauernhauses der McCartlands auf; ein freigeschaufelter Pfad, ausgehend von der Küchentür, durchschnitt den weißen Block in Schulterhöhe eines Mannes. Unten am Ende eines gewundenen Deiches lag das Meer, dessen bleigraue Oberfläche von einem eiskalten, harten Wind aufgewühlt wurde. Seit etlichen Tagen hatte ein steifer Nordwestwind die Wellen hoch auf die Felsen geworfen, wo sie sich in großen weißen Schichten aus Salzwasser und Gischt brachen.

Blessing McCartland saß in der warmen Küche; ihren Schaukelstuhl hatte sie nahe ans Feuer gerückt. Im Raum war es still, bis auf das Quietschen ihres Stuhles auf den Holzdielen. Sie ließ eine frisch geschälte Kartoffel in die Holzschüssel zu ihren Füßen fallen und griff nach der nächsten. Ein kleines Lächeln schlich sich in ihre Mundwinkel, während ihr Schälmesser unter der dicken braunen Schale seine Kreise zog. Bald war es soweit.

Sie erhob sich, goß kaltes Wasser aus der Pumpe in die Schüssel und sah sich um. Die Veränderung, die seit kurzem eingetreten war, schien ihr noch so zerbrechlich, daß sie kaum zu atmen wagte, wenn sie daran dachte.

* * * * *

Blessing hatte Ian McCartland vor fünfzehn Jahren geheiratet – gegen ihren Willen. Sie war damals siebenundzwanzig Jahre alt gewesen und hatte damit fast ein Alter erreicht, in dem man sie als ein „spätes Mädchen" betrachten würde, das nicht mehr unter die Haube zu bringen war. Während diese Aussicht Blessing nicht im mindesten störte, machten sich ihre Eltern deswegen große Sorgen. Ihre beiden Brüder würden selbstverständlich den Bauernhof erben; einer hatte schon seine Braut zu sich geholt; das Problem, demnächst eine alte Jungfer um sich zu haben, erschien ihnen belastend und peinlich. Noch schlimmer: Blessing wollte sich allem Anschein nach außerhalb der für eine Frau und Mutter vorbestimmten Lebensweise verhalten.

Dabei bestand kein Mangel an in Frage kommenden Bewerbern; ganz im Gegenteil, denn Blessing war ein außerordentlich hübsches Mädchen. Im Sommer oder zur Erntezeit lungerten oft mehrere junge Männer gleichzeitig auf der großen Veranda herum, die sich die gesamte Länge von Blessings Haus entlangzog. Bei solchen Gelegenheiten trug Blessings Mutter hoch erfreut ganze Tabletts voller Limonadengläser oder Krüge mit kaltem Brunnenwasser auf die Terrasse; die jungen Männer nippten daran und lugten dabei schüchtern über den Rand ihres Glases hinweg. Vielleicht, so verrieten diese Blicke, vielleicht würde es ihnen gelingen, Blessing einmal tief in die Augen zu sehen und ein Lächeln in ihnen aufscheinen zu lassen, oder, noch besser, vielleicht könnten sie sie den anderen entführen, auf einen Spaziergang oder eine Fahrt im Einspänner in der kühlen Abendluft.

Blessing jedoch blieb ungerührt, hielt sich abseits und blickte über sie hinweg zu einem fernen Ort, den sonst niemand sehen und wohin niemand sie begleiten konnte.

Sie wartete. Worauf, konnte sie nicht genau sagen, doch sie war sich ganz sicher, daß sie es, einmal wahrgenommen, sofort erkennen und für sich einfordern würde. Während sie wartete, spann sie ihre Träume weiter – und sie malte. Vor Jahren hatten ihr die Eltern an Weihnachten einen Farbkasten geschenkt, und sie hatte sich daran gemacht, Bilder auf kleine Steine zu malen, auf Holzstücke oder was immer zur Hand war. Als sie zur Frau heranwuchs, wurden ihre Bilder präziser und reichhaltiger, doch sie behielten ihre träumerische Anmut. Es war, als seien sie von einem Wesen gemalt worden, das noch nie in der Wirklichkeit einen Schwarm Wachteln im Flug oder eine zarte Rose oder dunkelblaue Veilchen gesehen, sondern die Eingebung für jeden seiner exquisiten Pinselstriche aus einem Traum gewonnen hatte. Sie strebte nicht danach, größere Bilder zu malen, sondern war zufrieden, die Wärme und Farbigkeit, die sie in sich spürte, in Miniaturen zum Ausdruck zu bringen. Auf Drängen ihres Vaters begann sie, ihre Malereien auf dem jährlichen Regionalmarkt auszustellen; in einem Holzkästchen hob sie all die Preisschleifen auf, die sie für ihre Arbeiten gewonnen hatte. Von ihrem Preisgeld erwarb sie Stein- und Elfenbein-Ovale und kleine vergoldete Rahmen.

Im Sommer ihres siebenundzwanzigsten Jahres hatten alle die jungen Freier einer nach dem anderen schulterzuckend aufgegeben und eine andere geheiratet. Die Veranda war verlassen, bis auf Blessing und die farbige Welt ihrer Träume. Oft saß sie dort allein, ihren Blick in die Ferne gerichtet, und träumte davon, eine Kutsche ganz allein bis nach Boston zu lenken, oder im Januar das süße Fruchtfleisch von Orangen zu kosten – oder die noch köstlichere Süße der Leidenschaft. Wenn sie an solche Dinge dachte, verdunkelten sich ihre Augen, ihre Lippen schwollen an, und ein Schmerz durchzuckte ihren Leib, wie ihn keiner der jungen Männer je hervorgerufen hatte. Langsam trank sie ihre Limonade, ihre Augen noch immer auf einen Punkt in der Ferne gerichtet; sie bemerkte nicht, daß die Veranda verlassen war bis auf sie selbst.

Die Vorstellung, Blessing könnte eine alte Jungfer werden, wurde Gegenstand geflüsterter Familiengespräche, spät abends oder wenn

Blessing den Abendbrottisch verlassen hatte und auf die Veranda hinausgegangen war.

Im jenem Sommer starb Ian McCartlands Frau. Ian war nur zwanzig Jahre älter als Blessing, und doch glich sein Gesicht schon einem Apfel, der zu lange der Sonne ausgesetzt war. Er war ein ruhiger und vernünftiger Mann und würde bald wieder eine Frau an seiner Seite brauchen. Blessings Eltern begaben sich daran, eine Verbindung zu arrangieren. Da seine erste Ehe keinen Nachwuchs hervorgebracht hatte, war Blessing doppelt glücklich zu preisen, konnte sie doch auch noch ihre eigene Familie gründen. Ihre Eltern dachten dabei natürlich auch an Ians zweihundert Morgen große Farm an der Küste, ein wunderschön gelegenes Anwesen auf einem Kliff mit Blick auf das Meer und eine hübsche Felsenbucht. Es verfügte über eine gute, stabile Scheune, einen Obstgarten mit Apfelbäumen, etliche Morgen Kartoffeläcker und Weizenfelder. Wenn es Blessing nicht beschieden sein sollte, durch den Ehestand glücklich zu werden, so könnte sie es doch zumindest über den Stand sein, in den die Ehe sie versetzte.

Ian willigte sofort ein; er warf lange Seitenblicke auf die wunderschöne junge Frau, als er mit dem Hut in der Hand vor dem Kamin ihrer Eltern stand. Blessing sagte gar nichts. Als sie mit ihren Eltern allein war, protestierte sie lautstark, doch sie hätte ihren Widerstand genausogut gegen die weißgetünchten Ballustraden der Veranda oder das Meer selbst richten können. Blessings Mutter weinte und rang die Hände, ihr Vater tobte und schrie. Ihre Brüder saßen in steinernem Schweigen da, die Lippen zu dünnen Linien zusammengepreßt. Blessings Selbstsüchtigkeit, ihre mangelnde Bereitschaft, an irgend jemanden außer sich selbst zu denken, wurde zum einzigen Gesprächsthema der Familie.

Es schien ihr keine Ruhe mehr vergönnt zu sein. Sie konnte keinen Moment mehr allein auf der Veranda verbringen, denn sobald sie sich setzte, kamen ihr Vater oder ihre Brüder, um sie der Selbstsucht zu bezichtigen und sie zu beschuldigen, sie brächte Schande über die Familie.

Die Hochzeit fand an einem Sonntag im Spätherbst statt. Als der Apfelwein getrunken und das Essen vorbei war, als die fröhlichen Glückwünsche verklungen waren, fuhr Ian seine junge Braut in seinem Wagen heim. Hinter ihr auf der Pritsche lagen Blessings Malsachen, zwei Schrankkoffer und ein kleines schwarzes Mischlingshündchen – alles, was sie brauchen würde, um das Haus des einen Mannes gegen das eines anderen einzutauschen. Während sie langsam an den flammend roten Ahornbäumen und den langen Reihen gelber Kürbisse vorbeifuhren, empfand Blessing weder Furcht noch Vorfreude. Sie tauschte nur die äußere Umgebung aus, in der sie ihre traumerfüllten Tage verbrachte. Als Tochter im Haus ihrer Eltern hatte sie getan, was man von ihr erwartete; sie hoffte, daß es im Haus von Ian McCartland nur wenig anders sein würde. Bis vor kurzem waren ihre Eltern nicht in ihre private Welt eingedrungen, und Ian, betete sie im Stillen, würde es hoffentlich auch nicht tun.

Den größten Teil der Strecke legten sie schweigend zurück, denn Ian war ein Mann, der Worte als ein notwendiges Übel betrachtete, von dem man am besten so wenig wie möglich Gebrauch machte. Er überspielte seine Nervosität, indem er die Pferde mit lautem Zungenschnalzen und schnellen Peitschenschlägen auf ihre breiten Rücken antrieb.

Als sie schließlich in die von Ahorn gesäumte Zufahrt zum Haus einbogen, durchströmte Blessing zum ersten Mal ein wirkliches Glücksgefühl. Das Haus stand auf einer Lichtung, die Vorderseite ging aufs Meer hinaus, die Schindeln waren neu gekalkt, eine frische Schicht grüner Farbe schmückte die Fensterläden. Es war ein Haus mit einer würdevollen Ausstrahlung und einfachen, aber klaren Linien. Eine ihrer Aufgaben als neue Herrin, so beschloß sie, würde darin bestehen, das Haus bei unterschiedlichem Licht und zu verschiedenen Jahreszeiten zu malen.

Blessings Leben mit Ian brachte weder Überraschungen noch Kinder hervor und entsprach weitgehend ihren Erwartungen. Jahr für Jahr rangen sie der harten Erde gerade so viel ab, daß sie ihren Lebensunterhalt davon bestreiten konnten. Immerzu mußten Felder gemäht, Zäune repariert, Tiere versorgt, mußte Butter geschlagen werden, so daß diese gewohnheitsmäßig ausgeführten Pflichten ihr Leben ordneten, ihnen Gesprächsstoff lieferten und ihnen schließlich auch einen gewissen Schutzraum voreinander boten. Bei den entsprechenden Gelegenheiten brachte sie, wie von ihr gefordert, Ians Körper in dem ihren unter, doch jene nicht gerade häufigen Paarungen hatten nicht die geringste Ähnlichkeit mit der Leidenschaft, die sie sich damals auf ihrer Veranda erträumt hatte.

Obwohl Blessing ihren Blick mit den Jahren weniger häufig in die Ferne richtete, fuhr sie fort, zu malen und verfertigte ungezählte Zeichnungen der Farm und des Dorfes Pelham Falls oder kopierte Bilder aus einem Landschaftsbuch, von Orten, die sie nie gesehen hatte.

Seit Aimee gekommen war, um bei ihnen zu leben – es war gerade ein Jahr her –, hatte Blessing das Malen fast gänzlich aufgegeben. Ihr Leben war jetzt zu erfüllt.

* * * * *

Blessing durchschritt die Küche und sah gelegentlich aus dem Fenster, um sich zu vergewissern, daß Ian nicht mit dem Wagen die Auffahrt heraufkam. Es war nicht seine Gewohnheit, zu früh nach Hause zu kommen, dennoch sah sie lieber nach. Ihr wachsamer Blick galt ihrem persönlichen Schutz. Die Stunde von seiner Rückkehr zum Abendessen war ihr sehr kostbar. Sie wollte nicht, daß sie durch irgend etwas gestört wurde.

Als Ian sie das erste Mal davon unterrichtet hatte, daß seine Nichte kommen und bei ihnen wohnen werde, war Blessing sehr ärgerlich gewesen. Aimees Eltern waren im Winter zuvor an Lungenentzündung gestorben, und obwohl sie Blessing leid tat, erschien sie ihr doch nur als ein weiteres Maul, das gestopft werden mußte, ein unerwünschter Eindringling in ihre abgeschiedene Welt. Ian bestand jedoch darauf und brachte das Argument vor, Blessing könnte Hilfe beim Melken und bei der Hausarbeit gebrauchen, und so willigte sie schließlich ein.

Und jetzt – sie weinte fast bei dem Gedanken –, jetzt konnte sie sich ein Leben ohne Aimee McCartland schon nicht mehr vorstellen.

Wieder überprüfte sie die Uhrzeit, während sie den Kopf zum Stall hin neigte und auf Aimees Schritte lauschte. Jeden Tag, wenn die Pflichten erledigt waren, hatten die Frauen diese Stunde füreinander reserviert, eine Zeit nur für sich. Im Winter saßen sie nebeneinander in der warmen Küche, aber im Frühjahr oder Sommer gingen sie oft am Meer entlang, hielten hier und dort inne, um sich eine zarte Muschel anzusehen und sie in ihrer Schürzentasche zu bergen. Blessing besaß ein mit Gobelin bezogenes Kästchen, in dem sie besonders schöne Andenken an ihre Ausflüge aufbewahrte. Da gab es verschiedene kleine rosafarbene Muscheln, dünn wie Porzellan, die durchsichtig erschienen, wenn sie gegen das Licht gehalten wurden; oder zum Beispiel eine Scherbe aus dunkelgrünem Glas in der Form eines aufgehenden Mondes, die Aimee ihr mit den Worten überreicht hatte, die Farbe erinnere sie an Blessings Augen.

Aimee kam leise herein und hob den Raum aus seiner Alltäglichkeit wie ein Krug süß duftender Blüten. In Blessings Augen kehrte jetzt sogar in die verblichenen Schablonenmuster auf den Wänden das Leben zurück, in leuchtendem, lebhaftem Rot.

„Ich habe etwas für dich", sagte Aimee. Sie griff in ihre Schürzentasche, ohne die Augen von Blessings Gesicht zu wenden. „Es gehörte meiner Mutter. Sie gab es mir als Andenken kurz vor ihrem Tod. Aber ich möchte, daß du es bekommst. Es hat eine Inschrift."

Aimees Wangen glühten, und ein feuchter Schleier erschien unter ihren gesenkten Lidern. „Bitte. Nimm es", sagte sie. In ihrer geöffneten Hand lag ein kleines Medaillon.

Blessing sah auf das Geschenk hinunter, das so klein, so vollkommen war, und behutsam nahm sie es und öffnete den Deckel. Eine braune Daguerreotypie von Aimee war in das herzförmige Medaillon eingepaßt worden, und dem Bild gegenüber, in eleganter Schrift in den goldenen Deckel eingraviert, standen die Worte *Mein Herz wird Dich immer finden.*

Abgesehen von den Schätzen, die sie auf ihren häufigen Spaziergängen gesammelt hatten, war dies das einzig wirkliche Geschenk, das zwischen ihnen ausgetauscht wurde.

Obwohl sie sich selten berührten, nur zufällig, oder manchmal, um sich bei den Händen zu halten, konnte Blessing jetzt ihr Verlangen nicht länger zurückhalten, Aimee in die Arme zu nehmen. Mit den unbeholfen ruckartigen Bewegungen eines Menschen, der nicht gewohnt ist, seine Zuneigung körperlich zu zeigen, streckte sie die Hand nach Aimee aus, zog sie näher, warf ihre Arme um die schmale Frau und hielt sie fest. Eine Zeit verging, und noch eine, allmählich waren sie jenseits des Augenblicks, bis zu dem eine Umarmung zwischen Frauen noch als schicklich galt. Blessing stand da wie angewurzelt, für sie hatte die Zeit ausgesetzt, sie spürte nur den Druck kleiner Brüste gegen ihre, ein Druck, der noch köstlicher wurde durch den dünnen Stoff, der sie voneinander trennte.

Schließlich ließ Blessing ihre Arme zur Seite fallen, löste die Umarmung in einem unendlichen Augenblick. Beide Augenpaare starrten auf den gelben Holzfußboden. Keine der beiden Frauen sprach, denn keine wollte die klare, flirrende Stille durchbrechen.

Mit einer Hand am Hals, als ob sie den dort stockenden Atem ergreifen wollte, wandte sich Blessing zum Tisch. Ihre Hände mit den langen Fingern flatterten und kamen schließlich auf ihrer kleinen Staffelei zur Ruhe.

„Ich habe dein Porträt noch nicht beendet", flüsterte sie. Morgen war Aimees zwanzigster Geburtstag, und Blessing wollte bis dahin ihr Miniaturporträt fertigstellen, um es ihr zu schenken.

„Ja", sagte Aimee nur und setzte sich Blessing gegenüber an den Tisch. Blessing begann mit der feuchten rosa Farbe Aimees Wangen zu malen. In einer Stille, die mehr umfing als alle Worte, die sie kannte, arbeitete Blessing zügig, schattierte das Dunkelblond von Aimees Haaren und mischte den perfekten Blauton für ihre Augen. Während sie weiterarbeitete, war sie sicher, daß keines ihrer Bilder je soviel Anmut zum Ausdruck gebracht hatte wie dieses.

* * * * *

Am Abendbrottisch überbrachte Ian die enttäuschende Nachricht. Mrs. Hudson erwartete ihre Familie, die hier ihre Ferien verbringen wollte, verkündete er, und da ihre Haushälterin krank war, hatte er versprochen, ihr Aimee vorbeizubringen, damit sie ihr einen Tag lang zur Hand ginge. Die Geburtstagsfeier, die Blessing vorbereitet hatte, würde bis zum Abend verschoben werden müssen.

Schon früh am nächsten Morgen machten sich Ian und Aimee, dick verpackt in schwere Mäntel und große Schals, auf den Weg in die Stadt. Ian wollte zeitig losfahren, da die Straßen vereist und tückisch waren. Blessing sah ihnen vom Fenster aus nach, ihr Atem bildete Nebelkreise auf der kalten Scheibe. Sie blickte so lange hinaus, bis sie den Wagen nicht mehr sehen konnte, und, obwohl enttäuscht, war sie so voller Glück, daß auch nur ein Quentchen mehr sie hätte bersten lassen.

Die morgendlichen Pflichten gingen ihr rasch von der Hand, beflügelt wie sie war von ihrer Vorfreude auf das später am Abend vorgesehene Geburtstagsfest. Sie brachte einen Armvoll immergrüner Äste, einige Stechpalmenzweige und einen Korb voll Kiefernzapfen aus dem Wald mit. Das Haus, so schwor sie sich, sollte so festlich geschmückt werden, wie sie sich fühlte. Sie erlaubte sich nur gelegentlich eine kurze Rast, und dann wandten sich ihre Gedanken jedesmal Aimee zu. Diese kostbaren Augenblicke, wenn sie in ihrer Arbeit innehielt und aufs Meer hinausschaute, waren erfüllt von Aimee, von ihrem Gesicht, ihrer Stimme und ihrem Duft wie ein Strauß süßer Kräuter.

Blessing erhob sich aus einer dieser Träumereien und griff nach einer Schale aus Rubinglas, die oben auf dem Regal stand; vor ihrem geistigen Auge sah sie Aimees schlanken Hals und den Bogen, den ihre blassen Schultern, ausgehend von der weißen Spitze ihres Mieders, beschrieben. Und als Blessings Finger auf dem kühlen roten Glas Halt fanden, nannte sie ihre Gefühle beim Namen, sprach zum ersten Mal zu sich selbst die Worte laut aus. Sie atmete in einem langen Seufzer aus, drückte das Glas an ihren Busen und wußte, sie würde sich nicht abschrecken lassen. Alle Gedanken außer dem einen waren vergessen. Das, wonach sie sich damals auf ihrer Veranda so gesehnt hatte, die namenlose Gnade, die hin und wieder den Glücklichen beschieden ist, daß Träume in Erfüllung gehen – jetzt war sie da. Sie hielt sich nicht einen Augenblick damit auf, die launenhaften Umstände dieses Geschenks zu bestaunen oder über Aimee als dessen Verkörperung nachzudenken. Alles, woran sie sich erinnerte, waren Aimees Arme, die sie umschlungen hielten, ihre kleinen Hände auf Blessings Rücken, die ebenfalls zögerten, die Umarmung zu lösen. Es war genug, so beschenkt zu sein.

Als die Vorbereitungen beendet waren, trat Blessing zurück und bewunderte ihr Werk. Das Haus war wirklich festlich geschmückt; es sah schöner aus als je zuvor, davon war sie überzeugt. Abgesehen von ihren kleinen Bildern in den vergoldeten Rahmen an den Wänden waren die Zimmer nur spärlich und nüchtern möbliert. Doch jetzt, im Licht der Petroleumlampe, schien das ganze Haus zu funkeln und ihre Freude widerzuspiegeln. In der Mitte des Tisches thronte die große runde Schale, gefüllt mit Stechpalmenzweigen und Nüssen, daneben stand das fertige Porträt. Jedes Mal, wenn Blessing das rote Glas vor sich sah, erinnerte sie sich aufs Neue der Worte, die sie ausgesprochen hatte, erinnerte sich daran und wußte, daß sie heute abend, wenn das Fest vorbei war und Ian im Bett lag, diese Worte zu Aimee sagen würde. Ein Schauer der Vorfreude rann ihr über die Arme, als sie daran dachte, am Abend Aimees Umarmung wieder zu spüren.

Als die Abendbrotzeit heranrückte, begann Blessing, unruhig zu werden. Sie hätten schon längst zurück sein sollen. Sie starrte aus dem Fenster, wie um die dunklen Umrisse des Wagens vor den weißen Feldern herbeizuzwingen. Der erste Windstoß, der einen Nordweststurm ankündigte, rüttelte an der Seite des Hauses, und Blessing sah, wie die nackten Äste der Apfelbäume sich tief vor ihm neigten. Sicherlich würde ein heftiges Schneetreiben folgen. Blessing blieb auf ihrem Wachposten am Fenster, und ihre Besorgnis wuchs mit jedem Aufheulen des Windes.

Als die düstere Winterdämmerung zur Nacht wurde und sie die Straße nicht länger erkennen konnte, ging sie zurück in das geschmückte Zimmer, zog sich den Stuhl nahe an den Ofen und versuchte, den eiskalten Schrecken in ihren Gliedern durch die Erinnerung an Aimees Gesichtszüge zu vertreiben. Sie betrachtete zuerst das Porträt, dann den Topf mit Maispudding, der zum Abkühlen hinten auf dem Ofen stand, und dann ihre Hände, die ineinander verschlungen in ihrem Schoß ruhten. Als sie sich schließlich, so gut es ging, gewappnet hatte, erhob sie sich, warf sich einen schweren Wollschal um die Schultern und kämpfte sich, den Kopf tief gegen den Wind gebeugt, zum Stall vor. Rasch sattelte sie ein Pferd und führte es hinaus in die verschneite Nacht.

Wie im Traum ritt sie langsam die dunkle Straße hinunter, der Wind peitschte ihr das Haar in den Mund und die Augen, und sie versuchte, den Schal enger um sich zu ziehen. Mit jedem mühsamen Schritt des Pferdes durch den Schnee wuchs in ihr die Gewißheit über das, was vor ihr lag, sogar in allen Einzelheiten, so daß sie, als sie den Wagen sah, wie er verdreht und zertrümmert am Wegrand lag, nur noch die grausigen Details hinzufügen mußte.

Im letzten Sommer hatte Ian versprochen, den toten Ahorn, der von vielen Wintern geschwächt und schließlich abgestorben war, zu fällen. Jetzt lag er quer über dem Wagen, vom Sturm entwurzelt. Aimee und Ian erschlagen darunter.

Mit Fingern, aus denen jede Empfindung gewichen war, krallte sich Blessing in den schweren Stamm, bis sie schließlich Aimee von dessen tödlicher Last befreit hatte. Sie wickelte Aimees kalten Körper in den Schal, wiegte ihren Kopf an ihrer Brust, hielt sie fest an sich gedrückt und schaukelte sie im Schnee hin und her. Schließlich, als sie nicht mehr wußte, was sie tun sollte, nahm sie einen der heruntergefallenen Zweige und schrieb in den frischen Schnee . . . *Mein Herz wird Dich immer finden.*

* * * * *

In den folgenden Jahren meinte das Leben es nicht gut mit Blessing McCartland, und sie ging auch nicht aus dem Haus oder aus sich heraus, um irgend etwas zu suchen, was ihr die Qual hätte erleichtern können. Sie verschloß die dunkelgrünen Läden ihres Hauses und öffnete sie nie mehr, denn sie wollte nicht mehr aufs Meer hinaussehen. Ihr Haar wurde grau und dünn. Die Linien, die rasch tiefe Furchen durch ihr Gesicht zogen, folgten weder der angemessenen Zeit noch einem Muster, als ob ihr Gesicht eher von innen verfiele als von außen gezeichnet zu werden. Doch in ihrem zerstörten Gesicht brannten ihre Augen in einem kalten Feuer.

Nach einiger Zeit gaben die Nachbarn es auf, vorbeizukommen, um sich nach ihr zu erkundigen. Ihnen erschien Blessing zu seltsam, ein greisenhaftes Gespenst, das in Witwenschwarz umhergeisterte, noch lange nach Ablauf des Zeitraums, den die Schicklichkeit für solche Kleidung und solches Verhalten vorsah. Ein paar Jahre lang sprach man noch über das Fehlen von Blessings Miniaturen auf dem Markt, dann wurde auch das im Pulsschlag des Lebens von Pelham Falls vergessen.

Im Laufe der Zeit wurde Blessings schwarzes Taftkleid, das sie seit dem Tag der Beerdigung trug, matt und zerschlissen. Schließlich hing es ihr in schmutzigen Fetzen um die Füße und machte bei jedem ihrer Schritte das raschelnde Geräusch von steifem Stoff. Als die kalte Jahreszeit herankam, wickelte sie sich in Ians Überzieher, den sie schließlich vergaß abzulegen, als das Wetter wieder wärmer wurde. An ihren Händen, die nie wieder einen Pinsel anrührten, trug sie zerschlissene Strickhandschuhe, durch deren Löcher ihre knotigen Finger hervorstanden.

Jeden Tag zog Blessing zur gewohnten Stunde ihren Stuhl vor den Ofen, schaukelte langsam hin und her und lauschte auf das Geräusch von Schritten. Aus dem mit Gobelin bezogenen Kästchen auf ihrem Schoß holte sie erst die eine, dann die andere der Muscheln hervor und drehte sie in der Hand, wobei sie leise mit Aimee sprach.

Der einzige, der sie schließlich noch besuchte, war der Sohn des Bauern in der Nachbarschaft, der ihr fast ihr ganzes Land abgekauft hatte. Der Junge kam zögernd zur Tür, reichte ihr das Fläschchen mit Laudanum, einer Opiumlösung, die man gegen Schmerzen einnahm und floh vor dem schrecklichen Anblick von Blessing McCartland.

Blessings Bedarf nach ihrer Medizin wurde stärker, und sie brachte den Nachbarjungen dazu, ihr immer öfter immer mehr der kleinen braunen Fläschchen zu bringen. Eines Tages im Sommer des Jahres 1902 kam der Junge wie gewöhnlich zur Küchentür, doch diesmal war Blessing nicht da, um ihm die Flaschen abzunehmen. Der Junge betrat den Raum, der am hellichten Tage stockfinster war und fand Blessing zusammengesunken in ihrem Schaukelstuhl, ein kleines Medaillon in ihrer steifen Hand. Mit der Absicht, es zu stehlen, brach er es ihr aus den Fingern und stopfte es sich in die Hosentasche. Als er wieder nach draußen ins Sonnenlicht trat, wurde er von einem solch intensiven Angst- oder Schuldgefühl überwältigt – er hätte nicht sagen können, was es genau war –, daß er das Medaillon zurück ins Zimmer schleuderte, wo es sich in einem tiefen Spalt zwischen zwei Holzdielen verkeilte.

Nur wenige Menschen von den umliegenden Farmen und ein paar bezahlte Trauergäste waren anwesend, als Blessing neben ihrem Mann und ihrer Nichte begraben wurde. Als der Pfarrer die letzten Worte seiner kurzen Ansprache sagte, kam eine steife Brise auf, die den Herren die Rockschöße aufwirbelte und dem Pfarrer die Seiten seines Gebetbuches verschlug. Die Anwesenden hatten es plötzlich sehr eilig, zu gehen und waren schon im Aufbruch, als die Worte „Ruhe in Frieden“ intoniert wurden.

Am Tag nach der Beisetzung kam ein Kaufmann des Ortes und nahm die Möbel mit; eine Dame aus der Nachbarschaft holte mehrere Kartons voll mit Blessings Bildern ab. Dann wurde es still im Haus, das, zur See gewandt, die Läden verschlossen gegen die Außenwelt, eine schweigende Totenwache hielt und standhaft die Träume von Blessing McCartland behütete.

Kapitel 1

Das alte Haus duckte sich am Rande eines kleinen Gehölzes, das sich von dem dichten dunklen Wald dahinter deutlich abhob. Vor den Fenstern waren grün gestrichene Läden; die ausgewaschenen Schindeln hatten offenbar kürzlich einen frischen weißen Anstrich erhalten.

Karen griff noch einmal nach dem zusammengefalteten *Boston Globe* und las zum wiederholten Male die Anzeige, die sie eingekreist hatte: „Älteres Haus zu vermieten. Direkt am Meer. Pelham Falls, Maine." Wäre sie je aufgefordert worden, ihr Traumhaus zu beschreiben, es hätte nichts Besseres dabei herauskommen können als dieses so idyllisch an der Küste gelegene Anwesen, das da am Ende eines von Ahorn gesäumten Weges auf sie wartete.

Ein verwilderter Obstgarten mit Apfelbäumen, die längst hätten beschnitten werden müssen, wucherte hinter dem Haus, hohes Gras wand sich um die knorrigen Stämme. Viele Äpfel waren schon heruntergefallen, doch noch immer bogen sich die Zweige unter dem Gewicht der rotbäckigen Früchte. Zwischen dem Obstgarten und der Straße lagen Felder, abgeteilt durch niedrige Steinmauern, die in dieser Jahreszeit von Brombeersträuchern und hohen gelben Gräsern überwuchert waren.

Das Haus lag zur See gewandt, so daß Karens erster Blick auf die breite spitzwinklige Seite mit dem geneigten Dach fiel. Es erinnerte sie an einen Menschen, der hinaus aufs Meer sieht und nicht bemerkt, daß jemand gekommen ist.

„Es wurde 1799 erbaut“, sagte Mrs. Gittings ehrfürchtig. Die Maklerin steuerte ihre Limousine langsam den holprigen Weg hinauf, raschelnd rollten die Reifen über eine dichte Decke rot und golden gefärbter Blätter.

Zu ihrer Rechten konnte Karen hinter den flammendroten Ahornbäumen die felsige Küste in der Nachmittagssonne schimmern sehen. Vorsichtig umfuhr Mrs. Gittings die schlimmsten Schlaglöcher. An einer Stelle war die gleichmäßige Reihe der Ahornbäume unterbrochen, und Karen konnte einen Blick auf die sandige, von Felsen gesäumte Bucht werfen. Auf der linken Seite gingen die Felder in eine große ansteigende Lichtung über. Vereinzelt waren Baumkronen oder das Dach eines Nachbarhauses hinter dem Grat zu erkennen.

„Das hier ist alles, was vom Landbesitz der alten McCartlands übrig geblieben ist“, sagte Mrs. Gittings und deutete auf einen Steinwall, der die Grundstücksgrenze markierte. „Der größte Teil der Farm ist schon vor langer Zeit verkauft worden. Jetzt gehört nur noch etwa ein halber Morgen zum Haus. Aber immerhin, ein ganz schönes Anwesen, finden Sie nicht?“

Karen nickte nur, weil sie fürchtete, Worte könnten den Bann brechen. Es lag eine so köstliche Stille um das alte Haus. Sogar die Brandung, die sanft auf das Ufer rollte, und der Vogel, der aus seinem Versteck im zugewucherten Obstgarten ein Lied zwitscherte, trugen zu der träumerischen Stille bei. Sonnenlicht spiegelte sich in den vielfach unterteilten Fensterscheiben, und als sie sich umwandte, um das Haus genauer zu betrachten, schien es ihr mit jeder holpernden Bewegung des Autos zuzublinzeln.

Schließlich bremste Mrs. Gittings und brachte das Auto in der Einfahrt zum Stehen. Mit einer routinierten Bewegung ergriff sie ihre Unterlagen und glitt schwungvoll aus dem Wagen.

Karen folgte langsamer und blieb dann zunächst zögernd neben dem Wagen stehen, ehe sie der Maklerin zur Hintertreppe folgte. Dort verweilte sie, ihre Stiefel im kniehohen Unkraut, und mit all ihren Sinnen gab sie sich der Entdeckerfreude hin. Die frische Herbstluft roch scharf-würzig, und sie atmete tief ein, den süß-säuerlichen Duft von Fallobst und den dunklen, schweren Geruch des Meeres.

Sie verweilte noch einen Augenblick, verschob das Vergnügen des Eintretens, ähnlich wie man zögert, bevor man ein Geschenk auspackt; und sie wünschte, sie hätte selbst ein Geschenk mitgebracht.

Mrs. Gittings lächelte vom obersten Treppenabsatz auf sie herunter. Sie war lange genug im Geschäft, um Liebe auf den ersten Blick zu erkennen, und sie hatte nicht die Absicht, sich hier einzumischen.

Langsam setzte sich Karen wieder in Bewegung und ging auf das Haus zu. Sie bemerkte, wie der Kies unter ihren Stiefeln knirschte und kostete dieses Geräusch ebenso aus wie Sekunden später das Knarren einer losen Holzdiele auf der Treppe. Eine Möwe saß vollkommen reglos, den Kopf ihr zugeneigt, mitten im hohen Gras auf dem Hang vor dem Haus. Na bitte, sogar ein Empfangskomitee, amüsierte sich Karen, während sie die Hand ausstreckte, um den altmodischen Riegel an der Hintertür hochzuschieben. Unter ihrer Bewegung glitt er mühelos nach oben, die Tür quietschte leise und gab nach.

Sonnenlicht strömte durch die Küchenfenster und lag in hell glänzenden Flecken auf dem polierten Holz der Vertäfelung und den breiten Kiefernholzdielen auf dem Fußboden. Schon ohne Pflanzen vor den Fenstern, ohne bunte Teedosen und eine behagliche Einrichtung wirkte der Raum warm und freundlich. Sie bemerkte die Holzdübel im Fußboden und grinste erleichtert in sich hinein; glücklicherweise hatte man der Holztäfelung die zahlreichen Schichten abblätternder, rußverschmierter Farbe erspart, die so oft in Häusern dieser Jahrgänge zu finden waren. Der Raum schien in einem tiefen Glanz zu erstrahlen, den ihm eine Patina aus Alter und ungezählten Behandlungen mit Leinöl verlieh.

Karen nahm sich Zeit, blickte in die Schränke und sah sich langsam in der Küche um. Zwischen modernen Gerätschaften aus rostfreiem Stahl und Kupfer stand ein alter Holzofen an der hinteren Wand, den man wahrscheinlich als Dekoration stehengelassen hatte. Schon bevor sie den Rest des Hauses gesehen hatte, begann sie sich vorzustellen, wo sie ihr Gewürzregal aufhängen und ihre Steingutteller hinstellen würde.

Mrs. Gittings wartete ruhig ab, wobei sie Karen beobachtete, wie sie Schränke öffnete und in die kleine Speisekammer lugte, sie mit geübtem Auge ausmaß. An jedem Herbstwochenende, wenn das Wetter so freundlich und klar war und man von den Farben schier geblendet wurde, konnte man scharenweise Kunden wie diese junge Frau hier, die gerade die Küche inspizierte, herumführen und ihnen Häuser vermieten oder verkaufen. Sie kamen in diese Gegend auf der Suche nach einer Zuflucht vor der Stadt. Diese Frau hier – sie blätterte in ihren Unterlagen – hatte sich offenbar zwei Freisemester genommen und wollte sich hier verkriechen. Nach den Studiengebühren zu urteilen, die das private Frauencollege erhob, an dem sie unterrichtete, konnte sie sich das Haus gut ein Jahr lang leisten.

Da sie wußte, daß sie den Vertrag schon so gut wie in der Tasche hatte, vertrieb sich Mrs. Gittings die Zeit damit, ihre Kundin zu beobachten. Sie stellte fest, daß diese keinen Ehering trug, und je länger sie die junge Professorin musterte, desto mehr war sie davon überzeugt, daß es einen Ehemann zu dieser Frau auch nicht geben werde – zumindest nicht in absehbarer Zeit. Karen Latham schien sich in ihrem Alleinleben nur allzu wohl zu fühlen.

Es gab einen interessanten Widerspruch an ihr, beschloß Mrs. Gittings; einen Widerspruch, der für ihre Schwierigkeit verantwortlich sein mochte, Karen Latham in eine ihrer üblichen Kategorien einzuordnen. Zartgliedrig, ja geradezu zerbrechlich, wie sie wirkte, und mit ihrem hellhäutigen Gesicht hätte man sie – wäre sie nur anders gekleidet gewesen – fast für eine viktorianische Dame halten können; Mrs. Gittings konnte sie sich in einer hochgeschlossenen Spitzenbluse mit einer Kameebrosche am Hals vorstellen. Doch sie hatte auch etwas Beherztes, eine Robustheit, die wahrscheinlich durch ihre Jeans und das karierte Holzfällerhemd noch betont wurde. Ihr dickes dunkelblondes Haar trug sie nachlässig auf dem Oberkopf aufgetürmt. Während ihrer Kücheninspektion hatten sich mehrere Strähnen gelöst, die sich jetzt in ihre Stirn und an ihrem Hals entlang wanden.

Karen stand auf der Schwelle zwischen der Küche und dem Wohnzimmer, eine Hand in der Hosentasche. Sie betrat das Wohnzimmer, und Mrs. Gittings, die ihr folgte, beneidete sie um ihren langbeinigen Gang und die leicht gebeugte Haltung, die großen Frauen etwas so lässig Sinnliches verleiht. Mrs. Gittings zupfte ihren blauen Polyacryl-Blazer über ihrer umfänglichen Mitte zurecht und folgte ihr.

„Wie viele Leute werden hier wohnen?", fragte sie, um zu überprüfen, ob ihre Vermutungen stimmten.

Karen drehte sich langsam in der Mitte des Raumes. „Nur ich", erwiderte sie lächelnd, wandte sich dem Kamin zu und stellte sich davor. „Nur ich."

Auch in diesen Raum strömte die Nachmittagssonne durch die Sprossenfenster und warf kleine Lichtquadrate auf den gewachsten Holzfußboden. Die gesamte Länge einer Wand wurde von einem offenen Kamin und seiner aus Ziegeln gemauerten Platte eingenommen. Die Fenster der angrenzenden Wandseite erlaubten einen Blick auf die in lebhaften Farben leuchtenden Ahornbäume entlang der Auffahrt; die größeren Scheiben des Fensters gegenüber gingen auf das Meer hinaus.

Karen ging zu diesem Fenster hinüber, durchquerte dabei einen See aus Lichtquadraten und blickte auf den hinter dem Hang sich endlos erstreckenden Ozean. Sie verweilte einen Augenblick, fuhr mit dem Finger eine Fensterscheibe entlang, lauschte dem Geräusch der Wellen, die sich weit vor der Küste brachen und hörte, wie ganz in der Nähe die Gischt auf dem Ufer ausrollte. Es war Ebbe. Zu ihrer Überraschung überfiel sie ein Gefühl der Trauer, und sie zog ihre Hand zurück.

Ihr fiel ein, daß da ja noch die oberen Räume waren. Sie drehte sich um und war mit drei langen Schritten in der Eingangshalle. Eine Hand auf dem hölzernen Knauf, schwang sie sich um den Treppenpfosten, dann die schmale Stiege hinauf und entschwand Mrs. Gittings Blicken.

Auch die Schlafzimmer waren mit viel Liebe zum Detail und zu der Epoche, aus der das Haus stammte, restauriert worden. Diese blaugraue Farbe auf dem Holz zum Beispiel war damals, vor einem Jahrhundert, durchaus weit verbreitet gewesen. Die Tapete, ein hübsches Muster aus blauen Bändern und kleinen roten Rosen, hatte jemand passend dazu ausgesucht.

Als sie durch die offenen Holzläden aufs Meer hinaussah, dachte Karen, daß das Haus heute so ähnlich aussah, wie es wohl vor hundert Jahren ausgesehen haben mußte. Es war noch etwas anderes außer der glänzenden Holzvertäfelung, den Dielen und den unterteilten Fenstern, das diesen Eindruck vermittelte, die Zeit sei stehengeblieben – da war noch etwas, ein Gefühl von Zeitlosigkeit, das sie nicht recht benennen konnte.

Zwei der Schlafzimmer verfügten über einen Kamin. Karin stand in dem größeren der beiden und stellte sich vor, wie sie an einem Wintermorgen vor einem flackernden Kaminfeuer, eine Katze und eine Tasse Tee neben sich, ihre Unterlagen durchgehen würde. So überwältigend war die Vorstellung, hier leben zu können, daß sie mit glühenden Wangen in großen Sätzen die Treppe hinuntereilte.

„Es ist alles da, was ich mir nur wünschen kann. Wo muß ich unterschreiben?"

Mrs. Gittings zog einen Mietvertrag aus ihrer Tasche und führte Karen zu einem Eichentisch in der Küche. „Übrigens, ich weiß nicht, ob ich das schon erwähnt habe: sämtliche Möbel gehören dazu. Sie werden also keinen großen Umzug brauchen."

Karen war so in ihre Entdeckungsreise versunken gewesen, daß sie den Möbeln kaum Aufmerksamkeit geschenkt hatte. Jetzt blickte sie sich um und sah einige von den besseren amerikanischen Kiefern- und Eichenmöbeln, etwa den Tisch, den Küchenschrank und andere Gegenstände, die offenbar beim Trödler erstanden worden waren. Ein dick gepolsterter Sessel aus den vierziger Jahren und ein Windsor-Schaukelstuhl standen links und rechts neben einem mit vielen Kissen geschmückten Sofa vor dem Kamin. Keines der Möbelstücke schien in dem Bewußtsein gekauft worden zu sein, zu den anderen Sachen zu passen, und doch trug alles zu dem Gesamteindruck von heimeliger Wärme bei. Das einzige, was wirklich noch fehlt, dachte Karen, sind hier und da ein paar Teppiche, einige Plakate an den Wänden und, natürlich, Bücherregale.

„Es ist einfach optimal." Karen zog ihr Scheckheft aus der Handtasche.

Während Karen den Mietvertrag durchlas, redete Mrs. Gittings gut gelaunt auf sie ein. „Der Besitzer hat das Anwesen nur im Sommer bewohnt, wenn er mit seiner Familie aus Boston heraufkam. Dr. Alexander hatte vor, es als Altersruhesitz zu nutzen, aber . . ." Mrs. Gittings zuckte leicht mit den Schultern und fuhr fort, „wenn die Situation auf dem Immobilienmarkt wieder besser wird, bin ich sicher, daß sie versuchen werden, es zu verkaufen. Aber bis dahin werden sie sehr zufrieden sein, eine gute Mieterin zu haben."

Sie lächelte Karen zu und zog sich einen Stuhl heran. „Vor den Alexanders, lassen sie mich nachdenken, das heißt, wir müßten zwanzig Jahre zurückgehen, ja, ich glaube, da hat das Haus lange leergestanden. Vielleicht gab es einige wenige Versuche, so um die Jahrhundertwende, es wieder in ein Bauernhaus zu verwandeln. Doch tatsächlich", plauderte sie munter weiter, allmählich lebte sie sich in ihr Thema ein, „war das Anwesen seit den Tagen der McCartlands keine richtige Farm mehr – und das letzte Mitglied der Familie ist schon vor langer Zeit verstorben . . ."

„Hm", machte Karen, die immer noch ihren Vertrag las.

„Um auf die McCartlands zu kommen, da gibt es eine ganz interessante Geschichte. Blessing, die letzte McCartland, die hier lebte, hat sich noch posthum einigen Ruhm erworben."

„Tatsächlich?"

„Ja. Offenbar war sie eine richtige Künstlerin. Ihre Arbeiten werden hier öfter gezeigt, und kürzlich ist sie sogar in einem Buch über Künstlerinnen in Neuengland erwähnt worden. Sie können vielleicht sogar einige ihrer Arbeiten in den Antiquitätenläden hier in der Gegend finden. Das eine oder andere Stück taucht dort manchmal auf."

Karen setzte ihre Unterschrift unter den Vertrag und schob ihn Mrs. Gittings zum Unterschreiben hin. „Ja gut, ich werde mal darauf achten. Wie schnell kann ich einziehen?"

„Sobald Sie möchten, nehme ich an. Sie müssen Öl geliefert bekommen, und Sie möchten sicherlich ein Telefon haben. Wenn Sie mir mitteilen, wann Sie wieder hier oben sind, werde ich Ihnen gerne bei den Formalitäten behilflich sein."

„Nun ja, ich muß in Boston einiges abwickeln . . ." Karens Haltung wurde steif.

Die Erinnerung an zu Hause und das Gefühlschaos, das sie dort zurückgelassen hatte, ließ sie den schon vertrauten Knoten der Anspannung wieder spüren. Brauchte sie unbedingt ein Telefon? Ja, wahrscheinlich. Wenn sie doch nur die Welt für eine gewisse Zeit ausblenden könnte . . . So viel war in der letzten Zeit geschehen, so viel, das nicht in den sorgfältigen Plan passen wollte, den sie sich für ihr Leben ausgedacht hatte. Es war, als hätte sie sich plötzlich ohne Landkarten an einen unbekannten Ort ohne Straßennamen verirrt.

Einmal war sie mit einer Freundin in Berkshire gewandert, wobei sie immer sorgfältig darauf geachtet hatten, den markierten Wegen zu folgen. Nach ungefährt einer Stunde war plötzlich der schmale, von Felsen gesäumte Weg in verschiedene kleine Pfade gemündet, die in den dichten Wald der Berglandschaft hineinliefen. Manche davon führten offenbar wieder hinaus, andere wanden sich in Kurven um den Berg mit Zielorten auf der verblichenen Schildern, von denen sie beide noch nie gehört hatten. In heller Panik hatte ihre Freundin ihren Rucksack durchwühlt und festgestellt, daß sie vergessen hatte, die Wanderkarte einzustecken. So mußten sie umkehren und den Rückweg mühsam wieder auffinden, indem sie sich an jeder Biegung zu erinnern versuchten, wie sie hergekommen waren. Karen kam ihre momentane Situation recht ähnlich vor, nur gab es keinen Weg zurück. Woran sollte sie sich orientieren? Wo waren die emotionalen Landkarten? Wohin führte sie der Weg?

„Ich werde Ihnen Bescheid sagen." Karen erhob sich schnell, verstaute ihr Scheckheft in der Handtasche und zog den Reißverschluß zu. „Ich habe mir zwar schon frei genommen, aber es könnte insgesamt noch ein paar Wochen dauern. Es gibt da noch ein paar ungeklärte Angelegenheiten."

„Schön. Geben Sie mir nur Bescheid." Mrs. Gittings lotste sie zur Tür.

Karen ging neben Mrs. Gittings her zum Wagen, ihre Gedanken schweiften zu den „ungeklärten Angelegenheiten", die sie so beiläufig erwähnt hatte. Zumindest bei Walter war die Sache einfach. Ihre Beziehung ging schon seit Monaten ihrem Ende zu; allein die Tatsache, daß noch kein Abschiedswort gefallen war, hatte sie bislang davon abgehalten, endgültig Schluß zu machen. Es war eine Zeitlang ganz schön, oder zumindest angenehm, mit ihm gewesen, doch jetzt schien es ihr, als habe sich die ganze Sache vor langer Zeit ereignet und sei einer anderen zugestoßen. Es war nie sonderlich leidenschaftlich gewesen, doch damals, als Walter in ihr Leben getreten war, hatte sie die Vorstellung schon beinahe aufgegeben, so etwas könne ihr überhaupt passieren. Die Liebe, hatte sie beschlossen, war ein Mythos. Ihre Leidenschaft war die Arbeit.

Dann, während des Sommers, war dieser Mythos erschüttert worden, ihre sorgfältig zurechtgezimmerte Welt ins Wanken geraten, überall hatten sich neue, verwirrende Wege aufgetan, die sie nie gesucht hatte. „Verdammt, Maggie", knurrte Karen in sich hinein. Doch die Worte klangen, auch wenn niemand anderes sie verstehen konnte, unecht. Karen schüttelte den Kopf und ließ sich auf den Beifahrersitz neben Mrs. Gittings gleiten. „Vielen herzlichen Dank für die angebotene Hilfe. Ich werde Sie in ein paar Tagen anrufen und Ihnen Bescheid sagen, wann ich heraufkomme."

Sie erreichten das Ende der Auffahrt, und Karen drehte sich zu einem letzten bewundernden Blick auf ihr neues Haus um. Die Strahlen der späten Nachmittagssonne warfen den Schatten eines Ahornbaumes auf das verschwiegene Haus.

Vielleicht könnte sie hier, in diesem wunderschönen alten Gebäude, hunderte von Meilen von zu Hause entfernt, die gesuchte Rückzugsmöglichkeit finden, sich auf ein einfacheres Leben einstellen und zur Ruhe kommen. Vielleicht, so dachte sie, werde ich mich sogar einmal daran versuchen, eine Flickendecke zu nähen oder Marmelade zu kochen. Daß sie keine Ahnung hatte, wie man so etwas macht, daß sie nicht einmal nähen konnte, spielte keine Rolle. Das einzige, was zählte, war, daß sie hierher flüchten konnte, und daß sie, wenn sie einmal hier war, ihre Zeit und ihr Leben mit Einfachheit und Abgeschiedenheit erfüllen konnte.

„Übrigens", wandte sich Karen an ihre Fahrerin, als sie auf die Hauptstraße einbogen, „wie war noch der Name dieser Malerin?"

„Blessing McCartland", antwortete Mrs. Gittings, offenbar erfreut, daß Karen Interesse für die Geschichte des Ortes aufbrachte.

Kapitel 2

Der orange und blau bemalte Lastwagen rumpelte davon, Kieselsteine und braunen Staub hinter sich aufwirbelnd. Karen sah vom Eingang des Hauses aus zu, hinter ihrem Rücken stapelten sich die Kisten und Kartons auf dem Küchenboden. Der stechende Schmerz der Einsamkeit, mit dem sie gerechnet hatte, stellte sich nicht ein – statt dessen freute sie sich darauf, sich wieder dem Haus zuzuwenden, es in Besitz zu nehmen und allein zu sein. Sie nahm sich vor, jeden Zentimeter ihres Hauses und seiner Umgebung, jede Ecke und jede Ritze zu erkunden, bis es am Ende ihres Jahres keinen Winkel mehr geben würde, der sich nicht als Teil von ihr anfühlte und sie sich als Teil von ihm.

Ein Schwarm Wachteln erhob sich mit plötzlichem Flügelschlag in die Luft und verteilte sich über den schweren grauen Himmel, den sie durch die kahlen Äste hindurch erkennen konnte. Die Landschaft hatte sich dramatisch verändert, seit sie das letzte Mal über die Felder aufs Meer hinausgesehen hatte. Vorbei war es mit den leuchtenden Farben und dem strahlend blauen Herbsthimmel. An ihre Stelle war die eintönige, beinahe düstere Novemberatmosphäre getreten, die Natur schien stumm und düster den Schnee und die bevorstehende bittere Kälte zu erwarten.

Einige mehrjährige Blumen hatten sich ums Haus herum ausgesät, und so war ein wildes Blumenbeet entstanden, der einzige Farbtupfer an einem zinngrauen Tag. Am Horizont hatte sich dichter Nebel gebildet, der langsam auf die Küste zukroch.

Karen saß auf dem obersten Treppenabsatz, die Ellbogen auf die Knie gestützt. Einer Eingebung folgend, stieg sie herunter und pflückte eine Handvoll Blumen – hell- und dunkellila Herbstastern, ein Bündel zartblauer Vergißmeinnicht. Trotz des ganzen Umzugs-Durcheinanders wollte sie einen Blumenstrauß im Haus stehen haben – eine Auswahl aus der Vielfalt hier draußen.

Ihre Vasen waren noch irgendwo in einer Kiste verpackt, also sah sie in der kleinen Speisekammer nach, ob sich dort etwas Passendes fände. Die Regale waren leer, bis auf einige Plastikdeckel, eine interessante Varietät toter Insekten und mehrere staubige Marmeladengläser. Sie holte ein höheres Glas mit weiter Öffnung heraus, spülte es ab und arrangierte die Blumen darin, dann stellte sie den Strauß mitten auf den Küchentisch. Sie trat ein paar Schritte zurück, um ihren farbenfrohen Strauß zu bewundern, ihre Hände wie zum Gebet vor sich gefaltet. „Ein kleines Zeichen meiner Wertschätzung", entrang es sich ihrer Kehle, und sie lächelte über den eigenartigen Satz und darüber, daß sie kaum ein paar Stunden hier war und schon begonnen hatte, mit sich selbst zu sprechen.

Nachdem sie ihre Steingutteller ausgepackt und auf das Küchenregal gestellt hatte, ging sie dazu über, die Kochtöpfe mit dem Kupferboden an die Haken über dem Holzofen zu hängen. Sie stand da, betrachtete den alten Ofen und fragte sich, wie er wohl funktionierte. Es würde sicher viel Spaß machen, darin Brot zu backen, und es würde sicherlich ihre Heizkosten senken, wenn sie ihn als Ergänzung zur Ölheizung einsetzte. Dazu mußte sie allerdings herausbekommen, wie er überhaupt funktionierte – ein Herd ohne „Aus"-Knopf und ohne Temperaturregler. Das einfache Leben hat auch so seine Tücken, dachte sie, und es würde einige neue Fähigkeiten von ihr verlangen. Sie untersuchte den Ofen noch einmal kurz, dann wandte sie sich der jetzt eher anstehenden Aufgabe zu, ihre Sachen auszupacken. Später würde sie Zeit genug haben, sich um solche Sachen zu kümmern, um solche und viele andere.

Karen ging von Zimmer zu Zimmer, pfiff leise vor sich hin und hielt nur inne, um aus einer Laune heraus spontane Entscheidungen zu treffen: An welche Wand im Wohnzimmer ihre Bücherregale am besten hin passen würden, wo sie ihre Sammlung heller südamerikanischer *Molas* plazieren, wo ihren Schreibtisch aufstellen sollte.

Stunden später trat sie vom Schlafzimmerschrank zurück und schloß leise die Tür. Der Inhalt all ihrer Kisten und Koffer war ausgepackt und in die Schränke und Kommoden verstaut, die kaum genug Platz boten für all die karierten Röcke, Wollschals und schweren Wollpullover. Vielleicht hatte sie ein bißchen zuviel in den teuren Wollgeschäften eingekauft, aber sie konnte es sich finanziell leisten, einmal derart über die Stränge zu schlagen.

Sie setzte sich an den Küchentisch, um sich auszuruhen, und ihre Finger klopften einen schnellen Rhythmus auf die Tischplatte. Es war die Stunde zwischen Tag und Nacht, Licht und Dunkelheit, die sie ihre Ausnahmezeit zu nennen pflegte, eine Zeit, wenn die Ereignisse des Tages vergangen und die der Nacht noch nicht eingetreten waren.

Außerdem war es Zeit zum Abendessen, und Karen stellte fest, daß sie vollständig vergessen hatte, frische Lebensmittel einzukaufen. Sie durchstöberte die Speisekammer nach ihren Konserven und Fleischpackungen auf der Suche nach etwas, das leicht zuzubereiten wäre. Nichts gefiel ihr so recht, und so schob sie schließlich ein Kotelett in den Ofen. Das würde zumindest eine Weile brauchen, und vielleicht hätte sie bis dahin mehr Appetit. Außerdem wäre es sicher hübsch, dachte sie vergnügt, nachdem sie nun all ihre persönlichen Sachen im Haus untergebracht hatte, es jetzt auch noch von einem angenehmen Küchenduft durchziehen zu lassen.

Sie kehrte zum Tisch zurück und blickte aus dem Fenster. Es wurde rasch dunkel, die letzten Lichtstrahlen wichen der Dämmerung, überließen das Land der herannahenden Nacht und dem dichter werdenden Nebel. Die knorrigen Äste draußen im Obstgarten waren als bizarre Silhouetten im diesigen Violett der Abenddämmerung zu erkennen.

Beim Anblick des immer mehr im Dunkel versinkenden Obstgartens kam ihr eine Idee. Sie warf sich eine Jacke über und lief aus dem Haus zu den Bäumen hinüber, in der Hoffnung, es könnten noch einige Äpfel an den oberen Zweigen hängengeblieben sein. Wie gut würde zu ihrer ersten Mahlzeit hier im Haus etwas passen, das hier auf dieser Erde gewachsen war, etwas, das schon vor ihr dagewesen war!

Ihre Erwartung wurde nicht enttäuscht, und wenige Minuten später kehrte sie zum hell erleuchteten Haus zurück, in den Jackentaschen mehrere Äpfel, die sich kühl und fest anfühlten. Zwei davon legte sie in den Ofen neben das Kotelett, einen dritten aß sie gleich und setzte sich dazu wieder an den Küchentisch. Auf angenehme Weise mit sich zufrieden, blickte sie um sich. Sie hatte es geschafft. Sie war jetzt hier. Eine Zeitlang saß sie einfach nur da und fühlte sich zeitlos, alterslos, in einem schwebenden Zustand, hier in der ihr so seltsam vertrauten Atmosphäre dieses Hauses.

Nachdem sie gegessen und abgewaschen hatte, kehrte Karen ins Wohnzimmer zurück, bei weitem ihr Lieblingszimmer, in dem noch der Duft von Bratäpfeln in der Luft hing. Sie zündete im Kamin ein Feuer an, legte eine Kassette mit einem Vivaldi-Konzert ein und setzte sich an den Schreibtisch, den sie vor das Fenster gestellt hatte.

Ihr Terminkalender lag geöffnet oben auf ihren Papieren, und Karen dachte darüber nach, wie nutzlos er ihr jetzt erschien. Ihre Tage würden von nun an von anderen Prioritäten bestimmt werden, als sie je in der linearen Anordnung eines prall gefüllten schwarzen Buches zum Ausdruck kommen konnten – in Linien und Zeilen, die einmal ihr Leben fein säuberlich in halbstündige Abschnitte eingeteilt hatten. Sie fegte den Kalender vom Tisch und überlegte, ob sie ihn ins Feuer werfen sollte, als Zeichen ihrer neugewonnenen Unabhängigkeit. Ein rosafarbener Notizzettel rutschte zwischen den Seiten hervor und flatterte auf den Boden. Noch bevor Karen sich gebückt hatte, um das Stück Papier aufzuheben, erkannte sie es wieder und wußte, welcher Name darauf geschrieben stand. Sie hob den Zettel auf, und ohne ihn noch einmal anzusehen, ging sie mit großen Schritten zum Kamin hinüber, in dem ein helles Feuer brannte. Sie sah auf den Zettel hinunter und sank tief in den Polstersessel. Maggies Gesicht tauchte vor ihr auf, wunderschön und in allen Einzelheiten auf die Leinwand ihrer geschlossenen Lider projiziert. Es war ein starkes Gesicht mit tiefdunklen Augen, die von Erfahrungen erzählten, die eine Frau nicht aus Büchern gewinnt.

Das Gesicht foppte sie, führte sie in Versuchung hinzusehen, doch sie mußte ihre Augen geschlossen halten, denn sie zu öffnen, barg die Gefahr, das Bild auszulöschen. Vielleicht, überlegte sie, war es ja durchaus in Ordnung, sich jetzt hier, so weit von zu Hause entfernt, den Erinnerungen hinzugeben. Ganz allmählich löste sich Karen von ihrem harten Entschluß, nicht mehr an die Vergangenheit zu denken, und ließ sich zurückfallen in die Zeit, als sie zum ersten Mal die Nachricht auf diesem Zettel gelesen hatte. Damals war es ihr so unheilverheißend erschienen, dieses kleine Stückchen Papier.

An jenem Tag war es entsetzlich heiß gewesen. Sie war über den Campus geeilt, ihre Aktentasche in der einen Hand, in der anderen einen Pappbecher Eistee balancierend. Ihr helles Baumwollhemd klebte an ihrem Rücken, und obwohl sie sich erst vor wenigen Minuten geduscht hatte, fühlte sie sich schon wieder unangenehm verschwitzt. Selbst das Efeu, das sich die roten Backsteingebäude emporrankte, erschien ihr welk und schlaff, und sie selbst, so vermutete sie, sah genauso aus. Ihre Laune verschlechterte sich schlagartig in der kurzen Zeit, die sie brauchte, um das Unigelände zu überqueren. Sie versuchte, sich wieder aufzumuntern, indem sie sich mit dem Becher über die Stirn rieb, an dessen Außenseite der Eistee kühle Tropfen gebildet hatte.

„In Berkshire sollte ich sein", knurrte sie vor sich hin, „die Bergluft genießen, statt hier Sommerkurse abzuhalten." Doch es war ein Handel gewesen, einen letzten Gefallen, den sie der Universität erwies, bevor sie ihre Freisemester nahm. Sie betrat das Gebäude und machte kurz im kühlen Gewölbegang der Eingangshalle Rast. Sie griff ihr Hemd mit Daumen und Zeigefinger, zupfte es vor und zurück und erschauerte unter der Brise, die über ihren feuchten Bauch wehte. Schweiß rann ihr unter ihrem Rock die Beine herunter; selbst ihre Fußsohlen schwitzten in den flachen Sandalen.

Verschiedene Nachrichten hatten sich in ihrem Fach angesammelt. Sie lächelte der Abteilungssekretärin zu und ging den schwach beleuchteten Korridor entlang auf ihr Zimmer zu. Dort angekommen, warf sie sich in ihren Bürosessel, legte die Beine auf das niedrige Fensterbrett und schob ihren Rock hoch bis zu den Oberschenkeln, damit ihre Beine etwas abkühlen konnten. Dann nippte sie an ihrem Tee und begann die Zettel durchzusehen.

Einer stammte von einer Mitarbeiterin der örtlichen Fernsehstation eines Privatsenders, einer Maggie England. Karen wählte die Nummer, wütend auf sich selbst und den Sender; außerdem war es ihr peinlich. Sie hatte ihnen im letzten Monat eine kleine Spende versprochen; eine Mahnung lag zu Hause auf ihrem Schreibtisch, irgendwo unter ihren Papieren vergraben. Als sie ihren Namen nannte, schwor sie sich insgeheim, in Zukunft ihren Zahlungsverpflichtungen pünktlicher nachzukommen.

„Dr. Latham!“, die Stimme am anderen Ende klang angenehm und weich. „Wie schön, daß Sie gleich zurückrufen. Ich weiß, wie beschäftigt Sie sein müssen, aber haben Sie vielleicht ein paar Minuten Zeit, um über ein Projekt zu sprechen, das wir gerade planen? Sie waren die Erste, an die wir gedacht haben, als der Vorschlag auf den Tisch kam, eine Sendung über Andenvölker zu machen.“

Karen zögerte mit der Antwort, innerlich beeilte sie sich, von der Rolle der säumigen Schuldnerin in die der kompetenten Fachfrau zu schlüpfen.

„Ich würde sehr gerne persönlich mit Ihnen darüber reden“, fuhr Maggie fort. „Wir freuen uns alle sehr auf die Dreharbeiten. Wir haben tatsächlich eine Förderung von der Bundesregierung zugesprochen bekommen, für einen Dokumentarfilm über die Spuren religiöser Inka-Rituale bei einigen Volksstämmen in den Anden. Wir würden Sie gern dafür gewinnen, mit uns zusammenzuarbeiten. Könnte ich Sie mit einem Mittagessen locken, so gegen Ende der Woche?“

Karen war selbst überrascht, sich ohne Zögern sagen zu hören: „In Ordnung. Wie wäre es mit dem thailändischen Restaurant hier um die Ecke? Sagen wir, Donnerstag mittag?“

Karen fächelte sich mit den verbliebenen Zetteln Luft zu und nahm noch einen Schluck Eistee. Das Projekt klang interessant; es könnte sogar richtig Spaß machen. Auf jeden Fall wäre es eine Abwechslung in ihrer Alltagsroutine, in der sie zugegebenermaßen ein wenig Ablenkung brauchen konnte. Nicht, daß sie die Freude an ihrem erwählten Beruf verloren hätte, nur hatte sie das Gefühl, daß sie nach fünf harten Jahren inzwischen eher mechanisch als kreativ arbeitete. Irgendwie erschien ihr, jetzt wo sie näher darüber nachdachte, alles an ihrem Leben ein wenig schal. Sie traf Walter immer seltener, wahrscheinlich um einer Konfrontation aus dem Wege zu gehen, und hatte Ideen für ein zweites Buch zusammengetragen. Doch sie hatte den Eindruck, je mehr sie tat, desto weniger konnte sie es genießen. Ihre bevorstehenden Urlaubssemester könnten ihr die Langeweile nehmen, die sich in ihre berufliche Routine eingeschlichen hatte. Doch im Augenblick könnte die Mitarbeit an einer solchen Fernsehsendung genau die richtige Medizin sein.

Als sie am Donnerstag das Restaurant betrat, stellte sie fest, daß Maggie schon an einem Fenstertisch saß, eine rote Rose im Knopfloch, damit Karen sie in der Menge der Gäste erkennen konnte. Maggie saß an einem Fensterplatz, das Kinn auf ihre verschränkten Hände gestützt, und blickte gedankenverloren durch die Scheibe. Irgend etwas an der Art, wie sie dasaß, so absolut gelassen, ihre Lippen zu einem leichten Schmollmund geformt und gegen die Finger gedrückt, verlieh ihr den Ausdruck einer lebenslustigen Frau, die sich mitten in einem höchst vergnüglichen Abenteuer eine Denkpause gönnt.

Karen ging zu ihr hinüber, streckte die Hand aus und stellte sich vor. Maggies Gesicht öffnete sich zu einem breiten Lächeln. Sie erhob sie halb und nahm Karens ausgestrecke Hand.

„Ich freue mich, daß Sie dem Treffen zugestimmt haben." Maggie schob eine der überdimensionalen lila Speisekarten zu Karen herüber. „Bestellen Sie sich, was Sie mögen. Dieses Mittagessen geht auf Kosten unseres Senders. Wir schrecken vor nichts zurück, wenn wir ein Talent umwerben." Maggie zwinkerte ihr zu und rief den Kellner.

Amüsiert und ein wenig geschmeichelt griff Karen zur Speisekarte und nickte zustimmend, als Maggie einen bestimmten Wein vorschlug. Über den Rand der Karte hinweg betrachtete sie ihr Gegenüber. Sie war nicht gerade das, was Karen hübsch genannt hätte, jedenfalls nicht nach den Maßstäben der Werbespots geurteilt. Vielleicht war charmant der bessere Ausdruck. Sie legte die Karte beiseite.

„Ich habe meine Hausaufgaben gemacht", sagte Maggie. „Ihr erstes Buch und den Artikel über Sie und Ihre peruanischen Funde.

Sehr interessant. Gratuliere, es geschieht nicht alle Tage, daß ein Artikel über einen im *Time-Magazine* erscheint."

„Danke."

Der Wein wurde serviert, und Karen nahm einen kleinen Schluck. Sie lächelte. „Es war sehr aufregend für uns alle. Eine so große Pyramide wird von unschätzbarem Informationswert sein."

„Nun ja, durch Ihre Veröffentlichungen und die Publicity, die Sie sich dadurch erworben haben, wird sicherlich Ihr Name mit den Funden in Verbindung gebracht." Maggie erhob ihr Glas. „Also auf Karen Latham. Sie müssen wirklich sehr gut sein, um eine so bedeutende Feldstudie zu leiten."

„Es hat mehr damit zu tun, im richtigen Moment an der richtigen Stelle zu sein", wiegelte Karen schnell ab. „Jetzt erzählen Sie mir über Ihr Projekt."

Zwischen einigen Bissen von ihrem Erdnußhühnchen erklärte Maggie, wie ihr Dokumentarfilm geplant war. Die Redaktion interessierte sich vor allen Dingen für Überreste schamanischer Rituale in heutigen Andendörfern. Karen sollte die Aufgabe einer technischen Beraterin übernehmen und zusätzlich vor der Kamera die erläuternden Kommentare abgeben.

Mit wachsendem Interesse hörte Karen zu. Dies war ein Bereich der Andenkulturen, der sie schon immer besonders interessiert hatte; doch selbst wenn das nicht der Fall gewesen wäre, hätten Maggies Charme und ihre ansteckende Begeisterung sie für das Projekt gewonnen. Sie hatte ein angenehm leichtes Gefühl im Kopf – vielleicht die Wirkung der Klimaanlage nach einem solch glühend heißen Tag, vielleicht der Wein –, doch was es auch immer war, es gefiel ihr.

„Dieses Projekt klingt wirklich interessant", sagte sie und drehte ihr Glas langsam zwischen den Fingern. „In letzter Zeit hat mich gelegentlich so etwas wie Trübsinn überkommen. Ich kann ein wenig Aufregung gut gebrauchen. Zufällig habe ich gerade Zeit, und", Karen grinste zu Maggie hinüber, „ich würde gerne das Team ergänzen."

„Großartig!" Maggie langte über den Tisch und drückte leicht ihre Hand. „Willkommen beim Fernsehen."

Karen wußte nicht mehr, wann sie sich das letzte Mal so entspannt und locker gefühlt hatte. Es überraschte sie selbst, wie aufgeschlossen sie dieser fremden Frau begegnete. Diese Maggie England hatte etwas Faszinierendes. Sie war schätzungsweise so alt wie sie, Mitte Dreißig, aber sicher entschieden unkonventioneller. Unter dem modischen Jackett, dessen Ärmel sie bis zum Ellbogen aufgekrempelt hatte, trug sie ein einfaches T-Shirt. Unter ihren maßgeschneiderten Hosen kamen Turnschuhe zum Vorschein, die sicher schon bessere Tage gesehen hatten. Ein kleiner Hut saß ein wenig schief auf ihren kurzen dunklen Haaren, und das sah, besonders zusammen mit der roten Rose in ihrem Knopfloch, ausgesprochen hübsch aus.

Als sie die technischen Einzelheiten abgehakt hatte, gingen sie locker zu anderen Themen über und sprachen über alles mit Eifer und echtem Interesse. Karen würde sich später daran erinnern, daß sie das Thema Männer vollständig ausgespart hatten – ein Thema, dem ihre Freundinnen gewöhnlich die meiste Aufmerksamkeit widmeten.

Sie erfuhr, daß Maggie hier an der Ostküste auf eine Schauspielschule gegangen, dann aber, dem Traum jeder Schauspielerin folgend, an die Westküste gezogen war.

„Naja, möglicherweise bin ich nicht gerade dazu geschaffen, ein Hollywood-Sexsymbol zu sein", grinste Maggie. „Aber ich wollte ja auch ernste Rollen spielen. Sie wissen ja – Rollen von klugen Frauen, die souverän ihr Leben meistern."

„Haben Sie je in einem Kinofilm mitgespielt?"

Maggie verzog das Gesicht. „Ein einziges Mal. Irgend so ein Machwerk, in dem eine mutierte Qualle aus dem nordkalifornischen Meer auftauchte, in der Absicht, die ganze Welt zu verschlingen und dabei mit einer Gruppe von Surfern anzufangen – nicht gerade die ideale Gelegenheit, mir mein Image à la Katherine Hepburn aufzubauen, wie ich es mir gedacht hatte."

Karen legte den Kopf zurück und lachte. „Also haben Sie die Schauspielerei aufgegeben?"

„Ziemlich bald danach, ja. Ich habe sozusagen die Seiten gewechselt, und inzwischen macht mir die Produktion auch mehr Spaß."

Die Mittagsstunde und ein guter Teil des Nachmittags flogen

nur so dahin, bis Karen überrascht bemerkte, daß das Restaurant, vorhin noch brechend voll, sich inzwischen geleert hatte und sie beide die letzten Gäste waren. Es tat ihr richtig leid, sich von ihrer so anregenden Gesprächspartnerin trennen zu müssen.

Draußen auf der Straße nahm Maggie ihre Hand und hielt sie einen Moment lang fest. „Ich freue mich darauf – mit Ihnen zu arbeiten. Wir werden uns in den nächsten Wochen sicher recht häufig sehen."

Sie fragte sich, ob Maggie ihre Gedanken erraten hatte. Auch sie hatte gerade daran gedacht, wann sie Maggie wohl wiedersehen und daß sie gern mehr Zeit mit ihr verbringen würde.

Ein merkwürdiges Verlassenheitsgefühl beschlich Karen, während sie Maggie nachsah, wie sie ihren Wagen in den Verkehrsstrom einreihte und davonfuhr. Sie schob die Hand, die Maggie vorhin noch mit ihrer umschlossen hatte, in die Tasche ihres weiten Rockes und spürte deutlich, daß sie sich seltsam warm und prickelnd anfühlte.

Den ganzen folgenden Abend, während sie versuchte, sich auf ein Buch zu konzentrieren, das sie besprechen sollte, sah sie immer wieder Maggies Gesicht vor sich, und Fetzen ihrer Unterhaltung fielen ihr ein; sie konnte sich zwar partout nicht daran erinnern, welches Gericht sie bestellt hatte, doch sehr lebhaft war ihr im Gedächtnis, wie wohl sie sich die ganze Zeit gefühlt hatte. Am nächsten Nachmittag rief Maggie an und schlug ihr vor, ihr das Studio zu zeigen. Nur zu gern nahm Karen die Einladung an.

Sie hatte Mühe, ihr Auto auf dem überfüllten Studioparkplatz unterzubringen. Als sie ausstieg, stellte sie fest, daß sie immer noch einige Minuten zu früh dran war – und nervös war sie auch, wie sie bemerkte. Die Hitze flirrte über dem blauschimmernden Asphalt; schnell öffnete sie die Eingangstür und betrat das Gebäude, nicht ohne rasch vorher noch ihre Bluse zurechtzuzupfen und sich ein paarmal mit der flachen Hand über die Haare zu fahren.

Sie meldete sich am Empfang, setzte sich auf ein Besuchersofa, griff nach einer Zeitschrift und begann, sie durchzublättern.

Eine Hand legte sich auf ihre Schulter. „Hallo."

Erschreckt ließ Karen die Zeitschrift fallen.

„Oh – hallo." Karen sah zu Maggie hinauf, dann zum Fußboden

auf die hinuntergefallene Zeitschrift. „Ich habe Sie gar nicht kommen hören." Im Aufstehen hob sie das Magazin auf, aber wieder glitt es ihr durch die Finger.

„Verdammt", stöhnte sie auf und versuchte, sich und die Zeitschrift wieder zu fangen. „Was ist bloß mit mir los?"

Maggie führte sie durch den Korridor ins Studio, wo sie ihr die Ausrüstung und die Funktionen der verschiedenen Räume erklärte. Es war offensichtlich, daß Maggie ihre Arbeit liebte, nicht zuletzt die technische Seite daran. Sie berichtete lebhaft aber mit – wie Karen es bei sich nannte – natürlicher Selbstsicherheit über die Details ihres Berufes.

Karen hörte aufmerksam zu, nickte oft, sagte aber wenig. Normalerweise war sie in den meisten Situationen souverän und gesprächig, und wieder einmal war sie verwirrt, daß ihre sonstige Sicherheit im Auftreten plötzlich verschwunden zu sein schien. Doch je verwirrter sie wurde, desto unbehaglicher wurde ihr auch. Sie kam sich linkisch und schüchtern vor, mehr einer Pubertierenden ähnlich als der bedeutenden Expertin. Maggie schien es nicht zu bemerken, oder sie übersah es.

Kaum hatten sie sich in die beiden Sessel vor Maggies Schreibtisch gesetzt, summte die Sprechanlage. Maggie lauschte einen Moment, dann entschuldigte sie sich und ging hinaus. Karen stieß einen tiefen Seufzer aus und begann, sich im Zimmer umzusehen, in der Hoffnung, aus den Gegenständen in Maggies Büro etwas über diese bezwingende Persönlichkeit zu erfahren. Enttäuschenderweise standen auf dem Schreibtisch keinerlei Fotos aus Maggies Leben – keine lachenden Kinder, keine Familienporträts. Sie sah sich nach anderen Hinweisen auf Maggie Englands Privatleben um.

Das Büro war im Grunde winzig klein, es bot gerade genug Platz für den Schreibtisch, zwei Sessel und ein Bücherregal an der Wand. Ein kleiner Orientteppich und mehrere Pflanzen in verschiedenen Stadien der Gesundheit vervollständigten die Einrichtung. Der Inhalt des Bücherregals half ihr auch nicht weiter: nur Fachzeitschriften und ein paar Gedichtbände von ihr unbekannten Schriftstellerinnen. Daß sie ungewöhnlich neugierig auf das Privatleben einer Frau war, mit der sie eigentlich nur einen Arbeitskontakt hatte, schoß ihr zwar gelegentlich durch den Kopf, während sie in einem der Gedichtbände schmökerte, doch sie schob diese Erkenntnis in die gleiche Ecke ihres Unbewußten wie ihre ungewöhnliche Gehemmtheit.

Maggie kam schwungvoll in das Zimmer und machte es sich im Sessel Karen gegenüber bequem, die Füße lässig übereinandergeschlagen. Karen brachte ein paar, wie sie hoffte, intelligente Fragen darüber hervor, wie man einen Dokumentarfilm dreht. Während der ganzen Unterhaltung begegneten sich ihre Augen häufig, und dann senkte Karen schnell den Blick oder sah aus dem Fenster. Dennoch gelang es ihr, Maggie zu studieren, ihre Gesten und ihre Art zu reden. Was ihr auffiel war, daß Maggie offensichtlich zu den Menschen gehörte, die sofort die Aufmerksamkeit auf sich ziehen, sobald sie einen Raum betreten. Nicht daß sie das durch exaltierte Gesten erreicht hätte – das hatte sie nicht nötig. Die Leute merkten es auch so.

Wieder klingelte es, diesmal war es das Telefon, Maggie hob ab und sagte dann zu Karen: „Tut mit leid, aber ich muß los. Ein kleiner Unfall im Schneideraum, ein Projektor hat gerade eine Textspule zu Mittag verspeist. Aber immerhin können wir Sie mit Arbeit eindecken." Sie überreichte Karen einen Stapel gehefteter Seiten.

Karen verstaute das Manuskript in ihrer Handtasche und war seltsamerweise enttäuscht. „Danke. Ich möchte gern bald anfangen."

An der Tür legte Maggie eine Hand ganz leicht auf Karens Ellbogen. Karen fühlte sie dort, ganz nah und warm, und der Hauch eines leichten, würzig duftenden Parfums stieg ihr in die Nase. „Schade, daß Ihr Besuch hier so kurz ausfallen mußte", Maggie nahm den Druck von Karens Arm. „Wir sehen uns bald wieder, ja?"

*****

Das Projekt trat in der darauffolgenden Woche in seine erste ernsthafte Phase, und genau wie Maggie es versprochen hatte, sahen sie einander sehr häufig, wenn sie auch meist mit anderen Beteiligten an den Dreharbeiten zusammen waren. Dennoch, zwischen ihnen war ein heimliches Strahlen wie von tausend Leuchtkäfern. Selbst in Räumen, in denen es von Menschen wimmelte, war sich Karen schneidend klar der Anwesenheit Maggies bewußt, wo sie saß, was sie sagte. Ihre Augen trafen sich oft, manchmal in heimlichem Einverständnis über ein eben diskutiertes Thema, manchmal aus keinem benennbaren Grund. Sie machten gemeinsam Pause und gingen jeden Mittag zusammen essen – nur sie beide allein, in ein abseits gelegenes Restaurant, wo sie sich in Ruhe unterhalten und ungestört sein konnten.

Die Arbeit selbst war interessant, und Karen machte es immer mehr Freude, mit ihren Kenntnissen zur Auswahl von Filmausschnitten beizutragen und vor der Kamera erläuternde Kommentare abzugeben. Doch es waren die Mittagsstunden und die Kaffeepausen, auf die sie sich am meisten freute.

Eines abends waren sie beide die Letzten im Studio. Sie saßen auf Drehstühlen vor einer Monitorwand. Karen war aufgefallen, daß Maggie den ganzen Tag etwas zerstreut gewirkt hatte und war froh, jetzt noch ein paar Minuten mit ihr allein sein zu können. Maggie fuhr sich mit den Fingern durchs Haar und lehnte sich über den Tisch. „Ich werde ein paar Tage nicht hier sein", sagte sie langsam. „Es gibt da noch einige Arbeiten, die ich zu Hause erledigen muß."

Karen hatte das Gefühl, als hätte ihr gerade jemand erklärt, sie müßte ab sofort ein paar Tage in einer Isolierzelle verbringen, mit einem Telefonbuch als einziger Lektüre. „Oh?" entfuhr es ihr, und sie hoffte, ihre Enttäuschung wäre für Maggie nicht allzu offensichtlich.

„Manchmal fällt es mir hier schwer, mich zu konzentrieren", begründete Maggie ihren Entschluß, mit einem langen Blick auf Karen.

Könnte man nicht dasselbe von ihr behaupten? Für sie löste nicht einmal das Nachhausegehen das Problem. Jeden Abend, wenn sie in ihre Wohnung zurückkehrte, war sie zwar erschöpft, aber noch zu erfüllt von all den neuen Eindrücken, um schlafen zu können. Schließlich war sie den ganzen Tag ein paar Zentimeter über dem Boden geschwebt, die Wangen immer etwas gerötet, ihre Hände tief in die Hosentaschen vergraben. Die Hände herauszunehmen und sie loszulassen, hätte vielleicht bedeutet, Maggies Hand zu streicheln oder die Stelle an ihrem Haaransatz zu berühren, wo, da war sich Karen sicher, alle Köstlichkeit verborgen war, die sie nur finden konnte. In diesen Wochen hatte sie ganz aufgehört, sich mit Walter zu treffen.

Karen rang sich ein Lächeln ab. „Tja, vermutlich müssen wir uns also ohne Sie durchwursteln."

„Ich dachte, wenn Sie nicht zu viel zu tun haben, könnten wir morgen zusammen zu Abend essen", sagte Maggie. In ihrer Stimme lag ein ungewöhnliches Zittern.

„Das fände ich sehr schön", erwiderte Karen schnell.

*****

Am folgenden Abend kamen sie beide gleichzeitig vor dem Restaurant an. Karen konnte sich nicht zurückhalten, leicht mit der Hand über Maggies Schulter zu streicheln, während sie die schmale Treppe zum Restaurant hinaufstiegen.

Es war ein höhlenartiger Raum im Obergeschoß eines Lagerhauses im Hafengelände, berühmt für seine großzügigen Portionen, berüchtigt für den Kohlgeruch, der dauernd in der Luft hing, und bekannt für die Schlagfertigkeit der Kellnerinnen. An einem kleinen Tisch an der Wand setzten sie sich auf die Stühle mit den hohen Lehnen und begannen sich zu unterhalten, ohne zu bemerken, daß ihnen die Kellnerin inzwischen die Speisekarte auf den Tisch gelegt hatte.

Das Restaurant war voll besetzt, die Gäste saßen in kleinen Nischen oder an langen Holztischen, die längs im Raum angeordnet waren; die meisten Gäste hatten schon ihr herzhaftes Essen vor sich und aßen, begleitet von dem Geklapper der Töpfe und den lauten Stimmen der Kellnerinnen, die den Köchen die Bestellungen zuriefen. Maggie schien den Lärm genauso wenig zu bemerken wie Karen. Sie waren beide zu beschäftigt mit ihrer Unterhaltung; jede brachte die andere auf den neuesten Stand dessen, was alles geschehen war, seit sie sich gestern zum letzten Mal gesehen hatten.

Während Karen Maggies Worten lauschte, den Kopf leicht gegen die hohe Rückenlehne ihres Stuhles gestützt, einen Anflug von Lächeln auf den Lippen, kostete sie wieder das Gefühl aus, in

Maggies Gegenwart absolut glücklich und zufrieden zu sein, ein Gefühl, das um so vieles tiefer war, als es das leichte, fast nervöse Geplauder zwischen ihnen erkennen ließ. Aus Furcht, es könne eine längere Pause in ihrer Unterhaltung entstehen, achtete Karen darauf, jeweils auf das passende Stichwort zu reagieren. Was hätte sie auch in eine so gefährliche Gesprächspause hinein sagen können? Welche Grenze würde sie überschreiten, wenn sie auch nur in einer Andeutung ihre sich überschlagenden Gefühle verriete?

Langsam trank Karen ihren Kaffee. Sie hatte sich irgendwie durch den Tag geschleppt, der ihr langweilig und mühsam erschienen war, sie hatte die Stunden bis zum Abendessen gezählt. Jetzt war sie hier, in ihren Ohrläppchen spürte sie ein leichtes Prickeln, ihre Wangen waren gerötet, und warme, äußerst angenehme kleine Stromstöße durchzuckten sie von der Kehle bis in den Bauch.

Es gab Begriffe für Gefühle wie diese, Worte, die sie nicht zu Ende dachte und die ungesagt blieben.

Maggie hatte aufgehört zu sprechen; es dauerte einige Sekunden, bis Karen feststellte, daß sie Maggies letzte Worte gar nicht gehört hatte, sie hatte nur ihrer angenehmen Stimme gelauscht.

Als die überladenen Platten mit Putenbrust und Gemüse serviert wurden, konnte Karen nur ein wenig in ihrem Essen herumstochern, ihr Appetit war ebenso betäubt wie ihre Fähigkeit, logisch zu denken. Nichts von dem hier sollte eigentlich geschehen. Ihre Gefühle waren ebenso lebendig und unkontrollierbar wie verwirrend und gefährlich.

Maggie schien ebenfalls kein sonderliches Interesse für ihr Essen aufzubringen, stellte Karen fest, sie aß sehr langsam und trank zwischendurch häufig von ihrem Eiswasser.

Nachdem sie einige Bissen von ihrem Putenfleisch gekostet hatte, schob Karen ihren Teller beiseite. Sie konnte sich nicht daran erinnern, überhaupt davon gegessen zu haben. „Ich glaube, ich bin überhaupt nicht hungrig."

Auch Maggie schob ihren Teller beiseite. „Ich auch nicht." Sie verschränkte ihre Hände und lehnte sich vor. „Karen, ich . . ."

Maggies Lippen blieben leicht geöffnet, so als ob sie weitersprechen wollte. Sie sah Karen direkt in die Augen. „Es ist wunderbar, dich zu sehen."

Maggies Gesichtsausdruck, ihre Wärme und ihre direkten Worte ließen keinen Zweifel an ihrer Erklärung.

„Ja", antwortete Karen leise.

Maggie öffnete ihre Hände. Karen streckte ihre Hand aus und berührte Maggies ganz leicht mit den Fingerspitzen. Karens ganzes Wesen schien sich auf diesen einen kleinen Punkt zu konzentrieren, diesen magischen Punkt, an dem sich ihre Finger berührten.

Die Kellnerin erschien mit der Rechnung, und rasch zog Karen ihre Hand zurück.

Tagsüber war in der Hafenstraße, in der das Restaurant lag, ein Wochenmarkt, auf dem Gemüse und frischer Fisch verkauft wurden. Die beiden Frauen gingen schweigend, jede in ihre eigenen Gedanken versunken. Behutsam wichen sie welken Salatblättern und zerdrückten Tomaten aus, ebenso behutsam, wie Karen es vermied, ihr Glücksgefühl in Maggies Gegenwart zum Ausdruck zu bringen.

Sie erinnerte sich, wie sie als Kind zum ersten Mal in den Zirkus gegangen war. Als sie auf das Zelt mit seinen auf allen Seiten flatternden Wimpeln zugegangen war, hatte ihr Herz ganz laut geklopft, in Erwartung all der Geheimnisse, die dort unter der rotweißen Plane auf sie warteten. Ohne genau zu wissen, um welche wundervollen Geheimnisse es sich handeln könnte, war ihr doch bewußt, daß jeder Schritt sie näher zu etwas Hellem und Aufregendem führte. Bald würde sie riesige Tiere sehen, glitzernde Pailletten, gewagte Kunststücke – es würden sich ihr nie gekannte Anblicke bieten, die ihr den Atem rauben und sie dazu bringen würden, begeistert zu klatschen und zu lachen . . .

Maggie glitt mit ihrer Hand unter Karens Arm, und Karen gab, einem uralten Instinkt folgend, nach und lehnte sich leicht an sie. Keine von beiden sprach ein Wort, die Berührung und die Wärme der Nacht waren ihnen mehr, als sie jemals mit Worten hätten ausdrücken können. Sie gingen weiter, bogen um irgendwelche Ecken, immer noch sagte keine ein Wort oder lenkte ihre Schritte in eine bestimmte Richtung. Nach nur allzu kurzer Zeit kamen sie wieder auf dem jetzt leeren Parkplatz an, auf dem einsam Karens Auto stand. Sie lehnten sich gegen den alten VW und sahen einander an.

Karen, die den Moment des Abschieds fürchtete, fühlte sich

merkwürdig hin- und hergezogen zwischen den Konventionen ihres bisherigen Lebens und ihrer neuen Sehnsucht. Sie wollte Maggie in die Arme nehmen, sich trösten, ein haltbares Band zwischen ihnen spüren, wenn sie schon in die feuchtwarme Nacht da draußen hinausfahren mußte. Maggie kam einen Schritt auf sie zu, ihr Gesicht war nur einen Atemzug entfernt.

„Ich weiß nicht, wie –“, Karen stockte und starrte zu Boden.

„Wie sich verabschieden?“ ergänzte Maggie sanft.

Immer noch mit Blick auf den Boden nickte Karen und fühlte, wie Maggies Arme sie umfaßten, Maggies Lippen ganz leicht ihre Wange streiften.

Ohne noch länger zu zögern, zog sie ihre Hände aus der Sicherheit ihrer Hosentaschen und ließen sie die ihr noch unvertrauten Umrisse von Maggies Rücken streicheln. Als Maggie sich aus der Umarmung löste, wußte Karen, daß sie tief errötet war. Es hatte ihr den Atem verschlagen, und sie verspürte kein Bedürfnis mehr, zu sprechen. Sie berührte Maggies Wange und nestelte hinter sich nach dem Griff der Autotür.

„Ich habe das Gefühl, daß ich den Tränen gefährlich nahe bin“, sagte Karen. „Und gerade dabei bin, abzuheben – ich könnte nach Hause schweben.“ Sie wandte den Blick zum verchromten Türgriff. „Aber, ich . . .“

Maggie nickte und lächelte auf eine Weise, daß Karen wußte, sie verstand, dann beugte sie sich zu ihr hinüber und gab ihr einen zarten Kuß auf die Wange. Karen erwiderte die Geste und schlüpfte schnell hinter das Lenkrad.

Während sie vom Parkplatz herunterfuhr, sah sie Maggie im Rückspiegel, groß, die Haare vom Wind zerzaust. Sie winkte ihr im Dämmerlicht nach.

Am nächsten Morgen erwachte sie voller Panik, ein Gefühl, das noch intensiver wurde, als die Ereignisse des vergangenen Abends lebhaft vor ihrem geistigen Auge erschienen. Sie setzte Kaffeewasser auf und lehnte sich gegen den Küchenschrank.

„Mein Gott“, sagte sie laut. „Was um Himmels Willen geht hier eigentlich vor?“ Eine rhetorische Frage; in Wahrheit wußte sie es längst.

Die Sonntagszeitung lag aufgeblättert auf dem Sofa; sie unternahm einen halbherzigen Versuch, das Kreuzworträtsel zu lösen, dann warf sie die Zeitung beiseite, sie war doch zu nervös, um sich konzentrieren zu können. Mit verschränkten Armen, erhob sie sich und ging hinüber ans Fenster. Sie liebte diesen Blick aus ihrer Wohnung über den Charles River zum gegenüberliegenden Uni-Gelände. Da in der anderen Welt, drei Stockwerke unter ihr waren Turmspitzen und würdige Ziegelbauten zu sehen. Ruderboote glitten rasch den Fluß hinunter. Zum ersten Mal erschreckten sie die hohen Türme und die wuchtigen Bauten, statt ihr wie früher das beruhigende Gefühl zu vermitteln, einen Platz auf der Welt zu haben; geradezu bedrohlich erschienen sie ihr in diesem Moment.

Sie wollte Maggie anrufen. Von ganzem Herzen wollte sie diese klare warme Stimme hören. Einmal klingelte das Telefon und sie stürzte hin, mit zugeschnürter Kehle – doch es hatte sich nur jemand verwählt.

Karen stand neben dem Telefon, ihre Hand schwebte über dem Hörer, auf der Zunge hatte sie einen Geschmack, als hätte sie ein Stück Metall verschluckt. Schnell wählte sie Walters Nummer. Er nahm sofort ab, und das war gut so – ein weiteres Klingeln, und sie hätte wieder aufgelegt ...

* * * * *

Irgend etwas – der Wind, das Schlagen eines Fensterladens – schreckte Karen auf, und sie zwang sich mühsam aufzuwachen; sie saß in ihrem Sessel vor dem Kamin. Mit flachen Händen rieb sie sich über das Gesicht, dann saß sie ein paar Sekunden reglos da. Ihre Schläfrigkeit fiel allmählich von ihr ab und wich einer hellwachen Orientierungslosigkeit. Ihr erster Impuls beim Aufwachen war gewesen, sich im Raum nach jemandem umzusehen, der in ihrem Traum, an den sie sich kaum erinnern konnte, in ihrer Nähe gewesen war. Bruchstücke des Traumes tanzten um sie herum wie durcheinandergewirbelte Teile eines Puzzlespiels; doch die Gedankensplitter und verzerrten Bilder wollten sich nicht zu einem Ganzen zusammenfügen.

Vorhin hatte sie im Radio eine Sturmwarnung gehört: eine Schlechtwetterfront bewegte sich von Kanada aus auf Neuengland zu. Sie saß still vor dem Kamin, das Feuer war während ihres kurzen Schlafes ausgegangen, und sie entnahm dem hohen Pfeifen der Windböen und dem Kratzen der Zweige gegen die klapprigen Fensterläden, daß der Sturm sie schon erreicht hatte. Merkwürdig, dachte sie und legte ihre Arme um ihre Schultern, wie verletzbar man sich zu Beginn eines Sturmes fühlen kann, wie sehr man nach Trost sucht angesichts der Naturgewalten.

Ihre Augen suchten im schwach erleuchteten Raum nach vertrauten Gegenständen, und zum ersten Mal seit ihrer Ankunft spürte sie ihre Isolation. Es gab kein Telefon, und selbst wenn eines da wäre, wen wollte sie anrufen? Sie hatte ihre Familie, ihre Freundinnen, Kollegen und Studenten gewarnt: „Ich brauche alle Zeit, um mich ungestört auf mein Buch konzentrieren zu können", sie hatte sie alle vorsichtig gemacht. Wie könnte sie jetzt jemanden anrufen? Das Feuer war niedergebrannt, während sie geschlafen hatte, und sie stocherte darin herum, bis wieder Flammen unter den Scheiten hervorzüngelten.

Selbst wenn ich einem Urbedürfnis nach Kontakt nachgeben wollte, dachte sie und lehnte sich in die Kissen zurück, selbst wenn ich es wollte – ich könnte es gar nicht.

Der Raum lag im Dunkeln, nur ein blasser Lichtschein von der Glühbirne über dem Spülbecken in der Küche fiel durch die geöffnete Tür, und die einzigen Geräusche stammten vom Wind und der tickenden Standuhr. Sie kämpfte gegen das Bedürfnis an, das Licht anzudrehen, erhob sich statt dessen und trat ans Fenster. Draußen peitschten die Zweige der Bäume wütend durch den Nachthimmel, aufgereizt durch den Wind; Schaumkronen lagen auf den hohen Wellen, die heftig auf die Felsen krachten. Es konnte sich nur um Minuten handeln, ehe die schweren dunklen Wolken ihre Schleusen öffnen und Wassermassen ausschütten würden. Nebelfetzen lagen noch über dem Strand, und eine neue Nebelwand war ein paar hundert Meter weiter draußen zwischen Land und Meer entstanden. Leicht erschauernd dachte sie daran, wie zugig es im Haus war, starrte hinaus auf das Drama, das sich dort draußen abspielte und hielt sich mit ihren Armen eng umschlungen.

Dichte Nebelfetzen rollten und kräuselten sich um die Bäume und Felsen, als hätten sie sich von der Nebelbank da draußen auf

See losgerissen; nur ab und zu teilten sie sich und gaben den Blick frei auf eine Ulme, die Wellen oder einen Teil der Felsküste. Der Wind peitschte einen Nebelfetzen über die Felsen hinunter, und plötzlich schlug Karen das Herz bis zum Hals.

Da stand jemand! Irgend jemand, eine dunkle Silhouette, stand dort, absolut reglos, und sah zum Haus herauf.

Karen umschlang sich noch fester mit den Armen und trat einen Schritt vor, strengte sich an, durch die Dunkelheit zu dem großen Felsen in der Bucht zu sehen und die Gestalt daneben zu erkennen. Ein weiterer Nebelfetzen verdeckte die Felsen, doch sie starrte weiter hinaus; unter ihrem Hemdkragen bildete sich eine dünne Schweißschicht. Ihr Herz schlug wie wild, während sie krampfhaft versuchte, die Augen nicht von der Stelle abzuwenden, wo sie die Gestalt gesehen hatte. Der Nebel teilte sich wieder, gab den Blick frei auf die Felsen; doch diesmal stand niemand dort. Karen rieb sich mit der Hand über die Augen und sah wieder hin. Niemand.

Sie ließ ihren Blick über das ihr noch unvertraute Gelände schweifen, den Strand entlang und zwischen die Bäume, ging sogar hinüber und sah durch die angrenzenden Fenster hinaus auf die Straße. Nichts. Schließlich trat sie zu ihrem Sessel zurück, ihre Beine fühlten sich so taub an, als gehörten sie nicht ihr, sie sank in die Kissen und stieß einen tiefen Seufzer der Erleichterung aus. Da war niemand – zumindest niemand mehr. Und, tadelte sie sich im Stillen, vermutlich ist überhaupt nie jemand dort gewesen. Ich bin übermüdet. Es war ein langer Tag. In Boston kann man vielleicht dunkle Gestalten vor dem Haus herumlungern sehen, die in die Fenster starren, aber doch nicht hier und nicht mitten in einem heftigen Sturm.

Hätte sie sich vorher über mögliche Veränderungen ihrer Schlafgewohnheiten Sorgen gemacht, ihre Befürchtungen wären unbegründet gewesen. Trotz des kurzen Nickerchens am frühen Abend fühlte sie sich schläfrig. Mit einem Glas Wein in der Hand stieg sie die Stufen zu ihrem Schlafzimmer hinauf, unter dem Arm einen Packen Schundromane, den sie vorhin im Supermarkt gekauft hatte; die grell bunten Umschläge mit den reißerischen Titeln hatten ihre Wirkung bei ihr nicht verfehlt. Die Arbeit ließ ihr gewöhnlich wenig Zeit, sich in andere Lektüre zu flüchten. Diese Bücher hier versprachen ihr einen gründlichen Urlaub von ihrer Fachliteratur, somit waren sie eines der ersten Symbole ihrer neugewonnenen Freiheit.

Sie machte es sich in ihrem Bett gemütlich und suchte ein Buch heraus mit schreiendrotem Umschlag und silberner Schrift. *Das Gesicht aus Elfenbein* versprach ein Drama über unerwiderte Liebe. Was könnte abgedroschener sein, dachte Karen, und öffnete das Buch.

Sie erwachte kurz nach zwei Uhr, in Schweiß gebadet und ohne zu wissen, wo sie sich befand. Das Zimmer kam ihr fremd vor, und einen Moment lang wußte sie in heller Panik nur, daß sie nicht in ihrer Wohnung in Boston war. Sie lag reglos da und ließ ihre Augen durchs Schlafzimmer wandern, erwartete beinahe, jemanden am Fußende ihres Bettes stehen zu sehen. Das Gefühl, jemand anderes sei im Raum, war das letzte, woran sie sich vor dem Aufwachen erinnern konnte. Als sich ihre Augen an die Dunkelheit gewöhnt hatten, konnte sie die hübschen Linien roter, ineinander verschlungener Rosen, das Tapetenmuster, erkennen; sie sah das geöffnete Oberlicht des weißgestrichenen Fensters, die Umrisse der Möbel. Und doch fühlte sie sich irgendwie fremd, als ob sie in einem Zimmer aufgewacht wäre, das ein anderer Mensch bewohnte.

Draußen war der Sturm vorüber; alles, was an ihn erinnerte, war das stete Tropfen aus der übervollen Regenrinne auf den durchweichten Boden. Dunkle Wolken zogen wie lange Finger rasch über den Himmel, vor dem bleichen aufgehenden Mond vorbei und verdeckten ihn oft. Karen warf die Bettdecke zurück, stolperte ins Badezimmer und schaltete das Licht ein. Das Gesicht, das ihr aus dem Spiegel entgegenstarrte, sah müde und verquollen aus, als ob sie kein Auge zugetan hätte. Teile ihres Traumes kamen ihr in den Sinn, deutlich zwar, aber unzusammenhängend. Irgend etwas über eine Frau auf einem Pferd. Dieses Bild blieb ihr im Gedächtnis, als andere Traumbilder sich immer weniger fassen ließen und schließlich zerrannen. Obwohl die Gestalt in dem Traum auf sie zugeritten kam, war es ihr unmöglich gewesen, ihr Gesicht zu erkennen: Ihr Kopf und ihre Schultern waren von einem dicken Schal verdeckt, den sie wie eine Kapuze um den Kopf geschlungen hatte. Unter dem groben Stoff war nur Dunkelheit gewesen, und obwohl die reitende

Gestalt sie nicht eigentlich erschreckt hatte, so hatte sie in ihrer Vorstellung doch etwas Zwingendes. Es blieb das einzige Traumbild, das Karen in Erinnerung behalten konnte.

Immer noch in Gedanken mit der Gestalt auf dem Pferd beschäftigt, ging sie wieder zu Bett, lag still in dem dunklen Raum, die Bettdecke bis unters Kinn hochgezogen. Sie mußte lächeln; die Erscheinung im Nebel hatte sie doch wohl mehr erschreckt, als sie dachte. Innerhalb von Sekunden fiel sie in tiefen Schlaf.

Kapitel 3

Karen erwachte, blieb aber noch eine Weile still unter der warmen Decke liegen; es war doch überraschend kalt im Zimmer. Ein blaßrosa Lichtstreifen fiel durch die Fenster, und sie stellte sich vor, sie erwache in einer Orchidee oder in einem zarten Schneckenhaus. Das Meer rauschte von weitem an ihr Ohr, die nackten Ulmen- und Ahornzweige erzitterten in einer leichten Morgenbrise. Sie aalte sich im Bett, ließ den Schlaf ganz langsam aus Kopf und Gliedern weichen, zog die elektrische Heizdecke bis zum Kinn und lag noch eine Weile da, manchmal dösend, dann wieder im Übergang zum Wachsein, gerade so, wie es ihr gefiel. Sie hatte keine Ahnung, wie spät es war; es interessierte sie auch nicht.

Wie ein roter Faden zogen sich Erinnerungen an einen Traum in ihre wacheren Augenblicke hinein, doch jedesmal, wenn sie dieser Erinnerungen gerade habhaft werden wollte, entglitten sie ihr wieder, und sie fiel zurück in ihren schläfrigen Dämmerzustand. Wieder war sie der schweigsamen Reiterin begegnet, und diesmal hatte sie ihr Gesicht gesehen. Durch eine dünne, leicht erzitternde

Schicht, wie durch Wasser, hatte sie eine dunkeläugige Frau gesehen, die ihr unter ihrem groben Wollschal hervor zulächelte. Die Frau hatte grüßend die Hand gehoben und Karen nähergewinkt, doch Karen mußte durch etwas hindurchgehen, das zu dick und schwer war, als daß sie zu ihr hätte gelangen können ...

Sie dehnte und streckte ihre Beine und drehte sich auf die andere Seite, wobei sie ihren Muskelkater spürte – kein Wunder, schließlich hatte sie gestern all diese Kisten und Kartons geschleppt. Erste Anzeichen von Kopfschmerzen machten sich bemerkbar, und seltsamerweise war sie immer noch müde, wie nach einem leichten, unruhigen Schlaf. Normalerweise drückte ein solches Erwachen ihre Lebensgeister nieder; ein Tag, der so begann, versprach nichts Gutes. Doch dies war kein gewöhnlicher Morgen, und sie war an keinem gewöhnlichen Ort. Der Tag lag vor ihr, mit oder ohne Kopfschmerzen, und verhieß ihr Zeit für sich und für die Erkundung ihrer neuen Umgebung. Sie würde Stunden damit verbringen, das Haus kennenzulernen und sicherlich einen langen Spaziergang am Strand machen.

Mit einer entschlossenen Bewegung warf Karen die Bettdecke zurück und hüpfte schnell mit nackten Füßen über den kalten Holzfußboden. Sie griff nach dem Morgenmantel und sauste hinunter, um die Heizung aufzudrehen.

Sie setzte Kaffeewasser auf, und während sie wartete, saß sie mit untergeschlagenen Beinen am Küchentisch, das Kinn in der Hand, und starrte, immer noch schlaftrunken, ins Wohnzimmer hinüber. Ganz hinten an der Wand hatte sie sich ihren Arbeitsbereich eingerichtet, allerdings war sie damit gestern noch nicht ganz fertig geworden. Einige Kisten mit archäologischen Funden, Kartons voll ungeordneter Unterlagen und Karteikarten standen halb ausgepackt auf und unter dem Schreibtisch. Es war ein irritierender Anblick; irgendwie gehörte das alles nicht hierher. Es störte ihre Stimmung, den Zauber, den das Haus heute morgen ausstrahlte. Jedesmal, wenn sie ihren Schreibtisch sah, wandte sie schnell den Blick ab und lenkte ihn auf den Kamin oder aus dem Fenster. Um wieviel mehr zog sie doch den träumerischen Glanz vor, den Sonnenlicht auf poliertes Holz zu zaubern vermochte!

Gleich nach der ersten Tasse Kaffee, so schwor sie sich, würde sie ihren Schreibtisch aufräumen. Mit diesem Kompromiß besänftigte sie ihr Pflichtgefühl, nahm ihre Kaffeetasse und begann, langsam durch das Haus zu schlendern, wobei sie gelegentlich gedankenverloren mit dem Finger über die polierte Holztäfelung oder eine Stuhllehne fuhr. Häufig hielt sie inne, um aufs Meer hinauszusehen, das sich als bleigraue Fläche im regenverwaschenen Morgen vor ihr ausbreitete.

Einige gußeiserne Haken im Inneren des Kamins fielen ihr auf. Sie trat einen Augenblick zurück, kniff die Augen zusammen und versuchte sich vorzustellen, wie es hier vor einem Jahrhundert ausgesehen hatte, als ein Topf Bohnen über dem Feuer kochte. Im Flur fesselten die kleinen Butzenscheiben der Eingangstür ihren Blick, die das einfallende Sonnenlicht grün färbten. Eine Weile stand sie nur da und fuhr mit dem Finger die kleinen Bläschen nach, die sich in dem Glas gefangen hatten.

Sie stellte ihren Kaffee ab, der längst kalt geworden war, und stieg die Treppe hinauf, wobei sie mit der Hand liebevoll das glatte kühle Eichengeländer entlangfuhr. Eine andere Empfindung nahm allmählich in ihr Gestalt an, etwas, das dicht unter der Oberfläche ihres sinnlichen Vergnügens an diesem Haus lauerte. Dieses Gefühl war nicht genau zu fassen, wie etwas, das man kennt, auf das man sich aber nicht besinnen kann – so als wartete sie auf etwas. Oder auf jemanden.

In einem der Schlafzimmer entdeckte sie eine kleine Pfütze. Es war Regenwasser; der Sturm hatte es letzte Nacht durch einen Spalt im Fensterrahmen hereingedrückt. Der Anblick des abbröckelnden Fensterkitts war beinahe verunsichernd, wie die Entdeckung eines Makels an einem kostbaren Besitz. Sie rannte nach unten, um ihren kleinen Werkzeugkoffer zu holen, und versuchte sich zu erinnern, ob sie Mörtel oder Fensterkitt mitgebracht hatte. Kurze Zeit später stand sie, vollständig angezogen, eine Dose frisch angerührten Mörtel in der Hand, auf der Leiter und spachtelte den Riß fein säuberlich mit dem Küchenmesser zu.

Als sie das Geräusch hörte, glaubte sie zunächst an Einbildung, vielleicht war es auch nur der Wind; doch während sie die Spachtelmasse glattstrich, fiel ihr Blick durchs Fenster und sie sah, daß die Baumwipfel sich kaum bewegten. Wieder hörte sie das Geräusch und neigte den Kopf, das Messer gegen die Scheibe gedrückt. Ein leises Rascheln kam aus der Küche; nicht immer an der gleichen Stelle; es schien mal hierher und mal dorther zu kommen. Sie zog ihre Hand vom Fenster zurück und rieb sich mit der Hand über die Gänsehaut auf ihrem Arm.

Das Geräusch war deutlich, wenn auch nicht laut, und sie stand auf der Leiter und hielt den Atem an, um besser lauschen zu können. Da waren noch andere Geräusche, wie das Rascheln von Papier oder leise Schritte, doch diese waren weniger klar zu hören, sie schienen eher irgendwo zwischen Phantasie und Realität angesiedelt. Doch das Rascheln von aneinanderreibendem Stoff, das war eindeutig Wirklichkeit und keine Einbildung.

Karen schlich sich leise auf den Flur, hielt wieder den Atem an und glitt ganz vorsichtig die Treppe hinunter, um im Wohnzimmer und der Küche nachzusehen.

Sie erreichte die letzte Stufe und spähte ins Wohnzimmer hinein. Es war leer. Sie zwang sich, ihre Schritte in die Küche zu lenken. Auch in diesem Raum strömte helles Sonnenlicht durch die Fenster, der ganze Raum schien in morgendliche Fröhlichkeit getaucht. Im Baum vor dem Fenster saß sogar ein kleiner Vogel und zwitscherte. Die ruhige, perfekte Ordnung, das heitere Sonnenlicht, all das ließ sie sich reichlich dumm vorkommen. Hier war wirklich nichts durcheinander, außer ihr. Sie stand bewegungslos auf der Schwelle, das Messer baumelte zwischen ihren Fingern. Doch irgend etwas stimmte hier nicht, irgend etwas anderes, das sie zwar fühlen, aber nicht sehen konnte.

Sie betrachtete jede Einzelheit in der Küche ganz genau und erinnerte sich dabei an ein Spiel, daß sie als Kind oft in Zeitschriften gesehen hatte: „Original oder Fälschung?“ In diesem Spiel ging es darum, in einem von zwei identisch aussehenden Bildern die ‚Fehler‘ zu entdecken. Sie sprach den Namen des Spiels wiederholt vor sich hin, während sie jeden Winkel des Raumes inspizierte. Ihre Kupfertöpfe glänzten im Sonnenlicht über dem Ofen, die Teller, die sie gestern abend abgewaschen hatte, standen fein säuberlich nebeneinander im hölzernen Gestell neben dem Spülbecken.

Dann fiel ihr Blick auf den Tisch, und ihr Herz setzte aus.

Die Blumen! Das Glas, das sie gestern mit den Blumen aus dem

Beet vor dem Haus gefüllt hatte – irgend jemand hatte es weggestellt! Sie konnte sich genau daran erinnern, es in der Mitte des Tisches plaziert zu haben, jetzt stand das hohe Glas mit seinem fröhlich-bunten Inhalt ganz hinten auf dem Tisch, direkt neben dem Herd.

Eher verwirrt als beunruhigt setzte sie sich an den Tisch und starrte die Blumen an, als wollte sie sie zum Reden bringen. Sie erhob sich, wärmte den Kaffee noch einmal auf und versuchte sich davon zu überzeugen, daß sie die Blumen wohl selbst beiseite gestellt hatte, als sie gestern ihr Abendessen kochte. Oder, dachte sie, allerdings noch weniger überzeugt, oder ich habe Ratten im Haus. Im Geist ergänzte sie ihre Einkaufsliste für Pelham Falls um einige Fallen.

Der Tag verlief wirklich nicht wie geplant. Erst die kleine Reparatur, dann das Zwischenspiel merkwürdiger Geräusche. Beide Unterbrechungen, besonders die letztere, hatten sie aus ihrer träumerischen, fast tranceartigen Bewunderung für das Haus gerissen.

Als sie aus dem Fenster blickte und den blauweißen Lastwagen der Neuengland-Telefongesellschaft die Auffahrt heraufkommen sah, zuckte sie resigniert die Schultern und stand auf, um die Tür zu öffnen. Sie zeigte dem jungen Mann, wo er das Telefon anbringen sollte, und als der sich an die Arbeit machte, kehrte sie an den Küchentisch zurück und starrte lange auf die Blumen.

Irgendwann sah Karen wieder aus dem Fenster. Überrascht stellte sie fest, daß der nächste Besucher schon auf dem Weg zu ihr war. Ein leuchtend roter Jeep schwankte die Auffahrt herauf und kam neben dem Wagen der Telefongesellschaft zum Stehen. Karen beobachtete fasziniert, wie eine große Gestalt hinter den Stoffvorhängen der Seitenscheiben hervorkam und sich mit der einen Hand eine grüne Schirmmütze auf dem Kopf zurechtrückte. Sie hätte unmöglich sagen können, ob die Gestalt ein Mann oder eine Frau war, denn die tiefen Linien und Falten dieses Gesichtes hatten die geschlechtstypischen Züge schon lange verschwinden lassen.

Die Gestalt in Khakihosen und rot besohlten Stiefeln schlurfte selbstsicher auf die Tür zu. Im Näherkommen konnte Karen den Schriftzug *John Deere* vorn auf ihrer Mütze erkennen. Sie öffnete die Tür und blickte in das kantige und zugleich sanfte Gesicht einer Frau mit eindringlichen grauen Augen.

„Hallo“, sagte die Frau mit einer kräftigen Stimme und hielt ihr ein in Alufolie verpacktes Päckchen entgegen. „Heiße Cavendish. Etta Cavendish. Bin die Nachbarin.“

Karen nahm dankend das Päckchen in Empfang, aus dem ihr der Duft von warmem Bananenbrot entgegenkam. „Hallo. Ich bin Karen. Bitte kommen Sie doch herein.“

Etta trat mit langen Schritten ein und stellte sich vor den Tisch. Mit einem langen Blick, der auch Karen einbezog, nahm sie die Küche in Augenschein. „Meine Güte. Sehe, Sie haben's sich schon ganz schön gemütlich gemacht. Spricht für Sie.“

Sie nickte anerkennend und verriet damit ihre Abneigung gegen unentschlossene Menschen.

Etta sprühte vor Vitalität, die ihr Lebensalter Lügen strafte. Karen schätzte ihre neue Nachbarin auf annähernd siebzig Jahre und wäre nicht erstaunt gewesen, wenn Etta für den Nachmittag eine Bergtour vorgeschlagen hätte. Karen öffnete das Päckchen. „Lassen Sie uns gleich eine Scheibe davon essen. Ich hole Teller.“

„Ich will Sie nicht aufhalten, wenn Sie gerade beschäftigt sind. Wirklich, ich wollte nur meine Nachbarschaftspflicht erfüllen und guten Tag sagen.“

„Oh, Sie halten mich überhaupt nicht auf“, widersprach Karen schnell. „Außerdem duftet das Brot hier so unwiderstehlich, daß wir uns davon etwas gönnen sollten. Setzen Sie sich doch bitte.“

Etta zog sich einen Stuhl heran und warf ihren Parka über die Lehne. „Schätze, Sie sind nicht von hier.“ Das war mehr eine Feststellung als eine Frage.

„Nein. Nicht ganz. Ich bin für ein Jahr oder so aus Boston heraufgekommen.“

„Na, dann sind Sie wenigstens an harte Winter gewöhnt.“ Etta lächelte und schien erleichtert. „Das erspart einen Haufen Probleme.“

Karen schnitt jeder eine großzügige Scheibe Bananenbrot ab und füllte ihre Tassen mit frischem Kaffee. Es war schon weit über Mittag; sie merkte jetzt erst, daß sie noch gar nichts gegessen hatte, und schlagartig bekam sie Hunger. Wie schnell hier die Zeit verging!

Etta betrachtete Karen mit ihren warmen leuchtenden Augen; mit einer Hand umfaßte sie ihren Kaffeebecher, die andere steckte sie in die Hosentasche. „So. Was treibt Sie den ganzen Weg hier herauf? Ganz allein in dieses große Haus?"

Karen aß ein Stück von ihrem Bananenbrot. „Ich bin Dozentin und habe mir von der Universität freigenommen, um", sie deutete verdrießlich mit der Gabel auf ihren Schreibtisch, „um hier zu versuchen, ein Buch zu beenden."

„Das ist gut." Etta nickte. „Viele Leute kommen aufs Land und stellen sich hier alles viel idyllischer vor, als es ist. Irgendwie rechnen sie nicht damit, daß es zwischen Stadt und Land große Unterschiede in der Lebensweise gibt. Aber die meisten, die so denken, bleiben nicht lange. Das Land hier hat seine eigenen Gesetze."

Karen meinte, am Ende von Ettas Worten so etwas wie ein verächtliches Schnauben zu hören. „Oh, aber ich brauche so etwas wie diesen Ort hier für eine gewisse Zeit. Ein bißchen Schnee und Isolation werden mich schon nicht vertreiben." Sie zerdrückte die letzten Krümel ihres Brotes mit der Gabel und aß sie auf. Dann erwiderte sie Ettas warmes Lächeln. „Das ist wirklich hervorragend. Möchten Sie noch ein Stück, Mrs. Cavendish? Ich bin schwer in Versuchung."

„Miss Cavendish", sagte Etta und betonte das Miss.

„Oh, entschuldigen Sie."

„Soweit ich sehe, gibt's kein Grund, sich zu entschuldigen. Aber vielleicht nehme ich doch noch ein Stück von dem Brot." Etta lächelte, um ihre Augen bildete sich ein Kranz von Lachfältchen, und sie reichte Karen den Teller hinüber.

Während die beiden ihre zweite Portion aßen, erfuhr Karen, daß Etta auf dem Nachbarhof geboren und aufgewachsen war; das Schieferdach der Farm war vom Küchenfenster aus zu erkennen. Ettas Haus lag jenseits der Felder, ein Stück den Hang hinunter, und Karen hatte zunächst geglaubt, dort unten läge ein baumbestandener Teich.

Etta hatte nie geheiratet. Vor vierzig Jahren waren ihre Eltern gestorben, und sie hatte die Farm übernommen. Karens Bewunderung für ihre rauhbeinige Nachbarin stieg. Was mußte es sie gekostet haben, die Farm allein weiter zu betreiben. Ettas Hände lagen ruhig neben ihrem Teller, und Karen sah die knotigen Gelenke und

Schwielen, die von einem Leben harter körperlicher Arbeit zeugten. Wenn es an ihr vielleicht einen Anflug von Brummigkeit gab, so hatte sie sich den redlich erworben.

Mit einem Anflug von Trauer in der Stimme stellte Etta fest, daß McCartland-Haus habe oft leergestanden und selbst die Leute, die im Sommer hergekommen seien, wären nicht übermäßig freundlich gewesen. Karen mochte Ettas Sinn für Zeit und Vergangenheit, eine Perspektive, die es ihr ermöglichte, dieses Anwesen hier das McCartland-Haus zu nennen, obwohl es so lange her war, daß die letzte McCartland den Fuß über die Schwelle gesetzt hatte.

Der Fernmeldemechaniker kam hereingeschlendert, Werkzeuge und Kabel baumelten an seinem Gürtel. Als er Etta erkannte, erstarrte er und legte ehrfürchtig eine Hand an die Mütze, Andeutung einer Geste aus früheren Zeiten. „Miss Cavendish. Nett, Sie zu sehen, Ma'am."

Er riß sich die Mütze vom Kopf und stand einen Augenblick unschlüssig da. „Ach ja, Tante Grace hat neulich von Ihnen gesprochen und gefragt, ob Sie ihr wohl noch mal so eine Kräutermischung machen wie im letzten Winter." Er grinste und trat von einem Fuß auf den anderen. „Sie schwört, daß der Husten seitdem besser geworden ist . . . sogar so weit, daß sie wieder beim Weihnachtsspiel mitsingen konnte."

Etta drehte sich zu ihm um. „Klar, mach' ich. Sag' ihr, sie soll mal irgendwann vorbeikommen, und ich misch' ihr was zurecht. Und wenn du schon davon sprichst, frag' sie, wann sie bei unserer Freitagabendmusik wieder mitmacht. Wir vermissen ihr Gefiedel, wenn es auch manchmal etwas kratzig klingt."

Das Letzte hatte Etta mit einem Augenzwinkern in Karens Richtung hinzugefügt, jetzt wandte sie sich wieder ihr zu. „Sie spielen nicht zufällig ein Instrument, wie? Wir könnten ein bißchen junges Blut gut vertragen. Keiner von uns ist besonders gut, fürchte ich, aber wir treffen uns jeden Freitag, besonders im Winter, wenn es nichts anderes zu tun gibt. Die Musik ist ganz passabel, und wir freuen uns über die geselligen Abende. Eine Reihe unserer Musiker ist aus dem einen oder anderen Grunde mit der Zeit ausgeschieden. Und bei uns Übriggebliebenen hört man schon manchmal das Pianissimo nicht mehr, so laut knacken unsere Gelenke."

Etta und der junge Mann lachten, offensichtlich amüsiert von der Vorstellung, Etta Cavendish könne etwas anderes sein als ein lebendes Bollwerk gegen das Altern.

Wenige Minuten nachdem der junge Mann sein Werkzeug zusammengepackt hatte und gegangen war, stand Etta auf, zog ihren Parka an und setzte sich mit einer entschlossenen Geste die grüne Mütze fest auf ihr kurzes, widerborstiges Haar. Grauweiße Locken quollen seitlich und hinten unter ihrer Mütze hervor.

„Ich freue mich, Sie kennengelernt zu haben“, sagte Etta.

„Danke, gleichfalls.“ Karen lächelte und schüttelte ihr herzlich die Hand.

Obwohl Karen beteuerte, daß sie ihre Flöte seit den College-Tagen nicht mehr angefaßt hatte, ließ sich Etta nicht irritieren. „Dann kommen Sie eben einfach so vorbei“, forderte sie Karen auf. „Erwarten Sie bloß keine gehobene Unterhaltung. Aber ich wette, auch Sie werden von Zeit zu Zeit etwas Gesellschaft nötig haben. Außerdem ist ein Zuhörer besser als gar keiner.“

Etta hatte die Tür erreicht und sah durch die Butzenscheiben nach draußen. „Im Radio haben sie durchgegeben, der erste Schnee könnte an diesem Wochenende fallen.“ Sie hielt inne, eine Hand auf dem Türgriff. „Ich hoffe, Sie finden mich nicht aufdringlich, aber Sie sind in einer sehr harten Jahreszeit gekommen. Viele Leute verbringen das ganze Jahr damit, sich darauf vorzubereiten. Die Winter können hier bitter kalt sein, und Sie ziemlich einsam. Da kann es schon passieren, daß man so ein seltsames Gefühl bekommt ... wenn die ganze Welt nur aus einem einzigen gefrorenen Weiß besteht. – Jetzt entschuldigen Sie aber, das geht sicher ein bißchen zu weit. Wie auch immer, rufen Sie mich an, wenn Sie etwas brauchen. Und denken Sie daran, daß Sie am Freitag eingeladen sind.“

Mit diesen Worten war Etta aus der Tür und auf dem Weg zu ihrem Jeep. Noch einmal drehte sie sich um und winkte heftig, als sie mit dem Wagen die Auffahrt hinunterrumpelte.

Als Karen ins Wohnzimmer zurückging, wußte sie zwei Dinge ganz genau: daß sie Etta Cavendish näher kennenlernen wollte, und daß sie am nächsten Freitagabend dabei sein würde.

Bis zum Einbruch der Dunkelheit hatte sie nicht mehr geschafft, als eine einzige Gruppe von Tonscherben in einzelne Schichten zu zerlegen und zu analysieren. Sie hatte bestenfalls sporadisch gearbeitet, zwischendurch einen langen Spaziergang am Strand gemacht und immer wieder lange aus dem Fenster gestarrt. Die Tagträume, denen sie sich dann hingegeben hatte, waren nicht auf ein bestimmtes Thema beschränkt, sondern beschäftigten sich mit dem Haus und der intensiven Novemberatmosphäre, die es umgab. Wenn sie sich so umsah, wunderte sie sich des öfteren, daß sie sich hier schon derart zu Hause fühlte, als sei sie bereits zwei Jahre da und nicht erst zwei Tage.

Karen hatte gerade ihre Aufzeichnungen über die Tonscherben abgeschlossen, als das Telefon klingelte. Das Geräusch schreckte sie auf und versetzte sie einen Augenblick lang in Panik, so grausam durchschnitt es die Stille. Es schrillte erneut, und sie stand auf, hob den Hörer ab und fragte sich verwundert, wer sie wohl hier anrufen könnte. Sie hatte alle Leute, einschließlich Walter, gebeten, sie eine Weile in Ruhe zu lassen, und was Maggie anging — ihr hatte Karen das Bedürfnis erklärt, daß sie ganz weit weggehen wolle, um in Ruhe nachzudenken.

„Hallo“, sagte Karen leise.

In der Leitung krachte und knisterte es, dann hörte sie Maggies immer wieder zerhackte Stimme aus weiter Ferne. Ihre Worte klangen warm und freundlich, ohne den kleinsten Anflug von Verletztheit oder Groll. „Wie kommst du da oben auf der Farm zurecht?“, wollte sie wissen. Nicht einmal die Störungen in der Leitung konnten ihr die Gelassenheit nehmen.

„Gut. Wirklich gut“, antwortete Karen. Am liebsten hätte sie über die Distanz zwischen ihnen hinweggeschrieen: „Mein Gott, du müßtest das hier sehen, Maggie!“ Statt dessen senkte sie die Stimme auf Zimmerlautstärke. „Es ist sehr schön hier. Dir würde mein Blick aufs Meer auch gefallen.“

Es entstand eine verlegene Pause, die Leitung summte und knisterte. Schließlich sprach Maggie. „Ist es dir recht, daß ich angerufen habe? Wenn du jetzt gerade lieber nicht reden möchtest, dann –“

„Nein. Ist schon in Ordnung“, unterbrach Karen. „Ich freue mich.“ Sie freute sich wirklich, Maggies Stimme zu hören, mit ihr diese Wärme auszutauschen, ein Band zwischen sich und dieser anderen Welt herzustellen, die ihr schon weit entfernt schien. „Wirklich, es geht mir gut. Und wie geht es dir? Ist alles in Ordnung, Maggie?"

„Oh ja, mir geht es auch gut. Wir haben diese Woche Schnitt. Du siehst übrigens hervorragend aus. Ich bin ganz froh, daß wir diesen letzten Teil auf dem Kap statt in deinem Büro gedreht haben. Der Effekt ist einfach wunderbar." Maggies Stimme wurde weich. „Der Wind zerzaust dir die Haare und bläst dir das Jackett über die eine Schulter. Tatsächlich siehst du eher wie eine Dichterin aus als wie eine Professorin."

„Na wunderbar, vielen Dank für das Kompliment. Ein bißchen etwas von einer Dichterin würde mir sicher ganz gut stehen, wenn ich jetzt so darüber nachdenke. Obwohl", fügte Karen hinzu, „ich nicht sicher bin, ob ich mit all dem billigen Rotwein zurecht käme."

Beide Frauen lachten leichthin, und die Spannung, die in ihren Worten gelegen hatte, löste sich.

„Brauchst du irgend etwas?", fragte Maggie.

„Im Moment fällt mir nichts ein." Sie hielt einen Herzschlag lang inne, bevor sie fortfuhr. „Aber ich bin froh, daß du angerufen hast. Maggie, ich – das heißt", Karen machte eine Pause und begann erneut: „Bitte denke nicht, daß ich das hier mache, um dir wehzutun. Du warst eine – eine Urgewalt für mich. Aber das sind wir ja alles schon einmal durchgegangen, nicht wahr. Tut mir leid", Karen senkte die Stimme. „Ich will nicht so herumstottern. Ich brauche einfach mehr Zeit, um die Dinge zu sortieren."

„Ich weiß." Maggie stockte, dann sagte sie: „Ich – mag dich, Karen. Ganz gleich, wie das alles weitergeht. Weißt du, was zwischen uns geschehen ist, hat mich genauso überrascht, und ich hatte es nicht darauf abgesehen ... aber so groß wie für dich war die Überraschung für mich nicht." Maggie kicherte, und Karen grinste ins Telefon; der Verweis auf Maggies Erfahrungen verschaffte ihr eine gewisse Erleichterung – und versetzte ihr, wie sie verblüfft feststellte, einen kleinen Stich. War sie eifersüchtig?

Nachdem sie eingehängt hatte, stand Karen eine Weile am Herd, kochte sich eine Kanne Tee und dachte nach. Die Nacht war windstill, der Mond wanderte bleich hoch oben über der ruhigen See. Alles schien ihr zu ruhen und abzuwarten, auch sie selbst. Warten darauf, daß sich vielleicht ein Schleier lüften und eine Lösung zeigen würde, warten auf bessere Zeiten, sich auf ihr Buch zu konzentrieren, warten sogar auf das Teewasser. Warten.

Als der Tee durchgezogen war, stellte sie die Kanne neben einen Teller mit Käse und Crackern auf ein Tablett und trug alles ins Wohnzimmer.

Über dem Kamin hing ein Spiegel in einem überladen wirkenden Rahmen, zweifellos ein Sonderangebot vom Trödler. Sie fand den Anblick scheußlich und nahm sich vor, den Spiegel durch einen farbigen Druck zu ersetzen, sobald sie Zeit hätte, in den Geschäften im Ort nach etwas Passendem zu stöbern. Als sie, das Tablett vor sich her balancierend, am Spiegel vorbeiging, sah sie in ihm eine Bewegung – einen dunklen Schatten auf der reflektierenden Oberfläche. Sie riß den Kopf in die Richtung, in die der Schatten verschwunden war, beinahe hätte sie dabei den Tee verschüttet. Nichts bewegte sich. Alles um sie herum war ruhig und still.

Sie versuchte sich zu beruhigen, alles sei nur ein Irrtum gewesen; was sie da aus den Augenwinkeln gesehen habe, sei eine optische Täuschung, darauf zurückzuführen, daß sie ihre Augen mit dem langen Schreiben kleiner Buchstaben auf Karteikarten ermüdet hatte. Sie setzte das Tablett ab und stocherte in dem heruntergebrannten Feuer.

Mit einer Hand rieb sie sich über die Augenbrauen und versuchte, die drohenden Kopfschmerzen wieder zu verscheuchen, die ein sicheres Anzeichen dafür waren, daß es ihr nicht gutging. Von Zeit zu Zeit sah sie über die Schulter in die Richtung des Schattens und bemühte sich, das Gefühl loszuwerden, daß noch jemand im Haus war. Sie versuchte, sich zu entspannen, doch zweimal stand sie wieder auf und durchwanderte die dunklen Räume, um sich zu vergewissern, daß sie allein war.

Das Gefühl der Gegenwart eines anderen Wesens war überwältigend stark. Mehrmals ertappte sie sich dabei, daß sie in den Flur schaute und schon halbwegs damit rechnete, daß jemand hereinkommen und sich neben sie ans Feuer setzen würde. Ihre Nackenhaare sträubten sich, nicht weil sie sich in Gefahr wähnte oder bedroht fühlte, sondern weil sie dauernd den merkwürdig realen Eindruck hatte, daß jemand sie aus dem Schatten heraus beobachtete. Der Kamin war die einzige Lichtquelle, der Widerschein der Flammen tanzte an der Decke. Die Uhr auf dem Kaminsims vor dem Spiegel tickte laut.

Mit einer enormen Willensanstrengung gelang es ihr, ins Feuer zu starren, um ihre Sinne mit den flackernden Flammen zu betäuben. „Das ist doch Unsinn", flüsterte sie, ihre Hand immer noch in den Nacken gelegt.

Trotz ihrer Unruhe, oder gerade deshalb, dachte sie über Maggies Anruf nach. Sie lächelte bei der Erinnerung daran, wie Maggie sie mit einer Dichterin verglichen hatte und war beeindruckt von der Treffsicherheit dieses Vergleiches. Welche Einsicht dahintersteckte, selbst wenn sie intuitiv war, welcher Einblick in einen sonderbaren Teil ihrer Persönlichkeit, den sie sonst unter akademischen Umgangsformen verborgen hielt!

Zwar wußte sie, daß sie dabei war, unsicheren Boden zu betreten, doch verführt durch Maggies Schilderung der Szene am Kap, erlaubte sich Karen den Gedanken an den Tag, an dem sie beim Spazierengehen auf den Dünen gefilmt worden war, und wie sie dabei vermutlich ausgesehen hatte. Beim Gedanken an die Ereignisse, die diesem Drehtag vorausgegangen waren, lief ihr ein leichter Schauer über den Rücken.

Maggie war am Tag nach ihrem gemeinsamen Abendessen nicht wie versprochen zur Arbeit erschienen, und auch nicht am übernächsten Tag. Als sie dann endlich am dritten Tag kam, die Arme voll Bücher und Manuskripte, freute sich Karen zwar sehr, sie wiederzusehen, aber sie hatte auch Angst. Wie würden sie sich zueinander verhalten? Wie würde sich der Sturm der Gefühle, den sie nicht nur einzeln empfunden, sondern sich auch eingestanden hatten, auf ihren Umgang miteinander auswirken, der bislang so nah und so einfach gewesen war? Der Gedanke zerrte an ihren Nerven; ungeduldig erwartete sie die Mittagspause.

Als sie schließlich ein paar Sandwiches mit Eiersalat zwischen sich auf dem Tisch liegen hatten, erschien ihr Maggie reservierter als sonst. Ihre Unterhaltung verlief weniger angeregt. Karen sprach ebenfalls ruhiger als sonst, paßte sich Maggies Tonfall an. Es gab so viel, das sie sagen wollte, ohne zu wissen wie. Ihr Magen flatterte, ihre Handflächen waren mit einem dünnen Schweißfilm bedeckt.

Was Maggie wohl dachte? Wie könnten sie noch einmal auf die zarten Worte zu sprechen kommen, die zwischen ihnen gefallen waren?

Maggie spielte mit einer braunen Papiertüte, kniff und faltete sie, als wollte sie einen Flieger basteln. Sie räusperte sich, und ein fast schüchternes Lächeln huschte über ihre geröteten Wangen. „Ich habe mir gedacht –", sie kniff sorgfältig eine weitere Falte in die Tüte. „Vielleicht könnten wir uns das Wochenende frei nehmen – ein bißchen Urlaub würde uns guttun. Eine Freundin von mir hat eine Hütte draußen auf dem Kap . . ." Maggies Stimme brach mit einem kleinen hoffnungsvollen Laut ab.

Zunächst konnte Karen nicht antworten. Sie war sehr erleichtert – Maggie wollte sie sehen. Dann aber dachte sie: So viel Zeit allein mit ihr. Das schien ihr gefährlich – und kam so plötzlich.

„Es müssen nur noch deine Schlußbemerkungen gedreht werden", sagte Maggie. „Wir könnten das als Außenaufnahme machen, irgendwo draußen auf den Dünen. Ich bin gar nicht so schlecht im Umgang mit der Videokamera."

Das Ende des Projektes war in greifbare Nähe gerückt, und Karen war vorgewarnt worden, das ginge an die Nerven und sei mit schlaflosen, in bitteren Kaffee getränkten Nächten verbunden. Eine kurze Erholung vor dieser Anstrengung könnte ihr guttun. „Ich werde darüber nachdenken", sagte sie und zwang einen Bissen ihres Sandwiches hinunter.

Nach der Mittagspause kehrten sie zu unterschiedlichen Tätigkeiten zurück, doch den ganzen Nachmittag fühlte sich Karen wie ein Auto, das in einem zu hohen Gang einen steilen Abhang erklimmt – angestrengt und abgewürgt. Sie saß in einem engen Raum und sah sich noch einmal einen Ausschnitt aus einem Film an, der zeigte, wie in einem Dorf ein medizinisches Ritual stattfand. Sie sah sich den Ausschnitt immer wieder an und hoffte, ihre Konzentration würde sich bessern. Doch die Frage, was sie am Wochenende machen sollte, war ihr wesentlich wichtiger als die Technicolorbilder auf dem Monitor.

Nach mehreren Durchgängen drückte Karen die Stoptaste und lehnte sich in ihrem Stuhl zurück. Verdammt. Sie wollte gehen. Wenn sie sich selbst überlassen war, konnte sie sich gut vorstellen, jede Minute mit Maggie zu verbringen – sie zu trinken wie süßen

Honigwein. Sie sah auf die Uhr und geriet in Panik. Schon fast fünf. Vielleicht hatte Maggie sich schon anderweitig verabredet. Vielleicht würde sie ganz ihre Meinung ändern. Vielleicht war sie schon nach Hause gefahren. Karen stürzte durch das Labyrinth der Gänge bis zu Maggies Büro.

Ein wenig außer Atem stand sie plötzlich auf der Schwelle zu ihrem Zimmer. Maggie sah von ihrem Stapel Papiere auf, langsam erschien ein Lächeln auf ihrem Gesicht. „Ja", sagte Karen leise. „Ja, laß uns fahren."

*****

Die Hütte entsprach ziemlich genau den Vorstellungen, die sie sich aufgrund von Maggies Schilderungen gemacht hatte: direkt am Meer gelegen, komplett eingerichtet, die Wände mit Kiefernholz verkleidet, ein kleiner Kamin. Zwar war sie eher spärlich und zweckmäßig möbliert, aber solche Details wie das Blumenmuster auf dem Sofa und dem hohen Lehnstuhl ließen sie recht gemütlich erscheinen.

Nach einer kurzen Erkundung ihres Wochenend-Zuhauses richtete sich jede ihr Schlafzimmer ein, dann trafen sie sich in der Küche. Karen war eine recht anständige Köchin; hier fiel ihr wie nie zuvor auf, welch ungeheure Intimität darin liegt, eine Mahlzeit gemeinsam vorzubereiten und zu verspeisen. Geschickt schlug Maggie einige Eier in eine Schüssel, während Karen Käse rieb. Die eine bereitete etwas für die andere zu. Jede würde das Nahrungsgeschenk der anderen in sich aufnehmen. Karen war erleichtert, daß es Maggies und nicht ihre Aufgabe war, die Eier aufzuschlagen. In der Stimmung, in der sie sich gerade befand, hätte sie wahrscheinlich die dünnen Eierschalen in der Hand zerbrochen.

Sie zogen das Sofa mit dem Blumenmuster näher ans Feuer und aßen dort, die Teller mit dem Ei- und Käsegericht auf den Knien balancierend. Der flackernde Feuerschein verlieh Maggies Gesicht einen pfirsichfarbenen Glanz, ihre halbgeschlossenen Augen strahlten mindestens so warm wie das Feuer. Maggies Hand ruhte auf dem Kissen zwischen ihnen, die schlanke braune Linie ihrer Hand folgte der Linie einer weißen Pfingstrose im Stoffmuster. Karen spürte, wie das dünne Seil, das sie einmal an ihre Entschlußkraft gebunden hatte, mit hoher Geschwindigkeit durchgescheuert wurde. Die losen Enden wirbelten um einen immer dünner werdenden Kern, bis nur noch ein hauchdünner Faden übrig war, auch er in Gefahr zu zerreißen.

„Er wird nicht halten“, dachte Karen und atmete tief durch. Sie wußte es, und sie wußte auch, daß es von hier aus keinen Weg zurück gab, jedenfalls nicht heute abend. „Dann kann ich mir nur viel Glück wünschen, kann ich uns nur viel Glück wünschen.“ Sie atmete auf, und leicht zitternd streckte sie ihre Hand aus und legte sie auf Maggies.

*****

Sie lagen eng aneinander geschmiegt, als der Morgen anbrach. Ein dichter Nebel da draußen versperrte die Sicht aufs Meer und dämpfte das Geräusch der Brandung. Kleine, in sich gedrehte Fetzen des Morgendunstes lagerten über den Dünen und webten ein lockeres Teppichmuster im hohen Gras. Warme Haut fühlte warme Haut, vom Kopf bis zu den Zehen, unter den übereinanderliegenden Decken sicher vor der Kälte des Zimmers. Karen hatte bis jetzt nicht einmal geahnt, zu welchen Ausbrüchen von Leidenschaft sie fähig war, nicht einmal geahnt, daß Erfüllung ein Raum mit dehnbaren Grenzen war, der immer mehr Lust und Erfüllung aufnehmen konnte. Jedesmal, wenn sie das Gefühl hatte, bis an die Grenze gegangen zu sein, nichts mehr ertragen zu können, dehnten sich die Wände des Raumes noch weiter aus und schleuderten sie weiter in unausgelotete Höhen und Tiefen, einer Supernova gleich, die wieder und wieder neu geboren wird. Sanft berührte Maggie Karens Brust, und mit einem tiefen Stöhnen drückte Karen sich an sie.

Später warfen sie die Bettdecken zurück und rannten fröstelnd ins Bad, wo sie sich lachend zusammen unter die heiße Dusche stellten. Sie liefen nach draußen; die Nebelbank lastete immer noch schwer auf dem Strand und ließ nur kleine Pfützen schwachen grauen Lichts zu den Dünen durch. In warme Jacken verpackt, wurden sie von diesem Morgen unwiderstehlich angezogen, liefen wortlos auf den Nebel und die Dünen zu. Eine Umgebung, die melancholisch oder sogar schwermütig hätte wirken können, erschien ihnen wie von magischem Zauber. Kleine Büschel zerrupften Nebels glitten über Maggies dunkles Haar, verdeckten Karen einmal sogar völlig, als sie sich nach einer kleinen rosafarbenen Muschel bückte, und teilten sich gerade rechtzeitig, um sie für Maggie sichtbar zu machen, der sie ihren Fund hinhielt.

Maggie rannte voraus, führte ein beinahe fehlerloses Plié aus; Karen applaudierte und pfiff durch die Finger, dann rannte sie los, um zu ihr aufzuschließen. Arm in Arm stapften sie durch nasses Gras und weichen Sand, an anderen Hütten vorbei, in denen allmählich die Lichter angingen. Karen wollte ein Lied komponieren und begann eine Melodie zu summen. Noch hatte sie keinen Text dafür, aber wenn, kämen sicher Worte wie Schöpfung oder Morgengrauen oder vielleicht sogar eine Göttin darin vor.

Auf dem Weg zurück zur Hütte knurrte ihnen schon der Magen, und sie freuten sich aufs Frühstück. Plötzlich blieb Maggie stehen und rief: „Das ist es. Genau hier sollten wir den Schluß aufnehmen, wie du die Dünen entlangschlenderst und uns an die zeitlose Macht der Dinge erinnerst, die wir schaffen und an die wir glauben. Mein Gott, das ist großartig. Ich freue mich so." Mitgerissen von Maggies Abenteuergeist in diesem seltsam unwirklichen Augenblick, hatte Karen keine Einwände. Hätte ihr jemand vorgeschlagen, sie solle über die Niagara-Fälle springen – sie hätte keinen Moment gezögert.

Wenige Stunden später waren sie zurück – Maggie lief rückwärts, die Kamera auf einer Schulter, Karen schlenderte langsam auf sie zu, redete und gestikulierte lebhaft. Später im Film würde es den Anschein haben, daß Frau Professor Karen Latham von ihrem Thema völlig fasziniert und durchdrungen war, so lebhaft klangen ihre Worte, so intensiv leuchteten ihre Augen.

* * * * *

Das laute Knistern im Kamin, als ein dickes Holz durchbrach und eine Hälfte vom Rost fiel, holte Karen schlagartig in die Gegenwart zurück. Überrascht, daß es schon nach elf Uhr war, streckte sie ihre Zehen näher ans Feuer. Maggies Bild glitt zurück, zunächst ganz langsam, ihr Antlitz verlor die Konturen und verblaßte, wurde ersetzt durch die Empfindung von vorhin. Sie war nicht allein. Das Gefühl nagte an ihr wie eine ungelöste Aufgabe oder wie ein Lied, dessen Titel ihr auf der Zunge lag, aber nicht einfallen wollte.

Als es still war, hörte sie es wieder, dieses sanfte Rascheln. Sie hielt den Atem an und wandte sich zum Flur, der das Wohnzimmer von der dunklen Küche trennte. Mondlicht strömte durch die Fenster und umfing den Raum wie hauchdünne bläulichweiße Gaze, die Fensterscheiben spiegelten sich in der glänzenden Tischplatte. Sie erwartete beinahe, jemanden zu sehen, der in diesem Licht Schatten warf, jemand der geschäftig irgendeiner Routinearbeit nachging, so vollkommen schien ihr das Hin- und Herrascheln ein Teil des Hauses zu sein. Sie starrte in den leeren Flur, wartete und war seltsamerweise nicht gewillt, das Geräusch einer rationalen Ursache zuzuschreiben, wie etwa einer vorbeihuschenden Ratte.

Schläfrigkeit überdeckte allmählich ihre innere Unruhe, sie trottete die Treppe hinauf, zog sich aus und warf sich todmüde aufs Bett. Wie bei jemandem, der in Ohnmacht fällt, traf sie der Schlaf zwischen die Augen, löschte ihr Bewußtsein aus.

Plötzlich schwamm sie; schon mit der kleinsten Bewegung glitt sie vorwärts durch eine dicke, zähe Substanz, in der sie atmen und schwerelos dahingleiten konnte. Sie ließ sich fallen und gleiten, tollte wie ein Delphin herum, tauchte tief in die leicht trübe, warme Flüssigkeit ein, dann schwang sie sich hoch auf in einem wirbelnden Bogen, der Oberfläche zu, die sie nie ganz erreichen konnte.

Jemand war bei ihr, schwamm direkt und sicher auf sie zu. Als sich die Gestalt näherte, konnte sie eine Frau erkennen, die die Hand hob und den Schal abnahm, den sie um die Schultern gewickelt hatte. Wiedersehensfreude spiegelte sich in ihrem Gesicht, das dunkel und zartknochig war; sie sah aus, als hätte sie südländisches Temperament, doch in ihren Augen brannte das Wissen um schmerzvolle Geheimnisse. Die Frau lächelte und sagte, ohne die Lippen zu bewegen *Ich grüße dich.*

Dann plötzlich eine andere Szene: Sie saßen beide oben auf einer Kutsche und rasten so schnell über das Wasser hin, daß sie immer wieder die Oberfläche streiften. Lachend, die Haare vom Wind zerzaust, sausten sie, jeden ihrer Sinne geschärft, durch die namenlose Dunkelheit auf einen strahlenden Lichtpunkt zu. Die

Frau legte Karen den Arm um die Schultern und flüsterte, ohne daß ihr Mund die Worte formte: *Endlich.*

„Ja. Endlich, endlich“, schrie Karen, doch ihr Mund war voller Wind.

Die Frau streckte ihre Hand aus und berührte Karens Wange mit eiskalten Fingern; die Berührung brannte sich in Karens Gesicht ein. Weißglühende Kometen rasten in lustvollem Schmerz durch ihren Körper und sammelten sich in ihrem Bauch. Sie wollte die kalten Hände nehmen und sie in den ihren wärmen, und sie tat es, doch die sanfte Massage konnte die Todeskälte nicht aus den Fingern vertreiben. Sie fühlte sich auf wunderbare Weise frei; es gab nichts, wovor sie sich fürchten mußte, während sie mit der dunkelhaarigen Frau dahinschnellte, nur sie beide in der endlosen Weite des sternenlosen Raumes. Manchmal lenkte die Frau die Kutsche steil hinauf in die Dunkelheit, dann wieder tauchte sie hinunter, und Karen hatte in ihrem Körper das auf- und abschwellende Gefühl einer Achterbahnfahrt.

* * * * *

In ihrem Bett wurde sich Karen langsam der Wärme und des Gewichtes ihrer Bettdecke bewußt. Sie drehte sich auf die Seite, wollte ihre Arme um die anmutige Rundung eines Körpers schlingen, der dicht neben ihr lag. Ihre Hand fiel auf das kalte, glatte Laken.

Verwirrt darüber, daß nur Leere war, wo die nachgebende Weichheit und Wärme einer Hüfte oder einer Brust sein sollte, lag Karen still da, schwebend zwischen zwei Welten. Das Erwachen kam langsam, die normalerweise harte Grenze zwischen Traum und Wachheit war diesmal verschwommen und weich, die lebhaften Bilder der fremden Frau und die Traumempfindungen überwanden die Grenzen, die sie vom Bewußtsein trennen sollten.

Karens Gesicht glühte, ihre Haut war empfindlich, als hätte sie Fieber, und ihre Lenden schmerzten vor Sehnsucht nach Berührung und Erlösung. Behutsam drehte sie sich um und legte ihre Hand in die warme Furche zwischen ihren Schenkeln, und sobald sie den Schauer der Entspannung spürte, fiel sie in tiefen und ungestörten Schlaf.

Kapitel 4

Am übernächsten Morgen saß Karen, fest entschlossen, sich endlich in die Arbeit zu versenken, an ihrem Schreibtisch und sortierte ihre Karteikarten. Obwohl die Arbeit nur langsam voranging, fühlte sie sich irgendwie besser; sie gab sich zumindest Mühe. Die Natur wirkte heute schwerfällig und träge, und am Himmel verwies eine dicke weiße Wolkendecke darauf, daß es bald schneien würde. Wenn sie vorwärtskäme, versprach sie sich als Belohnung für einen Vormittag voll Arbeit nachher eine Fahrt in die Stadt.

Das Telefon klingelte. Sie hob schnell ab, mehr um den Lärm abzustellen als aus dem Bedürfnis, mit jemandem zu sprechen.

Walters Stimme tönte ihr entgegen. Sie konnte beinahe hören, wie sein Schnurrbart beim Sprechen gegen die Muschel kratzte, konnte seine vollen, von Haaren umringten Lippen am anderen Ende der Leitung Worte formen sehen. Eine durch und durch unangenehme Vorstellung; sie bemühte sich, etwas Wärme in ihren Tonfall zu bringen.

„Es geht mir gut, Walter“, antwortete sie auf seine Eröffnungsfrage.

„Wie kommst du da oben zurecht?"

„Sehr gut, wirklich. Ich bekomme zwar keine zwei Sätze an dem Buch ordentlich hintereinander, aber ansonsten geht es mir gut."

Es entstand eine Pause, in der Karen feststellte, daß es sich jetzt eigentlich schickte, ihm zu sagen, sie vermisse ihn, doch die Worte kamen ihr nicht über die Lippen.

Es war Walter, der das Schweigen brach. „Sag mal, ich höre, es soll bei euch da oben bald schneien. Der erste Schnee macht es eigentlich in der Regel so richtig gemütlich da oben." Er hielt einen Herzschlag lang inne und räusperte sich. „Ich könnte doch am Wochenende zu dir raufkommen."

Karen spielte mit der Telefonschnur. „Ich weiß nicht, Walter, ich bin hierhergekommen, um alleine zu sein, ich versuche immer noch, mich hier zu Hause zu fühlen und zurechtzufinden . . ."

„Na los, ich komme doch nur für einen Tag! Ich werde sogar irgendwo anders übernachten – es gibt doch sicher einen Gasthof in der Nähe. Ist in Neuengland nicht eine ‚Bed-and-Breakfast-Pension' an der anderen?"

„Naja, Pelham Falls ist nicht gerade ein Urlaubsort, aber es gibt da die ‚Blaue Wachtel'."

„Aha. Also wie ist es? Ich hänge hier irgendwie durch. Die Art, wie du dich verabschiedet hast – ich glaube, ich würde – weiß nicht, ich würde gern noch ein bißchen mehr Zeit mit dir verbringen."

Karen fühlte, wie sich ihre Irritation in einem warmen Gefühl auflöste und mit einem Anflug von schlechtem Gewissen mischte. Sie war ihm das schuldig. „In Ordnung, aber ich bitte dich, mich nicht unter Druck zu setzen, Walter. Ich bin hierhergekommen, um mich auszuruhen, und –"

„Das werde ich ganz bestimmt nicht tun", unterbrach er sie. „Es wird einfach schön sein, dich mal wieder zu sehen."

Karen ging zum Schreibtisch zurück und starrte mißmutig auf den Stapel Karteikarten, der vor ihr lag. So gering ihre Konzentration vorhin schon gewesen war, jetzt war sie endgültig dahin. Es erschien ihr sinnlos, zu versuchen, die losen Fäden ihrer Arbeit wieder zusammenzufügen, die sich jetzt auf irgendeiner unsichtbaren Spule verwickelt hatten, und sie hatte nicht die Energie, sie wieder herbeizuholen und zu verspinnen. Rasch griff sie nach ihrem Mantel und ihrer Einkaufsliste, und Sekunden später war sie auf dem Weg zu ihrem Wagen.

Bis sie das Stadtzentrum erreicht hatte, senkten sich die Wolken immer tiefer, bis sie schließlich gefährlich dicht über die Zweige des Zuckerahorns streiften, der die Hauptstraße säumte. Es würde heute nacht noch schneien. Sie konnte es riechen, so dünn und kalt war die Luft.

Abgesehen von den Autos, die rings um den Marktplatz standen, sah Pelham Falls so aus, als habe sich hier seit Jahrhunderten nichts verändert. Da war das Rathaus und das Gerichtsgebäude, ein kleines, schön restauriertes Haus mit weißgestrichenen Schindeln und schwarzen Fensterläden; dezent verwies ein Messingschild auf das Baujahr. Ein paar Häuser weiter, die Straße hinunter, lag die Kirche, mitten in einem kleinen Ulmenhain; der Kirchturm war sicher schon die Zierde so manches Kalenderblattes gewesen. Es gab auch eine Tankstelle, ein Maklerbüro und einen Kaufmannsladen – wer in einem Supermarkt einkaufen wollte, mußte ein Stück weiter Richtung Autobahn fahren.

Der Kaufmannsladen hatte Karen immer fasziniert, seit sie ihn zum ersten Mal betreten hatte. Ein großes handgeschnitztes Schild am Eingangsportal verkündete stolz: ‚Pelham Falls Einzelhandel'. Fast der ganze Bürgersteig entlang der Fassade wurde von Schubkarren, Schneeschaufeln und Gartenschläuchen eingenommen, den derzeitigen Sonderangeboten.

Sie betrat die schmucklose Welt eines ländlichen Einkaufszentrums; wenigstens war es schön warm hier drinnen. Ein Gemisch von unterschiedlichen Gerüchen folgte ihr bei ihrem Gang durch die Regalreihen: Maschinenöl, Zwiebeln, Räuchersalz und Tabak – und über allem lag der penetrante, süßliche Geruch von rotem Sägemehl, den sie noch von der Schule her in Erinnerung hatte. Eine Ecke des Ladens wurde von einem dickbäuchigen Ofen eingenommen, umringt von roh gezimmerten Holzbänken, auf denen zerlesene Teile der Wochenzeitung herumlagen. In den Gängen, die sternförmig vom Ofen ausgingen, standen Tische und Regale, die kunterbunt durcheinander Tütensuppen, Beile, Bananen oder Jagdmützen in Tarnfarben feilboten.

Karen wählte ein großes Huhn, das sie anläßlich von Walters

Besuch zubereiten wollte, und nahm mehrere Mausefallen mit. Als sie schon auf der Rückfahrt war, fiel ihr ein, daß sie vergessen hatte, Etta zu fragen, wie der Küchenherd funktionierte. Bestimmt wäre jemand derart neuengländisches wie Etta in der Lage, ihr weiterzuhelfen. Sie notierte sich auf einem Zettel, daß sie Etta abends danach fragen wollte.

Um exakt acht Uhr parkte Karen ihr Auto vor Ettas Haus, das warm und freundlich wirkte durch den heiteren Glanz der erleuchteten Fenster und den Klang von Instrumenten, die gerade gestimmt wurden.

Alle waren schon da, und Karen wurde begeistert begrüßt. Grace Simpson, zweifellos die ‚Tante Grace' aus der Erzählung des Fernmeldemechanikers, streckte Karen ihre pummelige Hand entgegen, mit der anderen hielt sie Geige und Bogen fest. „Es freut mich sehr, Sie kennenzulernen. Habe gehört, Sie haben das alte McCartland-Haus gekauft." Ihr rundes Gesicht wurde von einem Kranz bläulich schimmernder Dauerwellen umringt.

„Naja, eigentlich habe ich es nur für ein Jahr gemietet." Karen schüttelte die dicke weiche Hand und lächelte.

„Also, wir sind mächtig froh, Sie hier zu haben. Willkommen in Pelham Falls. Nur, bringen Sie doch das nächste Mal Ihre Flöte mit", fügte Grace mit einem Blick auf Karens leere Hände hinzu. „Und dieser hübsche junge Mann hier ist Carl Beeman." Mr. Beeman schob sich näher, klopfte sich mit einer Hand auf seinen gewaltigen Bauch und schüttelte ihr mit der anderen die Hand.

Etta lotste Karen zu einem Tisch in der Ecke, wo Teller mit selbstgemachten Plätzchen und heißer Gewürztee standen. Jetzt erst bemerkte Karen den durchdringend erdigen Geruch im Haus. Überall hingen Bündel von Kräutern zum Trocknen vor dem Fenster, andere türmten sich noch ungebunden hinten auf dem Herd, in der Küche standen Körbe voll kleiner Sträuße auf dem Tisch.

Noch mehr als von Kräutern wimmelte es hier im Haus jedoch von Katzen – getigerte Hauskatzen, geschmeidige Siamesen mit wachsamen Augen, kleine, große, dicke, dünne – noch nie hatte Karen so viele Katzen auf einem Fleck gesehen.

„Habe vor einigen Jahren mit ein paar Streunern angefangen", erklärte Etta, die Karens erstaunten Blick auf die Katzengemeinde bemerkte. „Schätze, das Ganze hat sich etwas verselbständigt. Jedesmal, wenn so eine Streunerin in der Gegend ist, bin ich offenbar die Anlaufstelle. Schsch!“ Etta scheuchte eine riesige, graue Katze vom Tisch, die sich gerade den Keksen näherte.

Eine große, vierschrötige Frau griff an Karen vorbei nach einem Keks. „Nun kriegen Sie bloß nicht den Eindruck, Etta wäre hart zu ihren Tieren. Ich bin übrigens Clara Hunt, hallo.“ Clara lächelte und nickte in Ettas Richtung. „Wir könnten alle stundenlang Geschichten von Etta erzählen und ihrem Umgang mit Tieren. Die Rehe kommen hier direkt aus dem Wald, wissen Sie, und fressen ihr aus der Hand, als wären sie zahm. Das ist ein Anblick, sage ich Ihnen!“

Clara, im Alter so an die fünfzig, steckte in einem riesigen roten Pullover; rote Ohrringe baumelten unter ihrem silbernen Haar hervor. Sie goß Karen Tee ein. „Lassen Sie sich von Etta einmal die Geschichte von dem Jäger erzählen, der die Dummheit besaß, mit dem Gewehr in der Hand hier auf ihrem Grundstück aufzutauchen und sich erwischen zu lassen.“ Clara verzog das Gesicht und grinste vielsagend.

Etta lächelte dünn und verteilte weiter Tee und Plätzchen.

„Tja, hoffe, wir sägen Ihnen heute abend nicht die Ohren ab“, dröhnte Clara und nahm ihr reichlich mitgenommenes Cello zur Hand.

Alle außer Karen versammelten sich um das Klavier. Etta schlüpfte auf die Bank und spielte einzelne Töne an, damit die Streicher ihre Saiten stimmen konnten. Nach einer kurzen Pause begannen die Musiker wie auf ein geheimes Zeichen hin ein Stück von Corelli zu spielen; die Barock-Musik war Karen geläufig. Wie auf ihr eigenes Geheimzeichen sprang eine weiße Katze Karen auf den Schoß und begann sofort zu schnurren; offenbar behagte ihr die Musik ebenfalls. Vielleicht sollte ich das nächste Mal doch meine Flöte mitbringen, überlegte Karen.

Sie saß in einem alten Schaukelstuhl, der auf dem Sitz und den Armlehnen schon fadenscheinig geworden war, und paßte sich in die Mulde ein, die über Jahre hinweg in dem dicken Polster eingesessen worden war. Jeder Gegenstand in diesem Zimmer machte den Anschein, als sei er schon sehr häufig benutzt worden, die meisten Dinge hier hatten eindeutig schon bessere Tage gesehen. Der Linoleumboden war zwar klinisch sauber geschrubbt, aber das Rosenmuster hatte sich vor dem Stuhl und an der Tür schon in dunkle Flecken aufgelöst. Die Tapete war verblichen, und ein brauner Wasserfleck unter dem Fensterbrett verwies darauf, das hier ein Leck hatte repariert werden müssen. Ganz hinten in der Ecke thronte ein vorsintflutliches Fernsehgerät auf einem weißen Spitzendeckchen. Sie hatte das Gefühl, wenn sie dieses Uraltgerät einschalten würde, müßte Greta Garbo auf dem Bildschirm erscheinen.

Alles an diesem Haus zeugte von dem eigensinnigen Stolz seiner Besitzerin, die wahrscheinlich nur dann jemanden um Hilfe bat, wenn sie sich vorher ihrer Unabhängigkeit versichert hatte. Nicht, daß Etta viel zum Leben gebraucht hätte, das hatte Karen schon in Erfahrung gebracht. Zweimal im Jahr bezahlte sie ein paar Landarbeiter, die ihr bei der Kartoffelernte und später beim Sammeln von Preiselbeeren auf der moorigen Lichtung halfen. Dieses kleine Einkommen reichte gerade für das Nötigste, wie Lebensmittel und Abgaben, aber es war natürlich kein Luxus davon zu bestreiten. Karen blickte hinüber zum Klavier und schenkte Etta ein herzliches Lächeln, das diese erwiderte; sie spielte gerade ein Arpeggio von Telemann auf den vergilbten Tasten.

Direkt hinter Karen war ein Bücherregal in einen kleinen Alkoven eingebaut. Eine Lampe warf ein grünliches Licht auf ein in Leinen gebundenes Buch, das aufgeschlagen auf dem kleinen Tisch unter dem Bücherregal lag. Während die Musik lauter und dann wieder leiser wurde, ging sie hinüber zum Regal, wo es sie wie immer verlockte, herauszufinden, aus welchen Büchern die Gastgeberin ihr Weltbild gewann. „Zeige mir, was du liest, und ich sage dir, wer du bist“, hatte sie immer behauptet. Neugierig suchte sie nach Büchern, die ihr bekannt vorkamen. Sie fand einige Garten- und Kräuterbücher und ein paar Gedichtbände. Eine Reihe leinengebundener Bücher unterschiedlicher Größe fielen ihr ins Auge; sie hatten keinen Titel; auf dem Einband standen lediglich verschiedene Daten in unterschiedlichen Handschriften. Einer dieser Bände lag aufgeschlagen im Schein der Lampe, Karen beugte sich darüber und entdeckte, daß es sich um Aufzeichnungen handelte, die jemand mit einer gleichmäßig schönen Handschrift gemacht hatte. Oben auf der Seite stand, sorgfältig gemalt: „Pelham Falls, 1891.“

Karen blätterte zum Anfang zurück. Bald hatte sie den Aufzeichnungen entnommen, wessen Maiskuchen auf der Landwirtschaftsausstellung mit dem ersten Preis ausgezeichnet worden war, wessen Stall abgebrannt war und alle Pferde unter sich begraben hatte. Zwar waren die Seiten vergilbt und abgegriffen, doch die Handschrift war noch gut zu lesen, so daß Karen kaum Mühe hatte, die Eintragungen zu entziffern. Bald war sie tief in ihre Lektüre versunken und bemerkte gar nicht, daß die Musiker zu spielen aufgehört hatten. Erst als Etta herüberkam und ihr eine Hand auf die Schulter legte, fuhr sie zusammen.

„Faszinierend, nicht wahr?“, stellte Etta fest. „Diese Aufzeichnungen hat meine Urgroßmutter begonnen; seither haben die Frauen der Familie sie fortgeführt. Ich dachte, Sie würden sich vielleicht für einige der alten Eintragungen über Ihr Haus interessieren.“

„Oh ja. Ja, wirklich, das interessiert mich“, stotterte Karen. „Wenn ich ein paar davon mit nach Hause nehmen dürfte – ich verspreche Ihnen auch, sie pfleglich zu behandeln und bald zurückzubringen.“

Gespannt wartete sie auf Ettas Antwort, fürchtete, sie könnte nein sagen. Aus irgendeinem Grund waren diese Bücher hier sehr wichtig für sie.

„Aber selbstverständlich“, versicherte Etta. „Deshalb habe ich sie ja wieder hervorgeholt und angefangen, sie für Sie durchzusehen. Außerdem liest ohnehin niemand mehr darin außer mir. Die Leute drüben in der Bibliothek drängen mich schon, ich soll eine Schenkung daraus machen, und eines Tages werde ich das auch ganz bestimmt tun. Wenn ich nicht mehr da bin, wird ohnehin niemand mehr übrig sein, der sie fortsetzen könnte.“ Etta zog noch einige weitere Bände aus dem Regal und stapelte sie ordentlich übereinander auf dem kleinen Schreibtisch. „Nehmen Sie die hier fürs erste. Jetzt kommen Sie aber mit raus, setzen sich zu uns und nehmen noch ein bißchen Tee und Kekse.“ Mit diesen Worten zog sie Karen an der Hand hinter sich her.

Karen äußerte sich sehr lobend über die Musiker und schenkte sich noch eine Tasse Tee ein. „Und was ist jetzt mit der Geschichte über den Jäger, die vorhin jemand erzählen wollte?“ Karen blickte in die Gesichter um sich und war gespannt, mehr Geschichten über Pelham Falls zu hören.

„Also“, begann Clara und machte es sich auf der abgewetzten Armlehne eines gestreiften Sessels bequem. „Es war vor einigen Jahren. Dieser Schurke namens Tom Evens hielt sich selbst für den größten Jäger aller Zeiten. Er hat sich immer lautstark darüber beschwert, daß Etta Cavendish mehrere hundert Morgen vom besten Jagdrevier hier in der Gegend besäße und niemanden mit einem Gewehr auch nur in die Nähe kommen ließe. Jeder weiß, was Etta über das Töten aus Passion denkt. Sie hat nie einen Hehl daraus gemacht.“

Clara setzte sich bequemer in ihren Sessel. „Nun, der alte Tom hatte einen Vetter aus New York zu Besuch und wollte vor ihm ein bißchen angeben. Ihm zeigen, wieviel Rotwild er an einem Tag zur Strecke bringen konnte. Also streiften er und der Vetter eines frühen Morgens durch Ettas Wald, in der Annahme, dort würde ihnen das Wild in Rudeln vor die Flinte laufen. Und wenn Etta dann die Schüsse hörte und sie sah, könnte sie auch nichts mehr daran ändern. Sie gingen also weiter in den Wald hinein, dahin, wo kaum ein Sonnenstrahl hingelangt, krochen ins Unterholz und warteten.

„Bald darauf kommt ein kapitaler Bock vorbei, nur ein paar Meter von ihnen entfernt, und steht plötzlich still und unbewegt da. Tom muß gedacht haben, der liebe Gott persönlich habe ihm das Tier vor die Flinte geschickt, denn das war nun wirklich der größte Rehbock, den er je in seinem Leben gesehen hatte. Ganz langsam hob er das Gewehr. Das Tier war absolut ruhig, wie eine Legehenne im Nest, und nicht weiter von ihm entfernt als die Wand da drüben.“ Clara deutete auf die gegenüberliegende Zimmerwand.

„Peng! Der erste Schuß peitschte durch den Wald. Doch der Bock stand immer noch da und sah ihn an. Er hatte ihn verfehlt! Tom traute seinen Augen nicht. Er feuerte wieder. Und wieder. Immer noch sah der Bock ihn nur an. Es war, als ob sich die Kugeln einfach auflösten, nicht einmal in die Nähe des dichten braunen Tierfelles kamen. Dann, und Tom schwört heute noch, das sei wirklich so gewesen, dann drehte sich der Rehbock zu ihm um und sah ihm direkt ins Gesicht, als ob er triumphierend sagen wollte: Das hättest du dir doch gleich denken können.

„Tom und sein Vetter haben dann gemacht, daß sie fortkamen; der Schreck saß ihnen in den Knochen, und sie rannten direkt zum

Gasthof und erzählten allen, Etta habe den Wald mit allem, was darin sei, verhext. Nicht eine Menschenseele ist seit dem Tag mehr dort aufgetaucht und hat versucht, es noch einmal mit Etta aufzunehmen. Die Kerle da unten im Gasthof reden immer noch über den alten Tom und den Bock, der sich weigerte, zu sterben."

Mit Bewunderung und nur leiser Skepsis blickte Karen zu Etta hinüber. „Das ist ja eine schöne Geschichte, Etta. Haben Sie das wirklich getan? Ich meine, wie haben Sie das bewerkstelligt?"

Etta lächelte, tausend Fältchen umspielen ihren Mund. „Es gibt tatsächlich Dinge, die man in der Natur tun kann, von denen unsere Bücher uns nichts erzählen."

Im Raum wurde es still. Clara hörte auf, mit ihren Armreifen zu spielen, und Mr. Beeman sank auf einen Stuhl. Alle sahen Etta an, einschließlich Karen, die das runzlige Gesicht die ganze Zeit schon nicht aus den Augen gelassen hatte.

„Meistens lernen wir, die Wirklichkeit sei etwas, das geradlinig verläuft, aber das stimmt ganz und gar nicht. Sie verläuft spiralförmig und in Windungen, und es gibt verschiedene Schichten der Realität. Wer das einmal verstanden hat und seinen Weg durch die Spiralen findet, für den ist der Rest einfach. Und darin liegt eine große Macht. Es gibt mehr Verborgenes als Sichtbares, könnte man sagen."

„Hat diese – hm, Macht, einen Namen? Dieser Glaube?", fragte Karen und bemühte sich, die aufbegehrende Wissenschaftlerin in ihrem Inneren zu besänftigen.

„Oh, ich glaube nicht. Für manche ist es Gott, für mich nicht. Es ist mehr die Natur. Sie hält uns alle in ihrer Hand, läßt uns manches sehen und hält anderes vor unseren gewöhnlichen Augen verborgen. Aber man kann mehr erkennen, als mit den Augen zu sehen ist, und mehr hören, als mit den Ohren erfaßbar ist – das heißt, wenn man will."

Es entstand ein langes Schweigen; schließlich sagte Etta abschließend: „Es wird spät. Lassen Sie uns noch das Bach-Stück probieren, bevor wir auseinandergehen." Sie stand auf und ging hinüber zum Klavier.

„Das Takthalten ist bei Bach immer so schwierig", meinte Grace, die hinter Etta herging und die Saiten an ihrer Geige nachspannte.

„Zählen, Grace, zählen", grinste Etta und schlüpfte auf die Bank.

Als Karen aufbrach, hatte der erste Schnee schon eine weiße Puderschicht auf die Landschaft gezaubert. Dicke Flocken umtanzten sie langsam, als sie, die Aufzeichnungsbände fest unter den Arm geklemmt, auf dem schlüpfrigen Boden Halt suchte. Auf dem Weg zum Auto dachte sie an Etta und die merkwürdige Unterhaltung, daß es mehr zu erkennen gäbe, als für die Augen sichtbar sei, und Ettas Ausführungen über die Macht der Natur. Sie schüttelte den Kopf und lächelte vor sich hin; eines Tages, wenn sie Zeit hatte, würde sie Etta genauer darüber befragen. Zunächst waren diese Aufzeichnungen, die sie sorgfältig auf dem Beifahrersitz verstaute, für sie von besonderem Interesse.

Ihr Haus hieß sie willkommen. Sie hatte die Lichter am Fuße der Treppe angelassen, als sie fortgefahren war, hatte das bewußte Energiesparen zugunsten dieser warmen, leuchtenden Begrüßung zurückgestellt.

Sie kochte sich einen Tee und ging sofort nach oben ins Bett. Die Bücher auf dem Nachttisch neben sich, türmte sie die Kissen hinter ihrem Rücken auf und zog einen der Bände auf die Knie. Draußen fiel der Schnee in riesengroßen nassen Flocken, bildete einen dichten weißen Vorhang vor den Bäumen und dem Meer. Karen fühlte sich wie auf einer einsamen Insel oder sogar, als wäre sie in einen Kokon eingesponnen. Sie versenkte sich in die Lektüre der vergilbten Seiten und blickte nur auf, um einen Schluck Tee zu trinken, und auch das vergaß sie bald. Sorgfältig entzifferte sie jedes einzelne Wort, führte sich die geschilderten Szenen vor Augen, stellte sich die Gesichter von Menschen vor, die schon lange tot waren, so als sähe sie sich einen Film über Menschen an, die ihr vertraut waren und die sie liebte.

Am Ende des Bandes, den sie bei Etta aufgeschlagen hatte liegen sehen, fand sie eine Anmerkung, die sie mehrmals las:
In diesem sorgenvollen Jahr hat uns ein weiterer Schicksalsschlag ereilt. Der arme Ian McCartland und seine Nichte Aimee, die Haushälterin bei den McCartlands, wurden getötet, als während eines Sturmes ein Baum auf ihren Wagen fiel. Jetzt ist Blessing Witwe, und ich fürchte um sie, denn sie ist untröstlich. Merkwürdig, zu seinen

Lebzeiten schien sie wenig für Ian zu empfinden, und jetzt scheint sie seinen Tod nicht verkraften zu können. Was aus ihr werden soll, weiß der gütige Himmel. Wir werden alle für sie beten und Gott darum bitten, diesen schrecklichen Winter schnell vorübergehen zu lassen und keine weiteren Schicksalsschläge für Pelham Falls bereitzuhalten.

Es hatte in dem Band noch weitere Aufzeichnungen über die McCartlands gegeben, doch keine, die Karen so ergreifend fand wie diese. Sie hatte erfahren, daß die McCartlands sich Ostern immer in der Kirche blicken ließen, und daß Blessing in der Regel für ihre kleinen Bilder Preise auf der jährlich stattfindenden Regionalausstellung gewonnen hatte. Kleine Einblicke in das Leben von Menschen, die lange vor ihr gelebt hatten.

Sie klappte das Buch zu, zog sich ein anderes herüber – die Aufzeichnungen vom Jahr davor – und sah sie auf die ihr jetzt vertrauten Namen hin durch. Eingezwängt zwischen der Schilderung einer handgreiflichen Auseinandersetzung zwischen Dorfbewohnern und Francokanadiern in einem der Holzfällerlager und dem Bericht über eine Gemeinderatssitzung fand sie den Absatz:

Bin heute zum Strand gegangen, um Miesmuscheln von den Felsen zu sammeln. Blessing und Aimee waren in der Bucht. Sie schienen fröhlich und guter Dinge zu sein und hielten sich bei der Hand. Entweder sahen sie mich nicht oder sie zogen es vor, mir keine Aufmerksamkeit zu schenken, so beschäftigt waren sie mit einem selbsterfundenen Spiel. Als ich näher kam, verhärteten sich Blessings Züge und Aimee wirkte ungeduldig; beide erweckten den Eindruck, daß ich sie in ihrem privaten Spiel störte. Ich darf sagen, das war nicht das erste Mal, daß ich derart wenig gastfreundlich behandelt wurde, besonders von Blessing. Obwohl wir schon seit vielen Jahren Nachbarn sind, hat sie sich immer mehr von uns zurückgezogen, und das vor allem, so vermute ich, seit die junge Aimee gekommen ist, um bei ihr zu wohnen. Zweimal bin ich am späten Nachmittag vorbeigegangen, einmal habe ich ein Glas Eingemachtes mitgebracht, und jedesmal hatte ich den Eindruck, daß meine Anwesenheit nicht erwünscht war. Wir haben uns alle so gefreut, als Aimee kam. Sie schien so ein nettes, frisches Ding. Und jetzt – ich weiß nicht.

Trotz ihrer guten Vorsätze wurde Karen schläfrig. Die Worte verschwammen ihr vor den Augen, obwohl sie versuchte, sich wach zu halten, indem sie sich mehrmals mit den Händen über das Gesicht fuhr und langsam den Kopf schüttelte. Ganz allmählich glitt sie sanft durch einen seidenweichen Gang, schloß die Augen und ließ sich fallen.

Die Frau war sofort da, winkte ihr von einem Felsen am Strand aus zu, mit einer Armbewegung, die schwer und langsam war, wie von einem Taucher unter Wasser. Sie sah erleichtert drein, so als ob sie lange hätte warten müssen.

Karen schwebte über den Sand, ohne Fußspuren zu hinterlassen, und streckte ihre Fingerspitzen schon aus größerer Entfernung der ausgestreckten Hand der lächelnden Gestalt entgegen. Ein heftiger Wind blies von See, und die Frau strich sich eine Strähne aus der Stirn; wild tanzten ihr die Haare um den Kopf. Karen hörte Worte, doch der Mund der Frau lächelte noch immer unbewegt.

Jetzt, drang es an ihr Ohr, ein Wort, in dampfende Klänge gehüllt, geboren aus der Erde, von einem unterirdischen Wind davongetragen. *Jetzt,* klang es wieder, und Karen lief schneller, ihr langer Rock schlug ihr gegen die Beine. Sie erreichte die Frau und fiel ihr in die Arme.

Kalt, ach, so kalt. Doch sie brannte bei der Berührung, schmolz dahin und bildete sich neu als weiches Gleiten auf der kalt-heißen Haut. Mühelos glitt sie dahin, jede Empfindung überscharf, jede Zelle in ihrem Körper ein geschliffener Diamant, bewegte sie sich mit der Frau auf das Meer zu.

Karen lauschte auf den Wind und hörte ihn sagen – *Ich habe etwas für dich.* Die Frau zog etwas aus ihrer Schürzentasche.

Ach, wie sehr Karen es sehen wollte! Niemals war sie so glücklich gewesen. Sie versuchte, ihre Augen zum Leuchten zu bringen; doch sie konnten den dunklen Nebel nicht durchdringen, der die ausgestreckte Handfläche der Frau umgab. Die Frau näherte ihre Hand, und nun sah Karen ihr eigenes Gesicht, auf ein Elfenbein-Oval gemalt.

Sie griff danach, wollte es mit Fingern liebkosen und seine kalte, glatte Oberfläche ihre flammenden Wangen kühlen lassen, doch die Frau zog ihre Hand zurück. *Noch nicht,* atmete sie. *Noch nicht.*

Dann wurde Karen hochgehoben, von Armen, die sie nicht spüren oder sehen konnte, und an den Körper der Frau gepreßt. Sie tauchten zusammen in die Luft, bogen sich hinunter unter die Wellen, dann wieder zurück, Busen an Busen, Schenkel an Schenkel, keine Empfindung weniger intensiv als die vorherige. Tauchend, sich drehend schwammen sie durch Luft und Wasser gleichermaßen, bis sie sich in feine goldene Körnchen auflösten, die von weit oben auf die Erde herabregneten.

Karen erwachte; sie zog wie verrückt an ihrer Bettdecke, kämpfte darum, einen Fuß in die Realität zu bekommen. Sie setzte sich auf und riß die Augen auf, lauschte bewußt nach dem leisen Geräusch einer leichten Bewegung, dem Geräusch von jemandem, der sich in dem fahlen Licht des Zimmers erkennbar zu schaffen machte. Doch es war kein Laut zu hören, so sehr Karen auch davon überzeugt war.

Sie saß lange still da, spürte noch einmal das schwelgerische Gefühl in ihrem Körper. Draußen schneite es immer noch, und ein gräulicher Schimmer ließ die Dämmerung ahnen. Es gibt nichts Stilleres als eine schneebedeckte Morgenlandschaft, dachte Karen, bevor sie wieder einschlief, eingerollt in ihr warmes Bettzeug.

Wieder wachte sie auf und sah verstört auf die Uhr. Es war schon nach neun. Walter konnte jede Minute hier sein. Sie zog sich schnell an, ging nach unten und betrachtete die Veränderung der Landschaft, die während ihres Schlafes stattgefunden hatte. Alles war weiß, eine dicke Schicht Schnee bedeckte das Dach der gegenüberliegenden Scheune und malte perfekt jede kleinste Verästelung der Bäume nach.

Weniger als eine Stunde später sah Karen Walters gut erhaltenen Buckel-Volvo die Auffahrt heraufschlingern, bis er gerade noch neben ihrem Käfer zum Stehen kam. Sie atmete tief durch und öffnete die Haustür.

Er zog sie an sich, umfaßte sie stürmisch mit einem Arm, im anderen hielt er eine Papiertüte, die vor Büchern überquoll. Er roch nach Schnee und Old Spice. Dann stellte er die Tüte ab, legte ihr beide Hände auf die Schultern, hielt sie etwas von sich, betrachtete sie genau und sagte: „Meine Güte, ich wollte eigentlich sagen, wie gut du dich erholt hast." Er legte den Kopf auf eine Seite und musterte sie scharf. „Aber eigentlich siehst du gar nicht so gut aus. Schläfst du auch genug?"

Karen hatte vorhin im Spiegel gesehen, daß sie dunkle Ringe unter den Augen hatte, außerdem konnte sie sich nicht erinnern, ob sie gestern nun ihre Haare gewaschen hatte oder nicht. „Ach, weißt du, ich könnte wirklich ein bißchen mehr Schlaf gebrauchen“, log sie, denn sie hatte keine Lust, ihm zu erklären, daß sie in der letzten Zeit eigentlich recht viel geschlafen hatte, aber deshalb so mitgenommen aussah, weil ihr einige unwiderstehliche Träume schwer zu schaffen machten.

Sie nahm Walter bei der Hand und führte ihn durchs Haus. Sie hatte sich schon so an die Ruhe hier drinnen gewöhnt, daß Walters Stimme unangenehm laut klang. Seine bloße Anwesenheit in diesem Haus schien merkwürdig unangebracht, als ob er zu viel Raum einnähme.

„So. Bist du gut im Gasthof untergekommen?“, fragte sie, um ihr negatives Gefühl zu bekämpfen. Die Einwilligung in seinen Besuch war eindeutig keine gute Idee gewesen.

„Alles schon verstaut.“ Er stand am Schlafzimmerfenster, bewunderte die Aussicht und warf wie beiläufig einen Blick auf Karens ungemachtes Bett.

Nachdem sie die Hausführung abgeschlossen hatten, trugen sie die Reste von Ettas Bananenbrot ins Wohnzimmer. „Wie wär's mit einem Feuer?“ Sie begann, einen Arm voll kleiner Zweige zusammenzusuchen. Es war wichtig, dauernd mit irgend etwas beschäftigt zu sein.

„Hier. Laß mich das machen.“ Walter kniete sich neben sie.

Sie stapelte die Zweige ordentlich auf dem Rost. „Ich mache das schon, Walter.“

Sobald das Feuer brannte, setzte sie sich mit angezogenen Beinen auf das Sofa und wandte sich Walter zu, der langsam mit dem Schaukelstuhl wippte und ihr gegenüber saß. Während er ihr im Plauderton die Neuigkeiten aus Boston überbrachte, suchte sie verzweifelt nach den Resten ihres einst so angenehmen Gefühls für ihn. Sie mußte unbedingt etwas gegen ihre derzeitige Stimmung unternehmen.

So versuchte sie, sich ins Gedächtnis zu rufen, welch große Unterstützung er immer für sie gewesen war, daß seine Erfahrungen und sein Rat ihr immer sehr geholfen hatten. Sie dachte an ihre langen gemeinsamen Spaziergänge, an die vielen Abende, die sie zusammen in seiner oder ihrer Wohnung verbracht und zufrieden gelesen oder Musik gehört hatten.

Damals war das Bild einfach perfekt gewesen. Walter, der bärtige Literaturprofessor, der mit ihr zusammen im Dozentenzimmer saß. Wie sicher, wie sehr ein Teil des Lebens, das sie sich vor so langer Zeit in Downey, Kalifornien, erträumt hatte. Gelegentlich kam es ihr zwar in den Sinn, daß irgend etwas fehlte, daß sie die Höhen und Abgründe von Leidenschaft und Sehnsucht nie spürte. Doch insgesamt war sie damals davon begeistert gewesen; dieses Idyll war viel zu schade, um es aufzugeben; alles ging wunderbar nach Plan.

Sie hatte gewußt, was sie wollte, und alles dafür getan, es auch zu bekommen. Die Tochter eines Schweißers aus Downey wollte entkommen – heraus aus Downey und aus allem, was ihr am Leben ihrer Eltern Angst machte. Sie hätte irgend jemanden dort heiraten, in einem Haus wie all die anderen wohnen, jeden Mittwoch zum Bowling gehen und ihre Kinder in einem zwei Jahre alten Kombi zur Schule fahren können. Und genau das wollte sie nicht.

Immerhin hatten ihre Eltern, die ein Gespür dafür besaßen, daß mehr in ihr steckte, sie in dem Bewußtsein erzogen, Bildung sei etwas Wertvolles, und sich darauf eingerichtet, daß ihre Tochter sie eines Tages verlassen würde. Manchmal dachte sie daran, daß ihre Eltern mindestens so viel Wert auf ihre Karriere gelegt hatten wie sie selbst. Oft brüsteten sie sich im Elk's Club oder in Shirleys Eckkneipe, in denen immer noch die Schnulzen aus den sechziger Jahren aus der Music-Box dröhnten, während sie ihr Ale tranken und Cribbage mit ihren Freunden spielten, was für eine großartige Tochter sie hätten.

Sie hatte sich alles genau ausgerechnet: ihre akademische Karriere; der Umzug an die Ostküste; ein Bekanntenkreis, der ihr ein Spielfeld für ihre intellektuelle Neugier bot. Ihr akademischer Aufstieg war sogar spektakulär verlaufen. Wenn sie ihre Karriere weiterhin so sorgfältig plante, würde sie sich einen der besten Lehrstühle aussuchen und großzügig finanzierte Feldstudien durchführen können. Sie hatte sich nicht nur ihre Scheibe vom Kuchen gesichert; sie spürte schon den Vorgeschmack darauf, daß sie den ganzen Kuchen haben könnte.

Dann war Maggie England in ihrem Leben aufgetaucht, und all ihre Pläne waren über den Haufen geworfen worden.

Walter redete weiter mit monotoner Stimme auf sie ein, ließ Namen von bekannten und vertrauten Menschen und Orten fallen, die ihr irgendwie gar nicht mehr bekannt vorkamen. Seine Stimme hatte schon bei vielen Gelegenheiten so ähnlich geklungen, jedesmal, wenn er kleine Klatschgeschichten aus dem Leben anderer Menschen erzählte: Wer gerade mit wem schlief; wer, einem Gerücht zufolge, der nächste Dekan des wirtschaftswissenschaftlichen Instituts werden würde.

Selbst an dem Tag, an dem Maggie und sie vom Kap zurückgekehrt waren, hatte er genauso geklungen. Sie hatte sich in ihrem Büro an die Überarbeitung älterer Vorlesungsunterlagen gemacht, als Walter hereinkam. Er hauchte ihr flüchtig einen Kuß auf die Wange, setzte sich und lehnte sich mit dem Stuhl zurück. „Hast du schon mal etwas von einer Dr. Prentiss gehört?“ fragte er.

Karen kannte Judith Prentiss nur flüchtig, ein- oder zweimal hatte sie sich in der Cafeteria kurz mit ihr unterhalten. Eine nette Frau, dachte Karen. „Was ist mit ihr?“ Sie hoffte insgeheim, Walter würde die Antwort für sich behalten; am liebsten wäre ihr sogar, er würde jetzt nicht dasitzen und darauf brennen, eine weitere Tratschgeschichte zu erzählen. Das Wochenende am Kap war ihr noch frisch in Erinnerung, und so verwirrend es auch war, es leuchtete wie ein Sonnenstrahl auf den Schreibtisch und ihre Unterlagen.

„Sie wurde gerade gebeten, sich beurlauben zu lassen.“

„Hmmmm“, antwortete Karen, ohne aufzublicken. Möglicherweise konnte sie ihn durch ihr mangelndes Interesse entmutigen.

„Scheint, als hätte man sie ertappt, daß sie etwas mit einem Studenten hat, der bei ihr die Doktorarbeit schreibt“, fuhr Walter unnachgiebig fort.

„Mein Gott, Walter. Was ist denn daran neu? Kommt das nicht überall vor?“

„Richtig, nichts daran auszusetzen – viele von uns tun es. Nur daß dieser Student eine Frau ist.“ Walter legte eine effektvolle Pause ein.

Karen hatte Mühe gehabt, ihm zu folgen, bis die Worte ‚eine Frau‘ sie in den Magen trafen wie ein unerwarteter Tiefschlag. „Was hast du gerade gesagt?“ flüsterte sie, eine Hand auf den Knoten gelegt, der sich in ihrem Bauch zusammenzog.

Gut gelaunt erzählte Walter die Geschichte noch einmal, dieses Mal reicherte er sie sogar mit eigenen Beobachtungen und Überlegungen an. „Ich bin genauso liberal wie alle hier“, sagte er und zupfte an seinem Bart. „Ich meine, manche Leute sind einfach so und können gar nichts dafür. Man sollte sie nicht schlecht behandeln oder so; aber sie könnten sich wirklich etwas mehr zurückhalten, finde ich.“

Karen starrte ihn an, langsam kroch ihr die Röte ins Gesicht.

„Ich habe schon einige Homosexuelle kennengelernt“, fuhr er ungerührt fort, „meistens Männer. Ich habe wirklich nicht gedacht, daß Frauen derart aufeinander stehen können.“

Karen, die die ganze Zeit Mühe gehabt hatte, das Klingeln in ihren Ohren loszuwerden, hatte Walters letzten Kommentar gehört. Sie wollte mit der Faust auf den Tisch schlagen und schreien: „Du hast ja keine Ahnung, wie sehr du dich irrst!“ Statt dessen saß sie ruhig da, heuchelte Desinteresse und hofften, ihre Wangen wären in Wirklichkeit nur halb so rot wie sie sich anfühlten.

Schließlich war er gegangen und hatte sie am Schreibtisch zurückgelassen; sie zitterte und hatte das Gefühl, erbrechen zu müssen. „Das hätte ich sein können“, sagte sie sich immer wieder. „Was soll ich bloß tun, wenn ich das nicht durchhalten kann?“ Fieberhaft suchte sie nach einer Antwort, doch in ihrem Kopf war alles kalt und leer.

„Es sollte so nicht sein. Oh Gott, so nicht“, schluchzte sie und ließ ihren Kopf auf die Hände sinken. Niemals zuvor hatte sie so am Rande der großen Liebe gestanden. Doch die Konsequenzen dieser Liebe waren wahrscheinlich mehr, als sie bereit war zu riskieren.

Einige Minuten später schloß sie die Bürotür hinter sich ab und trat in den verlassenen Korridor. Es gab keine Verabredungen mehr die sie einhalten mußte, sie hatte nichts Besonderes zu tun. Schließlich hatte sie frei. Ab sofort.

Rasch überquerte sie den Universitätsplatz und lief zu ihrem Auto. Ein Kollege winkte ihr zu, automatisch erwiderte sie den Gruß, registrierte nicht einmal, wer das gewesen war. Auf dem Parkplatz der Fakultät starrte sie, mühsam die Tränen zurückhaltend, auf das Holzschild – DR. LATHAM –, mit dem ihr eigener Parkplatz gekennzeichnet war. Statt erwartungsvoll und glücklich auf der Schwelle zu einer großen Liebe zu stehen, klammerte sie sich an den Rand eines gähnenden Abgrunds. Schlimmer noch, es gab niemanden, mit dem sie darüber sprechen konnte.

Irgendwo zwischen dem Parkplatz und ihrer Wohnung beschloß sie, für ein paar Tage irgendwohin zu fahren – vielleicht nach Maine –, irgendwohin, wo sie allein sein und nachdenken konnte ...

Karen sah auf und stellte fest, daß Walter immer noch redete, während sie sich schon lange ihren Erinnerungen hingegeben hatte. Die Neugier zwang sie, nach Dr. Prentiss zu fragen. Sie stellte die Frage sehr leise.

„Oh, über die kommt es zu einer größeren Auseinandersetzung", erwiderte Walter. „Der Studentenausschuß hat sich eingeschaltet, und es gibt ein Unterstützungskomitee. Sie fordern ihre Wiedereinstellung und Gehaltsfortzahlung. Sie sagt, mit wem sie schläft, geht verdammt noch mal niemanden etwas an."

„Das finde ich auch", meinte Karen spontan und fühlte sich gleich besser. Sie würde Mitglied in diesem Komitee werden. Gut für Judith Prentiss ...

Walter sagte, auch er finde das, doch dabei sah er aus, als sei er in etwas Unappetitliches hineingetreten.

„Es hat aufgehört zu schneien", meinte Karen, und ihr verstörtes Gefühl kam zurück. „Warum nutzen wir das nicht aus und gehen essen? Und machen danach vielleicht eine kleine Tour durch die Antiquitätenläden? Ich bin hungrig wie ein Wolf."

Aus dem Haus gehen wollte sie, ja, doch der Gedanke ans Essen bereitete ihr in Wirklichkeit Widerwillen. Zum ersten Mal, seit sie hier war, fühlte sie sich unbehaglich in diesem Haus. Eine leichte, kaum wahrnehmbare Empfindung, wie der säuerliche Anfang einer Magenverstimmung.

Als sie hinuntergegangen waren, legte Walter den Arm um sie und führte sie in Richtung Ausgang. Irgendwo oben schlug mit einem lauten Knall eine Tür zu. Verwirrt machte sich Karen von ihm los. Sie fühlte sich schuldig, ohne sagen zu können, wieso; ein vages Unbehagen hatte sich in ihr breit gemacht. Es war sicher ganz gut, das Haus für eine gewisse Zeit zu verlassen.

Sobald sie draußen war, ging es ihr besser. Die Anspannung und Nervosität fielen von ihr ab wie Asche von einem verglühenden Feuer.

Sie hielten am Gasthof „Zur Blauen Wachtel“. Ein Schild schwang im Wind zwischen zwei Pfosten am Tor und stellte einen riesigen, blau bemalten Vogel dar. Sie betraten das Lokal, studierten die Speisekarte und bestellten Hummercremesuppe.

Wortlos saßen sie am Tisch und betrachteten die Szene vor dem Fenster. Die gefrorene Oberfläche eines kleinen Teiches reflektierte einen Sonnenstrahl, der durch die Wolken hindurch nach Osten wies. Als Karen endlich redete, sprach sie über ihr Buch. Überrascht und erleichtert stellte sie fest, daß ihr die Worte mühelos über die Lippen kamen, etwas, das ihr im Haus immer schwer gefallen war. Angeregt durch die hervorragende Suppe, die so frisch schmeckte, als sei der Hummer am selben Morgen gefangen worden, spürte sie, wie sie allmählich innerlich losließ.

Nach dem Mittagessen fuhren sie ein paar hundert Meter die Straße hinunter zum ersten einer Reihe von Antiquitätenläden. Innen war jeder Zentimeter mit Schätzen und Trödel bedeckt und vollgestellt, und alles davon wirkte verlockend. Von der Decke hingen sogar noch Bilderrahmen aller Größen herab, an Ketten aufgehängt. Eine Frau mit einem Habichtsgesicht saß hinter der Ladentheke, lächelte ihnen kurz zu und kehrte dann wieder zu ihrer Lektüre zurück, so daß sie in Ruhe stöbern konnten. In einer hinteren Ecke erspähte Karen einen noch recht gut erhaltenen Blumenständer aus Eichenholz und wußte, den würde sie mitnehmen. Sie war froh, daß sie ausgegangen waren. Es wurde ihr immer leichter ums Herz, und sie suchte in einem riesigen Karton voller alter Bilder und Drucke nach einem, der den häßlichen Spiegel im Wohnzimmer ersetzen könnte.

Walter hatte einen grünen Seidenhut mit einer aufgestickten Krone und einer festen runden Krempe gefunden, wahrscheinlich ein Überbleibsel irgendeiner Shakespeare-Truppe. Karen lächelte, als er ihn aufsetzte. Walter legte sich eine Hand auf die Brust und breitete den anderen Arm in einer theatralischen Geste aus. „Ich komme nicht mehr, dich zum Lachen zu bringen; es gibt Dinge, die schwer auf unserer Stirne lasten . . .“

Karen war berührt von diesem bezeichnenden Zitat und schenkte ihm einen langen Blick. Zu sehen, wie jemand aus dem eigenen Leben entschwindet, ist hart.

Karen behielt ihre gute Laune bis gegen vier Uhr, als sie plötzlich das zwanghafte Bedürfnis empfand, sofort nach Hause zurückzukehren, so als ob sie einen Topf auf dem Feuer hätte stehen lassen oder vergessen hätte, den Kuchen aus dem Ofen zu nehmen. Sie wollte, nein mußte zurück. Sie hatten eigentlich vorgehabt, sich noch in weiteren Läden umzusehen, doch Walter bestand nicht darauf, sondern wendete den Wagen, und sie fuhren zurück.

Sobald sie wieder im Haus waren, stieg Karens Unruhe dramatisch an. Walter gehörte nicht hierher. Hastig, weil sie fürchtete, ihn ihre Ablehnung spüren zu lassen, schlug sie vor, sie sollten sich ein wenig hinlegen. Wenn sie vielleicht eine Weile getrennt wären . . .

Sie führte Walter nach oben ins Gästezimmer. Zwar wiesen seine Mimik und Gestik darauf hin, wie sehr es ihm mißfiel, ins Gästezimmer abgeschoben zu werden, doch er sagte nichts und schloß leise die Tür hinter sich. Sie hörte, wie seine Schuhe einer nach dem anderen zu Boden fielen und wußte, daß er sicher bald schlafen würde. Dankbar für ihr Alleinsein, ging sie ins Schlafzimmer, warf sich auf die zerwühlten Bettdecken, öffnete einen der Handschriftenbände und begann zu lesen.

Die Ereignisse und die Menschen, die auf diesen vergilbten dünnen Seiten geschildert wurden, nahmen Gestalt an; Gesichter und Persönlichkeiten, lebhafte und farbige Szenen traten an die Stelle der säuberlichen Handschrift in schwarzer Tinte. Pelham Falls und seine Menschen, seine Holzfäller, Fischer und Bauern, stellten sich in Geschichten dar, die mal alltäglich, mal dramatisch, mal traurig und mal amüsant waren. Sie lächelte über eine Anekdote, in der es um einen Grenzstreit zwischen Nachbarn ging und in der davon die Rede war, daß einer der beiden Streithähne schließlich seine Schweine durch ein Loch im Zaun auf das umstrittene Feld gejagt hatte. Und dann las sie von der Ankunft von Aimee McCartland aus Massachusetts.

Sie wurde als ein Mädchen mit heller Gesichtsfarbe, blondem Haar und ausnehmend guter Gesundheit und Laune beschrieben. Die Schreiberin der Zeilen war dabei gewesen, als sie angekommen war, um bei den McCartlands zu leben, und hatte ihrer Hoffnung Ausdruck gegeben, ihre Anwesenheit könne dem McCartland-Haus etwas Fröhlichkeit einhauchen, denn dieses sei zwar nicht direkt düster zu nennen, aber es fehle in ihm doch an Wärme und Freundlichkeit.

Als sich Karen erhob und ins Wohnzimmer hinunterging, trug sie den Stapel bunter Billigromane unter dem Arm, um sie dort ins Bücherregal einzusortieren. Die Chroniken würden ihr vorläufig genug Lesestoff bieten.

In der Küche rieb sie das Huhn mit Salz und einer großzügigen Menge Knoblauch ein und schob es in den Ofen. Dann setzte sie sich an den Tisch und freute sich an der Illusion, allein zu sein. Ihre Stimmung war zwar etwas besser, aber immer noch leicht irritierbar, wie eine alte Wunde, die jederzeit aufbrechen konnte.

Walter kam mit dem Ausdruck der Resignation die Treppe herunter. Er ging hinüber zum Tisch, an dem Karen saß und vor sich hinstarrte.

„Ich gehe gleich nach dem Abendessen", sagte er und schaute dabei über Karen hinweg auf den Obstgarten hinter dem Fenster. „Vermutlich war das hier keine so gute Idee."

Karen fuhr mit ihrem Finger einen Wirbel in der Maserung des Tisches nach. Sie hielt die Augen immer noch gesenkt und nickte langsam.

„Es ist wunderschön hier, Karen", sagte Walter schließlich. „Aber ungemütlich. Du bist so auf Distanz." Er hielt inne. „So weit weg. Ich habe dich noch nie so erlebt."

Karen räusperte sich und sah ihn an. „Ich habe versucht, dir zu erklären, wie es mir ging – daß ich allein sein wollte. Dieses Haus hat etwas, das ich im Augenblick sehr brauche, Walter. Die Isolation – die Ruhe vielleicht. Was immer es ist, jedenfalls ist es alles, was ich mir für mich nur wünschen kann."

In einer Atmosphäre angespannter Höflichkeit beendeten sie die Vorbereitungen für das Abendessen, beide vermieden es, einander anzusehen. Sobald sie gegessen hatten, zog Walter Mantel und Handschuhe an.

Karen legte ihm die Hand auf den Arm. „Paß' gut auf dich auf, Walter", sagte sie sanft.

Er umarmte sie und ging schnell durch die Tür nach draußen in die Nacht. Sie sah ihm nach, und das einzige, was sie empfand, war Erleichterung. Sie hatte sich bedrängt gefühlt; etwas viel zu Gewöhnliches hatte sich zwischen sie und ihr Haus schieben dürfen, ein Haus, das gespannt darauf wartete, daß sie in sein warmes Inneres zurückkehrte, um zu schlafen ...

Es hatte wieder begonnen zu schneien, Flocken so groß wie Kissenfedern bildeten einen dichten Vorhang. Karen nahm wieder ihren Lieblingsplatz am Küchentisch ein und starrte wie gebannt auf den niedersinkenden Schnee. Walters Wagen war lange verschwunden, und selbst die Reifenspuren waren bald vom frischen Schnee ausgelöscht. Die Bäume standen vor Frost erstarrt in der windstillen Nacht. Die Auffahrt und die schneebedeckten Felder waren still und schweigsam wie das leere Haus, das sie umgaben.

Einen kurzen Augenblick lang fühlte sie sich einsam, und es kam ihr Begriffe wie ‚Wollen, aber nicht haben' oder ‚Haben, aber nicht wollen' in den Sinn. Bald jedoch wurde dieses Gefühl von einem anderen vertrieben, dem Gefühl zu gleiten, auf etwas Anziehendes, Warmes und Weiches zu.

Karens Kraft nahm immer mehr ab, und das machte ihr nichts aus; sie wünschte sich nur in einen bequemeren Sessel. Sie drückte sich vom Stuhl hoch, die Hände flach auf den Tisch gestützt, dann drehte sie das Licht aus, und während sie zum Wohnzimmer hinübertrottete, meinte sie vorübergehend, das Rascheln wieder zu hören, war sich aber nicht ganz sicher. Ihre eigenen Schritte hallten laut durch das Haus.

Sie setzte sich in den großen, überladenen Sessel am Kamin und stockte plötzlich. Irgend etwas war hier anders als gewohnt. Eine Sekunde brauchte sie, um ihre Augen an das Dämmerlicht zu gewöhnen; dann sah sie, daß eines der Bücher, die sie heruntergebracht und hier im Regal verstaut hatte, auf den Boden gefallen war und wenige Schritte von ihr entfernt lag.

Sie ging darauf zu und bückte sich. *Das Gesicht aus Elfenbein* starrte ihr aus dem schrillen Umschlag entgegen. Sie starrte zurück. Wie war das Buch da hingekommen? Sie hatte alle diese Schundromane fest zwischen zwei große Bücher gezwängt.

Sie bückte sich, um das Buch aufzuheben und schreckte zurück.

Es war eiskalt unter ihrer Berührung. Das nächste Mal war sie darauf gefaßt, daß der Umschlag sich eisig anfühlte, sie hob das Buch auf, drehte es zwischen den Fingern und untersuchte es genau.

Sie war müde, so furchtbar müde, und fragte sich, ob sie es noch einmal die paar Schritte bis zum Sessel schaffen würde. Mit einem Schulterzucken ließ sie das Buch zu Boden fallen und sank in den Sessel, ohne auch nur daran zu denken, ein Feuer anzuzünden. Hinter sich hörte sie wieder das Geräusch und gedämpftes Flüstern.

Vielleicht der Wind, dachte sie und versuchte sich zu erinnern, ob es heute abend stürmisch gewesen war. Ihre Lider wurden immer schwerer, und sie schloß die Augen; immer noch hörte sie die Geräusche, wie von jemandem, der durch die Küche ging und zu jemandem sprach, vielleicht zu ihr. Sie versuchte, genau hinzuhören, aber sie war so müde, so schläfrig.

Sie glitt und fiel wieder, fiel in die Dunkelheit hinein. Das Flüstern hinter ihr wurde lauter. Es war ein dampfendes Geräusch, schwer auszumachen, doch je weiter sie schwebte, desto deutlicher wurde es, bis sie die Worte klar verstehen konnte. Jemand flüsterte ganz in ihrer Nähe: *Endlich.*

Ja, versuchte sie zu antworten, doch es gelang ihr nicht, so schnell fiel sie weiter. Sie flog durch einen dunklen Tunnel auf ein organgefarbenes Licht zu, kaum wahrnehmbar und noch weit entfernt. Die Stimme hinter ihr sagte immer noch *Endlich, endlich.*

Am Ende des Tunnels wurde der orangefarbene Schimmer heller. Bald sah sie zwinkernd in zwei Kerosinlampen auf dem Kaminsims. Sie war wieder im Zimmer, aber diesmal brannte ein Feuer im Kamin, hell leuchteten die beiden Lampen darüber. Sie sah sich um und stellte fest, daß es derselbe Raum war, nur die Möbel waren andere, und an den Wänden hingen viele kleine Bilder. Sie fühlte sich warm und glücklich und sah sich erwartungsvoll im Zimmer nach der Person um, von der sie wußte, daß sie da war.

Die Frau schwebte zu Karen hin. Sie konnte die Kälte und einen schwach modrigen Geruch spüren. *Ich werde jetzt oft kommen,* atmete die Frau. *Alles ist so, wie es sein muß.*

Da war Musik, hell klingende Töne wie aus einer Musicbox. Karen schaute die Frau an, die ihr strahlend, die Lider über den leuchtenden grünen Augen halb geschlossen, zulächelte.

Ein heißer Stich der Leidenschaft durchbohrte Karens Bauch, und sie griff nach der Hand der Frau. Die Frau war zerbrechlich und fein, und obwohl Karen ihre kalte Hand und die Macht ihrer Anwesenheit spüren konnte, schien sie doch nur in Rauch zu fassen.

Sie tanzten zur Musik und liebten sich, während sie durch die dünne Luft des Zimmers schwebten, und Karen jauchzte und schmolz dahin bei jeder Berührung, die ihr durch den Körper fuhr. Sie schwebten hinaus in die Küche, wo ein freudiger Schauer durch Karen lief, beim Anblick von Stechpalmenzweigen, die in einer rubinroten Glasschüssel arrangiert waren. Als sie aufhörten zu tanzen und sich zu lieben, hatte Karen das Gefühl, als ob sie auf etwas Weichem und Flaumigem ruhte, träumerisch streckte sie sich und drehte den Körper, während die Frau ihr mit den Händen über den Rücken streichelte.

Dann mußte sie kämpfen, wurde von irgendwoher wie von einer starken Hand oder einem kalten Luftzug weggezogen. Da waren Klänge, diesmal nicht die Musik, sondern andere Geräusche. Unter ihren Fingerspitzen spürte sie einen rauhen Stoff, etwas Kratziges, dicht Gewebtes.

Das Geräusch war das Ticken einer Uhr, und als sich der Schleier vor ihren Augen lüftete, sah sie, wie ihre Hand über die Armlehne des Sessels fuhr.

„Mein Gott“, murmelte sie. „Mein Gott, ich bin eingeschlafen.“ Sie fuhr sich mit den Händen durchs Haar und sah in den stillen Raum. „Ich glaube es zumindest“, flüsterte sie nachdenklich.

Sie kämpfte darum, ihren Kopf klarzubekommen und stand auf, indem sie sich auf die Armlehne stützte, dann wankte sie in die Küche. Das Licht war aus, aber sie konnte etwas auf dem Tisch stehen sehen. Sie trat näher.

Mitten auf dem Tisch lag ein kleiner Zweig. Sie nahm ihn auf und starrte ihn an, suchte nach einer Verbindung zwischen etwas, das gerade geschehen war und diesem Stechpalmenzweig in ihrer Hand. Im Mondlicht sahen die am Zweig hängenden Beeren blaß und dunkel aus, Rot und Grün verschmolzen zu einem blassen Grau.

Kapitel 5

Ein paar Tage nach Walters Abreise, Karen wußte nicht genau, wie viele Tage es waren, stand sie am Küchenfenster und überlegte, wann sie zuletzt etwas gegessen hatte. Zeit, so hatte sie entdeckt, Zeit hatte eine völlig neue Bedeutung für sie bekommen – jetzt, wo sie genug davon hatte und ganz für sich alleine war. Begriffe wie Dienstag oder Mittag machten in ihrer neuen Ordnung wenig Sinn; von ihr aus konnte im Augenblick gerade beides zutreffen, es war ihr gleich. In ihrem Leben hier in diesem Haus gingen die Uhren anders; sie aß, wenn sie Hunger hatte, und verschlief ihre Kalenderseiten; vor allem schlief sie.

Oft wanderte sie auch stundenlang durchs Haus, schlenderte langsam und ziellos umher, genoß ihr Alleinsein, ihre Abgeschiedenheit. Niemand konnte ihr Kommen und Gehen kontrollieren, niemand ihr Tun oder Nichtstun verfolgen, niemand ihr vorwerfen, wie wenig sie an ihrem Buch arbeitete.

Am vorderen Fenster im Wohnzimmer hielt sie inne und blickte hinaus über den weißen Vorgarten. Es hatte aufgehört zu schneien, doch der Tag war grau und kalt. Dort unten hob sich die See in einer mächtigen Dünung und warf sich erschöpft auf den Strand.

Einen Augenblick lang dachte sie, unten in der Bucht bewege sich etwas. Doch dann war nichts mehr zu sehen; nur eine große Möwe stieg von den Felsen auf und verschwand im Nebel vor der Küste.

So lächerlich es an einem solch bitter kalten Tag auch schien, sie fühlte sich zum Strand und zum Meer hingezogen; sie sehnte sich danach, dort zwischen den schlüpfrigen Felsen und den schweren Brechern entlangzulaufen. Dick eingepackt gegen die Kälte, eilte sie den Abhang vor dem Haus hinunter und hinterließ dabei eine Linie einsamer Fußspuren im Schnee. Unten angekommen, tauchten ihre Gummistiefel knirschend zwischen die durchsichtigen Seetangstreifen; tief sog sie den fischigen Geruch ein, der vermischt war mit dem pudrigen Duft von frischem Schnee.

Ohne näher zu überlegen, ging sie zur Bucht hinüber, kletterte auf den größten Felsen und schob die Kapuze ihres Parka zurück; dort saß sie dann mit übereinandergeschlagenen Beinen und blickte über das dunkelgrüne Wasser.

Eine dramatische Veränderung ging mit ihr vor. Nicht nur, daß sie ihre Umgebung gewechselt hatte, sondern auch tief im Innern war sie dabei, eine andere zu werden. Es fühlte sich an, als ob sie dabei wäre, sich zu verlieben – oder die Grippe zu bekommen. Unsichtbare Moleküle bildeten neue Muster in ihrem Körper, sammelten Kraft und würden bald die neue Form in ihr enthüllen, würden die Person, die sie noch vor kurzem gewesen war, in eine gänzlich andere verwandeln. Ein Bild trat vor ihr geistiges Auge und störte ihren Seelenfrieden – ein Bild, das zeigte, wie sie noch vor wenigen Wochen gewesen war. Sie saß auf dem Felsen und erinnerte sich: Wie sie von einem Termin zum anderen gehetzt war; wie sie immer wieder die nächste Sache bereits in Angriff nahm, sobald sich abzeichnete, daß die gegenwärtige bald zu Ende sein würde; wie sie aus fettigen Tüten auf ihrem Schreibtisch irgend etwas in sich hineinschlang, das ihr Mittagessen sein sollte; wie sie konferierte; Vorlesungen hielt; Abgabeterminen für Forschungsberichte hinterherhetzte; all das sorgfältig darauf abgestimmt, sie immer schneller und schneller einem goldenen Zeitalter entgegenzuführen, in dem sie eines Tages ein paradiesisches Leben führen würde.

Karen dachte an Maggie und rief sich ihr Bild ins Gedächtnis. „Ich wünschte, sie könnte das hier auch sehen", hörte sie sich laut sagen, und einen Moment lang erlaubte sie sich, ihren Phantasien freien Lauf zu lassen. Sie stellte sich Maggies Gesicht vor, ganz dicht neben dem ihren, ebenfalls zur See gewandt, und so wie sie der beißenden Kälte trotzend.

Die angenehme Vorstellung wurde jäh unterbrochen, als ein heftiger Windstoß sie fast vom Felsen warf. Während sie mit den Füßen neuen Halt suchte, stellte sie zum ersten Mal fest, daß sie vor Kälte kaum noch Gefühl in Händen und Füßen hatte.

Sie begann, vom Felsen herabzuklettern, wobei sie sich sehr viel Mühe geben mußte, nicht zu straucheln, denn ihr war ein wenig schwindelig. Plötzlich merkte sie, daß sie nicht allein war.

Unten am Strand war eine dunkle Silhouette zu erkennen, eine Gestalt, die in die grünen Wogen des Meeres starrte. Wer außer ihr selbst, so fragte sich Karen, konnte mutig oder tollkühn genug sein, an einem solchen Wintertag hierher zu kommen? Als die Gestalt auf sie zuging und grüßend den Arm schwenkte, sah Karen ihr erwartungsvoll entgegen. Es dauerte eine ganze Zeit, bis sie Ettas schlaksige Gestalt erkannte. Sekunden später bemerkte sie, daß Etta ihr unter den dicken Schals und der Skimütze hervor zulächelte.

„Hallo", rief Etta; ihr Ruf wurde halb von den Brechern verschluckt. „Ich hätte nie gedacht, an einem solchen Tag hier jemanden vorzufinden." Sie grinste Karen an.

Sie umarmten sich durch die zahlreichen Schichten ihrer Kleidung hindurch. Karen, die ihre etwas unkonventionelle Nachbarin immer mehr ins Herz geschlossen hatte, stellte verwundert fest, daß ihr Anblick sie jetzt mit leiser Enttäuschung erfüllte.

„Ich liebe das Meer zu dieser Jahreszeit", meinte Etta. Sie bückte sich, hob eine Glasscherbe auf und schob sie sich in die Tasche. „Es ist jetzt von einer herben Schönheit, finden Sie nicht?"

Karen pflichtete ihr bei. Auch sie hatte festgestellt, daß diese Abstufungen von Hell- und Dunkelgrau, die ineinander verschwammen, ohne durch eine der Regenbogen-Farben erhellt zu werden, einen eigenartigen Reiz auf sie ausübten.

„Sie sehen so gedankenverloren aus", beobachtete Etta, „störe ich Sie gerade bei wichtigen Überlegungen?"

„Oh nein, überhaupt nicht", erwiderte Karen. „Ich habe mich auch gerade an der Schönheit hier gefreut und daran gedacht, wie sehr sich mein Leben schon verändert hat. Kommen Sie oft hier herunter?"

„Oh ja. Manchmal denke ich, das Geheimnis meines hohen Alters sind diese Konditionsübungen am Strand – im Sommer wie im Winter."

Sie lachte, und Karen dachte bestürzt, daß sie Etta jetzt eigentlich in ihr Haus auf eine Tasse Tee einladen müßte. Doch ihr Bedürfnis nach einem Mittagsschlaf, ihr Bedürfnis nach Alleinsein war stärker als ihre guten Manieren. Sie starrte in den grobkörnigen Sand zu ihren Füßen; es war ihr peinlich und sie war unzufrieden mit sich, doch sie hörte sich sagen: „Ich habe noch etwas im Haus zu tun, wenn Sie mich entschuldigen würden . . ."

Etta nickte und lächelte, und Karen wandte sich zum Gehen. Dann kam ihr die rettende Idee: „Ich habe vor, morgen in die Stadt zu fahren. Es gibt da einen Antiquitätenladen, durch den ich gern mal stöbern möchte; außerdem muß ich beim Kaufmann einiges besorgen. Warum kommen Sie nicht einfach mit, wenn Sie Zeit haben? Wir könnten uns einen schönen Nachmittag machen."

„Aber gern. Ich könnte so gegen zwei."

„Sehr gut. Ich hole Sie ab", rief Karen und lief rasch zurück zum Haus. Als sie endlich oben war, warf sie ihren Parka ab, ließ ihre gelben Gummistiefel schwer auf den Boden fallen und warf sich, noch in Jeans und dicken Socken, aufs Bett. Sie tauchte unter die Decken und in ihr süßes Geheimnis, das sie nicht benennen konnte. Sie schlief sofort ein und begann zu träumen.

Das Gesicht der Frau schwebte durch die Zweige vor ihrem Fenster. Die dürren Äste zitterten und zuckten auf und ab, drehten sich in verrücktem Tanz im Wind. Das Gesicht schwebte in den Zweigen auf und ab. „Schnell, schnell, beeile dich!", rief Karen erregt und aufs Äußerste gespannt.

Plötzlich war die Frau im Zimmer, stand am Fußende von Karens Bett und lächelte auf sie herunter. In ihren wilden Augen tanzte ein ruheloses Feuer, als ob sie, wenn es ihr gefiele, durch Karen hindurchsehen und glühende Löcher in das Bettuch unter ihr brennen könnte.

Sie bewegte sich auf das Bett zu und legte sich hin, breitete ihre langen Röcke über Karens Körper aus und legte ihr einen eiskalten Finger auf die Lippen. Sie roch nach etwas Altem, etwas, das man lange ganz unten in einem Schrank aufbewahrt und das ein wenig Schimmel angesetzt hat. Der Geruch übte einen quälenden Reiz auf Karen aus; sie atmete ihn tief ein, dabei roch sie auch noch den schwachen Fliederduft von Haarpomade. Karen erschauerte und legte ihre Arme um den Hals der Frau, überrascht, wie federleicht diese sich anfühlte, so als habe sie keine Knochen und könne sich jederzeit in Luft auflösen.

Die Frau widersetzte sich Karens Versuch, sie an sich zu ziehen und sprach durch geschlossene Lippen; dampfende Klänge glitten sanft an Karens Ohren und Wangen entlang. *Du bist mein.* Ihr Atem und ihre stummen Worte schienen auf Karens Wangen eisige blaue Kristalle zu bilden, die stechend schmerzten wie der leidenschaftliche Kuß einer Geliebten. *Mein Herz hat dich gefunden.*

Die Worte ließen Karen den Atem stocken, obwohl irgend etwas an ihnen ätzend scharf und von tödlichem Ernst war. Die Frau berührte mit einem Finger Karens weichen Bauch, brachte ihn in einer Aufwallung von Leidenschaft zum Frösteln. Karen dehnte sich, strebte der Berührung entgegen, wollte mehr, mehr. Sie liebten sich wieder und immer wieder, drehten und warfen sich herum in einem Gewirr von Bettlaken und langen grauen Röcken.

Dann verschwand die Frau so plötzlich, wie sie gekommen war. In ihrem Schlaf fühlte sich Karen auf merkwürdige Weise um etwas Kostbares beraubt.

Als sie schließlich erwachte, erschöpft und schweißnaß, war es schon dunkel; ein leichter Schnee hatte ein Spitzenfiligran auf die Fensterscheiben gemalt. Verwirrt, desorientiert und mit einem leicht nagenden Hungergefühl im Magen stolperte sie nach unten und versuchte, sich an die schwindenden Reste ihres Traumes zu klammern. Ein schwacher Schimmelgeruch hing ihr in den Haaren.

Sie durchwühlte die Speisekammer, ihre Konserven und Vorräte, doch sie fand nichts, auf das sie Appetit gehabt hätte. Sie holte sich ein Stück Käse aus dem Kühlschrankund goß sich ein Glas Wein ein; dann ließ sie sich schwer auf einen Stuhl am Küchentisch fallen, kaute lustlos und grübelte über ihren Traum nach.

Sie versuchte, sich zusammenzureißen und nahm sich vor, etwas zu arbeiten, trug Käse und Wein ins Wohnzimmer und setzte sich an den Schreibtisch. Doch das außergewöhnliche Gefühl, das sie nach ihrem Traum beschlichen hatte, wollte nicht von ihr weichen. Wo sie auch hinschaute, erwartete sie, das Gesicht der Frau zu sehen; fast träumerisch konnte sie ihre Anwesenheit im Zimmer spüren. Entschlossen nahm sie einen Stapel Karteikarten zur Hand und begann, ihn durchzusehen. Doch die Buchstaben verschwammen ihr vor den Augen, und die Kopfschmerzen, mit denen sie vorhin aufgewacht war, steigerten sich und drohten ihre Schläfen zu sprengen. Einen verrückten Moment lang ergaben die Worte auf den Karteikarten keinen Sinn; sie konnte einfach nicht verstehen, was die Begriffe heißen sollten, so als versuchte sie, eine Zeitung in einer ihr fremden Sprache zu lesen.

„Es hat keinen Zweck“, murmelte sie und legte den Stapel Karten neben andere, ebenfalls noch ungeordnete. „Kann genausogut wieder ins Bett gehen.“ Alles, wonach sie sich sehnte, war die angenehme Wärme unter ihrer Bettdecke, der gnädige Schlaf, der bald kommen würde.

*****

Am nächsten Nachmittag fuhr sie in vorsichtigem Bogen die Auffahrt zu Ettas Haus hinauf, noch müde von einer ganzen Nacht wilder Träume. Etta hatte schon am Fenster gestanden und gewartet, jetzt kam sie in raschen Schritten auf den Wagen zugelaufen, wobei sie sich noch ihre Handschuhe überstreifte und ihre grüne Mütze aufsetzte.

Während Karen den Wagen vorsichtig über dünne Eisplatten in der Fahrspur hinwegmanövrierte, überlegte sie, ob sie Etta nach einer Kräutermixtur gegen ihre zunehmende Apathie und Lustlosigkeit fragen sollte. Sie war leicht beunruhigt, daß ihr Buchprojekt so schlecht vorankam und sie offenbar mehr Schlaf brauchte als jemals zuvor in ihrem Leben. Sie spielte noch ein paar Meilen mit dem Gedanken, dann ließ sie ihn fallen und parkte vor dem kleinen Antiquitätenladen.

Das Geschäft lag etwas von der Straße zurückgesetzt, und es hatte den Anschein, als ob der Besitzer des Ladens dort auch wohnte. Die ganze Vorderseite des blaßrot getünchten Hauses wurde von einem großen Schaufenster eingenommen, in dem eine bunte Vielfalt von Schnickschnack, Vasen und Keramik ausgestellt war. Neben der Eingangstür stand eine gelb angemalte und mit Erde gefüllte Schubkarre; offensichtlich wurde sie als Pflanzgefäß benutzt, einige dünne braune Stengel lugten unter der dicken Schneekruste hervor.

Die beiden Frauen traten ein. Eine kleine Messingglocke und ein Schwall kalter Luft kündigten ihre Ankunft an. Der Laden war offenbar auf kleinere Antiquitäten und Kunstgegenstände spezialisiert, denn es war weder einer der typischen runden Eichentische noch eine Vitrine oder Truhe zu entdecken. Statt dessen gab es unzählige schwarz lackierte Chinadosen und Schaukästen voller Limoges- und Royal-Doulton-Porzellan.

Eine joviale Frau, die gerade hingebungsvoll ein silbernes Tee-Ei polierte, blickte auf und rief: „Wie, Etta Cavendish! Was für eine angenehme Überraschung!“ Sie kam hinter der Ladentheke hervor und ergriff Ettas Hand.

„Lorraine.“ Etta grinste. „Schätze, es ist fast ein Jahr her, seit ich das letzte Mal bei dir vorbeigekommen bin. Wie geht's?“

„Gut. Wirklich gut. Natürlich stecken wir jetzt im Winterloch, aber ich habe Glück gehabt und das höchste Gebot bei der Chamberlain-Auktion letzte Woche abgegeben. Sie hatten ein paar wirklich hübsche Sachen. Ich werde keine Schwierigkeiten haben, sie abzusetzen, das kann ich dir versichern.“

Lorraine strahlte Etta an. „Nun, um welchen Wohltätigkeitsbeitrag wirst du mich heute bitten? Wenn es sich um das Weihnachtsessen handelt, ich werde wieder einen Truthahn spendieren.“

„Eigentlich wollte ich erst nächste Woche wegen des Weihnachtsessens herumgehen, Lorraine. Heute bin ich nur hergekommen, um mich ein bißchen umzusehen und dir meine neue Nachbarin vorzustellen. Lorraine, das hier ist Karen Latham.“

Lorraine streckte Karen eine stark parfümierte Hand entgegen. „Also, willkommen in Pelham Falls. Sie wohnen dann also da draußen im McCartland-Haus?“

„Ja, ich habe es gerade für ein Jahr gemietet. Meine Güte, Sie haben aber einen hübschen Laden.“ Karen lächelte, ihr Blick fiel auf ein Paar Schwäne aus rotem Glas, wahrscheinlich Buchstützen, die Hälse wie von einem unsichtbaren Zügel nach hinten gebogen.

Lorraine folgte Karens Handbewegung mit den Augen, dann kehrte ihr Blick zu ihrer Kundin zurück. „Sagen Sie mal, wenn Sie da draußen bei McCartlands wohnen, vielleicht interessieren Sie sich da für ein paar Dinge, die ich bei der Chamberlain-Auktion erstanden habe." Sie ging hinter den Ladentisch zurück, schob die Tür eines Einbauschrankes zurück und holte einen rechteckigen schwarzen Lederkoffer heraus.

„Ganz vorsichtig! Sie sind sehr alt." Lorraine drehte den geöffneten Koffer auf dem Ladentisch zu Karen um.

Fünf ovale Miniaturen lagen auf weichem Samt. Karen schoß die Röte ins Gesicht, als sie auf die kleinen Bilder hinunterblickte.

Es waren vier Ansichten ihres Hauses, jede in einer anderen Jahreszeit gemalt; das fünfte Bild zeigte einen kleinen Veilchenstrauß. Auf einem weißen Schild in der unteren Ecke des Schaukoffers las sie: BLESSING McCARTLAND, 1849–1902.

Karen fühlte Ettas Augen auf sich ruhen, sie nach einer Reaktion abtasten. Lorraine wartete diskret auf ein anerkennendes Murmeln. Karen streckte die Hand aus, um die Bilder zu berühren, wie magnetisch wurden ihre Finger zu den elfenbeinernen Miniaturen hingezogen.

Lorraine brach das Schweigen. „Da ist noch eines. Es ist hier in der Vitrine." Sie griff zwischen die Figurinen und legte das Elfenbeinoval auf den Tisch.

Karen schnappte hörbar nach Luft.

Die Künstlerin hatte ein feines, elegantes Porträt einer jungen Frau mit hellen Haaren und rosigen Wangen angefertigt, einer Frau, die Karen wie aus dem Gesicht geschnitten war.

„Das bin ja ich!" rief sie, und wandte sich zu Etta, um sich die verblüffende Ähnlichkeit bestätigen zu lassen.

„Meine Zeit", schaltete sich Lorraine ein, „da ist wirklich eine gewisse Ähnlichkeit, findest du nicht auch, Etta?"

„Laß mich sehen", sagte Etta und nahm die Miniatur in die Hand. „Ja, ja, das kann ich nicht leugnen." Etta zog die Augenbrauen hoch und sah immer wieder zwischen dem Bild und ihrer neuen Freundin hin und her. Karen hatte den Eindruck, der fragende Blick dauerte etwas zu lange; schließlich war sie nur um ein einfaches Ja oder Nein gebeten worden. Zu guter Letzt fragte Etta Lorraine: „Weißt du zufällig, wer hierfür Modell gestanden hat?"

„Nein, nicht auswendig. Aber wahrscheinlich könnt ihr das nachlesen. Es gibt ein recht ausführliches Kapitel über Mrs. McCartlands Arbeiten in einem Buch namens „Künstlerinnen in Neuengland". Haben Sie Verwandte in der Gegend hier, Miss Latham?"

Es dauerte ein paar Sekunden, bis Karen realisierte, daß man sie angesprochen hatte. „Oh, nein, nein. Ich glaube nicht. Wie viel –", stotterte sie, „wie viel kosten die fünf hier? Und dieses dazu?" Sie hielt das ihr so ähnlich sehende Porträt Lorraine entgegen, ihre Handflächen schwitzten.

„Also, sie kosten fünfundsiebzig Dollar das Stück, lassen Sie mich nachdenken. Das macht zusammen vierhundertfünfzig Dollar. Aber da sie die neue Bewohnerin des McCartland-Hauses sind – runden wir es ab auf vierhundert."

Etta stieß Karen ihren spitzen Ellenbogen kräftig in die Rippen, als sie eben sagen wollte: „Gekauft." In dem Zeitraum, den Karen brauchte, um sich von dem Rippenstoß zu erholen, war Lorraine schon bei dreihundertachtzig angekommen, und Karen beeilte sich anzunehmen, bevor Etta zu einem weiteren Stoß ausholen konnte.

Nachdem Karen und Etta das Geschäft verlassen hatten, fragte Karen: „Würde es Ihnen etwas ausmachen, wenn wir bei der Bibliothek anhalten? Ich würde gern versuchen, dieses Buch über die Künstlerinnen in Neuengland zu finden." Karens Stimme klang schwach und atemlos, so als ob sie gerannt wäre.

„Aber natürlich", erwiderte Etta. „Es war doch unser Vergnügungsnachmittag, nicht wahr?"

Karen glaubte einen besorgten Unterton in Ettas Stimme zu hören, aber sie schüttelte den Gedanken ab und lenkte den Wagen nach Pelham Falls.

Die Bibliothek war ein kleiner Ziegelbau, der seit fast einem Jahrhundert abseits der Hauptstraße lag. Etta wartete im Auto, während Karen die Stufen hinaufhechtete. Nach wenigen Minuten tauchte sie wieder auf, ein Buch unter dem Arm, ein heimliches Strahlen im Blick. Sie fühlte sich wie ein Teenager, der dem Objekt seiner Verliebtheit auflauert, um einen Blick zu erhaschen. Sie schlüpfte ins Auto neben Etta, und außer Atem schlug sie ihr vor, den Tag mit einem frühen Abendessen in der ‚Blauen Wachtel' abzurunden, ihrem Lieblingsrestaurant. Etta nahm unter der Bedingung an, daß sie ihr Essen selbst bezahlte.

Sie hatten noch nicht eingekauft, also steuerte Karen den Kaufmannsladen an. Als sie die Stufen hinaufgingen, zogen zwei Bauern, die oben in der Tür standen, den Hut und grüßten Etta mit dem besonderen Respekt, der ihr offenbar überall entgegengebracht wurde. „Ma'am", sagte der eine, „Miz Etta" der andere, der ihnen die Tür aufhielt. Etta trat mit langen Schritten in den Laden, lächelte und nickte Angestellten und Kunden zu, die ihren Gruß freundlich erwiderten.

Rasch erledigten sie ihre Einkäufe und benutzten dabei denselben Einkaufskorb. Dann setzte sie sich einen Moment an den Ofen, in dem ein Feuer knisterte; eine verbeulte Teekanne entließ zischend einen dünnen Strahl heißen Dampf. Etta wandte sich zu Karen um, sah ihr tief in die Augen und sagte: „Ich will mich ja nicht einmischen, aber ich finde, Sie sind ein bißchen spitz um die Nase. Geht es Ihnen nicht gut?"

Betroffen stammelte Karen, das Gesicht zum Ofen gewandt: „Ich habe schon daran gedacht, Sie um ein Tonikum oder so etwas zu bitten. Ich fühle mich in letzter Zeit so lustlos." Inständig flehte Karen, ihre Stimme möge eher belanglos klingen. „Ich habe heute schon so ein Vitamin-B-Präparat gekauft, aber wenn Ihnen noch irgend etwas einfällt – es könnte sicher nicht schaden."

Sie starrte weiterhin auf den knisternden Ofen und spielte nervös mit einem Druckknopf ihres Parka. Es fiel ihr nicht leicht zuzugeben, daß es ihr nicht gutging; schließlich war sie ja hierher gekommen, um sich auszuruhen. Ruhe, genau das war ihr Problem; alles, was sie wollte, war ihre Ruhe. Sie konnte sich nicht erinnern, jemals ein solch großes Schlafbedürfnis gehabt zu haben – und sich im Wachzustand so unkonzentriert zu fühlen, die Welt derart verschwommen wahrzunehmen.

„In Ordnung. Ich glaube, da wird sich schon etwas machen lassen. Ich gehe mal rüber zum Ladentisch und sehe nach, ob Albert noch ein paar von den netten baumwollenen Teenetzen hat."

Während Etta im Laden unterwegs war, blätterte Karen rasch das Buch in ihrem Schoß durch und legte ein Stück Papier zwischen die Seiten, wo der Artikel über Blessing McCartland begann.

Etta und Karen waren die ersten abendlichen Gäste im Restaurant und bekamen ihre Plätze an einem mit einem Leinentischtuch gedeckten Tisch am Fenster angewiesen. Karen war froh, daß es noch so früh war; denn zum einen nahm sie an, daß Etta immer zeitig zu Abend aß, und zum anderen freute sie sich auf ihr Buch und die vor ihr liegenden Abendstunden. Sie konnte es kaum erwarten, nach Hause zu kommen und etwas über diese Frau zu lesen, die schon vor vielen Jahrzehnten gestorben war und doch auf geheimnisvolle Weise irgendwann sie, Karen, gemalt hatte.

Karen strich gerade Butter auf eine dicke Scheibe selbstgebackenes Brot, als ein Mann an ihren Tisch trat. Er lächelte erst Etta, dann Karen zu und legte seine fleischige Hand vorsichtig auf Ettas dünne Schulter. „Ich habe Sie hereinkommen sehen, Miz Cavendish. Ich wollte nur herüberkommen und Danke sagen. Die Färse, die Sie neulich nachts behandelt haben – tja, die ist am nächsten Morgen wieder auf die Füße gekommen, und es geht ihr offenbar jetzt wieder gut."

„Freut mich zu hören." Etta lächelte. Sie stellte Karen vor und wandte sich dann wieder an den Farmer. „Lassen Sie mich wissen, wenn sie noch irgend etwas braucht. Ich versuche dann gern, weiterzuhelfen." Der Mann deutete eine Verbeugung an und ging quer durch den Raum zum Ausgang.

„So", meinte Karen im Plauderton, „ist das eine weitere Geschichte von Etta, der Frau, die mit den Tieren spricht? Erzählen Sie mir mehr über ihre legendären Kräfte, Etta. Was hat es damit auf sich?"

Etta wischte ein paar imaginäre Brotkrumen mit der Serviette vom Tisch. „Ach, ich weiß nicht, was das mit dem Legendären so auf sich hat. Aber ich mache einfach ab und zu ein paar Sitzungen mit kranken Tieren."

„Sitzungen?"

„Naja, es hat mehr damit zu tun, mich auf sie einzulassen. Ich halte große Stücke auf natürliche Heilmethoden. Manchmal ist das beste, was man tun kann, einfach nur dazusitzen und sie anzufassen, so als eine Art Kanal zu wirken."

„Sie meinen, so wie Geisterheiler es machen?“ Karen hörte auf zu kauen und sah ihrem Gegenüber direkt in die Augen.

„So könnte man es nennen, obwohl es keine religiöse Bedeutung hat.“

Karen lächelte und beugte sich vor. „Ja, ich glaube auch, das es so etwas gibt. Jedes Lebewesen kann möglicherweise allein davon gesund werden, daß man sich um es kümmert . . . Aber was ist mit den anderen Sachen, ich denke da an die Geschichte neulich abend? Wo es darum ging, daß sie den Wald verzauberten oder so ähnlich – die Jäger weggehext haben sollen?“

Ettas Augen leuchteten im Schein der hohen weißen Kerze. „Also, so eine große Geschichte war es nun auch wieder nicht. Wie ich schon sagte, es gibt Dinge, die wir sehen können und andere, die wir nicht sehen können.“ Sie hielt inne, lehnte sich zurück und sah Karen scharf an. „Aber das bedeutet nicht, daß die Dinge dort nicht genauso sind – oder daß sie weniger machtvoll sind, nur weil man sie mit bloßem Auge nicht sehen kann. Manchmal denke ich, sie sind es um so mehr. Man könnte sagen, es handelt sich darum, eine Verbindung zwischen dem Sichtbaren und dem Unsichtbaren zu schaffen – Kräfte zu sammeln und sie zu noch größerer Stärke zu bündeln, als man sie sonst bündeln und nutzen könnte.“

„Sie meinen, so etwas wie Hexerei?“ Karen war ebenso skeptisch wie fasziniert.

„Nein. Nicht eigentlich. Doch ich glaube daran, daß man mit anderen Sinnen Wissen in sich aufnehmen kann, wenn man die Macht bestimmter Gebete benutzt, wenn es das ist, was Sie sagen wollen. Meine Großmutter hat mir fast alles beigebracht, was ich weiß; und“, fügte sie mit langsamem Grinsen hinzu, „ich habe mit den Jahren den einen oder anderen Trick hinzugefügt.“

Etta wandte den Blick ab und sah hinaus; es hatte wieder leicht zu schneien begonnen. Als sie Karen wieder ansah, lag eine besondere Zärtlichkeit in ihrem Blick. „Vor zweihundert Jahren hätten wir für diese Art von Unterhaltung auf dem Scheiterhaufen verbrannt werden können.“ Etta sagte es leicht dahin und zwinkerte ihr dabei verschwörerisch zu. „Manche nennen es Gott, andere Zauberei, und heutzutage gibt es für die Wirkweise der Natur die verrücktesten Namen. Doch gleichgültig, wie Sie es nennen – wenn Sie wollen, können Sie Dinge geschehen lassen oder sie verhindern oder wissen, was geschehen wird, bevor es geschieht. Für mich ist das nur eine andere Seite der Natur, also habe ich keinen Namen dafür. Was ist, das ist."

Einige Minuten lang konzentrierte sich Karen auf ihren gedünsteten Fisch und versuchte, sich darüber klarzuwerden, ob sie mit ihrer Nachbarin über die Vorkommnisse in ihrem Haus sprechen sollte oder nicht. Sie wußte, es war kein Zufall gewesen, daß sie die Miniaturen gefunden hatte. Doch das letzte, was sie wollte, war, daß Etta oder überhaupt irgend jemand sie für eine überdrehte Spinnerin hielte, die herumlief und erzählte, ihr sei Gott weiß wer erschienen. Doch von allen Menschen, die sie kannte, war die Frau ihr gegenüber wahrscheinlich die einzige Person, der sie sich mit nicht allzu großem Unbehagen anvertrauen konnte. Sie fragte in bemüht fröhlichem Plauderton: „Glauben Sie an Geister, Etta? Oder ich sollte vermutlich sagen, glauben Sie daran, daß eine Seele hier bleiben kann, nachdem der Körper gestorben ist?"

Etta sah sie direkt an, suchte ebenso nach Informationen, wie sie sie gab: „Ja, das tue ich." Ihre Augen waren darauf vorbereitet, jede kleinste Nuance in Karens Antwort zu registrieren. „Warum fragen Sie?"

Karen zögerte und tupfte sich den Mund mit ihrer Serviette ab. Dann lehnte sie sich in ihrem Stuhl zurück und blickte hinter Etta auf die Menge der ihr unbekannten Gäste des Restaurants. „Aus keinem bestimmten Grund, überhaupt nicht. Es schien nur logisch, das im Zusammenhang unserer Unterhaltung zu fragen." Sie fragte sich, ob Etta merkte, daß sie ihr auswich.

„Glauben Sie an Geister?" fragte Etta sanft.

Karen überlegte sorgfältig, bevor sie antwortete. „Nun ja, ich habe viele Bücher gelesen über das, was verschiedene Kulturen an Geisterglauben kennen, oder wie immer man das nennen will. Ich habe solche Vorstellungen im allgemeinen auf Aberglauben zurückgeführt. Obwohl", sie hielt inne, „manche Berichte recht glaubwürdig klangen."

Karen lehnte sich vor, jetzt hatte sie wieder Boden unter den Füßen. „Vielleicht ist es meine akademische Ausbildung, aber wenn etwas nicht bewiesen oder noch nicht einmal gesehen werden kann, dann kann man daran auch nicht glauben. Die Vorstellung zu akzeptieren, daß es Geister gibt, verlangt also etwas sehr Schwieriges von mir – daß ich das aufgebe, was ich als meinen Glauben bezeichnen würde."

„Nein. Im Gegenteil", widersprach Etta sanft. „Es verlangt, daß Sie ihren *mangelnden* Glauben aufgeben."

„Dann muß meine Antwort vermutlich lauten, ich weiß nur, daß ich es nicht weiß."

Der Nachtisch wurde serviert, Vanillepudding mit Caramelsauce. Dann gingen sie hinaus, begleitet von denselben angedeuteten Verbeugungen, gezogenen Hüten und dem Chor von „N'abend, Miz Cavendish", mit denen Karen in Ettas Gegenwart jetzt schon rechnete und von denen Etta kaum Notiz nahm.

Es war erst kurz nach sechs, als Karen die Treppe zu ihrem Schlafzimmer hinaufkletterte. Sofort legte sie alles zurecht, was sie für die Lektüre des Buches brauchte. Die Miniaturen arrangierte sie auf einem Spitzendeckchen auf der Kommode. In die Mitte des Halbkreises aus Bildern legte sie das Porträt, neben das sie eine große weiße Kerze stellte. Das Kerzenlicht belebte die feinen Züge des Bildes. Es ist wunderschön, dachte sie. Noch einmal betrachtete sie es genau und war wieder fasziniert von der Ähnlichkeit mit ihrem eigenen Gesicht. Dann raste sie nach unten und holte einen Arm voll Holz. Bald knisterte ein Feuer in dem kleinen Kamin, das den Raum in ein sanftes bernsteinfarbenes Licht tauchte.

Als schließlich alles aufs Angenehmste an seinem Platz war, kroch Karen unter die Bettdecke und öffnete das dicke blaue Buch an der gekennzeichneten Stelle.

Die erste Seite bestand ausschließlich aus Text, und sie blätterte eilig ein paar Seiten weiter zu einem Bildteil, in dem mehrere Arbeiten der schon lange verstorbenen Frau abgebildet waren. Sie blätterte eine weitere Seite um und bewunderte die zarten kleinen Bilder.

Dann hielt ihre Hand plötzlich mitten in der Bewegung inne, und ihr gefror das Blut in den Adern, Gänsehaut ließ die Haare auf ihren Armen hochstehen. Wie hypnotisiert starrte sie auf die Seite, die sie gerade aufgeblättert hatte. Sie zeigte eine verblaßte Daguerreotypie der Künstlerin: Die dunkle, ätherische Frau, die sie in ihren Träumen heimsuchte, hatte einen Namen – Blessing McCartland.

So bezwingend ihr diese Erkenntnis auch vorkam, sie war überraschend wenig überrascht, so als ob sie es in irgendeiner geheimen Nische ihres Wesens schon geahnt hätte. Die Frau auf der Fotografie trug ihre Haare an jenem weit entfernten Tag, als die Aufnahme entstand, zurückgebunden, während ihr in Karens Träumen die Haare wild und ungezähmt um den Kopf flogen. Doch ganz ohne Zweifel war es dieselbe Frau. Sie hatte dieselben tiefliegenden Augen, dieselben hohen Wangenknochen, dieselbe zartknochige Attraktivität. Sie sah aus wie eine robuste Version von Virginia Woolf, dachte Karen, denn ihre Augen waren von jener distanzsuchenden Melancholie umschattet, die so häufig in den Porträts der berühmten Schriftstellerin zum Ausdruck kommt.

Karen fuhr mit den Fingerspitzen über das Foto und dachte daran, daß es vermutlich hier unten im Haus aufgenommen worden war. Sie stellte sich vor, wie der Fotograf gekommen war und seine Hintergrundleinwand irgendwo im Wohnzimmer aufgespannt hatte. Dann hatte er Blessing sanft auf einen Stuhl gesetzt, sie hierhin und dorhtin gedreht und nach dem rechten Blickwinkel für die Kamera gesucht, damit man ihre tiefliegenden Augen und die feingeschnittenen Züge gut erkennen konnte. So wie sie aussah, hatte Blessing diese Prozedur nicht sonderlich genossen, denn das Lächeln auf ihren Lippen war gezwungen, ja dünn. Doch sie war sitzengeblieben, hatte gelächelt, als der Fotograf auf den Auslöser gedrückt hatte. So war Blessing McCartland mit einem grellen Blitz eingefangen worden, wie sie matt lächelnd den Blick in weite Ferne richtete.

Lange starrte Karen die Fotografie an; die Szene mit dem Fotografen stand ihr so lebhaft vor Augen, als wäre sie selbst dabeigewesen. Dann, zögernd, aber doch neugierig auf die restlichen Fotos, blätterte sie um. Fünf weitere Farbseiten stellten Ausschnitte aus Blessings Arbeiten vor. Was ihr aus jeder Abbildung entgegensprang, auch ohne daß sie die einzelnen Bilder ganz genau analysierte, war die sinnliche Schönheit jeder der elegant gemalten Miniaturen. Sie erkannte auf mehreren Bildern den Strand vor ihrem Haus und die vier Ansichten des Hauses selbst: die vier Bilder, die sie gerade erworben hatte. So realistisch waren die Zeichnungen, daß sie beinahe hören konnte, wie Pferde mit klappernden Hufen die Auffahrt hinauftrabten und wie die Gischt laut über die

Felsen klatschte. Doch jedes dieser Bilder enthielt noch ein weiteres Element, eine flüchtige, träumerische Anmutung, die ihr das Gefühl gab, sie betrachte das Bild von etwas, das wirklich sein sollte, es aber nicht war.

Beim Anblick der letzten Abbildung begann ihr Herz wieder laut gegen ihre Brust zu schlagen. Hier war das, was sie gesucht hatte: die Miniatur, die jetzt auf ihrer Kommode lag, im flackernden Schein einer Kerze . . . ihr Gesicht. Es war bei weitem das schönste Bild. Darunter standen die Worte *Aimee McCartland.*

Das Feuer war heruntergebrannt, und das verbliebene Licht hüllte den Raum in ein ruhiges Schattenmuster. Karen merkte kaum, daß es sehr viel kälter im Zimmer geworden war. So ist das also, dachte sie und schlüpfte noch tiefer unter ihre Decken. Ich träume also, und zwar äußerst realistisch, von einer Frau, die fast hundert Jahre tot ist. Wenn es hier einen Geist gibt, dann schwebt er nicht als unsichtbare Erscheinung durchs Haus, sondern sehr lebhaft und lebensecht durch meine Träume.

Sie umklammerte sich mit den Armen, denn sie hatte begonnen zu frieren. Die Träume waren die sinnlichsten, die sie je gehabt hatte. Tatsächlich waren sie sogar das sinnlichste Erlebnis ihres Lebens, im Schlafen *und* im Wachen . . . mit Ausnahme von Maggie. Doch das mit Maggie war eine andere Geschichte . . .

Was geschah da mit ihr? Was hatte das alles zu bedeuten? Was passierte in ihrem Schlaf, daß sie sich Nacht für Nacht zu der so unwirklichen und verführerischen Blessing McCartland hingezogen fühlte? Vielleicht Neugier, denn jetzt war sie schlicht fasziniert. Doch da war noch etwas anderes, etwas, das ihr Herz wußte, aber ihr Verstand noch in fieberhafter Eile zensieren wollte – daß sie ihre Träume genoß und sich schon auf sie zu freuen begann. Es war wunderbar, machtvoll, bezwingend, sich fallen zu lassen, die Freiheit in ihrem Körper zu spüren, wenn sie tanzte und schwebte in den Armen der dunklen Frau – in den Armen von Blessing.

Ihr Kopf fiel leicht nach vorn, die Lider wurden ihr schwer, und bald ließ sie das Buch auf die Brust sinken. Sie hatte das Gefühl, eingeschlafen zu sein, denn es schien, als ob sie durch ein unsichtbares Netz in eine dunklere, sanftere Welt geschlüpft war. Doch dann hörte sie, wie sie jemand von unten rief.

Zunächst schwach, dann immer lauter, rief jemand *Es ist Zeit.* Die Stimme schwebte durch das leere Treppenhaus zu ihr herauf, lockte sie.

Langsam erhob sie sich und schwebte heraus, die zerwühlten Bettdecken hinter sich lassend. Sie bewegte sich auf den Treppenabsatz zu und blickte in dicken Rauch, als ob der Nebel, der draußen über dem Atlantik hing, ins Haus gekrochen wäre; der graue Dunst wirbelte durch das Treppenhaus, als sie hinunterging. Messerscharfe Kälte ließ die Luft gefrieren, in der ihr Atem weiße Wölkchen bildete, doch sie merkte es kaum. Mit ihren bloßen Füßen berührte sie das ausgetretene Linoleum der Treppenstufen, doch sie spürte es nicht; mit der Hand fuhr sie über das Eichengeländer, das vom häufigen Darübergleiten von Händen ganz glatt poliert war.

Je näher sie der untersten Treppenstufe kam, desto dichter und undurchdringlicher wurde der Nebel. Sie versuchte, ins Wohnzimmer hineinzuspähen. Dann trat sie ein paar Schritte auf die Küche zu. Plötzlich löste sich der Nebel, begleitet von einem Geräusch, als fielen Steine in einen alten Brunnen hinunter, und dann konnte sie sehen. Das ganze Haus war in fahles Licht getaucht, obwohl es immer noch sehr kalt war.

Blessing saß in einem Schaukelstuhl, den sie sich nahe an den Ofen gerückt hatte. Ihr Gesicht sah weniger sorgenvoll und verdüstert aus als bei früheren Begegnungen; sie lächelte. Karen fand es seltsam, daß der Ofen brannte und Hitze ausstrahlte, denn im Zimmer war es immer noch so kalt, und sie überlegte vage, wer wohl das Feuer angemacht hatte; sie hatte nie gelernt, mit dem Herd umzugehen. Die Küche, stellte sie fest, war nicht mehr so, wie sie sie vorhin verlassen hatte. Die Vorhänge waren verschwunden, und anstelle der Tapeten waren schwach rötliche Blumen in säuberlichen Reihen auf die Wand gemalt.

Es gab noch andere Unterschiede, doch sie konnte sich jetzt nicht dazu bringen, sich auf sie zu konzentrieren. Die Frau winkte sie herbei und klopfte leicht mit der Hand auf einen leeren Sessel neben ihrem Schaukelstuhl. *Es ist Zeit.*

Die Frau lächelte und streckte die Hand nach Karen aus. Ohne zu zögern setzte sich Karen, und die Frau umfaßte mit eiskaltem Griff ihr Handgelenk.

Jedes einzelne Molekül ihres Wesens war elektrisiert. Sie hatte das Gefühl, als ob sie, wenn sie es nur wollte, ihre Hand ausstrecken könnte, und Sterne würden aus ihren Fingerspitzen sprühen. Wenn sie wollte, könnte sie sogar aus dem Sessel emporschweben und im Raum umherfliegen, sich vielleicht sogar da oben bei der Kerosinlampe niederlassen. Doch warum wegfliegen? Es war so angenehm hier am Feuer.

Blessing fuhr mit dem Finger Karens Hals entlang, vom Ohr bis zum Kragen, und Karen fühlte, wie ihre Haut unter Blessings Berührung zu Asche wurde. Dann sah Blessing sie an, mit feurigen hellen Augen. Zu viele Sorgen, zu viele Geheimnisse, zu viel Ungesagtes las sie in diesen Augen, die alles in einem eisgrünen Strom herauszulassen drohten.

Komm mit auf unseren Spaziergang, atmete die Frau. Ihre Stimme raunte wie eine Welle, die sich weit vor dem Ufer bricht.

Karen nahm die ausgestreckte Hand, und schon waren sie draußen, gingen den verschneiten Abhang hinunter aufs Meer zu. Karens Füße versanken tief im frisch gefallenen Schnee. Sie kämpfte, um mit der Frau Schritt halten zu können, die zu gleiten schien, nur einen Hauch von Fußspuren von ihren hohen Stiefeln und eine Schleifspur von ihrem langen Rock im Schnee hinterlassend.

Seltsame, disharmonische Musik füllte die kleinen stillen Löcher zwischen Wellenschlag und Wind. Sie schwebten dicht über der Gischt, lachten und erzählten einander Geheimnisse, ohne Worte zu benutzen. Töne formten eine Melodie, die sie nicht erkannte, die aber die Frau ihr wortlos ins Ohr sang.

Die Frau faßte sie um die Taille. Langsam begann sie zu tanzen, drehte Karen sanft, wiegte sie zu der ungewöhnlichen Musik. Es gab nur Raum für den Wind zwischen ihren Lippen, der den Klang ihres Lachens über die rauhe See hinwegtrug.

Die Arme um die Taille der anderen gelegt, wirbelten sie in verrücktem Tanz über den feuchten, feinen Sand, die Wellen leckten ihre Fußspuren auf, sobald sie sich weiterbewegten. Sie drehten immer größere, immer schnellere Kreise. Karens Bauch zog sich vor Verlangen zusammen, das Gesicht der Frau erstarrte zu einem selbstvergessenen, stolzen Lächeln. *Mein,* sagt sie in dampfenden Worten. *Mein.*

Sie wirbelten in die Bucht hinein und hielten im Schutze des großen Felsens inne. Blessing bückte sich und nahm etwas aus dem Sand auf, das sie Karen hinhielt. *Für dich.*

Karen blickte hinunter auf die perfekt geformte kleine Muschel in Rosa und Weiß, die wie ein Edelstein glitzerte. Vorsichtig nahm sie sie, hielt sie sich zuerst ans Ohr, dann an ihre Brust, und ließ ihr Herz danke sagen, ohne Worte. Die Musik erklang wieder lauter, und sie umarmten sich, der Wind wirbelte sie aufs Haus zu. Karen fühlte, wie ihr die glatte Muschel aus den Fingern rutschte und wollte aufschreien, doch es war zu spät. Sie waren schon weit vom Strand entfernt, die Musik war alles, was sie hören konnte.

Sie betraten das Haus und rannten lachend die Treppe zum Schlafzimmer hinauf. Mit offenem Mund und freudig erregt fühlte Karen, daß die Frau überall um sie herum war. Sie taumelten und wirbelten und dehnten sich zusammen in einem unaufhaltbaren Tanz; sie bewegten sich nicht zur Musik, sondern zum Pulsschlag eines Geistes, der auf einen anderen Geist trifft.

Karen war sicher, daß sie dabei war, zu sterben, sicher, daß die Kräfte, die sich in ihr bewegten und sammelten, mit einer ungeheuren Wucht explodieren würden. Und wenn sie es täten, dann würde sie nicht in die Dunkelheit fallen, wie sie es immer befürchtet hatte, sondern aufsteigen in einen blendend hellen Sternenhimmel . . .

Sie erwachte schweißgebadet, an allen Gliedern zitternd und sah sich nach der Person um, die da sein mußte, aber nicht da war. Sie sehnte sich danach, an den Ort ihres Traumes zurückzukehren und den gewöhnlichen Wachzustand zu überwinden. Sie versuchte, wieder ins Vergessen zu sinken und betete, dort fortfahren zu können, wo sie ihren Traum hatte loslassen müssen.

Doch ihre Sinne weckten sie auf. Sie konnte Schatten durch ihre halbgeschlossenen Lider erkennen, die Bettlaken unter ihren Beinen spüren. Langsam wich der Schlaf aus ihren Gliedern. Sie lag da und erinnerte sich an ihren Traum, an die Frau – Blessing –, deren Gegenwart sie selbst jetzt noch mit allen Empfindungen der Leidenschaft erfüllte. Wie ihr Gefühl für Maggie, dachte sie, und doch anders. In ihren Träumen zumindest war sie frei.

Der Kragen ihres Flanellschlafanzuges war naß von Schweiß. Sie warf sich immer wieder herum, während sie langsam wach wurde, und fragte sich, welche Welt wohl die wirklichere sei.

Den ganzen Morgen wanderte sie durchs Haus, dachte an Blessing, unfähig, sich aus der verführerischen Welt ihrer Träume zu reißen. Sie stellte sich das Haus vor, wie Blessing es wohl gekannt hatte, und wie Blessing wohl ausgesehen hatte, als sie hier am Kamin saß oder draußen in der Küche etwas zu Essen kochte. Es war gar nicht schwierig, sie sich vorzustellen; Karen kannte jede Einzelheit ihres Gesichtes, sah die Anmut ihrer Bewegungen vor sich. Sie konnte ihre Anwesenheit hier ahnen; unzweifelhaft war sie überall im Haus zu spüren.

Karen bewegte sich langsam, befühlte Gegenstände, ließ ihren Geist und ihre Hände auf jenen Teilen des Hauses ruhen, die sich im Laufe der Jahre nicht viel verändert hatten. Sie erfreute sich an dem Gedanken, daß Blessing einst die polierte Holzvertäfelung im Wohnzimmer abgestaubt hatte, daß sie einst über genau denselben Boden mit den breiten Dielen gelaufen war, wie sie es jetzt tat. Dieses Wissen begeisterte sie und gab ihr das Gefühl größerer Verbundenheit mit der dunklen Frau, die sie im Schlaf besuchte.

Obwohl es immer noch schneite, wenn auch nur noch leicht, empfand Karen das starke Bedürfnis, am Strand entlang zu laufen. Wieder verpackte sie sich gut gegen die feuchte Kälte und ging den schneebedeckten Abhang hinunter. Nach wenigen Schritten entdeckte sie die Fußabdrücke. Eine schwache Spur führte in gleichmäßiger Linie geradeaus zum Strand. Sie starrte sie einen Moment lang an und erinnerte sich an den Traum und den Spaziergang mit Blessing denselben Weg hinunter zur Bucht. Die Fußabdrücke waren kaum zu sehen, schon fast vollständig mit frischem Schnee bedeckt und würden bald gänzlich verschwinden, wenn man ihnen nur noch ein wenig Zeit ließe. Sie trat näher und ging dann neben den zielstrebig geradeaus laufenden Spuren hinunter ans Wasser. Es schienen zwei verschiedene Fußspuren zu sein, eine war tief in den Schnee gedrückt, die andere lief nebenher, leichter und kaum sichtbar.

Sie ging weiter, unfähig, die seltsamen Fußspuren zu deuten, aber merkwürdigerweise angenehm berührt. Am Strand angekommen, füllte sie ihre Lungen mit der durchdringend kalten Luft und wandte sich zur Bucht.

Sie stellte fest, daß die Felsen mit einer dünnen Schicht Eis bedeckt waren. Diesmal war ihr die Kälte bewußt, anders als im Traum, in dem sie genau an dieser Stelle gewesen war und nichts gefühlt hatte als die strahlende Wärme und den fiebrigen Tanz. Sie fröstelte, schug ihre behandschuhten Hände aneinander und versuchte, auf den Felsen zu klettern, doch die Oberfläche war viel zu schlüpfrig. Wieder versuchte sie, Halt zu finden und stieß sich das Schienbein, als sie auf der harten, kalten Oberfläche abrutschte. Die Wellen schlugen auf den Strand; direkt unter ihr schrie eine Möwe und flog dicht über das bleigraue Wasser.

Sie rieb sich das Schienbein unter ihren Jeans und fragte sich, ob sie dabei war, den Verstand zu verlieren. Hier stand sie, eine vierunddreißigjährige Frau, und bestand darauf, einen vereisten Felsen zu erklimmen, damit sie sich darauf hocken und übers Meer und die Bucht sehen, sich an den leidenschaftlichen Tanz erinnern konnte, der in der vergangenen Nacht in einem Traum hier stattgefunden hatte. Die Möwe erhob sich wieder und schrie, die Wellen ergossen sich laut über Sand und Felsen, passend zum Rhythmus, in dem ihr Blut in ihren Schläfen klopfte.

Etta hatte recht: Es gab mehr unsichtbare als sichtbare Dinge.

In stürmischem Tempo vollzog sich eine Veränderung mit ihr. Sie wollte nicht länger Beobachterin, die kühle Akademikerin sein, die Menschen und Ereignisse an sich vorbeiziehen ließ. Sie wollte teilnehmen, vibrierend, lebendig, jede kleinste Bewegung in sich selbst fühlend, jede Grenze, die sie so sorgfältig konstruiert hatte, hinter sich lassend. Die Grenzen zerflossen, der schöne Schein dessen, was sie früher für die Wirklichkeit genommen hatte, wurde brüchig und trocknete ein, wie etwas, das man zu lange auf der Heizung hat liegen lassen.

Sie dachte flüchtig an ihren Schreibtisch, ihre Karteikarten und Unterlagen und verscheuchte den leisen Anflug von Schuldgefühlen wie eine lästige Fliege. Sie dachte, das Telefon läutete, doch das Haus war zu weit weg, um schnell durch den Schnee zurückzulaufen, und es gab niemanden, mit dem sie jetzt gern gesprochen hätte.

Der Traum geriet ihr wieder ins Gedächtnis und spornte sie an, es noch einmal mit dem Felsen zu versuchen. Diesmal fand ihr Fuß Halt; sie konnte sich auf das schimmernde Felsplateau hinaufziehen und stellte sich breitbeinig hin, die Haare vom Wind zerzaust, und kümmerte sich nicht darum, daß ihr die Schneeflocken ins Gesicht peitschten, schmolzen, und in kleinen Rinnsalen über die Wange liefen.

Blessing mußte genau hier gestanden und unzählige Male diesen Anblick genossen haben. Karen konnte sie sich vorstellen, ihre schweren Baumwollröcke vom Wind gegen die Beine gepreßt, mit Locken, die ihr wild um den Kopf flogen, ihr Gesicht fest dem Horizont zugewandt, wie sie ein wunderschönes neues Bild vor ihrem geistigen Auge entstehen ließ. Liebevoll rief Karen sie beim Namen, wiederholte ihn leise um der Musik willen, die er in ihrem Herzen auslöste. Die Wellen schlugen laut im Takt zu dem Wort Blessing, als Karen es, zur See gewandt, wiederholte. Irgendwo hoch oben flog wieder die Möwe und schrie, ein einsamer, unheimlicher Schrei, und Karen lauschte angespannt in den Pausen zwischen den Schreien nach dem flüsternden Klang von Blessings Stimme. Selbst wenn sie sie nicht wirklich antworten hören konnte, sie konnte sie in der Nähe fühlen, sie beobachtend, auf sie wartend in einer anderen, tieferen Welt.

Sie fühlte sich schwindelig – dumm und kindisch. Sie wollte einen kleinen Ausfallschritt tun, den sie aus dem Tanzunterricht in der Grundschule her in Erinnerung hatte, doch sie zögerte, als ihre Stiefel gefährlich auf dem Eis ausglitten. Sie überlegte, ob sie unten auf dem körnigen, nassen Sand tanzen sollte, wie in ihrem Traum den Strand entlang laufen, doch sie wußte intuitiv, es wäre nicht dasselbe. Statt dessen ließ sie sich vom Felsen gleiten und ging auf ein sandiges Stück zwischen dem Felsen und dem Kliff zu, das sich scharf vom Himmel abhob, wenn man in Richtung des Hauses blickte.

Sie sah die Muschel sofort. Sie war in einer kleinen Felsspalte gefangen und fast ganz vom Sand zugeweht worden. Sie nahm sie auf, drehte sie langsam in der Hand. Die perfekte kleine Muschel glänzte, ihre rosafarbenen und weißen Streifen leuchteten.

Mein Geschenk, dachte Karen, genau wie in meinem Traum. Sie legte die Muschel vorsichtig in ihre Jackentasche und verschloß die Tasche sofort, war sich der leichtgewichtigen Anwesenheit bewußt, als wäre es ein schweres Goldstück. Sie wandte sich wieder zum

Haus, ohne sich dabei aufzuhalten oder auch nur die Frage zu stellen, wieso sie die Muschel, die dem Gegenstand in ihrem Traum so ähnlich war, hier gefunden hatte. Es sollte wohl so sein, genau wie alles andere.

Sie stapfte mit schweren Schritten in die Küche und stand dort einen Moment lang reglos; der schmelzende Schnee bildete kleine Pfützen zu ihren Füßen. Sie wußte nicht recht, was sie als nächstes tun sollte und ging hinüber zum Holzofen, um sich die Hände zu wärmen. Sie zog die Handschuhe aus und hielt ihre Hände über die schwarze Oberfläche, bewunderte die vernickelten Zierleisten um die Platten, während sie die Hände aneinanderrieb und auf ihre kalten Finger blies. Nach einer ganzen Weile merkte sie, daß ihre Hände nicht wärmer wurden, und schockartig wurde ihr klar, daß der Ofen gar nicht angezündet worden war – noch kein einziges Mal, seit sie hier war.

Wie dumm von mir, dachte sie. Warum tue ich so etwas bloß? Immer noch frierend ging sie hinüber ins Wohnzimmer und machte ein großes Feuer, setzte sich davor und starrte in die züngelnden Flammen. Der dumpfe Druck in ihrem Kopf war wieder da, und sie fragte sich, ob sie etwas essen sollte. Der Gang in die Speisekammer und die Suche nach etwas Eßbarem, das noch zubereitet werden mußte, erschienen ihr langwierig und mühsam. Vielleicht würde sie nach einem kleinen Schläfchen mehr Lust haben, sich etwas Schmackhaftes zuzubereiten.

Sie zog die kleine Muschel aus der Jackentasche und hielt sie in ihrer geöffneten Hand, untersuchte jeden Farbton und jede Struktur im tanzenden Licht des Kamins. Sie lehnte ihren Kopf gegen die weiche Lehne des Sessels und hatte das Gefühl, sanfte Finger massierten ihre schmerzenden Schläfen.

Es fühlte sich gut an, sehr gut, und sie entspannte sich dabei. Sie war wieder dabei, einzuschlafen, schwebte und fiel; halbgeformte Bilder aus der Zwischenwelt zwischen Wachen und Schlafen blitzten auf und waren schon vorüber, als ob sie im gähnenden Schlund eines Vakuums sei, das sie immer weiter hinuntersaugte in einen dunklen und kalten Tunnel. Wie bei all den Malen zuvor wurde sie mit Energie aufgeladen, als ob jede Zelle ihres Körpers jede Empfindung einzeln erlebte. Sie fühlte sich wie im Freudentaumel, fiebrig, und wieder war Blessing da und streckte die Hand nach ihr aus.

Von weit, weit weg klingelte das Telefon. Das Klingeln kam wieder und wieder, und sie wurde sich bewußt, daß sie aufgestanden war und sich neben das Telefon gestellt hatte. Sie hätte nur die Hand nach dem Hörer ausstrecken müssen, doch es war schwierig, zu dem lauten Ding vorzustoßen, als ob sie sich durch dicken Sirup hindurchbewegen müßte. Dann hörte das Klingeln auf, und ihr war die Bürde abgenommen, den Hörer abheben zu müssen. Erleichtert wandte sie sich wieder Blessing zu, die am Kamin auf sie wartete, lächelte und dabei ihre schönen weißen Zähne entblößte; ihre Brust hob und senkte sich mit jedem Atemzug unter dem weißen Baumwolloberteil ihrer Schürze.

Nach einiger Zeit, Karen wußte nicht, wieviel Zeit, sah sie aus dem Fenster und stellte fest, daß es Nacht war. Die Nacht welchen Tages, das war jedoch die unbeantwortbare Frage. Sie hatte das Gefühl, sie sollte etwas essen, sich bewegen. Ihre Beine waren ganz verkrampft, ihr Körper steif vor Kälte. Das Feuer war ausgegangen und hatte nur einen Haufen kalter Asche am Boden des Kamins zurückgelassen.

Sie bewegte sich traumverloren in die Küche und drehte das Licht an. Die Augen taten ihr weh vom Schock des grellen elektrischen Lichts. Sie zwinkerte und schützte die Augen mit ihrer steifen, kalten Hand. Sie wußte, sie mußte etwas essen. Ihre Knie schwankten, in ihrem Magen stieg eine saure Übelkeit auf.

Sie kramte in der Speisekammer nach etwas, das ihr schmecken könnte, und starrte mit leerem Blick in den Kühlschrank; schließlich entnahm sie ihm eine Tüte Saft und ein Stück Käse. Beides stellte sie auf den Tisch und stellte den Toaster an. Schließlich würgte sie das Essen hinunter, langsam, einen kleinen Bissen nach dem anderen. Es schmeckte nach nichts, drohte, ihr den Magen umzudrehen. Doch sie zwang die Nahrung, unten zu bleiben, indem sie die Luft anhielt und wartete, bis der Brechreiz nachließ. Schnell stand sie vom Tisch auf, ließ Teller und Brotkrumen nachlässig zurück. Sie ging wieder nach oben, kletterte ins Bett und griff nach einer der Chroniken. Sie blätterte sie durch, suchte dabei nur nach einem einzigen Namen, hielt nur inne und las, wenn sie ihn gefunden hatte.

Ein weiterer Tag verging, oder zwei oder drei, sie war sich nicht sicher. Es war wieder hell, und es schneite stark. Sie sah an sich herunter und stellte fest, daß sie immer noch dieselben Jeans und dasselbe Hemd anhatte, die sie seit ihrer Ankunft fast ausschließlich getragen hatte. Sie blickte in den Spiegel über dem Kaminsims und erkannte das Gesicht kaum wieder, das ihr entgegenstarrte. Tiefe Ringe hatten sich unter ihren Augen eingegraben, die Haare hingen ihr in fettigen Strähnen um den Kopf. Ihr Blick war leer und hohl, wie sie ihn bei Todkranken gesehen hatte. Erschreckt rannte sie ins Badezimmer und drehte das Badewasser voll auf. Bald dampfte der ganze Raum, und sie konnte ihr Gesicht im Spiegel nicht mehr erkennen. Sie schälte sich aus ihren Kleidern und warf sie neben die Tür auf einen Haufen, dann mischte sie das Wasser auf angenehme Temperatur und stieg in die Wanne. Ihr Kreislauf kam in Schwung, machte ihr den Kopf klarer, und während sie sich mit dem Waschlappen von Kopf bis Fuß einseifte und abschrubbte, spürte sie, wie sie sich wieder konzentrieren konnte, ja sie fühlte sich beinahe geläutert.

Kaffee, was ich brauche, ist eine gute Tasse Kaffee, dachte sie und freute sich auf saubere Kleidung und das anregende Koffein.

Das Telefon klingelte, und diesmal warf sie sich den Morgenmantel über und raste hinunter; beim vierten Läuten hob sie ab. „Hallo."

„Hallo, Karen", sagte Etta.

„Oh, Etta – Hallo", sagte Karen, leicht außer Atem.

„Ich versuche schon seit Tagen, Sie zu erreichen. Fing schon an, mir ein wenig Sorgen zu machen. Geht es Ihnen gut?"

„Ach, ja – geht mir gut." Karen versuchte krampfhaft, ihre Verwirrung zu verbergen. Etta hatte von Tagen gesprochen – nicht von Stunden, oder einem Tag? „Ich war beschäftigt. Wissen Sie, mit dem Buch. Ich habe das Telefon ausgestöpselt, um in Ruhe und Frieden arbeiten zu können", log sie, „kann mich dann leichter konzentrieren, wissen Sie. Tut mir leid, daß Sie sich Sorgen gemacht haben. Und wie geht es Ihnen?"

„Sind Sie sicher, daß Sie okay sind?" hakte Etta nach.

Karen war einen Moment lang irritiert und kämpfte mit sich, Etta das nicht merken zu lassen. Sie mochte Etta und würde sie sogar als Freundin bezeichnen, aber sie sollte verdammt noch mal nicht so neugierig sein. Es ging niemanden etwas an, wann und warum sie beschlossen hatte, nicht ans Telefon zu gehen. „Ach, Sie wissen ja, wie das ist bei einem zerstreuten Professor“, erwiderte sie, „habe einfach bis heute morgen vergessen, daß das Ding außer Betrieb war.“

„Nun ja, solange mit Ihnen alles in Ordnung ist. Werden Sie morgen zu unserem Musikabend kommen?“ Etta klang nicht überzeugt. Ihr Tonfall wies darauf hin, daß ihr Wunsch, Karen zu sehen, mehr damit zusammenhing, daß sie sich selbst beruhigen wollte.

Karen zögerte einen Moment mit der Antwort. Hastig zählte sie die Tage. Es konnte doch unmöglich schon wieder Donnerstag sein? „Ähm – ich weiß es nicht, Etta. Ich weiß es sehr zu schätzen, daß Sie mich daran erinnern, aber ich habe schrecklich viel zu tun. Wie wäre es, wenn wir es einfach dabei belassen, daß ich sage, ich werde versuchen zu kommen. In Ordnung? Ich bin mitten in einer Geschichte. Wahrscheinlich habe ich die Zeit einfach aus dem Auge verloren.“

„Das passiert manchmal ganz schnell. Aber versuchen Sie doch, vorbeizukommen, wenn Sie sich losmachen können. Ich glaube, Sie haben als Zuhörerin dazu geführt, daß sogar Grace besser gespielt hat“, sagte Etta leichthin.

Erleichtert darüber, daß jetzt ein lockerer Ton angeschlagen war, meinte Karen: „Ich werde es versuchen. Aber Sie wissen ja, wie es ist, wenn die Zeit nur so dahinfliegt.“

Karen kicherte, als sie den Hörer auflegte. Die Zeit fliegt dahin. Das ist wirklich lustig. Sie kicherte wieder über ihren kleinen Scherz. Die Zeit fliegt dahin; ich fliege dahin, Tage und Nächte fliegen dahin – alles fliegt dahin. Blessing würde sich darüber amüsieren, und sie nahm sich vor, es ihr zu erzählen, wenn sie sie das nächste Mal sah, und das würde, wenn alles so weiterging wie bisher, bald sein.

* * * * *

Und Blessing kam wieder zu ihr. Karen war sich nicht sicher, ob sie überhaupt jemals gegangen war. Die Grenzen ihrer Welt wurden immer unklarer und verschwommener. Es war entweder Tag oder Nacht. Es schneite entweder, oder es schneite nicht. Solche Unterscheidungen spielten für sie kaum noch eine Rolle; alles war dabei, zu einem weichen runden Ganzen zu verschmelzen, das keine Grenzen erforderte. Sie befand sich in einer sphärischen Zeit, nicht in einer linearen; der endgültige, willkommene Abschied von Uhren und Kalendern.

Doch Karen wußte, daß die Zeit irgendwie verstrich. Selbst wenn ihr Desinteresse an solchen Ereignissen zunahm, stellte sie in lichten Momenten fest, daß zu den schmutzigen Tellern auf dem Küchentisch noch einige hinzugekommen waren. Offenbar hatte sie etwas gegessen. Mehrmals hatte sie sogar am Schreibtisch gesessen und ihre Unterlagen durchgeblättert, doch schließlich schob sie sie zusammen und warf sie achtlos in einen Karton auf dem Fußboden.

Draußen breiteten die letzten Strahlen einer untergehenden Sonne einen rosigen und blauen Schleier über die Felder; die Schneebänke wurden von den dunklen Schatten der Bäume gestreift, die ein schräg einfallendes Licht erzeugte.

Die elektrische Uhr in der Küche zeigte vier Uhr dreißig. Doch an welchem Tag war es vier Uhr dreißig? Spielte das überhaupt noch eine Rolle? Die Vorstellung, daß man Zeit in einzelne Abschnitte zerteilen konnte, jeder Abschnitt mit dem Ticken der Uhr verstrich, das alles kam Karen mehr als absurd vor. „Relevanz, mit freundlicher Genehmigung der Timex Aktiengesellschaft“, kicherte sie in die Dämmerung hinein.

Doch es gab auch Zeiten, in denen sie schockartig in die Welt der chronologischen Zeit zurückgestoßen wurde, so schnell, wie sie sich vorher aus ihr herausgewunden hatte. Bei einer solchen Gelegenheit kratzte sie sich am Kopf und sah sich verdutzt um. „Also, warum habe ich das bloß gemacht?“ murmelte sie vor sich hin, als sie vor dem Karton kniete und begann, ihre Unterlagen wieder herauszusuchen. Sie arbeitete eine Zeitlang an den Karteikarten; lustlos ordnete sie sie in der richtigen Reihenfolge. Der Raum schien kalt und schwer auf ihr zu lasten, und während sie arbeitete, wurde sie sich bewußt, daß ein schwacher Schimmelgeruch in der Luft hing.

Sie ermüdete rasch bei der Arbeit, fühlte sich sogar auf merkwürdige Weise von ihr weggezogen. Sie wanderte in die Küche, und während sie halbherzige Anstrengungen unternahm, ein wenig aufzuräumen, stellte sie fest, daß sie kaum noch Lebensmittel hatte. Nicht schlimm. An einem der nächsten Tage könnte sie ja in die

Stadt fahren und Nachschub einkaufen. Doch jetzt erschienen ihr eine heiße Dusche und ein Kleiderwechsel viel attraktiver.

Unter dem pulsierenden Wasserstrahl rieb sie sich mit einem Waschlappen über das Gesicht und dachte verwundert darüber nach, wie sehr ihr das Zeitgefühl abhanden gekommen war. Auf dem Land kann so etwas leicht geschehen, überlegte sie. Hier mußte man keine Verabredungen einhalten, keine Busse erreichen, benötigte keine andere Richtschnur als die Veränderung der Lichtverhältnisse und den Wetterwechsel.

Sie war gerade in der Küche und kochte Kaffee, als sie den roten Jeep erblickte, der in die Auffahrt eingebogen war und auf das Haus zufuhr. Es dauerte einen Moment, bevor sie registrierte, daß Etta sie wohl besuchen kam, um nach dem Rechten zu sehen. Etta mit den klugen Augen und dem Gesicht einer weisen alten Frau.

Es fiel ihr ein, daß sie den Musikabend vollkommen vergessen hatte. Der Freitag mußte schon vorbei sein. Sie hoffte, Etta werde ihr vergeben. Schließlich hatte sie nur versprochen, daß sie versuchen wollte, vorbeizukommen. Nervös beobachtete sie, wie der Jeep näherkam.

Wie ich wohl aussehe, fragte sie sich und stürzte ins Wohnzimmer, um einen Blick in den Spiegel zu werfen. Obwohl sie sich gerade die Haare gewaschen hatte, sah sie schrecklich aus; selbst sie konnte das sehen. Die dunklen Ringe hatten sich noch tiefer unter ihren Augen eingegraben, die wie dunkle Löcher in den Höhlen lagen; ihre Gesichtshaut wirkte schlaff. Sie war schockiert, wie mager sie aussah; sie mußte etliche Kilo abgenommen haben. Etta klopfte, und Karen rannte zur Tür und fuhr sich schnell noch ein paarmal mit der Hand über die immer noch feuchten Haare, bevor sie öffnete.

Etta trug ein kleines Päckchen in der Hand. Sie starrte Karen an. Ohne auf die Aufforderung zu warten, drückte sie sich an Karen vorbei ins Haus. Dann studierte sie mit unbewegter Miene Karens Gesicht.

„Ich habe den Tee mitgebracht, den ich für Sie machen sollte." Etta legte das kleine Päckchen auf den Tisch. „Je mehr Sie davon nehmen, desto besser, würde ich sagen. Sie sehen krank aus, Karen. Wie geht es Ihnen? Sagen Sie mir die Wahrheit." Nicht ihr Tonfall, sondern ihr fester, forschender Blick war es, von dem sich Karen unter Druck gesetzt fühlte. Etta legte ihr eine Hand auf die Stirn. „Ich glaube, Sie könnten sogar ein wenig Fieber haben."

Karen schreckte zurück und protestierte vielleicht etwas zu schnell, denn sie sah, wie Ettas Augen sich verengten. Sie bedankte sich für den Tee, während die ältere Frau einen kleinen Teebeutel aus dem Päckchen zog und Wasser aufsetzte.

„Meine Güte, ist das kalt hier drin", sagte Etta und rieb sich mit der Hand über den Arm, „wo ist Ihr Thermostat? Ich werde es ein wenig höher einstellen. Wenn Sie krank sind, sollten Sie es viel wärmer haben."

Karen deutete auf die Wand im Wohnzimmer, und Etta ging mit großen Schritten hinüber. „Es steht auf 20 Grad", sagte sie mit ungläubigem Staunen. Sie zog ihre schwere Strickjacke fester um sich, als sie in die Küche zurückkam. Karen sah die leicht durchgescheuerten Ärmelbündchen und die glänzenden Lederflicken am Ellenbogen. „Haben Sie keinen wärmeren Pullover?" fragte Etta, „Sie werden sich den Tod holen, wenn Sie hier weiter so leicht bekleidet herumlaufen." Sie deutete auf Karens abgetragenes Flanellhemd und ihre Jeans.

„Sicher. Ich habe eine ganze Kommode voller Pullover. Ich laufe schnell nach oben und hole einen."

„Oh nein, junge Frau, das tun Sie nicht. Sie setzen sich hier hin und warten darauf, daß das Wasser kocht. Ruhen Sie sich aus, ich mache das schon für Sie. Wo sind die Pullover?"

„In der untersten Schublade der Kommode", antwortete Karen, und schon war Etta mit langen Sätzen die Treppe hinauf.

Wenige Augenblicke später kam sie zurück, einen dicken Pullover über dem Arm und mit einem Gesichtsausdruck, der darauf hinwies, daß sie oben etwas gefunden hatte, das ihr entschieden mißfiel. Sie reichte Karen den Pullover und zog sich einen Stuhl neben sie an den Tisch.

„Was ist das da auf Ihrer Kommode? Sieht wie ein Altar oder eine Art Schrein aus." In ihrer Stimme lag keine Verurteilung; ihr ruhiges, nachdenkliches Gesicht drückte Neugier und Besorgnis aus.

„Verdammt, das hatte ich vergessen", knurrte Karen in sich hinein. Die Miniaturen und die Kerzen, die nie verlöschen durften, standen dort auf der Kommode. Und Etta hatte sie gesehen. Verdammt, dachte sie. Warum bin ich nicht einfach selbst hinaufgegangen und habe den Pullover geholt? Sie suchte krampfhaft nach einer Erklärung als Antwort auf Ettas Frage. „Äh . . . naja, ich . . . ich habe mir einfach gedacht, die Bilder sehen so schön aus, daß ich sie zusammen ausstelle. Und die Kerzen verleihen ihnen noch einen künstlerischen Touch, finden Sie nicht?“

Etta lehnte sich in ihrem Stuhl zurück, faltete die Arme über der Brust und legte den Kopf leicht schief. Alles an ihrer Haltung verwies darauf, daß sie Karen nicht ein einziges Wort glaubte. Sie saß schweigend da, wie jemand, der versucht, eine Entscheidung zu treffen. Dann rückte etwas hinter ihren Augen an seinen Platz, und statt das Thema weiter zu verfolgen, fragte sie Karen, wann sie zuletzt gegessen hätte. Als Karen zur Antwort gab, ihr Magen sei in letzter Zeit etwas durcheinander gewesen, und sie hätte die letzten Tage nicht sonderlich viel gegessen, legte Etta sich die Hände auf die Knie und erhob sich mit einer schnellen Bewegung. „Na, dann werde ich mal sehen, was ich hier für ein kleines Abendessen finden kann. Haben Sie Eier?“

Während Etta Rührei, Toast und Tee zubereitete, wünschte Karen, sie könnte Ettas Gedanken lesen. Sie schien so laut zu denken, daß Karen sie ohnehin beinahe hören konnte. Dennoch war es gut, daß Etta bei ihr war, mit ihr sprach, in der Küche umherging. Sie mußte zugeben, daß sie sich in der letzten Zeit etwas schlecht gefühlt hatte und es nett war, eine Freundin in der Nähe zu haben, die sich um sie kümmerte und warmherzig auf sie einging. Die Dinge waren ihr ein wenig aus der Hand geglitten, all diese Träume und die Besessenheit von ihrer heißblütigen Traumgeliebten. So sehr sie auch den Kontakt zur Außenwelt verloren hatte, als sie allein gewesen war, es gab diese Welt da draußen. Eine Welt voller Menschen, die Nahrung zu sich nahmen und sich miteinander unterhielten – und die ihre Liebesaffären im Wachzustand hatten. Sie fügte den letzten Gedanken mit einem ironischen, niedergeschlagenen Lächeln hinzu, als ob ihr der Gedanke daran, was sie getan hatte, etwas dumm, ja sogar grotesk erschiene.

Etta stellte einen Teller mit Rührei auf den Tisch, und Karen schlang das Essen in sich hinein; langsam hellte sich ihre Stimmung auf. Sie mußte hungriger gewesen sein, als sie zugeben wollte; bald hatte sie, unter Ettas beifälligem Nicken, alles aufgegessen.

Etta stellte den Teller ins Spülbecken und schlug Karen vor, ins Wohnzimmer hinüberzugehen und dort eine starke Tasse Kräutertee zu trinken. Als Karen aufstand, wich ihr das Blut aus dem Kopf, und ihr knickten die Beine ein. Sie fiel gegen den schweren Eichentisch, klammerte sich mit einer Hand gerade noch an einer Ecke fest. Etta war sofort zur Stelle und stützte Karen, die zitternd dastand.

„Bin wohl wirklich ein bißchen schwindelig", sagte sie und lehnte sich bei Etta an, die sie ins Wohnzimmer führte, in den Sessel setzte und sich daran machte, ein Feuer anzuzünden. Keine der Frauen sprach ein Wort. Das Feuer knisterte und zischte; ein leichter Wind bog die Zweige vor dem Fenster, so daß sie gegen die Läden kratzten. Etta lehnte sich leicht in ihrem Stuhl vor, die Ellbogen auf die Knie gestützt, in ihren Händen einen Stock, mit dem sie gerade im Feuer gestochert hatte. Sie drehte ihn achtlos zwischen den Fingern und sah Karen lange an.

„Karen, ich muß Sie etwas fragen", sagte sie dann und schob ein Stück Holz auf dem Kaminrost zurecht. „Vielleicht haben Sie etwas dagegen, daß ich Sie das frage, aber versuchen Sie bitte, mir trotzdem zu antworten." Ihr Gesicht wirkte so beherrscht, als ob sie Karen fragen wollte, ob sie gerne Hot Dogs aß. „Geschieht hier irgend etwas in diesem Haus – oder mit Ihnen –, das Sie ungewöhnlich nennen würden? Irgend etwas, das Sie merkwürdig finden?" Bei den letzten Worten zuckten ihre Augenbrauen fast unmerklich nach oben.

Karen fiel der Unterkiefer herunter, und sie errötete. „Was meinen Sie damit, Etta?"

„Ich meine es so, wie ich es gesagt habe. Wir kennen uns erst seit kurzem, und möglicherweise haben Sie den Eindruck, daß Sie mir noch nicht so recht trauen können. Ich wäre Ihnen nicht böse, wenn es das wäre – und trotzdem."

Etta setzte sich in ihrem Sessel zurecht und sah Karen wieder an. „Offen gesagt, ich mache mir Sorgen um Sie. Irgend etwas stimmt hier nicht."

Plötzlich ging ein eiskalter Luftzug durch den Raum, als ob jemand eine Tür geöffnet und etwas von der Kälte draußen hereingelassen hätte. Etta umfaßte sich mit den Armen.

Karen schwieg und suchte wie wild nach einer Antwort. „Wahrscheinlich habe ich in meinem Leben mehr gesehen als die meisten Menschen“, fuhr Etta fort, „und ich sehe Dinge, Karen. Dinge, die andere Leute nicht sehen können oder wollen. Ich sehe, daß etwas mit Ihnen geschieht, und das macht mir Sorgen. Es ist nicht nur, daß Sie so spitz aussehen, so müde und erschöpft zu sein scheinen, auch wenn es offensichtlich ist, daß Sie im Moment nur noch ein Schatten Ihrer selbst sind. Da ist doch noch etwas anderes.“

Karen blickte zu Boden und preßte ihre Fingerspitzen gegen die Stirn. Plötzlich fühlte sie sich verletzlich und den Tränen nahe. „Vermutlich haben Sie recht, Etta. In letzter Zeit fühle ich mich etwas seltsam. Hin und wieder mache ich mir ein wenig Sorgen um mich ...“ Sie hielt inne und überlegte, wieviel sie von sich preisgeben sollte. „Ich schlafe viel, und irgendwie habe ich nicht die Energie –“, sie brach ab. Der Klang ihrer Stimme kam ihr fremd vor, als ob sie sich selbst schon lange nicht mehr reden gehört hätte; ihr Mund war trocken. Vielleicht war es besser, erst einmal zu hören, was Etta zu sagen hatte, bevor sie sich ihr weiter auslieferte.

Etta klopfte leicht mit dem Stock gegen die Kaminziegel. „Manchmal kann ein Mensch für Dinge offen sein, ohne genau zu wissen, worum es sich handelt“, nahm sie den Faden wieder auf. „Dinge, die man nicht sehen kann, die aber da sind.“

Karen starrte Etta an, sie fürchtete und sehnte zugleich herbei, was als nächstes kommen würde.

Ettas ruhige Stimme drang aus großer Entfernung an ihr Ohr. „Denken Sie nur daran, wie es ist, in einen Raum zu gehen, wo ein Streit in der Luft liegt. Sie spüren die Spannung, auch ohne daß Worte fallen. Sie fühlen einfach, daß da etwas vor sich geht. Vermutlich könnte man sagen, alles hinterläßt seine Spuren. Und wenn Sie lange genug in dem Raum bleiben, merken Sie, wie in Ihnen selbst die Anspannung steigt. So ist es auch mit anderen Dingen, nur daß manche größere und dauerhaftere Spuren hinterlassen als andere.“

„Das stimmt sicher, Etta. Nur sehe ich nicht, was das alles mit mir zu tun hat."

„Vielleicht gar nichts. Andererseits habe ich ein merkwürdiges Gefühl, was dieses Haus angeht. Das hatte ich schon als kleines Mädchen. Ich habe immer aus dem Wald heraus auf das Haus geguckt, wenn ich auf dem Weg zum Strand war, habe es auch von meinem eigenen Haus aus immer wieder betrachtet. Es ist, als ob hier früher einmal etwas sehr Schmerzliches geschehen sei und das Haus diesen Schmerz immer noch in sich hütete. Trauer, so empfinde ich es – hier hat sich sehr viel Trauer angestaut."

Karen zog die Beine unter sich und nahm einen großen Schluck von ihrem Tee. Sie war fasziniert von Ettas Eröffnung und neugierig darauf, mehr zu hören, andererseits aber nicht so recht bereit, etwas über ihre nächtliche Besucherin zu verraten.

„Karen, ich will Ihnen etwas sagen. Es gibt Dinge, die mit uns geschehen können, und die so geartet sind, daß sie uns gar nicht guttun. Sie mögen an der Oberfläche unschuldig wirken, doch nach einer gewissen Zeit tun sie uns weh. Ich habe Ihren Gesichtsausdruck gesehen, als sie die Bilder gefunden haben, Blessings Bilder. Und ich habe den Altar da oben in Ihrem Schlafzimmer gesehen. Nun, ich nehme auch wahr, wie Sie aussehen. Sie haben kaum noch Ähnlichkeit mit der jungen Dozentin, der Frau mit den rosigen Wangen, die erst vor kurzem hier angekommen ist." Etta hielt inne, trank einen Schluck von ihrem Tee und stellte die Tasse neben sich auf den Fußboden.

„Und ich habe auch andere Dinge gesehen. Habe sie jahrelang gesehen, hier an diesem Ort. Karen, ich habe Blessing McCartland gesehen."

Karen riß den Mund auf, aber alles, was sie herausbrachte, war ein röchelnder Laut.

„Viele Male habe ich sie gesehen, oder sollte ich sagen ihren Geist, wie er unten am Strand entlang wanderte. Traurig, tränenüberströmt. Ein schwarzes Gespenst, das irgendwie durch einen Kummer an diese Erde gebunden bleibt. Ich habe sie auch im Haus gesehen. Manchmal, wenn ich dieses Haus betrachte, sehe ich einen dunklen Schatten am Fenster vorbeigehen oder oft auch nur unbeweglich am Fenster stehen und für immer und ewig hinaussehen, auf etwas warten, das nie geschehen wird. Ich habe Angst um Sie, Karen. Schätze, Sie haben sie auch gesehen."

Karen starrte Etta verblüfft an. Etta sagte hiermit, sie hätte Blessing tatsächlich *gesehen,* sie bei ihren zeitlosen Wanderungen am Strand entlang beobachtet. Und sie hatte sie hier in diesem Haus stehen sehen. Mein Gott. Die Kälte im Raum wurde dichter und intensiver, der leicht modrige Geruch nahm zu, und Karen empfand die gleiche unangenehm schwere Stimmung wie bei Walters Besuch. Etta zog ihre Strickjacke fester um sich und ließ ihre Augen wachsam durchs Zimmer schweifen. Oben schlug krachend eine Tür zu, der laute Knall hallte durch das leere, halberleuchtete Treppenhaus. Beide Frauen fuhren erschreckt zusammen.

Karen wußte, daß sie irgend etwas auf Ettas Äußerungen antworten mußte. „Ich weiß nicht recht, was ich sagen soll, Etta, das alles ist so – ungewöhnlich."

Sie fühlte sich überwältigt von Kräften, die von allen Seiten an ihr zerrten. Hinter ihr, in gewisser Weise, stand das Wissen um ihr Traumleben und der Zorn, den sie durch den Raum kriechen fühlte. Neben ihr saß eine freundliche Frau, die sie mit ihren klaren grauen Augen anblickte und mehr wissen, ihr helfen wollte.

Irgendwie schien das alles absurd. Wer hätte sich auch nur im Traum ausdenken können, daß sie an einem verschneiten Winterabend in einem isolierten Flecken an der Küste von Maine an einem knisternden Kaminfeuer sitzen und mit einer netten alten Dame, die sie kaum kannte, über Geister diskutieren würde? Es war alles so unwirklich, so zusammenhanglos, wie sie ihren gesamten Aufenthalt bislang empfand.

Etta blickte sie unverwandt an. „Karen, haben Sie verstanden, was ich Ihnen gerade gesagt habe?"

„Ja, ich habe es gehört ...", Karen stockte und räusperte sich. „Tatsächlich gab es da ein paar Dinge, die ich mir nur sehr schwer erklären konnte."

„Zum Beispiel", ermutigte sie Etta.

„Nun ja, zum Beispiel Geräusche, so ein Rascheln. Zuerst dachte ich, es seien Ratten oder es sei vielleicht der Wind. Aber jetzt denke ich das nicht mehr. Ich höre die Geräusche oft. Und manchmal sehe ich auch etwas, Schatten aus dem Augenwinkel oder etwas, das über den Spiegel huscht, aber verschwunden ist, wenn ich richtig hinsehe. Dinge in der Art", sagte sie vage und machte eine schwache Handbewegung. Bevor sie recht nachdenken konnte, hatte sie schon hinzugefügt: „Und ich habe oft das Gefühl, daß ich hier nicht wirklich allein bin."

Etta nickte. Nach einer langen Pause fragte sie mit sanfter, gleichmäßiger Stimme: „Ist das alles?"

„Ja. Das war's schon. Klingt nicht besonders aufregend, jetzt, wo ich es erzähle, nicht wahr? Ich bin sicher, es gibt für alles eine logische Erklärung." Sie hatte überlegt, allerdings den Gedanken schnell verworfen, ob sie Etta den Rest auch noch erzählen sollte – ihre Träume. Das geht nun wirklich niemanden etwas an, entschied sie. Was könnte schließlich persönlicher, intimer sein als die eigenen Träume?

„Nun ja, möglicherweise gibt es eine nüchterne Erklärung für all das." Etta lehnte sich zurück und blickte ins Feuer. „Und noch etwas stimmt möglicherweise. Möglicherweise nämlich versucht etwas – oder jemand –, Sie zu erreichen."

„Sie wollen damit sagen, in meinem Haus spukt es, nicht wahr?" Karens Stimme tropfte schwach zwischen ihren Lippen hervor, und sie wünschte sich die Kraft herbei, das alles laut und deutlich *Unsinn* zu nennen. Doch sie wußte, es stimmte. Blessing McCartland spukte tatsächlich durch ihr Haus und ihre Träume, entführte sie immer weiter in eine abgeschiedene Welt, eine Welt, die sie allmählich nicht mehr missen mochte. Karen preßte die Lippen zu dünnen Linien aufeinander.

„Seien Sie vorsichtig, Karen. Was manchmal auf den ersten Blick sehr einfach aussieht, kann bei näherem Hinsehen äußerst schwierig sein. Ich schätze, in den meisten alten Häusern der Gegend spukt irgendein Geist. In der Regel lernen die Leute, damit zu leben, und es geschieht nichts Schlimmes. Manche wissen nicht einmal, daß Geister ihre Räume bewohnen."

Karen hatte das Gefühl, es gab nichts mehr zu sagen. Eine Wand aus Schweigen baute sich zwischen ihnen auf.

„Wie fühlen Sie sich?" fragte Etta gedehnt, lehnte sich vor und legte Karen eine Hand auf die Stirn.

„Nicht so gut, fürchte ich. Ich fühle mich ziemlich schwach. Vielleicht sollte ich versuchen, etwas Ruhe zu bekommen."

„Möchten Sie, daß ich bei Ihnen bleibe? Ich würde es gern tun, es macht mir gar nichts aus."

„Nein – nein danke, Etta. Ich komme schon zurecht." Karen stellte sich schwankend auf die Füße, wieder wurde ihr schwindelig, und die Beine gaben nach. Vielleicht wäre es doch gut, wenn Etta bliebe, vielleicht hatte sie ihr Angebot zu voreilig abgelehnt. Sie legte Etta die Hand auf die Schulter und wankte einen Augenblick, als sie die modrige, leicht süßliche Luft roch. Schließlich sagte sie: „Ich rufe Sie morgen an und erzähle Ihnen, wie es mir geht. Danke für Ihren Besuch heute abend und Ihre Hilfe. Ich habe sie wirklich gebraucht. Was das andere alles anbetrifft – ich weiß nicht. Im Moment ergibt nichts so recht einen Sinn. Vielleicht, wenn ich mich wieder etwas kräftiger fühle . . ."

„Ja", sagte Etta, „es ist wichtig, daß Sie gut auf sich aufpassen. Wir können uns später weiter unterhalten. Sie wissen, daß ich an Sie denke, rufen Sie also bitte an, wenn Sie irgend etwas brauchen."

Karen beobachtete, wie der Jeep in die tief verschneite Nacht hineinfuhr. Sie drehte die Lichter aus, wandte sich zur Treppe, um hinauf in ihr Schlafzimmer zu gehen – und zu schlafen.

Kapitel 6

Die Hinterräder des Wagens brachen unangenehm auf einer Eisplatte aus, eine schmutzige Schneewand türmte sich direkt vor Karen auf. Sie dachte gerade noch daran, behutsam in die abschüssige Kurve zu gleiten, den Fuß von der Bremse zu lassen, und wenige Zentimeter vor der Schneemauer gelang es ihr, den Wagen wieder unter Kontrolle zu bringen. Die beiden vollen Einkaufstüten und ihre Post schwankten auf dem Rücksitz hin und her, als sie in die Landstraße einbog und auf das Haus zufuhr.

Seit Ettas Besuch war fast eine Woche vergangen; eine Woche, in der Karen sich äußerste Mühe gegeben hatte, ein wenig Regelmäßigkeit in ihr Leben zu bringen. Sie zwang sich, wenigstens eine kleine Mahlzeit pro Tag zu essen, und strich jeden Tag in ihrem Küchenkalender aus, um mitzubekommen, wie die Zeit verging. Sie vermied die häufigen Nachmittagsschläfchen und beugte sich statt dessen über den Berg Arbeit auf ihrem Schreibtisch. Immer noch ging es mit der Arbeit langsam voran, doch zumindest gab sie sich Mühe.

Sie dachte oft an Ettas Besuch und ihre Offenbarung. Zu den

seltsamsten Gelegenheiten kamen ihr Teile ihrer Unterhaltung in den Sinn: Während sie am Schreibtisch saß, sich auf einen Teil einer Figurine oder eine festliche Halskette in ihren Aufzeichnungen konzentrieren wollte. Sie hörte Etta sagen: „Ich habe sie gesehen, Karen." Ein Kältehauch zog in solchen Momenten direkt neben ihr vorüber, und häufig ertappte sie sich dabei, wie sie die Hand in den Nacken legte. Doch alles in allem schien wenig Grund zur Sorge zu bestehen. Träume konnten schließlich keinen Schaden anrichten! Und was ihre Lustlosigkeit anbetraf, die würde sich schon geben, wenn sie all das durchführte, was sie sich vorgenommen hatte. Sie schüttelte den Kopf und lächelte. Außerdem, dachte sie, jedesmal, wenn sie sich wie jetzt vom Haus entfernt hatte, schien die ganze Sache ohnehin reichlich absurd.

Sie lenkte den Wagen in die schneebedeckte Einfahrt. Noch bevor sie ganz ausgestiegen war, hörte sie das Telefon, sein schrilles Klingeln durchschnitt die makellose weiße Stille. Wenn der Winter einen typischen Klang hätte, dachte sie, wäre es das Klingeln einer kleinen Messingglocke – ein einziger klarer Ton etwa eine Oktave über dem hohen C. Sie ließ die Einkaufstüten im Auto und rannte zum Telefon, wußte nicht, wie lange es schon läutete. Als sie den Hörer abnahm, erwartete sie schon, es am anderen Ende klicken zu hören.

„Hallo", sagte sie, in der Überzeugung, Etta sei es, die sich nach ihr erkundigen wollte.

Statt dessen hörte sie Maggies warme Stimme. Karen wurden die Knie weich, ob durch die Anstrengung oder die vertraute Stimme, wußte sie nicht.

„Maggie . . . was für eine Überraschung!"

„Hoffentlich störe ich dich nicht bei irgend etwas."

„Überhaupt nicht. Ich habe sogar gerade an dich gedacht. Ich freue mich, daß du anrufst." Je mehr sie in der gewöhnlichen Welt Boden unter den Füßen spürte, desto näher schien ihr Maggie.

„Ach ja? Na, hast du also dein Einsiedlerdasein langsam satt? Das überrascht mich . . . aber angenehm."

„Mach aus mir nur eine halbe Einsiedlerin, und ich bin wirklich froh, deine Stimme zu hören, Maggie", sagte Karen und wunderte sich, wie warm ihre eigene Stimme klang.

„Tja, ich kann nicht gerade sagen, daß es mir leid tut, das zu hören. Das ist sozusagen die Krönung des heutigen Tages ... Naja, beinahe jedenfalls. Das bringt mich zum Anlaß meines Anrufs, abgesehen davon natürlich, daß er mir einen Vorwand liefert, mit dir zu sprechen. Ich fürchte, ich habe ein paar schlechte Nachrichten –"

„Ist alles in Ordnung mit dir?" unterbrach Karen.

„Oh ja, mir geht es gut. Es ist nur, eine unserer Schneidemaschinen hat sich in einen Reißwolf verwandelt und etliche Meter deines Kommentars zerrupft – die Anmerkungen von dir, die wir in deinem Büro gedreht haben, ganz am Anfang der Geschichte. Kannst du dir das vorstellen? Ich hätte mir jedes Haar einzeln ausreißen können, als ich das gehört habe. Aber jetzt habe ich mich schließlich damit abgefunden."

„Das tut mir leid, Maggie. Was machen wir denn jetzt?"

„Es ist mir wahnsinnig unangenehm, dich zu fragen, aber könntest du vielleicht für einen Tag herunterkommen, damit wir den Kommentar nachdrehen können? Ich weiß, was das für eine schreckliche Zumutung ist. Du könntest bei mir wohnen. Oder, äh ..." Maggie begann zu stottern, ausnahmsweise fehlten ihr einmal die Worte. „Das heißt, wir könnten auch etwas anderes arrangieren –"

„Ich kann nicht", platzte Karen dazwischen, ohne den Vorschlag zu überdenken. „Ich kann wirklich nicht, Maggie – mir ist es in letzter Zeit nicht so gut gegangen, und ich –"

„Was ist los?" unterbrach sie Maggie. „Bist du krank?"

„Nur so eine Erkältungsgeschichte. Mir ist es wirklich nicht danach, in die Stadt zu fahren."

„Ich mache mir Sorgen, daß du da oben so ganz allein bist. Wer würde es schon merken, wenn dir was passiert?"

Ob es ihre Freude darüber war, Maggies Stimme zu hören oder die Tatsache, daß sich ihre Stimmung durch den Einkaufsbummel gebessert hatte – auf einmal sagte Karen schnell: „Warum kommst du nicht statt dessen hierher? Es ist zwar kalt und stürmisch, aber die Aussicht hier entschädigt dafür mehr als genug."

Am anderen Ende blieb es kurze Zeit still. Dann sagte Maggie leise: „Das wäre sehr schön. Ich kann die Ausrüstung mitbringen.

Ich würde dich so gerne sehen . . . und dein wunderbares Haus. Auf diese Weise kann ich mir, wenn ich an dich denke – und ich gebe zu, daß ich das oft tue –, dich in deiner tatsächlichen Umgebung vorstellen."

Herrlich! wollte Karen ausrufen. Jetzt, wo sie die Worte ausgesprochen hatte, flatterte sie innerlich vor guter Laune. „Ja. Das ist schön. Ich würde dich wirklich gerne sehen."

Sie einigten sich auf den nächsten Nachmittag, und nachdem sie eine ausführliche Wegbeschreibung gegeben hatte, legte Karen auf und wirbelte durch das Wohnzimmer. Wie herrlich, Maggie zu sehen, wie schön, sie zum Reden hier zu haben. Vielleicht war es gar nicht gut, zu viel allein zu sein. Und es würde ihr sehr viel Spaß machen, ihr voller Stolz das Haus und die Aussicht auf das Meer und die Landschaft zu zeigen.

Karen durchquerte den Raum auf den abgetretenen Holzdielen. Zum ersten Mal fiel ihr auf, daß sich eine dünne Staubschicht auf den Möbeln gebildet hatte und kleine Staubknäuel in den Ecken lagen. Sie holte Möbelpolitur und einen weichen Lappen aus der Speisekammer. Dann rief sie Etta an und lud sie für den nächsten Tag zum Abendessen ein.

Sie machte sorgfältig sauber, und es befriedigte sie zutiefst, die glänzend polierte Oberfläche der Möbel zu betrachten, Ordnung zu schaffen und sogar den schwachen Zitronenduft einzuatmen, der anschließend in der Luft hing. Sie nahm einige geflochtene Körbe von einer Wand, die dort zur Dekoration gehangen hatten, und füllte sie mit Kiefernzapfen und Beeren. Zufrieden mit sich und dem Ergebnis ihrer Säuberungsaktion, setzte sie sich schließlich hin und begann, ihre Post durchzusehen.

Sie blätterte eine Zeitschrift auf, streckte die Beine von sich und starrte auf die Linie, wo sich das ausgeblichene Blau ihrer Jeans mit dem Gelbbraun ihrer Stiefel traf. Jetzt, wo sie besser darauf achtete, wußte sie, daß es mittags kurz nach ein Uhr war.

Obwohl der Wetterbericht im Radio für den Abend erneut heftige Schneefälle vorausgesagt hatte, malte eine bleiche Wintersonne zarte Blautöne auf die Schneeränder und -täler. Sie konnte schon die dunkle Wolkenwand erkennen, die sich über dem Meer zusammenballte, sich dann mehrfach drehte und den Himmel im Norden ausfüllte. Plötzlich trat ein Reh aus dem Wald und blieb bewegungslos im Schnee stehen. Es äugte – wie absichtsvoll – zum Haus hinüber, und Karen dachte, wie traurig es aussah. Doch vielleicht übertrug sie auf das Tier nur ihre eigene düstere Stimmung, die sie niederdrückte. Das Haus schien beinahe aufzustöhnen, in tiefer Trauer, zu tief für tröstende Worte. Irgendwo krachte ein Ast unter der Schneelast, und das Reh sprang zurück in den dunklen Wald.

Als Karen so still in ihrem Sessel dasaß und mit den Fingern das Lilienmuster des Bezuges nachfuhr, wurden ihr die Lider immer schwerer, und schlaftrunken zog es sie über den fließenden Übergang zwischen Wachen und Träumen. Sie gestattete sich, in die Schwerelosigkeit zu versinken, kostete dieses Gefühl aus, wohl wissend, was auf sie zukommen würde. Dann erinnerte sie sich an ihren Entschluß, rappelte sich wieder auf und setzte sich aufrecht hin, die Augen weit aufgerissen, und versuchte, sich auf den Kamin zu konzentrieren. Die Schläfrigkeit zog an ihr wie eine schwere Jacke, das Bedürfnis zu schlafen war wie ein quälender Schmerz.

Einer Alkoholikerin ähnlich, die sich überlegt, von ihrem Entzug abzuspringen, suchte sie Gründe dafür, sich ein kurzes Nickerchen zu gönnen. Nur ein kleines. Die Schwere im Raum und die absolute Stille legten sich über sie, und sie konnte spüren, wie das Gewicht ihre Augenlider zudrückte. Ein übermächtiges Schlafbedürfnis löschte alles andere aus ihrem Bewußtsein. Allmählich gab sie willig nach und ließ ihr Kinn sanft auf ihre Brust sinken.

In die Traumwelt hinabzusteigen, schien länger zu dauern als sonst, und sie wanderte blindlings durch Höhlen und Tunnels voller Qualm und dicker, übelriechender Luft, ihre Füße in unsichtbarem Sand gefangen. Sie kämpfte sich, allein und frierend, durch ein Labyrinth von Trümmern und Unrat und versuchte, den dicken Rauchvorhang mit den Händen zu teilen. Als sie schließlich die Gestalt fand, die sie gesucht hatte, war sie nicht länger in den Höhlen, sondern plötzlich zurück in ihrem eigenen Schlafzimmer, schwebte dicht über dem sorgfältig gemachten Bett, sah hinunter auf Blessings liegende Gestalt. Sie senkte sich, schwebte hinab, bis sie genau über ihr war und der Zipfel ihrer Bluse Blessings wogenden Leib streifte.

Irgend etwas stimmt hier nicht, dachte sie voller Panik. Etwas stimmt nicht mit ihr. Sie empfand dieselben leidenschaftlichen Stiche, fühlte, wie ihr Körper lebendig wurde und in einem Schmerz anschwoll, der ihr den Atem raubte. Wie schön sie aussieht, dachte Karin, als sie direkt über ihr schwebte und sie betrachtete. Schön – aber traurig, so furchtbar traurig. Blessings Schluchzen drang an ihr Ohr, ein unglücklicher Ton, der aus einer Leere heraufdrang, einem Ort, von dem Karen befürchtete, sie könne ihn niemals sehen oder berühren. Es gab kein Geräusch, nicht den Wind, nicht die gedämpften Worte, nicht die unheimliche Musik, die sie den Strand entlang hatte tanzen lassen. Nur Schweigen.

Karen streckte eine Hand aus, um sie zu trösten, um in die kalte, stille Gestalt die Macht ihrer Liebe zu zwingen. Blessing stieß ihre Hand weg und drehte den Kopf, eine Bewegung, die noch mehr Modergeruch und Fliederduft aufsteigen ließ. Blessings Atem blies blaue Kristalle in die Luft.

„Was ist los?" bettelte Karen mit einer Stimme, die weit entfernt klang. „Stimmt etwas nicht?" In ihrem Kopf überschlugen sich die Gedanken auf der Suche nach etwas, das sie getan hatte, etwas, das für all diese Trauer verantwortlich war. Sie ließ sich neben die schluchzende Frau fallen, schmiegte sich an sie, schlang einen Arm um ihre Taille. Sie war völlig verwirrt. Sie wollte wieder die Leidenschaft spüren, die sinnliche Choreographie, in der sie zusammen tanzten. Doch nicht dies, nicht diesen Rückzug und Schmerz. Sie strich mit ihrer Hand über den Saum von Blessings Kleid, fühlte wieder, wie zerbrechlich und wesenlos ihr Körper war. Sie rückte mit ihrem Gesicht näher an die dunklen, lockigen Haare, füllte all ihre Sinne mit dem modrigen Geruch und atmete wieder in Blessings Ohr: „Was ist los? Bitte. Sprich mit mir."

Blessing schrie auf, ein durchdringender Schrei, der jeden Nerv in Karens Körper durchzuckte. Und schrie wieder, bevor sie zusammenbrach, leise keuchend und schluchzend. Karen sah sich um und wollte wieder durch die Höhlen zurücklaufen, weg von diesem grellen Schmerz; doch sie konnte die Höhlen nicht finden, es gab kein Entkommen.

Es ist meine Schuld, atmete sie schweigend, saugte ihren Atem in langen Zügen und ließ ihn beim Ausatmen langsam über Blessings regungsloses Gesicht gleiten.

Langsam begann sie, Blessing zu streicheln, versuchte, sie in ihrem namenlosen Schmerz zu trösten. Auf ihrer Hand bildete sich bei der Bewegung eine Kruste aus blauen Kristallen, bis sie zu schwer wurde und in der Mähne dunklen Haares ruhte. Streichelnd flüsterte sie: „Sag es mir – bitte, sag es mir."

Ein Luftzug entwich Blessings Mund, die dampfende Luft, die manchmal ihre Worte begleitete. Karen lauschte aufmerksam, versuchte, die Klänge voneinander zu trennen, um festzustellen, welche Bedeutung in ihnen lag. „Sag es mir", hörte sie sich wieder bitten. „Sag mir, was nicht stimmt."

Zuerst undeutlich, dann immer klarer hörte sie Worte, die sich aus den flüsternden Klängen bildeten; Worte, unter Schluchzen hervorgebracht, Ausdruck unsagbarer Trauer. *Ich habe keinen Körper,* klagte Blessing.

Verwirrt kämpfte Karen, um Wärme und Substanz in die verschwommenen Umrisse der Frau neben ihr zu zwingen, sie ganz dicht an sich gedrückt zu halten und das schreckliche Schluchzen zum Schweigen zu bringen. Doch je stärker sie sich bemühte, desto zarter und schwereloser wurden sie und Blessing, bis Blessing schließlich dahinschmolz – fort war -- und Karen zurückließ, die an den Decken unter ihren Fingern kratzte und zerrte.

Sie erwachte, eine Handvoll Bettzeug an die Brust gedrückt, eine salzige Träne rann ihr über die Wange in den Mund. Untröstliche Melancholie umschwebte sie. Ein Rest der namenlosen Traurigkeit lag schwer in der Luft.

Und da waren Geräusche. Schluchzende Geräusche, die von überall her zugleich kamen. Wirkliche Geräusche, keine flüsternden, geträumten. Karen lockerte den Klammergriff um die kalten Decken und drehte sich um, auf der Suche nach dem Ursprung der Geräusche. Der Raum war leer. Nirgendwo ließ ein Schatten oder eine aufblitzende Bewegung die Anwesenheit einer weinenden Person erahnen. Als Karen so dasaß und lauschte, wurde das Schluchzen immer leiser und zog sich zurück, hörte schließlich ganz auf, als ob es an einem dünnen, unsichtbaren Faden weggezogen würde, um nichts als Stille und tödliches Schweigen zurückzulassen.

Karen warf die Beine über die Bettkante und stellte fest, daß sie immer noch angezogen war – es konnte also noch nicht Nacht sein.

Sie erinnerte sich daran, daß sie unten in ihrem Sessel am Kamin eingeschlafen war. Ungläubig rieb sie sich den Schlaf aus den Augen. Wie war sie hier heraufgekommen? War ihr so etwas schon einmal passiert? Draußen war es dunkel, nicht weil es Nacht war, sondern weil sich die schweren Sturmwolken näherten.

Wieder unten angekommen, zündete Karen ein Feuer an und kauerte sich so tief in ihren Sessel, wie es nur ging. Sie fühlte sich unsagbar traurig. Ohne zu wissen warum, mußte sie mühsam die Tränen zurückhalten, leeren Blickes starrte sie ins knisternde Feuer. Gewöhnlich war sie beim Aufwachen müde gewesen, doch sie hatte sich jedesmal schwerelos gefühlt, erfüllt von den Nachklängen leidenschaftlicher Liebesempfindungen. Diesmal jedoch bildete die Trauer in ihrer Brust einen harten Knoten, von dem der ganze Raum zu bersten und in sich zusammenzustürzen drohte.

Sie hatte etwas falsch gemacht, aber was? Wie konnte sie dieses entsetzliche Mangelgefühl, diesen Alpdruck verursacht haben, die den Traum durchdrungen hatten und ihr noch jetzt die Tränen in die Augen trieben? Schneeregen peitschte gegen die Fensterscheiben, und sie wandte sich um, starrte in den schnell fallenden, wirbelnden Vorhang, der in Strömen von den Scheiben floß.

Lieber Gott, bitte laß es Maggie gut gehen. Ich hoffe, sie schafft es morgen bis hierher. Der Gedanke ließ noch mehr Tränen in ihr und noch mehr tonlose Sorge im Raum aufsteigen. Sie fühlte, wie sie in den erschöpften, tranceartigen Zustand fiel, der sie in all den vergangenen Tagen beherrscht hatte. Weder der strömende Schneeregen noch das Knistern des Feuers oder die Platte mit fröhlichen Jazzsongs, die sie aufgelegt hatte, konnten ihre Aufmerksamkeit auf das Hier und Jetzt zurücklenken. Ein Anruf bei Etta hätte die Bedrücktheit aufhellen können, doch sie hatte nicht die Kraft, zum Telefon hinüberzugehen.

Schließlich stieg sie die Treppe zum Schlafzimmer hinauf; jede der steilen Stufen quietschte laut, nicht zuletzt wegen der Schwere, die von ihr Besitz ergriffen hatte.

Ein tiefer, traumloser Schlaf war ihr nicht vergönnt. Während der ganzen Nacht warf sie sich dauernd herum, unfähig, ihren Körper in eine entspannte Position zu bringen. Sie drehte sich auf ihre Einschlafseite, knüllte das Kissen zu einer Kugel unter dem Kopf, lag wenige Augenblicke still, bevor die Anspannung in ihren Gliedmaßen sie wieder zwang, sich zu bewegen. Ein vages Jucken, das sie zunächst zu ignorieren versuchte, quälte sie, bis sie sich wild zu kratzen begann, was sie wieder vom Rand des Schlafes zurückholte. Zweimal in der Nacht stand sie auf; einmal, um eine Tasse warme Milch zu trinken, ein andermal, um dem klagenden Geräusch nachzugehen, das sie schließlich dem Wind zuschrieb, als sie merkte, wie der Sturm durch die Nacht fegte.

* * * * *

Der Morgen weigerte sich anzubrechen, er wandelte nur die Schwärze der Nacht in ein blasses Grau, das durch die Fenster sickerte. Sie lag still da und beobachtete, wie die sich verändernden Lichtmuster den Raum neu gestalteten, unsicher, ob sie überhaupt ein Auge zugetan hatte. Und wenn sie einmal einem leichten, unruhigen Schlaf nahegekommen war, war es ihr erschienen, als ob sie gefährlich nahe an einen Abgrund glitt, wo klagend rauschendes Wasser in bodenlose Tiefe stürzte.

Am frühen Nachmittag trat sie häufiger ans Fenster, erwartete, Maggies blauen Subaru zu sichten, der glücklicherweise mit Vierradantrieb ausgerüstet war. Der Morgen hatte sich in quälend langsamem Tempo dahingeschleppt; einmal hatte sie sogar die Zeitansage angerufen, weil sie das sichere Gefühl hatte, ihre Uhren gingen falsch. Sie hatte neue Tätigkeiten für sich erfunden, um die Zeit totzuschlagen: eine halbstündige Gymnastik zu einer Aerobic-Platte, während der sie sich schnaufend und dauernd vor Schmerz zusammenzuckend geschworen hatte, sich in Zukunft besser in Form zu halten; dann hatte sie im Wohnzimmer den Staub entfernt; dann erfolglos versucht, etwas zu lesen. Ihre Lider waren von innen rauh wie Sandpapier, und sie war müde, die schlaflose Nacht hing ihr in den Knochen. Ein Mittagsschläfchen kam nicht in Frage, und wenn das Schlafbedürfnis übermächtig wurde, sprang sie auf und streifte durchs Haus auf der Suche nach etwas, das sie tun konnte.

Der Sturm war zwar abgeflaut, doch immer noch trieb ein eiskalter steifer Wind große Schneeflocken vor sich her. Die Wolken waren schwer und hingen niedrig; ihr Anblick versprach noch mehr

Schnee für den Rest des Tages. Karen stand wieder am Fenster und wartete darauf, daß der dunkelblaue Wagen um die letzte Kurve biegen würde. Sie stellte fest, daß ihre Handflächen schwitzten und wischte sie sich an den Hosenbeinen ihrer frischgewaschenen Jeans ab, dann wandte sie sich um und zupfte einen Beerenzweig auf dem Korb mit Kiefernzapfen zurecht. Sie hatte nicht nur das Haus für Maggies Besuch geschmückt, sondern auch sich selbst, hatte eine ganze Stunde im Badezimmer zugebracht, ihr Haar sorgfältig gewaschen und ihnen sogar eine Kurspülung gegönnt, um ihnen wieder Glanz zu verleihen. Sie hatte Jeans aus weichem Stoff und einen roten Angorapullover angezogen, auf dessen Schulterpasse eine Prozession kleiner Rentiere zu sehen war. Ihre Kleidung erschien ihr angemessen festlich, das lebhafte Rot ihres Pullovers zauberte sogar einen gesunden rosa Schimmer auf ihre Wangen; doch das Gesicht, das ihr aus dem Spiegel entgegenblickte, wirkte abgezehrt und verhärmt, und einen Moment lang glaubte sie, ihrem früheren Selbst nicht mehr ähnlich zu sehen. Maggie würde das sicher bemerken. Doch sie hatte ihr ja erzählt, sie sei krank gewesen. Vielleicht würde Maggie es dabei belassen und ihr keine weiteren Fragen stellen.

Karen durchquerte die Küche, wie ihr schien zum tausendsten Mal, und blieb am Tisch stehen. Sie legte ihre Hände auf den Korb mit den Kiefernzapfen und Beeren, drehte und arrangierte sie unnützerweise noch einmal. „Verdammt!" stieß sie zwischen den Zähnen hervor, „nun entspann dich endlich!"

Schließlich fiel sie, bar jeder Aufgabe, die sie noch hätte beschäftigen können, in einen Ohrensessel, trank eine Tasse frisch gekochten Tee und wartete. Wie jedesmal, wenn sie ungeduldig war, diente ihre Handlung nur dazu, das erwartete Ereignis noch weiter hinauszuschieben. Es wurde drei Uhr, es wurde halb vier, schließlich vier. Die Uhr über dem Herd verfolgte sie, erinnerte sie jede Minute an ihre Ungeduld und ihre wachsende Beunruhigung.

Nur keine Panik, versuchte sie sich zu beruhigen. Maggie hatte Nachmittag gesagt, und das konnte bedeuten, irgendwann zwischen zwölf und sechs Uhr abends. Gerade als Karen aufgestanden war, um die Polizei anzurufen, hörte sie Maggies Wagen die Auffahrt heraufkommen.

Erleichterung, vermischt mit plötzlicher Nervosität, durchflutete sie, als sie zur Tür rannte und sie schwungvoll aufriß. In Strümpfen, weil sie vergessen hatte, sich Schuhe anzuziehen, rannte sie durch den Schnee, und bevor Maggie ganz aus dem Auto gestiegen war, hatte sie sie schon umschlungen. Beide rutschten und glitten aus, fielen fast übereinander. Gleichzeitig lachend und durcheinander redend, suchten sie nach Halt auf dem vereisten Schnee.

„Du hast es geschafft! Ich bin so froh, daß du gut hergefunden hast. Ich habe schon angefangen, mir Sorgen zu machen." Karen lachte und umarmte Maggie noch fester. Sie wirbelten in einer wilden Umarmung herum, keine sah länger als einen kurzen Augenblick ins Gesicht der anderen, bevor sie sich wieder fest in die Arme nahmen.

Rote Flecken erschienen auf ihren Wangen, und bei jedem Atemzug entstanden kleine Dampfwölkchen zwischen ihnen. Sie hielten sich gegenseitig bei den Schultern, und jede schenkte der anderen einen langen Blick. Auf Maggies Gesicht lag das Lächeln einer Frau, die den ganzen langen Weg hoffnungsvoll zurückgelegt hat, nicht wissend, ob ihre Hoffnung sich erfüllen wird. Kein Teil ihres Gesichte blieb von ihrem Lächeln ausgespart. Ihre großen Augen strahlten. „Oh Karen, es ist gut, dich zu sehen." Karen sah, wie fast unmerklich ein Schatten über das Gesicht ihrer Freundin huschte. Maggie zog kurz eine Augenbraue hoch, dann entspannte sich ihr Gesicht sofort wieder. Arm in Arm stapften sie durch den Schnee zurück zum Haus. Maggie lachte und deutete auf Karens unbeschuhte Füße. „Meine Güte, du bist die ganze Zeit auf Strümpfen hier herumgesprungen. Warum hast du nichts gesagt!"

„Ich habe nichts gemerkt." Karen lachte und legte den Arm fest um Maggie, während sie die letzten Schritte auf die Tür zugingen.

Sie betraten die Küche, in der es angenehm warm war, und Karen trat an den Herd. „Ich habe mir gerade einen Tee gekocht. Möchtest du auch einen?"

„Aber gern." Maggie streifte ihre Handschuhe ab. „Mein Gott, ist das ein wunderschönes Haus. Wie hast du nur so ein unverschämtes Glück haben können, so etwas zu finden? Jetzt ist mir klar, warum du die ganze Zeit hier sein möchtest. Glaube mir, wenn ich ein solches Haus hätte, würde ich auch nicht weggehen wollen. Herrlich." Maggie drehte sich herum, betrachtete die Holzvertäfelung, die gelben Holzdielen, lugte ins Wohnzimmer auf den riesigen Kamin und die kleinen Sprossenfenster, die aufs Meer hinausgingen.

Karen lächelte und nickte, als ob sie das Haus selbst gebaut hätte oder zumindest für seine Erhaltung verantwortlich sei. Oder, und der Gedanke ließ sie zusammenschrecken, als ob sie sich in den eigentlich nicht mehr angemessenen Komplimenten einer lieben nahen Freundin sonnte. Maggie war begierig darauf, die anderen Räume zu sehen und ging hinüber ins Wohnzimmer, um von dort aus einen genaueren Blick aufs Meer zu werfen. Von ihrer Position am Herd aus, wo sie den Tee aufbrühte, konnte Karen ihre begeisterten Ausrufe hören.

„Großartig!" rief Maggie. „Es riecht sogar wie ein altes Haus."

Karen goß einen Schwung heißes Wasser über die Teekanne auf den Herd. Sie hatte ihn natürlich auch bemerkt, den ihr inzwischen vertrauten Geruch. Er war intensiver geworden, seit sie mit Maggie zusammen ins Haus zurückgekehrt war. Schnell wischte sie die Pfütze auf, und mit leicht zitternden Händen trug sie die beiden Teetassen ins Wohnzimmer hinüber.

„Ich denke mir, daß sie alle nach einer Weile diesen Geruch annehmen", sagte sie und reichte Maggie eine Tasse. Sie gingen zusammen zum Fenster und sahen, Schulter an Schulter, hinaus aufs Meer. Karen trank nicht, weil sie sicher war, ihre zitternden Hände würden die Tasse lautstark auf die Untertasse klappern lassen.

Schweigend blickten sie hinauf aufs Meer, und Karen fragte sich, ob sie mehr von sich zeigen sollte – deutlicher machen sollte, wie sehr sie sich freute, daß Maggie jetzt wirklich hier war und den gleichen Anblick genießen konnte, den sie so oft allein gehabt hatte. Nun ja, nicht ganz allein, rief sie sich in Erinnerung. „Siehst du die kleine Bucht da unten links?" Karen deutete mit einer plötzlichen Handbewegung nach draußen. „Da bin ich oft hingegangen. Es ist wunderschön dort, um ... äh ..." Sie wünschte, sie hätte nicht davon angefangen. Manche Dinge eigneten sich nicht als Gesprächsthema – „äh ... es ist einfach ein schöner Spaziergang, wenn man in Ruhe nachdenken will."

„Hmmmm", antwortete Maggie, der Karens Unbehagen offenbar entgangen war und die immer noch wie hypnotisiert die Schönheit des Schnees und der Bäume und des dunkelgrünen Meeres bewunderte. Dann wandte sie sich um, sah Karen an und legte ihr einen Arm um die Schulter. „So. Dir ist es nicht so gut gegangen. Das sieht man dir wirklich an. Was war los?“

Karen zuckte zusammen. Sie hatte sich solche Mühe gegeben, gut auszusehen. „Ach, nur so ein komischer Virus. So ein ganz gewöhnlicher, der einen ganz schön beuteln kann.“ Sie fuhr sich über die Haare. „Es geht mir jetzt aber schon sehr viel besser. Ich bin sicher, in ein paar Tagen wird alles vorbei sein. Ich fühle mich nur noch ein bißchen schwach.“ Jetzt hatte das Thema für sie die Peinlichkeitsgrenze erreicht. „Wie war deine Fahrt?“ lenkte sie abrupt ab. „Die Straßen müssen fürchterlich sein.“

„Ich hatte keinerlei Schwierigkeiten, abgesehen von einem kleinen Schneesturm, der Eiseskälte und jeder Menge Glatteis.“ Maggie lächelte und drückte Karen an sich. „Direkt unterhalb von Bangor mußte ich sogar an den Rand fahren und warten, bis der Streudienst kam. Da war eine lange abschüssige Kurve – absolut tückisch. Ich muß schon finster entschlossen gewesen sein, dich zu sehen.“ Karen leistete keinen Widerstand, schmiegte sich in die Umarmung, während sie beide weiter hinauf aufs Meer sahen.

Nach einigen Minuten flüsterte Maggie ihr ins Ohr: „Da ist doch ein großer Kamin. Laß uns ein Feuer machen.“

Sie ließ Karen los, ging mit schnellen Schritten hinüber zum Kamin und begann, das Feuerholz aufzustapeln. Karen beobachtete sie dabei; der Anblick von Maggies schmalem Rücken, der sich so anmutig zum Kamin hinunterbeugte, entzückte sie.

„Ich fange schon mal mit dem Abendessen an“, sagte Karen. „Wir werden Besuch bekommen. Hoffentlich macht dir das nichts aus. Ich habe eine ganz bezaubernde Nachbarin, die ich zu uns eingeladen habe. Ich glaube, du wirst sie mögen.“ Sie begann, kleine rote Süßkartoffeln zu schälen, die sie zusammen mit dem Stück Roastbeef, das sie schon aufgetaut hatte, im Ofen grillen wollte. Etta hatte versprochen, für den Rest des Abendessens zu sorgen.

Maggie zündete das Feuer an und kam herüber. Sie stellte sich in den Türrahmen und sagte: „So. Dann erzähle mir doch etwas mehr über deine Nachbarin.“

Karen warf eine Handvoll Kartoffelschalen in die Abfalltüte, dann versuchte sie, so gut es ging, Etta Cavendish zu beschreiben.

Maggie lehnte sich gegen die Anrichte und blickte hinüber zur Spitze des grauen Daches, das eben noch in der zunehmenden Dämmerung erkennbar war. „Klingt, als sei sie eine faszinierende Frau. Es gibt viele solcher Frauen auf dem Land", sagte sie gedankenverloren. „Vor allem in Neuengland. Ich habe mir immer gedacht, wenn man mal einige von ihnen erzählen läßt, ergibt das einen großartigen Dokumentarfilm."

„Freut mich, daß meine Intuition mich nicht getrogen hat." Karen lächelte Maggie an.

„Ich würde sie wirklich gern kennenlernen."

Karen streifte ganz leicht Maggies Schulter, als sie sich umdrehte. Derselbe Schauer durchrieselte sie wie bei früheren zufälligen Berührungen. Nichts hatte sich verändert. Sie empfand dieselbe Zärtlichkeit und Leidenschaft. Die wilden, ungezähmten Empfindungen hatten offenbar all ihren Plänen zum Trotz überlebt. Dabei hätten sie schwächer werden und am Ende ganz verschwinden sollen; schließlich hatte sie Boston verlassen, um sie zu bekämpfen. „Laß uns hinübergehen und uns am Kaminfeuer freuen", sagte sie und nahm Maggie bei der Hand.

Karen zog den Schaukelstuhl neben ihren Sessel vor dem Kamin. Schweigend beobachteten sie, wie die Flammen an den Eichenholzscheiten leckten und sich um sie herumringelten. Sie saßen nebeneinander, Karen blickte Maggie nur an, wenn Maggies Blick gerade abgewandt war. Und sie konnte umgekehrt Maggies Augen auf sich gerichtet spüren, ihren warmen fragenden Blick fühlen. So saßen sie mehrere Minuten schweigend da, die Luft erfüllt von unausgesprochenen Worten, im Raum stehenden Fragen und einer Verlegenheit, die Maggie etwas zu heftig mit ihrem Schaukelstuhl wippen ließ. Karen kaute an einem kleinen Stück trockener Haut auf ihrer Unterlippe.

Jetzt, da das erste aufgeregte Erröten verblaßte, geriet Karen in ein bedrohliches Niemandsland zwischen Maggies Gegenwart und der Aura von Traurigkeit, die im Raum schwebte. Selbst Maggie hatte den Modergeruch wahrgenommen, der so stark war, als stünde die Frau ihrer Träume direkt neben ihrem Ellenbogen. Die Uhr tickte laut; draußen rollten die Wellen auf die Felsen, mit dem flüsternden Klang, der darauf verwies, daß Ebbe war.

„Tja", meinte Maggie und stützte sich mit den Handflächen auf die Oberschenkel, „warum reden wir nicht darüber, wo wir Kamera und Scheinwerfer aufstellen sollen? Ich glaube, da drüben vor dem Fenster gibt es ein schönes weiches Gegenlicht, und die Sicht auf den schneebedeckten Hang und das Meer ergibt einen sehr stimmungsvollen Hintergrund ... Was meinst du?"

Oh mein Gott, die Videoaufnahme! Karen hatte in all der Aufregung, Maggie zu sehen, völlig vergessen, weshalb sie eigentlich hergekommen war. In diesem Moment bezweifelte sie ernsthaft, daß sie die Szene wirklich abdrehen konnte. Worte waren derzeit etwas, das ihr schwer in den Sinn kam; und der gesamte Themenkomplex hatte inzwischen eine einzige große Verwirrung in ihr ausgelöst.

„Karen. Ist alles in Ordnung mit dir?"

„Oh, ... ja. Ich habe nur gerade nachgedacht", stammelte Karen, „äh ... ja, ich glaube auch, da am Fenster könnte es ganz gut aussehen."

„Ich hole die Ausrüstung."

Maggie baute Scheinwerfer und Kamera auf, dann setzte sie Karen in einen Sessel, den sie unter das Fenster gerückt hatte. Sie richtete die Lampen aus und bückte sich zu Karen hinunter, einen Lichtmesser in der Hand. Karen zupfte ihren Pullover zurecht, dann fuhr sie mit den Händen über ihre Hose, ganz krank vor Angst. Sie kannte sich in diesem Thema besser aus als in jedem anderen auf der Welt, vielleicht sogar besser als irgend jemand sonst. Doch die Worte kamen ihr nicht in den Sinn. Sie konnte sich an nichts erinnern.

„Okay. Bitte Ruhe in den hinteren Rängen", Maggie grinste und beschrieb mit dem Arm eine weit ausholende Geste. „Wir sind bereit für Sie, Miss Latham."

„Einen Augenblick noch, Maggie." Karen sprang auf. „Es gibt noch etwas, das ich gern in meinen Unterlagen nachsehen würde, bevor wir anfangen." Aufgeregt blätterte sie die Karteikarten auf ihrem Schreibtisch durch, suchte nach bekannten Worten und Sätzen, irgendwelchen Stichworten, auf die sie reagieren konnte. Vertraute Begriffe, Namen von Göttern und Beschreibungen von Ritualen sprangen ihr aus den gelben Karten entgegen.

Sie ging zurück zum Stuhl und setzte sich in das gleißende Scheinwerferlicht. „In Ordnung. Es kann losgehen." Sicherlich konnte sie anderthalb Minuten lang etwas zu diesem Thema sagen, ohne großartig darüber nachdenken zu müssen.

Karen saß da, die Hände schlaff in den Schoß gelegt, und blickte in die Kamera. Sie sprach mit leiser, flacher Stimme: „Der Pantheismus ist kennzeichnend für die meisten antiken Kulturen – der Glaube an mehr als einen Gott, mehr als eine göttliche Ordnung. In den peruanischen Anden ließ sich das Volk der Inkas vor Tausenden von Jahren von einem solchen Glauben leiten; mit seiner Hilfe erklärten sie sich das Unerklärliche." Sie senkte den Blick und begann zu stottern. „Entschuldige, Maggie. Ich habe meinen nächsten Gedanken vergessen. Er ist mir einfach entfallen. Könnten wir noch mal von vorn anfangen?"

„Sicher. Kein Problem. Entspanne dich und versuche es noch einmal." Maggie drückte ihre Augen gegen die Kameralinse. „Fang einfach irgendwann an."

Noch einmal setzte Karen an, und wieder scheiterte sie, bevor die Kamera mehr als ein paar Sekunden gelaufen war.

Oh Gott! Ich kann es nicht schaffen, dachte sie. Die Verzweiflung ließ heiße Tränen in ihren Augenwinkeln aufscheinen. Sie fuhr sich leicht mit einem Finger über die Wange, um sich zu versichern, daß sich noch keine Träne gezeigt hatte, dann versuchte sie noch einmal, vor der laufenden Kamera den Gedanken zum Ausdruck zu bringen, der ihr so vertraut war.

Wieder scheiterte sie. Vor lauter Panik, Frustration und Verlegenheit flossen ihr die Tränen in Strömen über die Wangen.

Maggie kam schnell hinter der Kamera hervor und warf die Arme um Karens bebende Schultern. „Oh, du Liebe, das ist doch nicht schlimm." Sie nahm sie fest in die Arme und rieb ihr zärtlich mit der Hand über den Rücken. „Vielleicht ist das jetzt gerade nicht die richtige Zeit für dich. Wir können es morgen noch einmal versuchen, wenn du ausgeruhter bist. Hey, jeder schmeißt es hin und wieder – du solltest einmal all die vielen Meter Band sehen, die bei uns auf dem Boden des Schneideraums enden."

Karen lehnte sich leicht gegen den starken Körper Maggies, doch sie war nicht in der Lage, den Tränenfluß zu stoppen. Ein salziger nasser Fleck durchtränkte Maggies buntes Flanellhemd. Jetzt sah Maggie wirklich besorgt aus. Sicherlich hatte sie nicht damit gerechnet, hier diese geistesabwesende Frau vorzufinden, die sich an ihrer Schulter ausweinte. Die Karen, die sie kannte, war lebhaft und dynamisch gewesen, eine selbstsichere Frau mit einer Ausstrahlung von Souveränität und rascher Intelligenz.

„Warum ruhst du dich nicht ein wenig aus? Ich kann nach dem Abendessen sehen. Du sieht aus, als ob du dich hinlegen solltest. Allmählich denke ich, du warst kränker als du mir verraten willst." Maggie drückte sie und streichelte ihr eine Haarsträhne aus dem Gesicht.

Karen schreckte instinktiv vor dem Gedanken zurück, sich hinzulegen und zu schlafen. „Nein", sagte sie, mit etwas zu viel Nachdruck. „Nein, ich werde hier mit dir am Kamin sitzen bleiben. Es ist mir nicht danach, mich hinzulegen. Bitte komm her und setz dich zu mir."

Langsam beruhigte Karen sich wieder, freute sich am leichten Druck von Maggies Hand in der ihren. Es war so schön, sie hier zu haben. Wenn nur die Lustlosigkeit und Traurigkeit von ihr weichen wollte . . .

„Habe ich schon erwähnt, daß Walter mir hier einen kurzen Besuch abgestattet hat?" fragte Karen, ihren Blick auf das Feuer gerichtet.

„Nein, ich glaube nicht", antwortete Maggie.

Karen fragte sich, ob das leichte Zittern, das sie in Maggies Hand zu spüren meinte, als sie Walters Namen nannte, Wirklichkeit war, oder ob sie es sich nur einbildete. „Wir werden uns nicht mehr sehen." Fast tonlos kamen ihr die Worte über die Lippen, ohne jedes Bedauern. Während sie sprach, drehte sie sich halb zu Maggie um.

Maggies Augen weiteten sich, und obwohl ihre Gesichtszüge unbewegt blieben, flackerte etwas in ihren Augen auf. „Was ist passiert?" fragte sie. Ihre Stimme hatte den gleichen Tonfall wie vorher.

„Es ist nicht mehr dasselbe wie früher. Ich glaube, irgendwie habe ich ihn einfach hinter mir gelassen. Und in letzter Zeit denke ich imme stärker, es sollte mehr, sehr viel mehr zwischen Menschen möglich sein."

Maggie griff das Stichwort vorsichtig auf. „Du meinst, seit all das zwischen uns geschehen ist?“

„Um ehrlich zu sein, ja.“ Karen stand auf und schritt rasch hinüber zum Fenster, umfaßte sich fest mit den Armen, bevor sie weitersprach. „Zumindest habe ich gesehen, was sonst noch möglich ist; wieviel mehr es bedeuten kann, wenn Gefühle wirklich stark sind . . .“ Karen rieb sich mit den Fingerspitzen fest über die Stirn. „Wie du weißt, hatte ich damit im Alltag eine schwere Zeit, doch zumindest weiß ich jetzt, wie es ist, wenn . . . ach, wenn man alles haben kann.“

Sobald ihr die Worte über die Lippen gekommen waren, bedauerte sie, das gesagt zu haben. Es war nicht in Ordnung, Maggie etwas vorzumachen. Denn sie hatte ja keine Ahnung, ob sie ihr Leben so verändern könnte, daß es einen Platz für Maggie darin gäbe. Außerdem hörte sie im selben Augenblick, als sie die Worte aussprach, wieder die raschelnden Fußtritte und spürte, wie die Luft kühler wurde.

Karen wandte sich um und blickte in Maggies Gesicht, forschte darin nach Anzeichen dafür, ob Maggie wohl die Geräusche und den eiskalten Luftzug auch bemerkt hatte. Offensichtlich hatte sie das nicht, denn ihr Gesichtsausdruck, in dem sich der flackernde Feuerschein spiegelte, war weich und ungetrübt.

„Es gibt noch so viel, das ich herausfinden muß“, fuhr Karen fort. „Wahrscheinlich hätte ich das Ganze gar nicht ansprechen sollen. Tut mir leid, Maggie. Können wir bitte jetzt das Thema wechseln?“ Karen durchquerte den Raum und wollte in die Küche gehen. „Etta wird jede Minute hier sein.“

Maggie fing Karen an der Küchentür ab und legte ihr die Hände auf die Schultern. „Ich glaube, du weißt, was ich für dich empfinde. Aber ich werde dich nicht in etwas hineindrängen, mit dem du nicht glücklich bist. Ich weiß, das Ganze muß sehr schwer für dich sein.“ Maggie zog Karen einen kurzen Moment lang an sich. „Und jetzt komm, laß uns mal nach dem Braten sehen.“

Doch Karen legte die Arme um Maggies Taille. „Halt mich bitte fest, nur eine Minute, Maggie. Ich bin so durcheinander . . . und ich habe solch Angst.“

Sie hielten einander umschlungen, Karen drückte den Kopf fest an Maggies Schulter. Hinter ihr im Wohnzimmer hörte Karen das Rascheln, und dann das Geräusch von Ettas Jeep, der die Auffahrt hinaufkam.

Das Rascheln hörte sofort auf, als Etta durch die Tür trat.

„Guten Abend allerseits", grüßte sie.

Maggie grinste breit, dreht sich herum und ging auf Etta Cavendish zu. Sie nahm ihr die große Salatschüssel aus der Hand, und ohne Zögern begannen die beiden, sich wie alte Freundinnen zu unterhalten.

Karen trat ein wenig beiseite und beobachtete, wie die beiden Frauen Hand in Hand arbeitend die letzten Vorbereitungen für das Abendessen trafen und den Tisch deckten.

„Sie setzen sich hier auf den Stuhl und ruhen sich aus. Wir machen das schon", ordnete Etta an, als Karen ihre Hilfe anbot. „Sie sehen immer noch so spitz um die Nase aus. Finden Sie nicht, Maggie?" Maggie nickte zustimmend. „Sieht aus, als ob Ihre Freundin sich in Küchen sehr gut zurechtfindet", fuhr Etta fort. „Ich glaube, zu zweit werden wir das schon schaffen." Sie zwinkerte und nickte Maggie zu, und sie nahmen ihre schwungvolle Aktivität wieder auf.

Karen sah ihnen bei der Arbeit zu. Maggie zog ein Blech mit selbstgebackenen Brötchen aus dem Ofen. Etta tranchierte fachmännisch das Fleisch. Karen wußte beim Zusehen, daß ihr diese beiden Frauen wahrscheinlich mehr bedeuteten als alle anderen Menschen, die sie kannte, obwohl sie die beiden erst vor wenigen Wochen oder Monaten kennengelernt hatte. Dieser Gedanke und die seltsamen, grundlegenden Veränderungen in ihrem Leben wühlten sie auf.

Karen stocherte in ihrem Essen und kaute langsam. Es war köstlich; das Roastbeef war innen noch rosa und außen knusprig braun, und Ettas selbstgebackene Hefebrötchen zergingen auf der Zunge. Dennoch war sie nicht besonders hungrig und mußte sich zum Essen zwingen.

Maggie erzählte Geschichten über ihre Tage in Hollywood: wie es gewesen war, ein Starlet zu sein, das sich den Lebensunterhalt als Kellnerin in einem Doughnut-Café verdiente. Ein schwerwiegender Widerspruch, wie sie betonte. Einmal hatte sie immerhin einen Werbespot aufgenommen. Es gelang ihr, Millionen von Menschen vor den Fernsehschirmen zu demonstrieren, daß ein bestimmtes Deodorant ihr Polohemd den ganzen Tag fleckenlos sauber und trocken gehalten hatte.

„Sind alle fertig mit essen?“ fragte Etta schließlich gut gelaunt. „Ich schenke uns noch Kaffee ein, und warum gehen wir dann nicht hinüber ins Wohnzimmer?“

Als Etta in den Raum trat und die ganze Filmausrüstung sah, blieb sie wie angewurzelt stehen. „Um Himmels Willen, was ist das denn?“

„Hat Karen Ihnen das nicht erklärt?“ Maggie erläuterte das Filmprojekt und das Unglück, das der einen Filmrolle zugestoßen war. Etta wollte alles genau wissen – was es mit den Scheinwerfern auf sich hatte, wie die Kamera funktionierte – und Maggie erklärte ihr alles voller Begeisterung. Karen sah ihnen zu und lächelte, als Etta die Kamera auf dem Stativ herumschwenkte. Sie sah wirklich so aus, als verstünde sie schon etwas von der Sache.

Sie selbst fühlte sich eindeutig besser und sicherer in der Gegenwart ihrer Freundinnen. Seit Etta gekommen war, hatte sie nur die gewöhnlichen Geräusche des Abendessens und ihrer Unterhaltung gehört, keine Fußtritte, die von irgendwoher im Haus herüberklangen. Das zentnerschwere Gewicht, das ihr seit Tagen auf der Brust gelegen hatte, schien sich aufgelöst zu haben.

„Unterbreche ich Ihr Vorhaben heute abend?“ fragte Etta. „Lassen Sie sich durch mich nicht von der Arbeit abhalten.“

„Wir haben überlegt, die Szene morgen zu drehen, wenn Karen sich ein bißchen ausgeruhter fühlt“, sagte Maggie.

Karen sah Etta an, dann Maggie. Es ging ihr inzwischen wirklich besser, sehr viel besser sogar. Sie konnte beinahe fühlen, wie die Stärke der beiden Frauen in sie hineinströmte und sie wieder aufbaute. Vielleicht konnte sie es sogar jetzt machen. „Wißt ihr, es gibt nichts Besseres als ein gutes Essen und nette Gesellschaft. Ich fühle mich schon sehr viel besser als heute nachmittag. Wir könnten es noch mal versuchen. Dann haben wir morgen den ganzen Tag für uns.“

Maggie richtete die Scheinwerfer wieder neu aus; Etta spielte die Zuschauerin und zog sich auf einen Sessel am Kamin zurück. Karen setzte sich wieder in das gleißende Licht, zupfte den Kragen ihrer

Bluse unter ihrem roten Pullover zurecht und zwang sich, nur an das zu denken, was sie gleich sagen wollte. Sie konnte spüren, wie Ettas warmherziger Blick auf ihr ruhte, und erwiderte Maggies aufmunterndes Grinsen mit einem schwachen, aber ehrlichen kleinen Lächeln. Wenn es jemals gelingt, daß das, was ich sagen will, richtig herauskommt, dachte sie, dann muß es jetzt sein. Sie verschränkte die Hände über dem Schwarm Schmetterlinge in ihrem Magen.

„Nur los, wann immer du soweit bist", sagte Maggie hinter der Kamera hervor.

Karen sah noch einmal zu Etta hinüber, dann blickte sie direkt in die Kamera und begann zu sprechen. Wie durch ein Wunder, über das sie weder nachdachte noch es in Frage stellte, kamen ihr die Worte leicht über die Lippen. Gedanken, die vorher verstreut und fragmentarisch geblieben waren, fügten sich zusammen zu einem scharfsinnig treffenden Kommentar. Die Kamera surrte leise, und Karen sprach ohne Pause und ohne zu zögern, unterstrich manche Äußerungen mit lebhafter Mimik und Gestik.

Als es vorbei war, ließ sie ihre Schultern fallen und sank in ihren Sessel. Sie sah, wie Maggie strahlend den Daumen nach oben reckte, und eine Träne der Erleichterung rollte ihr über die Wange. Maggie packte sie und wirbelte sie herum, während Etta von der Seite her applaudierte.

Vor dem Kamin unterhielten sie sich noch eine Zeitlang; es war die sanfte Unterhaltung von Freundinnen an einem Winterabend. Jemand von ihnen erwähnte Weihnachten, und allen fiel auf, daß die Feiertage schon bald kommen würden.

„Was haben Sie an Weihnachten vor?" fragte Etta, wobei sie beide ansah, vor allem aber Karen. Beide antworteten schulterzuckend mit nach oben geöffneten Handflächen.

„Ich habe noch nichts Besonderes vor", sagte Karen und lehnte sich vor, um im Feuer zu stochern.

„Ich auch nicht", echote Maggie. „Außerdem mache ich meine Pläne immer sehr spät. Irgend etwas ergibt sich immer."

„Wir haben hier in Pelham Falls jedes Jahr eine besondere Feier", bemerkte Etta, „alle kommen hier aus diesem Anlaß zusammen. Manche bereiten sich ein halbes Jahr lang nur auf das Weihnachtsspiel vor. Und das lohnt sich auch, kann ich Ihnen sagen, es ist immer richtig nett." Etta lächelte die beiden jüngeren Frauen an. „Vielleicht können Sie beide es einrichten, dabeizusein."

Maggie blickte Karen an, offensichtlich wartete sie darauf, daß diese zuerst antwortete.

„Ja, ich glaube, das würde mir viel Freude machen", sagte Karen, sah dabei Maggie an und lächelte.

„Offen gesagt, klingt das besser als alles, was bei uns in der Stadt los sein könnte", fügte Maggie hinzu. „Ich würde gern dabeisein. Weihnachten in Neuengland auf dem Lande, das klingt romantisch. Was für eine Art von Weihnachtsspiel ist das denn?"

Etta lachte kurz auf und begann, ihnen den Umzug durch die Straßen von Pelham Falls zu schildern: Maria und Josef auf einem Esel, der Engelschor auf dem Balkon des Gutshofes, die Prozession der Leute aus dem Ort dahinter, die vor Mr. Cutters Scheune endete, wo alle dann Weihnachtslieder sangen.

„Ich halte es nicht besonders mit der Kirche", fuhr Etta fort, „aber es ist doch immer nett, mit wohlmeinenden Leuten zusammenzusein, die ein traditionelles Fest feiern. Ich glaube, Sie werden es recht unterhaltsam finden."

Als die Rede auf den Abwasch kam, der sich in der Küche stapelte, redeten Etta und Maggie auf Karen ein, sie solle am Feuer sitzen bleiben und sich ausruhen. Ohne großen Widerstand willigte Karen ein. Sie merkte, wie eine große Müdigkeit sich in ihr ausbreitete, die sie der Energie zuschrieb, die das Filmen ihr abverlangt hatte.

Sie konnte die beiden Frauen in der Küche rumoren hören, den Klang von Silberbesteck, das in die Schublade einsortiert wird, das Geräusch der zuschlagenden Kühlschranktür, das Summen ihrer Stimmen. Eine Welle der Müdigkeit überrollte sie, und sie war unfähig, dagegen anzukämpfen, zufrieden damit, in ihrem weichen Sessel zu sitzen und den vertrauten, beruhigenden Stimmen zu lauschen. Die Geräusche und Worte begannen, sich in Fetzen aufzulösen, ein Wort hier, ein bruchstückhafter Satz dort, und Karen trieb gefährlich nahe an die Tiefschlafgrenze. Aus der Küche klang Ettas dunkle Stimme herüber ...

Kapitel 7

Etta sagte gerade zu Maggie: „Karen hat mich schon ein paarmal gebeten, ihr zu zeigen, wie der Holzofen funktioniert. Ich glaube, sie würde gerne etwas darin backen. Nur um sagen zu können, daß sie das auch schon mal gemacht hat. Wir sind allerdings noch nicht dazu gekommen."

„Das macht bestimmt Spaß", antwortete Maggie. „Mir übrigens auch. Vielleicht könnten wir sogar morgen Brot backen", fügte sie hinzu, während sie das feuchte Küchenhandtuch über dem Rand des Spülbeckens zum Trocknen aufhängte.

„Ich glaube nicht, daß sie heute abend noch viel aufnehmen kann. Sie sieht erschöpft und ruhebedürftig aus. Vielleicht ein andermal."

„Überhaupt kein Problem. Ich kenne mich mit Holzöfen aus. Ich habe einmal in einem Häuschen einer Freudin in Berkshire Urlaub gemacht. Da bestand die einzige Wärmequelle und gleichzeitig die einzige Kochgelegenheit in einem uralten Holzofen. Unter solchen Umständen, das kann ich Ihnen versichern, habe ich schnell gelernt, damit umzugehen. Ich werde es ihr schon beibringen."

„Ich bin sicher, daß sie sich darüber freuen wird, Maggie. Und da wir gerade von Karen sprechen: Ich hoffe, Sie halten mich nicht für eine, die sich in alles einmischt, aber sie macht mir ein wenig Sorgen. Wie Sie sicher schon bemerkt haben, ist sie zur Zeit nur noch ein Schatten ihrer selbst." Etta lehnte sich gegen die Anrichte und ermunterte Maggie, dasselbe zu tun, statt gleich zu Karen zurückzugehen, die im Wohnzimmer saß und döste.

Maggie nickte und dachte mit leiser Ironie daran, daß sich eine Furcht in ihr gelegt hatte, nur um durch eine andere ersetzt zu werden. Vor Wochen hatte sie keine andere Wahl gehabt – jedenfalls hatte sie es damals so gesehen –, als Karen bedingungslos so viel Zeit und Raum zu lassen, wie sie benötigte. Einmal hatte die Furcht sie überwältigt, und sie hatte Karen angerufen, was ihre Befürchtungen nur noch bestätigte. Gestern nun hatte sie wieder anrufen müssen – und dieses Mal waren ihre Befürchtungen zerstreut worden. Die Erleichterung und Freude, mit Karen zusammen zu sein, wurden jetzt jedoch gedämpft durch diese erneute Befürchtung. „Offen gestanden war das so ziemlich das erste, das ich bemerkt habe, als ich kam", sagte sie zu Etta. „Sie scheint mehr als nur körperlich krank zu sein. Ich habe sie noch nie so – geistesabwesend und zerstreut erlebt. Was ist Ihr Eindruck?"

„Schwer zu sagen. Doch was es auch immer sein mag, eine starke Dosis einer guten Freundschaft kann da nur helfen. Ich bin froh, daß sie hier sind, Maggie, und daß sie Weihnachten wiederkommen werden. Bleiben Sie in der Zwischenzeit mit ihr in Kontakt, ja? Sie ist schrecklich viel allein."

Etta legte ganz leicht den Arm um Maggies Schulter, und gemeinsam gingen sie hinüber ins Wohnzimmer, wo Karen in ihrem Sessel döste. Maggie betrachtete die reglose Gestalt und war erschüttert darüber, wie zerbrechlich, wie todmüde sie aussah, selbst im Schlaf. Weder der warme Feuerschein noch die Farbe ihres Pullovers konnten ihr die fahle Gesichtsfarbe nehmen.

„Kommen Sie, wir bringen sie ins Bett", sagte Etta und ging hinüber zu Karen.

Karen wurde von Ettas Stimme geweckt, setzte sich schnell auf, murmelte eine Entschuldigung und rieb sich die Augen. „Wie lange habe ich geschlafen?"

„Überhaupt nicht lange“, antwortete Maggie. „Komm, wir bringen dich nach oben.“

Sie reichte ihr die Hand, und Karen ergriff sie, erhob sich langsam und folgte ihr. Etta verabschiedete sich, und mit dem Versprechen, am nächsten Tag anzurufen, verschwand sie in der verschneiten Nacht.

Karen sank schwer aufs Bett, kaum daß Maggie die Decken zurückgeschlagen und ihr aus Schuhen und Kleidern geholfen hatte. Als sie sich hingelegt hatte, zog Maggie ihr die Decken bis unters Kinn, packte sie warm ein und strich ihr sanft über eine Augenbraue. Karen ergriff ihre Hand und drückte sie ganz fest. „Maggie, bitte bleib bei mir. Nur bis ich eingeschlafen bin.“

Angezogen, wie sie war, schlüpfte Maggie unter die Decke und schmiegte sich an Karen; zärtlich legte sie einen Arm um sie. „Es ist alles in Ordnung“, flüsterte sie ihr ins Ohr. „Ruh’ dich aus.“

Noch lange nachdem Karen eingeschlafen war, blieb Maggie neben ihr liegen. Abwechselnd tröstete sie die um sich schlagende, stöhnende Frau und starrte auf das mysteriöse Arrangement auf Karens Kommode. Ein Buch, unter der Oberkante abgestützt, zeigte eine verblaßte Daguerreotypie. Neben dem Buch lag ein kleines Bild. Auf der anderen Seite waren noch mehrere ganz kleine Bilder aufgebaut. Im Vordergrund brannte eine große weiße Kerze. Das Bild, das vor dem Buch lag, faszinierte sie am meisten. Was da auf dem cremefarbenen Elfenbein wiedergegeben war, hätte Karens Gesicht sein können. Merkwürdig ist es schon, dachte sie, hier neben Karen zu liegen und auf der anderen Seite des Zimmers ein Bild zu betrachten, das vor langer Zeit entstand und ein Antlitz zeigte, das dem der Frau neben ihr verblüffend ähnlich sah.

Nach der Menge an Wachs zu urteilen, das den Kerzenhalter herabgetropft war, mußte die Flamme schon recht lange brennen. Als sie so die Bilder betrachtete, fuhr ihr gelegentlich ein kalter Schauer über den Arm, und sie fühlte sich in etwas merkwürdig Fremdes hineingezogen, etwas, das sie nicht so recht verstand. Sie hielt Karen fest und starrte unverwandt hinüber, bis sie nach einiger Zeit beinahe hypnotisiert war von den Bildern. Es war, als ob sie mehr Licht reflektierten als nur den flackernden Kerzenschein; sie schienen seltsam auf und ab zu zucken, was ihr vorkam wie die abgehackten Bewegungen eines Stummfilms. Eines surrealistischen und unheimlichen Filmes, da war sich Maggie sicher, und umarmte Karen noch etwas fester.

Als Karen sich immer weiter herumwarf und stöhnte, fragte sich Maggie, ob ihre Freundin sich wohl besser entspannen könnte, wenn sie sie im Bett alleine ließ. Das einem Altar ähnliche Arrangement auf der Kommode regte sie auf, ohne daß sie hätte sagen können, warum. Vorsichtig löste sie sich von Karen und stand auf, blies die Kerze aus und ging auf Zehenspitzen über den Flur zu ihrem Zimmer hinüber. Gegen Morgen fiel sie in einen leichten Schlaf.

* * * * *

Karen war schon lange in ihre eigene Welt hinabgestiegen. Eine Welt, die diesmal unendlich dunkel war, die tiefe Felsspalten enthielt, in die sie hineinspähte, ohne etwas erkennen zu können. Sie hatte sich verirrt – verirrt in einer eiskalten Höhle voll verwirrender Gänge und sich bedrohlich auftürmender Wände. Sie sprang auf den Boden, der sie wie ein Trampolin hoch in den blaugrauen Rauch hinaufschleuderte, den sie mit den Augen zu durchdringen versuchte. Gleichgültig, wie hoch sie sprang, sie war unfähig, sich über die dichten Wolken zu erheben. Es war, als besäße die Höhle keine Deckenwände, als ob gleich ihr nächster tastender Schritt sie durch zahllose unsichtbare Höhlen schleudern könnte, die sich jenseits des Nebels in die Unendlichkeit hinein fortsetzten. Sie rief, doch nur ein hohles Echo antwortete ihr. Der Modergeruch hing wieder in der Luft, und sie versuchte, ihm zu folgen, doch er führte sie hinunter durch enge Tunnel und dunkle Nebengänge und löste sich dann in nichts auf, so daß sie unschlüssig dastand und überlegte, in welche Richtung sie sich als nächstes orientieren sollte.

Etwas begann, ihr durch die Höhlengänge zu folgen. Ein dröhnendes Klopfen, das wild von den zerklüfteten Wänden widerhallte. Ihr taten die Beine weh, und sie setzte sich auf einen Stein, um sich die schmerzenden Füße zu massieren und wieder den Namen zu rufen. Sie hielt den Atem an, um die Antwort, und sei sie noch so leise geflüstert, zu erahnen, und stellte fest, daß das laute Klopfen ihr eigener wilder Herzschlag war.

Wasser tropfte irgendwo langsam von den Wänden. Sie neigte den Kopf in die schwarze Stille, konnte jedoch keinen Laut hören. Sie war müde und voller Angst und wollte zurückgehen. Doch wohin zurück? Und welcher Weg würde dorthin führen?

Dann wußte sie plötzlich, ohne sich umzudrehen, daß sie nicht allein war, daß Blessing gekommen war. Sie konnte den kalten Druck einer Hand auf ihrer Schulter spüren. Die blauen Kristalle flogen an ihren Wangen entlang; in ihnen enthalten waren Blessings Worte *Du darfst mich nicht verlassen.* Die kalten Finger bohrten sich tief in ihre Schulter.

„Oh, das werde ich nie, niemals. Ich bin so froh, daß du gekommen bist. Ich habe mich so verloren gefühlt!" Sie warf sich herum, auf die Frau zu, doch diese streckte ihre zarten Arme aus und hielt sie auf Abstand.

Denke an dein Versprechen, zischte die Gestalt. *Mein Herz wird dich immer finden.*

Eiskalte Finger gruben sich wieder in Karens Arm. *Wir werden immer zusammen sein,* zischte sie wieder. *Diesmal kann kein Tod, keine Zeit und Ewigkeit meine Liebe aufhalten. Meine Liebe hat mich getragen und wird uns jetzt beide tragen, in eine Welt ohne Tod, in der wir auf ewig zusammensein können.*

Blessings hungrige Augen funkelten; leicht hätten sie die grotesken Eisformen schmelzen können, die von den Höhlenwänden herabhingen. Karen hatte sie noch nie so erlebt, so drängend und unnahbar zugleich, mit einem solchen getriebenen, fragenden Blick.

„Ja." Karen hörte, wie sich der Laut, von tief innen kommend, ihrer Kehle entrang und als einziges Stöhnen aus ihrem Mund kam. „Ja. Für immer."

Dann, endlich, zog Blessing sie an ihre kalte Brust und umarmte sie fest. In diesem Augenblick wußte Karen, sie könnte vor Erleichterung sterben. Blessing streckte die Hand aus, um eine Träne auf Karens Wange zu trocknen, doch unter ihrer eisige Berührung gefror der Tropfen zu einem glitzernden Kristall. Glücklich nahm Karen ihre Hand, und sie entkamen der kalten, leeren Höhle.

Sie flogen an einen hochgelegenen, luftlosen Ort, wo sie sich liebten, ohne sich zu berühren, wo ihre Körper sich aneinander klammerten und sich umeinander wanden, ohne miteinander zu verschmelzen, wo Karens Körper in eine Decke heißer Sterne gehüllt wurde. Sie sah, daß auch Blessing sich verzehrte, und der Anblick trieb Karen noch höher, in jedem einzelnen Augenblick zog sich ihr Körper zusammen und entspannte sich wieder. Als brennendes durchsichtiges Weiß trieben sie, schwangen sich in die Lüfte, taumelten und stiegen wieder, bis sie völlig erschöpft auf die Erde und auf das kleine, karge Bauernhaus am Meer hinuntertrieben.

* * * * *

Da waren Geräusche. Ein Knallen und Schlagen. Grausam laute Geräusche, die Karen gegen ihren Willen in ihre Richtung zogen. Langsam stolperte sie durch den schweren Nebel auf das Geräusch zu, verwirrt und ärgerlich. Je näher sie an den äußeren Rand des Nebels kam, desto lauter wurde das Klirren. Schließlich durchbrach sie die Grenze.

Sie lag quer in ihrem eigenen Bett, mitten in völlig zerwühlten Decken und Laken. Das Geräusch drang von unten herauf. Es war ein vertrautes Geräusch, und sie lag noch einige Augenblicke still und versuchte, es einzuordnen. Eine Pfanne. Das Geräusch einer Pfanne, die auf den Herd gestellt wird, und dann ein anderer Klang, wie wenn eine Ofentür geschlossen wird. Es dauerte noch einige Sekunden, bis sie sich daran erinnerte, daß Maggie hier war, daß sie diese Geräusche machte, daß sie unten irgend etwas zu essen vorbereitete. Karen setzte sich auf. Sie fühlte sich schwach, versuchte, ihren Traum von sich zu schieben und sich zu versichern, daß es ein freundlicher Morgen war, ohne Schnee, daß ihr der Duft von Kaffee und frischen Brötchen in die Nase stieg.

Sie warf den Morgenmantel über, schlüpfte in ihre Pantoffeln; und einen Augenblick später stand sie blinzelnd in der Küchentür. Maggie drehte sich zu ihr um, begrüßte sie mit einem vergnügten „Hallo“ und reichte ihr eine Tasse frischen Kaffee. „Das Frühstück steht schon beinahe auf dem Tisch. Hier, setz’ dich.“ Maggie zog einen Stuhl herbei und zerzauste Karens Haar, als diese sich gehorsam hinsetzte und laut ihren Kaffee schlürfte.

„Wie spät ist es?“ fragte Karen.

„Kurz vor halb zwölf, du kleine Schlafmütze. Du hast dich da oben ganz schön herumgequält. Dachte schon, du wachst nie mehr auf", Maggie lächelte und drückte ihr einen schnellen Kuß auf den Kopf, „wie geht es dir, oder kannst du das noch gar nicht sagen?"

„Laß' mich noch ein paar Schlucke von diesem Kaffee trinken, bevor ich eine Antwort versuche." Sie schenkte Maggie ein schwaches Lächeln und tauchte die Lippen wieder in den Becher.

Maggie stellte ein köstliches Frühstück vor sie hin: ein duftig lockeres Omelette, dicke englische Milchbrötchen, eine kleine Schüssel Blaubeerkonfitüre. Karen versuchte alles, um das Essen im Magen zu behalten, und noch stärker rang sie mit sich, den Traum ins Unbewußte zu verdrängen. Er ließ sich zum Schweigen bringen, wartete jedoch an einem anderen Ort auf sie.

„Weißt du, ich habe eine Idee", sagte Maggie. „Laß' uns heute doch mal versuchen, in deinem Holzofen Brot zu backen. Etta hat mir verraten, daß du es ausprobieren wolltest, und wie es das Schicksal so will, bin ich genau die richtige Person, dir den Umgang mit dem Ofen beizubringen." Sie stellte die Teller ins Waschbecken und wandte sich zu Karen um, die immer noch über den Tisch gebeugt dasaß. „Was hältst du davon? Hast du alles da, was man dazu braucht?"

Karen war dankbar für diesen Vorschlag. Ihr Bedürfnis nach Ablenkung war immens und wurde immer stärker, je mehr sie darüber nachdachte. Wenn es zu viele Pausen in ihren Gesprächen oder in der einfachen Handlung des Essens gab, fühlte sie sich zurückgezogen zu der hochfliegenden Sinnlichkeit ihrer anderen Welt, oder, noch schlimmer, hinuntergezogen in die einsame, leere Höhlenwelt.

Als Maggie zum Tisch zurückkam und sich neben sie setzte, dachte Karen: Aber es ist nur ein Traum, nicht wahr? und verstärkte diesen Gedanken, indem sie ihre Hand auf Maggies legte. „Es tut mir leid, wenn ich mich heute morgen immer noch etwas daneben fühle. Was ich als erstes brauche, ist eine heiße Dusche." Und fügte hinzu: „Ich bin wirklich froh, daß du da bist, Maggie."

Karen drückte ihr leicht die Hand und erhob sich, um auf die Treppe zuzugehen. „Ich glaube, die Idee mit dem Brotbacken ist geradezu ideal für einen Tag wie heute. Komme gleich wieder." Sie schaffte es, Maggie im Hinausgehen ein kleines Lächeln zu schenken. Es stimmte tatsächlich nur allzu sehr, daß sie eine heiße Dusche brauchte. Sie konnte sich selbst riechen, den Liebesduft und deutlich auch den Modergeruch ihrer Geliebten.

Oben unter der siedend heißen Dusche schrubbte sie sich gründlich und versuchte, den penetranten Geruch aus Haut und Haaren zu bannen. Die heißen Nadelstiche des Wassers, so hoffte sie, würden sie wecken und sie endgültig in diese Welt zurückholen – eine Welt, in der Maggie unten auf sie wartete. Die liebe, süße Maggie, die gerade den Schamott und den Rauchabzug des alten Ofens inspizierte, die ihr Wärme und Fürsorglichkeit bot, und sogar die Aussicht auf selbstgebackenes Brot.

Als sie herunterkam, hatte Maggie bereits sämtliche Vorbereitungen getroffen. „Ich habe alles durchgesehen", sagte sie, „so weit ich erkennen kann, ist alles in Ordnung."

Karen stellte sich neben sie, und Maggie begann, ihr die verschiedenen Teile des Ofens in ihrer Funktion zu erklären. „Worauf es ankommt, ist, dafür zu sorgen, daß das Feuer immer gleichmäßig brennt, damit alles, was du in den Ofen schiebst, eine gleichmäßige Hitze abbekommt."

Maggie demonstrierte, wie man das Feuerholz richtig aufhäuft, und Karen blickte ihr über die Schulter, wobei ihr erschreckt bewußt wurde, daß der durchdringende Geruch auch nach der Dusche noch an ihr haftete. Unruhe schien sich wie ein dickes Tuch über sie zu breiten, und sie brauchte all ihre Kraft, um es beiseite zu schieben. Sie konnte beinahe hören, wie die Stimme in ihrem Ohr flüsterte *Es wird keine anderen geben.*

Sie lehnte sich gegen Maggie, einerseits um das Geschehen besser verfolgen zu können und mindestens ebenso, um eine Stütze in ihr zu finden.

„Ich glaube, der Augenblick der Wahrheit ist gekommen. Wo sind deine Streichhölzer?"

Karen reichte sie ihr, dann setzte sie sich an den Tisch und beobachtete ihre Freundin, ihre zitternden Hände in den Schoß gelegt. Der Geruch wurde überwältigend, doch falls Maggie ihn bemerkte, ließ sie sich jedenfalls nichts anmerken. Maggie strich ein Streichholz an der Zündfläche an, hielt das brennende Streichholz an das Papier und das Reisig unter dem Holz.

„Wenn das Feuer brennt, dauert es trotzdem noch eine ganze Zeit, bis der Ofen heiß genug ist, daß man darin backen kann." Maggie blies in das knisternde Reisig und erhob sich.

Karen saß einen unendlichen Augenblick des Schreckens lang unbewegt da, als eine mächtige Explosion den Raum erschütterte. Riesige Flammen durchzuckten die Küche, Feuersäulen schossen aus dem Herd, das Ofenrohr hinauf zur Decke.

Durch den Qualm konnte Karen erkennen, daß Maggies Haare in Flammen standen. Sie stürzte sich auf sie, warf ihr ein Küchentuch über den Kopf und zog sie zur Tür und hinaus in Sicherheit.

„Bist du in Ordnung?" überschrie Karen das brüllende Inferno. „Oh, mein Gott, Maggie. Ist alles in Ordnung?"

„Ja, mit mir ist alles in Ordnung. Hol Wasser", keuchte Maggie.

Hustend, ihr Gesicht mit den Armen schützend, rannten sie zurück in den verqualmten Raum und auf das Waschbecken zu, wo sie Wasser in die Kochtöpfe füllten. Plötzlich hielten sie mitten in der Bewegung inne und blieben sie angewurzelt stehen. Das Feuer war erloschen, so schnell, wie es begonnen hatte. Kleine Rauchfähnchen ringelten sich noch um den Ofen, doch das Feuer war vollständig erloschen.

Vorsichtig ging Maggie zum Ofen hinüber und trat die Tür zur Feuerkiste auf. Es war erkennbar, daß die wenigen Holzstücke, die sie hineingelegt hatte, kaum angesengt waren; darunter lagen noch ein oder zwei kleine Zweige, die noch gar nicht gebrannt hatten.

„Was zum Teufel –" begann Maggie flüsternd, mit vor Schreck bebender Stimme. Sie starrte mit offenem Mund auf den Ofen und das Ofenrohr hinauf zur rußgeschwärzten Decke. „Das kann einfach nicht wahr sein. Ich habe alles nachgesehen. Außerdem war gar nicht genug Holz da für so ein großes Feuer."

Sie saß schlotternd am Küchentisch, und jetzt konnte Karen erkennen, daß sie verletzt war. Direkt unter dem Haaransatz war eine feuerrote Brandwunde, die sich halb über ihre Wange erstreckte. Als Karen näherrückte, konnte sie den Geruch von versengtem Haar riechen und sah die verbrannten Locken wie kleine graue Drähte an der einen Seite von Maggies Kopf abstehen.

Verzweifelt versuchte Karen, sich daran zu erinnern, was bei Verbrennungen zu tun sei. „Eis", sagte sie laut vor sich hin und rannte zum Kühlschrank. Sie leerte Eiswürfel in eine Schüssel und begann, sie auf Maggies Wange zu pressen. „Mein Gott, es tut mir so leid. Oh Maggie. Tut es sehr weh?"

„Ein bißchen. Aber es ist nicht so schlimm. Das wird nichts weiter als Brandblasen geben, wie ein starker Sonnenbrand – ich bin schnell beiseite gesprungen, als die Flammen aus dem Ofen schossen. Nur gut, daß ich mich schon aufgerichtet hatte. Ich kann das nicht begreifen. Wie konnte das passieren?"

„Ich weiß es auch nicht", sagte Karen schnell und hielt sich mühsam zurück, um nicht hinzuzufügen: Ich hatte schon Angst, daß so etwas geschehen könnte.

Es mußte ein Unfall gewesen sein. Ein seltsamer Unfall, sicherlich, aber doch ein Unfall. Nur weil sie es sich nicht erklären konnte, bedeutete das noch lange nicht, daß es kein Unfall war. Oh bitte, lieber Gott, mach, daß es ein Unfall war.

Sie zog Maggies unversehrte Gesichtshälfte an die Brust und wiegte sie vorsichtig. Sie glaubte, das Rascheln wieder zu hören, und legte instinktiv eine Hand über Maggies Ohr. War es denn möglich, daß sie dieses Geräusch unmittelbar bevor die Flammen aus dem Ofen geschossen waren, direkt in dessen Nähe gehört hatte? Sie schüttelte den Kopf. Nein, unmöglich. Sie hatte das nicht gehört, konnte es nicht gehört haben.

Es gab wenig andere Möglichkeiten, als weiterzumachen, wie sie den Tag geplant hatten. Maggies Besuch würde morgen früh zu Ende sein, sie würde nach Boston zurückkehren, in jene weit entfernte Welt, an die sich Karen kaum noch erinnern konnte. Selbst als sie dasaß und Maggies Kopf an ihrer Brust wiegte, konnte sie fühlen, wie die Brücke zwischen ihrer Welt und jener anderen um sie herum zusammenbrach. Jetzt aber, hier in dieser flüchtigen und zerbrechlichen Gegenwart, hatte sie Maggie bei sich, und einen Tag vor sich, an dem sie versuchen mußte, sich noch einige wenige Stunden an das schwankende Geländer dieser Brücke zu klammern.

* * * * *

Es war ein strahlend schöner Tag. Eine leuchtend helle Sonne hing am wolkenlosen Himmel und schien auf das makellose Weiß des frisch gefallenen Schnees. Nicht die leichteste Brise bewegte die

Zweige, die Bäume standen wie gefrorene Torwächter in der hellen Stille. Maggie hatte ihre Kamera mitgebracht, und Karen kannte einen schönen Weg an der Küste entlang und eine malerische Hängebrücke, die sich sehr gut für Fotos eignete.

Bald rumpelten sie in Maggies Auto die Küste entlang, umfuhren vorsichtig einige Schlaglöcher, um mitten im nächsten zu landen. Je weiter sie sich vom Haus entfernten, desto mehr spürte Karen, wie sie sich entspannte. Die Knoten der Anspannung, die sich in ihren Schultern und ihrem Magen zusammengeballt hatten, gaben nach und lösten sich auf, und zum ersten Mal seit Tagen waren ihre Kopfschmerzen verschwunden. Oft hielt Maggie den Wagen an und lief hinaus, um ein Bild der Landschaft einzufangen, die ihr so gut gefiel, und nur dann konnte Karen die Verbrennungen in ihrem Gesicht und die versengten Haare erkennen. Im Auto sah sie eine unverletzte Maggie, und jedesmal, wenn sie sie ansah, spürte sie, wie ihr Herz schneller schlug.

Sie bogen von der Küstenstraße ab auf eine kleine Nebenstraße, die zu der Hängebrücke führte. Der Weg wurde immer enger und schlüpfriger, und nach einiger Zeit stellten sie fest, daß es gefährlich wäre, die Fahrt fortzusetzen. Also stellten sie den Wagen an einer breiten Stelle des Weges ab und gingen die letzten paar hundert Meter zu Fuß weiter. Die kalte Luft schlug Karen ins Gesicht, bis sich ihre Haut wie taub anfühlte, doch gerade das gefiel ihr; es war, als ob die reine, klare Luft ihr den ganzen Schlamm ihres Unbehagens von der Seele kratzte. Hier auf dieser kurvigen einsamen Straße wäre es gut zu reden, die Wände aus unausgesprochenen Worten niederzureißen.

Sie schob ihren Arm durch Maggies, und nicht einmal der dicke Parkastoff konnte das wohlig warme Vergnügen einer solch einfachen Geste kaschieren. Sie gingen schweigend eine Zeitlang weiter, unter ihren Stiefeln knirschte der Schnee. Sie liefen im gleichen Schritt eng aneinandergeschmiegt, und Karen war in diesem Augenblick zufrieden, genau dies tun zu können. Es roch nach Kiefernwäldern und ganz schwach nach Kaminfeuer; weißer Dampf aus ihren Mündern trieb vor ihnen her.

Sie kamen um eine Kurve auf die Brücke zu, deren verwitterte graue Holzplanken sich über einen zugefrorenen Fluß spannten. Sie bewunderten ihren Aufbau, wie viele Winter sie schon durchgehalten hatte, schnee- und eisbedeckt, ohne durchzuhängen oder auch nur müde und reparaturbedürftig zu wirken. Im Frühling würde der Schnee schmelzen und der Fluß wieder fließen, und die mit Holzpflöcken befestigten Träger und die handbehauenen Balken würden in der warmen Sonne glänzen.

Maggie schoß Fotos aus jeder Perspektive, kletterte sogar auf schlüpfrige Felsen dicht neben den Holzplanken, um deren massive Unterseite zu fotografieren. Sie nahm Karen bei der Hand, und sie betraten die Brücke. Strahlendes Sonnenlicht beleuchtete die beiden Brückenenden, in der Mitte war es dunkel. Ihre Schritte auf den Holzbalken hallten durch die kleine Schlucht und brachen sich an den dunklen, verwitterten Wänden. Sie betraten den hellen Lichtkegel am Endc dcr Brücke und blinzelten ins grelle Sonnenlicht.

Maggie räusperte sich. „Äh, Karen, könnten wir wohl noch mal darüber sprechen, was da passiert ist? Ich meine mit dem Ofen. Ich komme einfach nicht darüber hinweg, das Ganze war so – unheimlich. Es geschah alles so schnell, und ich kann bis jetzt noch nicht erkennen, wieso es überhaupt geschehen ist. Es ist gespenstisch, Karen. Ist dir so etwas schon einmal passiert?"

Karen zog ihre Hand aus Maggies und schob sie mit einer raschen Bewegung in die Hosentaschen. „Nein. Natürlich nicht. Wie ich schon sagte, ich habe ihn nie zuvor benutzt –"

„Ich meine nicht den Ofen. Ich meine, ob du überhaupt irgend etwas bemerkt hast – das du ungewöhnlich findest oder dir nicht erklären kannst."

Sie blieben stehen. Maggie drehte Karen zu sich um. Karen spürte die Kälte wie einen sauberen Stich, fühlte, wie eine leichte Brise ihr Haar zerzauste und blickte hinaus über das reine, endlose Weiß in die Richtung ihres Hauses. Es schien sehr weit entfernt. Maggie sah sie durchdringend an und hielt ihren Blick fest, zwang sie, den Blick zu erwidern. Ein leichter Schauer rann Karen durch den Körper, als sie sprach. „Ich weiß nicht viel über solche Dinge, aber – ja, da gab es manches, was ich merkwürdig finde."

„Zum Beispiel?"

„Zum Beispiel Geräusche . . . Zunächst dachte ich, es wären Ratten . . ." Karen brach ab und schlug die Augen nieder.

„Komm schon, Karen“, Maggie knuffte sie leicht. „Sag es mir. Was für Geräusche?“

Karen wiederholte die Geschichte, die sie Etta vor gar nicht so langer Zeit schon einmal erzählt hatte; wieder ließ sie jeden Bezug zu Blessing und ihren Träumen aus. Während sie sprach, wandte sie sich halb von Maggie ab und blickte oft auf den Boden, als ob ihre schräge Körperhaltung den Worten, die sie aussprach, ihre Neigung zum Indirekten verlieh.

„Das war es ungefähr, Maggie“, endete sie, „da gibt es gar nicht viel zuerzählen. Außerdem fallen mir diese Dinge jetzt nur noch selten auf.“ Karen zuckte mit den Schultern. „Schätze, ich habe mich mehr oder weniger an den Gedanken gewöhnt, daß seltsame Dinge um mich herum geschehen, wenn ich im Haus bin. Das Ganze ist überhaupt nicht plausibel“, setzte sie hinzu, „aber wenigstens gutartig.“ Sie hakte sich bei Maggie unter und zwang sie lächelnd, weiterzugehen, die stille Straße entlang.

Maggie fiel neben ihr rasch in den gleichen Schritt. Wenige Augenblicke später fragte sie: „Karen, weißt du, was ein Poltergeist ist?“

„Sicher“. Karen schüttelte leicht den Kopf. „Ich bin bekannt dafür, daß ich ab und zu gerne Fantasy-Romane lese. Am häufigsten ist mir der Begriff jedoch als Phänomen in manchen Kulturen begegnet. Man versteht darunter einen bösen Geist, der gefährlich werden kann, Dinge durch die Luft schleudern oder verschwinden lassen kann –“

„Oder einen Ofen zum Explodieren bringen kann, ohne daß die Menge an Holz darin auch nur einmal richtig gebrannt hat –“

„Ach du liebe Zeit, Maggie, das kann doch nicht dein Ernst sein!“

„Schon gut, schon gut. Ich weiß, das klingt verrückt, aber nimm doch nur mal an, da wäre ein Geist oder so etwas in deinem Haus. Vielleicht bist du dann in Gefahr?! Ich meine, ich glaube wirklich an solche Sachen, an Geräusche in der Nacht und solche Dinge. Das gibt's.“

„Also bitte, was wäre denn, wenn es das wirklich gibt? Ich meine, was könnte ich schon dagegen tun? Schließlich geht es mir gut, oder?“ Das war nun eine Frage, die sie lieber nicht hätte stellen sollen, obwohl Maggie so freundlich war, darauf nicht zu reagieren; offenbar merkte sie, daß es nicht der richtige Moment war, sie frontal anzugehen.

„Sei bloß vorsichtig, bitte. Komische Geräusche und Dinge, die du aus den Augenwinkeln heraus geschehen siehst, mögen harmlos oder sogar interessant sein. Manchmal gibt es dafür auch eine absolut plausible Erklärung." Maggie sah Karen direkt an. „Ich mache mir Sorgen, Karen. Ich weiß, wie sehr du dein Haus liebst, und jeder kann sehen, warum. Es ist auch wirklich wunderschön. Doch offen gesagt, fühle ich mich dort etwas ungemütlich."

„Meinst du nicht, das könnte etwas mit der Situation zwischen uns beiden zu tun haben?" gab Karen brüsk zurück. „Mir wird langsam kalt – könnten wir zum Auto zurückgehen?"

Sie gingen schneller, ohne sich zu berühren. „Es gibt da noch etwas, das ich dich fragen wollte", sagte Maggie, sah Karen an und vergrub die Hände in den Taschen.

„Was?" Karens Tonfall war schrill, das konnte sogar sie selbst hören.

„Nun ja, gestern abend in deinem Schlafzimmer, ich konnte nicht anders, als diese kleinen Bilder da auf deiner Kommode anzuschauen. Eines davon sieht dir unglaublich ähnlich. Und es war das Arrangement selbst, das mich verwundert hat. Ich hatte so ein merkwürdiges Gefühl, so als ob das Ganze wie ein Altar aufgebaut war. Wer sind diese Frauen?"

„Ach das." Karen wäre am liebsten weggerannt oder hätte sich in einem Mauseloch verkrochen. Doch vor ihr erstreckte sich nur die endlose Weite schneebedeckter Felder und dichter Wälder. Zu ihrer Linken sah sie ein ihr fremdes Haus, Rauch stieg aus dem Kamin auf. Sie zwang eine gewisse Leichtigkeit in ihren Tonfall und verzog die Lippen zu einem dünnen Lächeln. „Sind die nicht hübsch? Ich fand sie neulich in einem Antiquitätenladen. Etta war dabei. Beide Frauen haben in dem Haus gelebt. Ein netter Zufall, findest du nicht? Die Dunklere von beiden war Malerin", ratterte sie weiter, „ich habe auch einige ihrer wunderschönen Miniaturen erstanden. Ich werde sie dir zeigen, wenn wir zurück sind."

„Wer sind die beiden? Wie heißen sie", fragte Maggie.

„Nun, die eine, die mir ähnlich sieht, war Aimee McCartland, eine Verwandte, die auf den Bauernhof gekommen ist, als ihre Eltern starben. Und die andere ist ..." Karen sog die Luft ein, pumpte ihre Lungen in einem tiefen Atemzug damit voll. „Die andere heißt Blessing McCartland – oder vielmehr, hieß Blessing McCartland. Sie war die Malerin, von der ich gesprochen habe", fügte sie schnell hinzu, um ihren Versprecher zu überdecken. „Einige ihrer Bilder sind kürzlich in Boston ausgestellt worden. Vielleicht hast du schon von ihr gehört."

„Nein. Nicht daß ich wüßte." Sie waren am Auto angelangt, und Maggie schloß rasch beide Türen auf.

Am Rand der Küstenstraße, mitten in einem kleinen Hain immergrüner Bäume, stand ein alter Waggon, ein Speisewagen, der in ebenso einfachen wie deutlichen Neonbuchstaben „ESSEN" versprach. Hinter dem Speisewagen waren einige Hütten im Wäldchen verteilt.

„Na, was meinst du?"

„Ich bin dabei", erwiderte Karen.

Das Innere des Speisewagens bestand aus einer langen Reihe gemütlicher Nischenplätze; Kühlschrankfächer an der angrenzenden Wand enthielten Fruchtsäfte und eine Auswahl Kuchen. An einem Ende des Waggons spie eine uralte Wurzlitzer-Orgel fröhliche Songs der 40er Jahre aus. Maggie schlüpfte in eine Nische und ließ sich auf einen der vielfach geklebten Plastiksitze fallen. Ein Kellner erschien in T-Shirt und weißer Schürze. Sie bestellten zwei Gläser Wein und die Blaue Spezialplatte.

Karen spielte geistesabwesend mit dem Salzstreuer und betrachtete dabei Maggie. Sie wünschte, es gelänge ihr, die Kluft zu überwinden, die sich heute nachmittag zwischen ihnen aufgetan hatte. Der Wein wurde serviert, und sie prosteten sich zu; jede schenkte der anderen einen langen Blick über den Rand ihres Glases hinweg.

Die dunkle, grüblerische Stimmung, die sie vorhin überkommen hatte, begann allmählich von ihr zu weichen, dank der Musik, der Wirkung des Weines und vor allem dank Maggie. Diese Frau ihr gegenüber gab es wirklich – sie war aus Fleisch und Blut. Und auch ihre Empfindungen für Maggie waren real – sozusagen Gefühle aus Fleisch und Blut – Empfindungen, die sie nie zuvor gekannt hatte. Sie konnte sich vor diesen Gefühlen verstecken, konnte sich vor ihnen eine Zeitlang schützen, doch früher oder später würde sie wieder unbedeckt, verletzlich dastehen und sich öffnen. Sie hatte keine Verkleidung, keine undurchdringliche Wand, hinter der sie sich hätte verbergen können. Die Verbindung zu Maggie war so lebendig und machtvoll wie je zuvor. In manchen Augenblicken dachte sie sogar, sie könnte die Luft zwischen ihnen davon schimmern sehen ... jetzt zum Beispiel. Die Liebe verschwand nicht einfach, nur weil sie sich als unkonventionell erwies oder ihr Feuer sich zu erschreckend tief einbrannte, oder auch nur, weil man sich weigerte, über sie nachzudenken. Sie war und blieb da, unabhängig davon, was ihre Absichten waren oder ihr Verstand wollte. Täglich trafen die Menschen Entscheidungen, ob und wie sie auf solche Gefühle reagieren sollten, doch es gab keinen Zweifel daran, daß diese Gefühle existierten.

Maggie stand auf und bediente die Musicbox. Karen betrachtete sie mit dem Blick einer Liebenden, bewunderte Maggies schlanke Schenkel unter den engen Jeans, sehnte sich danach, die Biegung ihrer Schulter durch das weiche Flanellhemd hindurch zu berühren. Doch sie wollte noch mehr in diesem Augenblick als nur körperliches Vergnügen. Sie sehnte sich danach zu wissen, woran Maggie glaubte, wer ihre Eltern waren, ob sie sich einigen konnten, welchen Teil der Sonntagszeitung sie jeweils zuerst lasen, und was Maggie tief in ihrem Innern an Ängsten und Befürchtungen hegte. Sie wollte die Fäden entdecken, aus denen die Persönlichkeit von Maggie England gewebt war. Und dann wollte sie, das alles wissend, sich selbst in bestimmten Augenblicken in ihr verlieren. Von ihrem Mund verschlungen werden ...

Die *Moonlight Serenade* lieferte den passenden Hintergrund, und wie auf ein geheimes Zeichen hin berührten sich ihre Hände auf dem Resopaltisch.

„Maggie, ich mag dich wirklich ... sehr." Karen stockte zunächst, dann nahm sie ihren Mut zusammen, als sie Maggies Gesichtsausdruck sah und ihren Händedruck spürte. „Ich habe durch dich kennengelernt, was wirkliche Liebe bedeutet, mehr als durch irgend jemand vorher. Jemals. Ich will, daß du das weißt, Maggie. Wenn wir jetzt auch alles andere noch nicht wissen, dann sollst du das bitte wenigstens wissen."

„Ich weiß es, Karen. Ich wußte es beinahe von Anfang an. So etwas wie das, was zwischen uns passiert ist... naja, du weißt schon." Maggie fuhr sich kurz durch ihre dunklen Haare und lächelte. „Manchmal versuche ich, mich in deine Lage zu versetzen, indem ich mir vorstelle, wie es wäre, eines Morgens aufzuwachen und festzustellen, daß ich mich in einen Mann verliebt habe."

Sie zwinkerte Karen zu. „Mit Männern ist es wie mit Sauerkraut. Mein ganzes Leben lang, solange ich mich erinnern kann, mochte ich Sauerkraut nicht. Also habe ich die Vermutung angestellt, daß ich wohl auch in Zukunft nicht plötzlich Geschmack daran finden werde." Maggie breitete ihre Hände aus, die Handflächen nach oben und grinste ihr breites Lächeln. „Wir stellen dauernd solche Vermutungen an, weil wir irgendwelche Vorlieben haben. Was meine Vorlieben angeht, so würde ich einmal annehmen, daß ich bis zu meiner Beerdigung nie wieder Sauerkraut esse. So ähnlich ist es bei Gefühlen. Ich habe mich immer in der Gegenwart von Frauen wohler gefühlt. Daher mußte ich wahrscheinlich ein paar Schichten weniger täuschende Fassade auflegen. Außerdem –", Maggie zwinkerte und legte den Kopf schief, „außerdem sind wir weitaus interessantere Menschen, findest du nicht? Frauen, meine ich. Und wir sind zärtlicher zueinander."

„Ja, das glaube ich auch." Karen nippte an ihrem Wein. „Wenn ich so zurückblicke, scheint es mir, als ob ich mich in Gegenwart anderer Frauen immer wohler gefühlt habe, mehr ich selbst – überhaupt sicherer. " Karen senkte den Blick, dann hob sie den Kopf und blickte Maggie direkt in die Augen. „Es ist gut, daß ich das weiß – und daß ich weiß, was ich für dich empfinde. Und für uns. Es ist nur – im Augenblick finde ich keinen Weg, wie ich diese logische Erweiterung meiner Empfindungen in meinen Alltag integrieren könnte."

Karen schüttelte traurig den Kopf und sah an Maggie vorbei auf die Wurlitzer-Orgel. „Ich habe hart gearbeitet, Maggie, sehr hart, um dahin zu kommen, wo ich jetzt bin. Ich habe Opfer gebracht – mich selbst angetrieben. Das Schlimmste ist, daß mein Erfolg sich in einem der konventionellsten Berufe abspielt, die man sich nur denken kann. An den Universitäten geht es absolut provinziell zu. Ist es nicht verrückt, daß die Öffentlichkeit sich die akademische

Welt immer so liberal und tolerant vorstellt, als eine Bastion visionären und kreativen Denkens?“

Karens dünnes Lächeln zog ihr die Mundwinkel nach unten statt nach oben. „Die Wahrheit ist – worauf es mir eigentlich ankommt, ist – ich könnte es nicht ertragen, meine Stelle zu verlieren. Jetzt bin ich endlich soweit, Maggie. Bald werde ich mir einen der besten Lehrstühle aussuchen, mir finanziell gut ausgestattete Forschungsprojekte sichern können, sogar eine der wenigen Wissenschaftler sein, deren Name auch Leuten außerhalb ihres eigenen Forschungsgebietes etwas sagt. Nicht, daß das alles an sich viel bedeutete, aber du mußt sehen, wovon ich spreche. Alles lief nach Plan. Und dann . . .“ Karen hielt inne und drückte Maggies Hand noch fester, „und dann bist du aufgetaucht.“

Während sie sprach, war sie überrascht von der Klarheit ihrer Gedanken und Worte, mit denen sie Maggie ihre schwierige Situation erklärte. Die bleierne Müdigkeit, die schon zu einem Bestandteil von ihr geworden war, hatte sich aufgelöst. Sie fühlte sich erleichtert. Es war gut, Maggie von ihren Befürchtungen zu erzählen, ihr die rigidere Seite ihrer selbst zu zeigen. So verringerten sich auf gesunde Weise die Geheimnisse, die sie vor ihr hatte. Warum hatte sie das nicht schon viel früher getan, fragte sie sich, während sie Maggies Gesicht studierte. Deren warmherziger Blick war, wenn das überhaupt möglich war, noch intensiver geworden.

„Es gibt da allerdings eine Frage“, fuhr sie fort. „Du hast vorhin gesagt, daß du nicht solch eine Fassade aufbauen mußtest, weil du beschlossen hattest, deine Neigungen auszuleben. Ich hatte genau den gegenteiligen Eindruck: daß du gezwungen warst, viel von dir zu verstecken.“

„Nicht wirklich. Viele Menschen auf meiner Arbeitsstelle wissen, wer ich bin. Doch es gibt Zeiten und Orte, wo ich das für mich behalte. Es ist eine Art Handel, nehme ich an. In meinem Privatleben, bei mir zu Hause und bei den Menschen, die mir etwas bedeuten, wo es wirklich darauf ankommt, bin ich ehrlich und verstelle mich nicht.“

Karen saß ganz ruhig da und dachte über Judith Prentiss nach. Eine Universitätsangehörige und eine Frau, die wahrscheinlich auch versucht hatte, es für sich zu behalten; doch als das nicht länger möglich war, hatte sie beschlossen, offen und ehrlich damit umzugehen. Sich nicht der Mißachtung der anderen zu unterwerfen und sich klein zu machen, sondern um ihr Recht auf Liebe *und* Karriere zu kämpfen. Ihr *Recht* darauf, offen und ehrlich zu sein ...

Karen wandte ihre Aufmerksamkeit wieder Maggie zu.

Das Essen wurde serviert; sie rührten es nicht an, sprachen weiter, ließen sich gegenseitig in bis dahin unentdeckte Teile ihrer Persönlichkeit sehen. Schließlich stocherten sie etwas in ihrem Essen herum, das schon kalt geworden war, dann schoben sie die Teller ans Ende des Tisches.

Maggie nahm Karens beide Hände in die ihren. „Ich liebe dich, Karen."

„Ich liebe dich auch, Maggie."

Sie saßen schweigend da, sahen einander an und gelegentlich auf ihre Hände, die wieder auf dem Tisch ineinander verschränkt lagen.

Karen wußte, daß sie nicht alles gesagt hatte, daß es noch einen Teil ihres Lebens gab, den sie nicht erzählen konnte, niemals jemandem erzählen würde. Das Leben, das sie in ihrem Haus lebte: die Träume, die Frau. Das alles mußte ihr ganz allein gehören. Was immer ihr da geschah, geschah in einer exklusiven Unwirklichkeit, in einer Welt, über die sie keine Kontrolle hatte, und von der sie nicht sicher war, ob sie überhaupt versuchen würde, Kontrolle über sie auszuüben, selbst wenn sie es gekonnt hätte. Und was immer es auch war, es gehörte ihr allein. Eine persönliche Wirklichkeit, die überhaupt keine Ähnlichkeit mit der wirklichen Wirklichkeit hatte – nichts als Träume.

Karen wußte auch, daß sie Maggie wieder lieben wollte. Ein Drängen, stärker als Leidenschaft, trieb sie dazu, an die kleinen Hütten hinter dem Speisewagen zu denken. Es mußte hier geschehen, jetzt, nicht später im Haus.

„Maggie", sagte sie leise, „ich möchte dir nahe sein. Ich will dich spüren. Können wir uns lieben und nicht das Gefühl haben, daß es –"

„Bedeutet, daß wir verheiratet sind?" unterbrach Maggie, „oder an der Hüfte zusammengewachsen?"

„So etwas in der Art. Ich bin immer noch dabei, die Dinge in meinem Kopf zu ordnen, bitte versteh ... Oh, ich sehne mich so danach, dich zu berühren."

Wortlos schlüpfte Maggie aus der Nische; wenig später kam sie zurück und legte einen Schlüssel auf den Tisch. „Wir können es zumindest versuchen."

* * * * *

Als sie das erste Mal in der Hütte am Kap miteinander geschlafen hatten, war Karen überrascht gewesen; diesmal erreichte ihre Zärtlichkeit ein Ausmaß an Leidenschaft, das Karen für unmöglich gehalten hatte. Es konnte keinen zusätzlichen Raum mehr geben für diese alles hinwegfegende Leidenschaft, doch es gab ihn. Und dieses Mal enthielt er noch ein anderes Element, eine Zärtlichkeit, geboren aus dem Wunsch eines Herzens, sich dem anderen zu öffnen und dabei festzustellen, daß das eigene Geschenk genauso zurückgegeben wird. In solchen Augenblicken brauchten die Liebenden keine wilden Gesten, weil alles, was ausgedrückt werden sollte, in einer sanften Berührung bestehen konnte, in einer Hand, die eine Wange streichelt, während Augenpaare ineinander versanken.

„Oh." Karen glitt mit den Lippen Maggies Hals entlang. Alles, was sie über ihre Liebe sagen konnte, lag in diesem einen Wort, das sie wiederholte, als sie mit ihrem Mund zur samtenen Haut von Maggies Brust hinabglitt.

Sie bewegte sich auf ihr, stöhnte leise, gefangen in einem tiefen Kuß; sie streichelte nackte Schultern und weiche Schenkel, und es war, als ob die zärtliche Berührung neue Liebe aus ihnen aufsteigen ließe. Jedesmal, wenn sie dem Orgasmus näherkamen, zögerten sie ihn hinaus, unterbrachen den Rhythmus oder gingen kurz auseinander, vor äußerster Erregung zitternd. Karen spürte, wie Tränen in ihren Augen aufstiegen, das letzte Geschenk, das ein so erfülltes Herz schenken kann. Die Erregung steigerte sich wieder ins Unermeßliche, und dieses Mal war sie nicht aufzuhalten. In einer lautlosen Welt kam Karen, erschauernd, wie ein gläserner Wolkenkratzer, der in sich zusammenstürzt.

Schließlich lag sie da, in der köstlichsten Erschöpfung, ruhig und friedlich neben Maggie. Sie wußte, schon die kleinste Bewegung einer Hüfte gegen einen Schenkel, einer Schulter gegen eine andere, wäre in der Lage, den Tanz erneut in Gang zu setzen.

Als sie Stunden später, ganz schwindelig vor Lust und Erschöpfung dalag, lachte Karen plötzlich kurz auf: „Wir haben nicht einmal Zahnbürsten dabei."

„Macht dir das etwas aus."

„Nicht im mindesten." Karen schmiegte ihr Bein der Länge lang an Maggies.

Mehr war nicht nötig, um die sinnlichen Umarmungen wieder beginnen zu lassen; diesmal jedoch langsamer. Jede der beinahe trägen Bewegungen und Berührungen führte ein Eigenleben, war ein vollständiger Liebesakt für sich. Jedesmal, wenn Karen sich dem Höhepunkt der Lust näherte, rückte sie leicht davon ab, spielte mit der köstlichen Hochspannung in ihr. Wieder stürzten sie ineinander und in die explodierenden Farben des Siedepunktes der Lust.

Gegen Morgen schliefen sie kurz ein, eng ineinander verschlungen. Später frühstückten sie in dem kleinen Speisewagen. Schweigend, denn Worte hätten die Liebenden, die immer noch im Zauber der gemeinsamen Intimität eingesponnen waren, nur gestört.

Ihre Stimmung hielt den größten Teil des Rückwegs hindurch an, doch als sie auf Pelham Falls zufuhren, wurde Karen unruhig. Sie rang die Hände in ihrem Schoß und starrte immer häufiger aus dem Fenster. Mit jeder Meile, die sie sich dem alten Haus näherten, zog Karen sich stärker in sich selbst zurück, wuchs in ihr die innere Anspannung.

Am Morgen war es strahlend schön gewesen, doch jetzt zogen dunkle Wolken am Horizont auf.

„Ich finde es schrecklich, daß ich heute zurückfahren muß", sagte Maggie.

Sie hatten das Dorf erreicht und waren in den Weg zum Hof eingebogen. Karen wandte die Augen ab und antwortete nicht. Eine angespannte Stille breitete sich zwischen ihnen aus, doch ihr fiel nichts ein, das sie hätte sagen können. Sie mußte unbedingt zurück ins Haus. Dort würde alles gut werden.

„Ich habe das nicht so gemeint, wie du es offenbar verstanden hast, Karen. Ich mache mir Sorgen um dich."

„Es wird mir schon gutgehen", antwortete Karen schnell.

„Außerdem, sieh dir den Himmel an. Da braut sich etwas zusammen. Du wirst dich beeilen müssen, um noch darunter hinwegzukommen."

Sie erreichten die Auffahrt zum Haus. Ettas roter Jeep parkte in der Einfahrt; der Motor lief, und weiße Qualmwolken verhüllten das Heckteil. Sie winkte ihnen freundlich zu, als sie aufs Haus zufuhren und Maggie den Wagen neben dem Jeep zum Stehen brachte.

„Bin nur vorbeigekommen, um Ihnen vor Ihrer Abreise noch ein kleines Sortiment meiner Tees vorbeizubringen, Maggie, und mal nach unserem Mädchen zu sehen. Ich wollte gerade wieder fahren, als ich Sie in die Auffahrt einbiegen sah."

„Etta. Was für eine Überraschung! Ich habe nicht mehr damit gerechnet, daß ich Sie vor meiner Abreise noch cinmal sehen würde."

Karen stieg aus dem Wagen. „Kommt, wir wollen uns drinnen mit einer Tasse Kaffee aufwärmen."

Als sie sich zum Eingang wandten, rief Etta erschreckt: „Ihr Gesicht! Was um alles in der Welt ist Ihnen zugestoßen."

„Ein kleiner Unfall mit dem Ofen gestern morgen. Vielleicht bin ich doch nicht so ganz die Expertin, für die ich mich ausgegeben habe." Maggie sagte es leichthin, so als ob sie weitere Nachfragen verhindern wollte. „Nicht schlimm, es ist schon wieder gut."

„Kommen Sie her, lassen Sie es mich ansehen", sagte Etta, als sie die Küche betraten. „Haben Sie irgend etwas draufgetan?" Sanft drehte sie Maggies Gesicht zum Licht und sah sich die Brandwunde genau an. „Wie konnte das bloß passieren? Haben Sie auch den Rauchabzug und die Lüftungsklappe kontrolliert."

Jetzt mischte sich Karen ein: „Oh ja, sie hat alles nachgesehen. Aber irgend etwas, Gas oder Ruß, muß sich wohl im Ofenrohr gesammelt haben. Wie dem auch sei, es ist jetzt vorbei. Laßt uns ins Wohnzimmer hinübergehen und uns setzen." Sie wünschte nichts sehnlicher, als daß alle fortgingen, auch Maggie. Fortgingen und sie hier in Ruhe ließen – ... Sie war müde, ganz plötzlich war sie wieder so schrecklich müde ... Sie wollte nichts mehr als schlafen, sich zurückziehen und allein sein.

Maggie begann, ihre Ausrüstung einzupacken. Sie arbeitete

ruhig und zügig, nahm die Scheinwerfer vom Stativ, verpackte die empfindliche Kamera sorgfältig und erzählte Etta dabei von der Hängebrücke und den schönen Motiven, die sie an der Küstenstraße entlang gefunden hatte.

„Wann wollten Sie losfahren?“ fragte Etta. „Der Himmel sieht aus, als würde da gleich ordentlich etwas herunterkommen.“

„Sobald ich das Zeug hier alles verpackt habe und vielleicht einen Bissen zu Mittag gegessen habe“, antwortete Maggie.

„Bleiben Sie doch auch zum Mittagessen, Etta. Es ist noch viel da, wir können belegte Brote machen“, sagte Karen. „Aber ich würde mich gern vor dem Essen ein paar Minuten hinlegen. Ich fühle mich wieder etwas müde.“

„Sicher, geh nur. Etta und ich können etwas zu essen machen und dich dann rufen, wenn alles fertig ist.“

Karen schleppte sich mit letzter Kraft die Treppe hinauf, Stufe für Stufe zog sie ihre schmerzenden Beine nach. Oben am Treppenabsatz hielt sie inne, die Hand auf dem Türgriff. Vielleicht aus dem Schuldgefühl heraus, wiederum ihre Freundinnen verlassen zu haben, die für sie etwas zu essen machen mußten, vielleicht aus einer momentanen Angst heraus zögerte sie.

Dann öffnete sie die Tür und wußte sofort, daß etwas nicht stimmte. Noch bevor sie alle Sinne beisammen hatte, wußte sie, daß hier drinnen etwas Schreckliches geschehen war. Der Raum sah verwüstet aus. Die Kerze, die immer brennen mußte, lag in viele einzelne Wachsstücke zerbrochen auf der Kommode. Selbst der Kerzenständer aus Porzellan bestand nur noch aus tausend kleinen Splittern. Und das Bild von Aimee war verschwunden!

Karen starrte auf das Chaos und griff sich mit der Hand an die Kehle. Das Ganze sah aus wie das Resultat eines Wutanfalls, eines gewalttätigen, grausamen Wutanfalls. Mit wildem Blick suchte sie den Raum nach anderen Spuren des Angriffes ab. Sie hatte den Raum noch nicht ganz betreten.

Der verwüstete Schrein starrte ihr entgegen, als wollte er sich über sie lustig machen, als sei er der Inbegriff einer geheimnisvollen Vergeltung. Unten konnte sie Maggie und Etta reden hören; der Klang ihrer Stimme drang von weitem an ihr Ohr. Leise schloß sie die Tür hinter sich, verbannte die Außenwelt von diesem Ort und von dem, was sich hier abgespielt hatte. Behutsam, auf Zehenspitzen, ging sie durch den Raum, durchsuchte ihn und trat auf dessen stilles, regloses Zentrum zu. Erst als sie mitten im Raum stand, sah sie das Bild von Aimee.

Es lag unter dem Fenster auf dem Boden, in zwei Teile zerbrochen, als ob es mir großer Kraft gegen die Wand geschleudert worden wäre. Der Bruch hatte das Bild quer in zwei Teile gespalten, die Linie der Zerstörung verlief durch Aimees Mund.

Karen kniete sich hin, hob die Stücke auf und drückte sie in ihrer Handfläche zusammen, so daß sie wieder ein Ganzes bildeten. Sie hatte das Gefühl, als sei ihr eigenes Gesicht zerbrochen, und legte sich instinktiv die Hand auf den Mund. Man kann es wieder heil machen, murmelte sie und wischte sich eine Träne ab, die ihr über die Oberlippe lief. Das Bild konnte man wieder reparieren. Aber wo war das Buch? Mit dem Bild von Blessing?

Sie erhob sich und blickte sich argwöhnisch im Zimmer um, halb in Angst vor dem, was sich ihr als Anblick darbieten könnte, halb auf der verzweifelten Suche nach dem Bild. Sie setzte sich auf das unberührte Bett, in dem sie letzte Nacht nicht geschlafen hatte. Dort, wo unter der glattgestrichenen Überdecke das Kissen war, lag das Buch, aufgeschlagen bei der blassen Daguerreotypie von Blessings Gesicht, dessen düster glühende Augen zu ihr herauflodern-ten.

Mit einer raschen Bewegung hob Karen das Buch vom Bett und hielt es mit zitternder Hand neben sich. Sie wagte nicht, es anzusehen, in diese anklagenden, sie versengenden Augen zu blicken. Zum ersten Mal, seit sie hier eingezogen war, hatte sie wirkliche Angst.

Sie setzte sich auf die Bettkante und hielt das Buch zwischen beide Handflächen gepreßt. Sie konnte sich schluchzen hören, aus Angst und schierer Verwirrung, doch der Klang ihres Weinens drang, wie Ettas und Maggies Stimmen, von unendlich weit her an ihr Ohr. Sie mußte das Durcheinander hier aufräumen und Aimees Bild reparieren. Doch das würde sie alles später tun. Jetzt hatte sie nur noch so viel Kraft, um sich nach hinten auf die Bettdecke fallen zu lassen und ihre Augen zu schließen.

Immer noch das Buch an sich gepreßt, rollte sie sich zusammen und ließ sich forttreiben. Sie konnte den vertrauten Modergeruch wahrnehmen; er war schwach zu riechen gewesen, als sie das Zimmer betreten hatte, jedoch stärker geworden, als sie zwischen den zerstörten Andenken herumgegangen war. Jetzt stach er ihr in die Nase, als sie die Augen schloß und tief in ihr Bett sank. Sie lag still da und spürte, wie ihr Körper unter die Bettdecke schlüpfte, die sich sanft um ihre Haut schmiegte. Dann fiel sie . . .

Sie war wieder in den Höhlen. Wie sie diese Höhlen haßte! Immer, wenn sie sich in ihren finsteren Tiefen verirrte, fühlte sie sich so kalt und allein, hatte solche Angst. Einen Moment lang meinte sie, Gelächter und Stimmen zu hören – als ob Maggie und Etta sie hier unten erreichen wollten, und sie wollte zu ihnen hinlaufen, hin zu den Stimmen, doch sie konnte es nicht. Statt dessen gab der schwammige Grund unter ihr nach , und sie fiel, fiel durch dunklen Raum, in dem es keinen einzigen Lichtschimmer gab, fiel tiefer und tiefer, einen bodenlosen Schacht hinunter. Die Stimmen waren ausgelöscht und wurden ersetzt durch die Geräusche von Wind und rauschendem Wasser.

Wenn ich doch nur aufwachen könnte, dachte sie und kniff sich in den Arm – was nur dazu führte, daß sie noch schneller fiel, ihre Panik mit jeder Sekunde des Fallens noch größer wurde. Vielleicht schlafe ich gar nicht richtig, fragte sie sich, fürchtete sich aber davor, noch einmal einen Versuch zu unternehmen, sich selbst zu wecken. Ihr Hemd klebte naß und süß riechend an ihrer Haut. Der Geruch war überall.

Sie hörte den flüsternden Klang; Blessing rief sie, doch sie war nicht in der Lage, in der Dunkelheit irgend etwas zu erkennen. Dann änderte ihr Körper die Richtung, drehte im Flug ab in die Richtung sich öffnender Bögen und Öffnungen, flog horizontal wie ein Vogel tiefer in die Unterwelt der Höhlen hinein.

Ein einziges Wort, ein widerhallendes dampfendes Flüstern kam aus allen Richtungen zugleich auf sie zu. *Hier.*

Zitternd wandte sie sich um, blickte forschend in die vielen Tunnel und gähnenden schwarzen Löcher, in die sie eintauchte und aus denen sie wieder aufstieg. Ein ranzig riechender Luftstoß wirbelte sie im Kreis herum und wieder herum, bis sie die Umrisse der feuchten Wände nicht mehr erkennen konnte. In ihren Ohren gellte das Wort *Hier.*

Etwas Dunkles, Lautes glitt vor ihr durch die Luft, und sie streifte es; einen Moment lang wurde der dichte Qualm lichter.

Dann erblickte sie Blessing, auf einem Felsen mitten in einem Strom dampfenden Wassers. Ihre Röcke schlugen ihr gegen die Beine, und ihr Haar flog wild um ihren Kopf. Wie Schlangen züngelten die Locken in den dampfenden Nebel.

„Ich weiß nicht mehr weiter. Bitte laß uns umkehren." Karens Stimme klang dünn und brüchig, konnte die Macht der Anwesenheit dieser großen Frau und das unirdische Feuer, das in ihren Augen glühte, nicht erreichen.

Noch nicht. Die Worte flogen der Frau aus dem Mund, donnerten über Karen hinweg. Ihr Gesicht war wie aus Stein gemeißelt, nur durch die engen Schlitze ihres Mundes und ihrer Augen zeigte sich ihr böser Zorn.

Karen wurden die Knie schwach, ihr Herz schlug ihr wie wild gegen die Brust. Warum waren sie wieder hier? Warum war die Frau so zornig?'

Sie wollte durch das Wasser waten und Blessings vertrautes Gesicht berühren, ihr die Arme um die Taille ihres Baumwollkleides schlingen und sich wieder sicher fühlen. Die Liebe, die sie füreinander empfanden, sollte wieder zum Leben erwachen und sie von hier wegtragen, zurück an den Strand der kühlen Bucht, wo sie wieder tanzen würden ...

Komm her, befahl Blessing, und ohne große Anstrengung sprang sie über den Strom und stand Karen gegenüber. *Du hast mich verraten,* sagte sie, ihre Lippen fest zu einem schmalen Schlitz aufeinander gepreßt. *Du hast unsere Liebe verraten.*

Die Anklage traf Karen wie ein Stich, brachte die Verwirrung in ihr wieder hervor. Sie dachte zurück an das letzte Mal, als sie zusammen waren. Sie hatten sich geliebt, wieder und immer wieder, bis Karen in Tausende strahlend heller Sterne explodiert war. Was konnte sie nur meinen? Verzweifelt wollte sie es wissen. Sie versuchte sich zu erinnern, doch es war schwer, die Zeit in einer Welt zurücklaufen zu lassen, in der es gar keine Zeit gab.

Und da war noch etwas, an das sie sich zu erinnern versuchte, etwas Vages, Flüchtiges. Irgend etwas hatte sich an einem anderen Ort zu einer anderen Zeit abgespielt. Sie konnte es sich nicht in Erinnerung rufen, doch sie wußte instinktiv, daß es Blessing verärgert haben konnte. Vielleicht etwas, das sie geträumt hatte ...

Wieder durchschnitt Blessings Stimme die Luft zwischen ihnen. *Ich werde nicht noch einmal verraten werden. Ich habe hier in diesen Höhlen gewartet, bin herumgewandert und habe gewartet. Und ich habe am Strand und im Haus gewartet, immer gewartet. Habe nach dir Ausschau gehalten, darauf gewartet, daß du wiederkommst. Du hast mich schon einmal verlassen, vor langer Zeit, und ich werde nicht erlauben, daß du mich noch einmal verläßt. Halte dein Versprechen. Erinnerst du dich?*

Karen brachte kein Wort heraus, blickte Blessing unverwandt an und versuchte, die gesprochenen Worte zu begreifen, ihre Bedeutung zu erfassen.

Erinnere dich an dies: Wo immer du hingehst, da gehe auch ich hin. Ich bin überall bei dir. Als du mich verlassen hast, habe ich dich beweint und gewartet. Dann bist du zurückgekehrt, und ich freute mich und liebte dich wieder. Jetzt wird unsere Liebe keine Zeit mehr kennen, und keinen Tod, überhaupt kein Ende. Ich muß wissen, daß du mich auch liebst. Liebst du mich?

„Oh ja." Karen trat näher auf Blessing zu und legte die Hand an ihre Wange. Sie mußte es sie wissen lassen.

Dann mußt du etwas tun. In der Welt der Veränderungen kann zu vieles fehlgehen. Wir könnten einander wieder verlieren. Willst du das?

„Nein. Ich will dich niemals verlieren." Schon der bloße Gedanke daran ließ Karen kalte Schauer den Rücken entlang und über die Beine laufen, die vor Schwäche nachgaben, so daß sie Angst hatte, hinzustürzen.

Dann gibt es etwas, das wir zusammen tun müssen, ein Versprechen, das wir uns gegenseitig geben müssen. Wir werden uns abschließen. Wir können unser Glück nur ungestört erleben, wenn wir versprechen, uns zu verstecken und niemanden in unsere Nähe zu lassen. Überhaupt niemanden. Es darf niemand im Haus sein außer uns, dann werden wir uns grenzenlos und ungestört lieben, ohne daß wir uns um irgend jemanden kümmern müßten, dann können wir uns ausschließlich den Gedanken widmen, die wir miteinander teilen. Wirst du das mit mir tun?

Karen zögerte, versuchte Blessing und ihre leidenschaftliche Bitte zu verstehen.

Blessings Stimme wurde hart, ihr Tonfall scharf und schneidend. *Sag es,* forderte sie.

Ja. Ja, ich werde es tun. Es wird niemand anderes geben außer uns, für immer."

Blessings Gesichtszüge wurden weich, und sie wischte ihr eine feuchte Strähne aus der Stirn. *Gut. Es sind jetzt Menschen da, Menschen, die nicht hierhergehören, die zum Gehen veranlaßt werden müssen. Schick sie schnell weg, und es wird nichts Böses geschehen, und wenn sie fort sind, komme ich zu dir, und wir werden wieder zusammen aufsteigen und fliegen, für immer.*

Ohne sich zu erinnern warum, wußte Karen, was Blessing mit dem Bösen gemeint hatte. Sie hatte sie gesehen, wie sie hier durch die Höhlen getobt war; doch die Gefahr bestand noch in etwas anderem. Sie konnte etwas Heißes aufblitzen sehen, ein Symbol für die Verletzungen, die Blessing zufügen konnte; doch das Bild verblaßte so schnell, wie es gekommen war.

Ihre Hände berührten sich, zugleich eiskalt und glühend heiß, und Karen spürte, wie das Prickeln ihr die Arme heraufkroch und sie davon eine Gänsehaut bekam. Blessing lächelte sie an, zeigte ihre gleichmäßigen weißen Zähne, und Karen sah, daß der grimmig harte Gesichtsausdruck verschwunden war, statt dessen loderte ein hungriges Feuer in Blessings Augen.

Geh jetzt. Je eher du gehst und tust, was getan werden muß, desto eher kann ich wieder zu dir kommen. Beeile dich.

Langsam begann Karen aus der Höhle aufzusteigen, als ob sie sich vom Boden eines tiefen, dunklen Sees abstieße, um nach oben zu gleiten. Sie hörte ein leises Klingeln zwischen den Wassertropfen und dem Geräusch des immer gegenwärtigen Windes. Je näher sie an die Oberfläche kam, desto deutlicher wurden die Geräusche; bald konnte sie Maggies Stimme erkennen, die leise zu jemand anderem sprach. Es war schwer, sich selbst nach oben zu ziehen. Sie war müde und trieb langsam, ganz langsam auf die Stimmen zu . . .

Kapitel 8

Maggie und Etta saßen am Tisch, tranken Tee und unterhielten sich. Der Wagen war gepackt, die fertigen Sandwiches standen auf dem Tisch, doch sie machten noch keinerlei Anstalten, Karen zu wecken. Etta hob die Tasse langsam an den Mund und trank, dann setzte sie die Tasse mit einem lauten Klappern auf der Untertasse ab. „Erzählen Sie mir doch noch einmal die Geschichte mit dem Ofen", verlangte sie. Wieder betrachtete sie die Brandwunde an Maggies Wange.

„Es war äußerst seltsam, Etta. Ich habe so etwas noch nie in meinem Leben gesehen. Er ist einfach explodiert. Plötzlich war überall Feuer und Qualm, es geschah alles unheimlich schnell – es war, als hätte sich da etwas zusammengebraut, und das ganze Ding war urplötzlich nur noch eine einzige Masse aus Rauch und Flammen. Ich habe noch Glück gehabt, daß ich keine schlimmeren Verbrennungen abbekommen habe." Sie hielt inne. „Ich muß zugeben, ich habe da so ein eigenartiges Gefühl. Vielleicht hat es etwas damit zu tun, daß ich gestern mit Karen darüber gesprochen habe –" Maggie brach ab.

Ettas Augen weiteten sich, und ihr Blick wurde noch forscher; sie beugte sich aufmerksam vor.

„Etta, ich habe das Gefühl, daß das mit dem Ofen kein Unfall war. Eher etwas anderes ... ich weiß nicht – hier sind ungewöhnliche Dinge geschehen."

Ettas Haltung straffte sich, als ob sie sich innerlich für eine Nachricht wappnete, die ihr schon bekannt war. „Und was hat sie gesagt?"

Das hier war offenbar alles andere als eine normale Unterhaltung. Wie dem auch sei, sie mußte weitersprechen. Etta war schließlich auch keine normale Frau – jedenfalls sprach das, was sie von ihr zu hören bekommen und von Karen erfahren hatte, dafür. Dieses Wissen zusammen mit Ettas forschendem Blick, in dem keinerlei Anzeichen zu erkennen waren, daß sie skeptisch war oder sich über sie lustig machen würde, ließen Maggie fortfahren.

„Manchmal hört sie Schritte, obwohl niemand außer ihr im Haus ist, und auch andere Geräusche ... manchmal das Rascheln von Stoff. Sie hat Dinge gesehen, Schattengestalten, aus dem Augenwinkel heraus."

Es trat eine Pause ein, die sich für Maggie bis zur Unerträglichkeitsgrenze ausdehnte.

„Ja, ich weiß", sagte Etta ruhig. Sie legte ihre rauhe, mit Gichtknoten bedeckte Hand auf Maggies Arm und lächelte sanft. „Sie hat es mir erzählt."

Kein Wort, keine Geste hätte Maggie willkommener sein können. Sie ließ einen langen Seufzer der Erleichterung hören.

„Da ist noch mehr, das ich Ihnen über dieses Haus erzählen könnte und darüber, was sich möglicherweise hier abspielt." Etta machte eine Pause, dann fuhr sie fort: „Nicht jeder kann begreifen, wovon ich hier spreche, aber ich habe das Gefühl, Maggie, daß Sie dazu in der Lage sind." Etta zog ihre Hand zurück, das sanfte Lächeln blieb jedoch weiter in ihren Mundwinkeln. Sie nippte wieder an ihrem Tee.

„Wenn Sie damit paranormale Ereignisse meinen", sagte Maggie, „dann kann ich nur sagen, ja, dafür habe ich Verständnis. Seit Jahren interessiere ich mich dafür, ich habe alles darüber gelesen, was mir in die Hände kam. Also bitte, fahren Sie fort."

„Seit ich ein kleines Mädchen war“, begann Etta, „habe ich diesem Haus besondere Beachtung geschenkt. Ich habe oft auf dem Feld da drüben auf der anderen Seite der Straße gestanden und hier heraufgesehen. Es hat mich irgendwie beängstigt, doch ich konnte den Blick nicht abwenden, weil ich wußte, daß es hier noch mehr gab als Holzbalken und Verputz. Das Haus hier erschien mir seltsam traumverloren, irgendwie grüblerisch, traurig und leer, selbst wenn Menschen darin wohnten. Beim Spielen habe ich mir immer, wenn ich mir ein grimmiges Spukschloß vorstellen sollte, in dem es geheimnisvoll und beängstigend zuging, das McCartland-Haus vorgestellt.

„Eines Tages, ich muß ungefähr acht oder neun Jahre alt gewesen sein, bin ich mit meiner Großmutter am Strand entlanggegangen, dabei kamen wir fast direkt unter diesem Haus vorbei. Sie hielt mich fest, legte den Finger auf die Lippen und deutete auf die Felsen direkt vor uns. Da sah ich sie – eine dunkelhaarige Frau, die langsam zwischen den Felsen in der Bucht hin- und herging. Ich fand, sie sah merkwürdig aus, dünn und zart. Ich konnte sie nur undeutlich wahrnehmen, so als ob zwischen uns ein Schleier wäre. Und sie war seltsam gekleidet. Ich wollte meine Großmutter gerade deswegen befragen, als sie mir die Hand über den Mund legte und mich daran hinderte, ein Geräusch zu machen. Wir standen eine Weile da, und ich kann mich erinnern, daß ich mich als Eindringling in die private Welt einer trauernden Person empfand. Dann wandten meine Großmutter und ich uns ab, und wir gingen am Strand entlang zurück.

„Auf dem Heimweg machte sie mir klar, daß wir einen Geist gesehen hatten, den Geist einer damals immerhin schon seit zwanzig Jahren toten Frau. Meine Großmutter sprach den ganzen Heimweg über mit mir über Geister und wie es geschehen kann, daß manche Menschen nach dem Tod noch an diese Erde gebunden bleiben. Gewöhnlich sind es solche Personen, die plötzlich sterben oder aus irgendeinem Grund nicht von etwas lassen können, das sie im Leben fesselte, etwas, das ihren Geist daran hindern kann, von diesem Ort abzulassen. Als ich an dem Tag nach Hause ging, habe ich immer an die Frau denken müssen, und es tat mir sehr leid, daß ihr offenbar irgend etwas zugestoßen war, das sie so unendlich traurig machte.“

Im Raum war es dunkel geworden. Maggie beugte sich in ihrem Stuhl vor.

„Ich habe sie danach noch oft gesehen", fuhr Etta fort, „manchmal am Strand, manchmal am Fenster hier im Haus, und immer traurig, ganz furchtbar traurig. Ich glaube, sie ist immer noch hier, Maggie – und ich bin davon überzeugt, daß das, was mit Karen vorgeht, etwas mit der Anwesenheit des Geistes dieser Frau hier zu tun hat. Ihr Name ist Blessing McCartland."

„Sie waren dabei, als Karen die kleinen Bilder gekauft hat", sagte Maggie. „Karen hat mir erzählt, die junge, blonde Frau auf einem der Bilder hieße Aimee."

„Ich weiß nicht viel über Aimee. Scheint, als sei sie eine angeheiratete Verwandte von Blessing gewesen, die hierher gezogen ist, als ihre Eltern starben. Die Aufzeichnungen meiner Großmutter ergeben, daß Aimee und Blessing sich sehr nahe waren, daß sie füreinander freundschaftliche Gefühle hegten. Aimee ist tragisch ums Leben gekommen, als sie noch sehr jung war." Etta schüttelte den Kopf: „Es ist schon seltsam, wie sehr Karen ihr ähnlich sieht."

„Etta, ich habe Angst. Ich kenne Karen noch nicht lange, aber ich habe sie noch nie so gesehen, so zurückgezogen und so zerbrechlich. Was glauben Sie, was hier vorgeht?"

„Ich bin noch nicht sicher, Maggie. Aber tief in meinem Innern weiß ich zweierlei. Einmal: Was immer hier geschieht, es ist schlecht für Karen; und zum zweiten: Sie sollte nicht länger hier bleiben. Ich weiß, sie liebt dieses Haus, und sie hier herauszukomplimentieren wird nicht leicht sein. Dennoch, ich kann mir nicht helfen, ich habe das Gefühl, das ist das Beste für sie. Es ist mehr bei ihr als nur die Liebe zu diesem Haus – es gleicht eher einer Besessenheit. Vielleicht haben Sie bemerkt, wieviel besser es ihr zu gehen scheint, wenn sie draußen ist, fort von diesem Haus."

„Sie wird nie hier ausziehen, Etta", sagte Maggie mit einer resignierenden Handbewegung. „Karen ist eine Person, die an ihren Entschlüssen festhält, und ich habe den Eindruck, sie fühlt sich an ihren Entschluß gebunden, hier zu bleiben. Und – ja, es stimmt, daß es ihr draußen besser geht; ist mir auch aufgefallen."

„Es ist interessant, daß Sie das Wort ‚gebunden' verwendet haben, denn genau das ist sie. Allerdings nicht in dem Sinne, wie Sie es gerade angedeutet haben. Einem Menschen, der zufällig einem Geist begegnet, kann viel zustoßen. Am häufigsten hört man ja davon, daß der Geist dann von dem Menschen Besitz ergreift, doch davon halte ich nicht so viel, das sind die üblichen Geschichten, die man in den Schundromanen im Supermarkt findet. Etwas anderes ist es mit der Besessenheit. Ein Mensch kann sich an einen Geist gebunden fühlen, manchmal sogar, ohne es zu wissen – so daß der Geist durch die lebende Person hindurch ein neues Leben beginnt. Gewöhnlich geht es dann darum, daß er irgendein sehr bedeutendes Ziel noch erreichen will, dessen Erreichung ihm im Leben versagt geblieben ist. Das scheint mir im Fall von Karen eher zuzutreffen." Etta hielt inne und zog die Augenbrauen hoch. „Aber ich komme einfach nicht darauf, warum." Sie blickte Maggie unverwandt an, während sie weitersprach. „Was will Blessing McCartland mit ihr? Karen ist an das Haus gebunden und in irgendeiner Weise auch an Blessing, doch ich weiß nicht warum."

„Oh mein Gott", Maggie fuhr sich verzweifelt mit der Hand durchs Haar. Die Worte lagen schwer in der Luft, und Maggie versuchte, sie für sich zu deuten.

Von oben hörten sie ein Geräusch; Karen war aufgestanden und bewegte sich durchs Schlafzimmer. Bald würde sie herunterkommen. Sie sahen einander schweigend an.

Maggie spielte mit dem blau gemusterten Teller, auf dem die Sandwiches arangiert waren. „Nun ja, wir sollten es zumindest versuchen", sagt sie abschließend. Dann wandte sie sich zur Tür, und Karen betrat die Küche.

Sie blickte erschöpft erst zu Maggie, dann zu Etta, bevor sie sich schwer auf einen Stuhl zwischen ihnen fallen ließ. „Unterbreche ich euch gerade?" fragte sie schließlich.

„Wir haben tatsächlich gerade über dich gesprochen, und daß du hier so allein bist, wo es dir doch nicht gut geht. Wir haben darüber nachgedacht, ob es nicht vielleicht eine gute Idee wäre, wenn du eine Weile mit Maggie nach Boston zurückgingest, zumindest, bis du dich besser fühlst."

Sogar Etta war offensichtlich überrascht über die Hast, mit der Karen vom Tisch aufsprang und sich am Spülbecken zu schaffen machte. Durch das Rauschen des Wassers sagte sie mit einer Stimme, die entschlossen klingen sollte, aber sehr nach Verteidigung klang: „Das ist ja absurd. Es geht mir hier ausgezeichnet, und ich bin sicher, in ein paar Tagen wird es mir auch gesundheitlich wieder gutgehen. Ich bin hierhergekommen, um ein Buchprojekt abzuschließen. Leider hat mich diese dumme Grippe etwas in meinem Zeitplan zurückgeworfen. Bitte laßt uns darüber nicht weiter diskutieren."

Damit drehte sie sich um und wandte ihr Gesicht den beiden Frauen zu, mit einem Blick, der keinen Widerspruch duldete. Sie stieß die Hände in die Hosentaschen und sah mit starrem Blick auf den Teller mit Sandwiches. „Laßt uns zu Mittag essen. Der Sturm wird sehr schnell hier sein. Wenn du ihm noch davonfahren willst, Maggie, solltest du nicht mehr länger hier herumtrödeln."

Maggies Herz sank. Nicht nur hatte Karen den Vorschlag rundheraus abgelehnt, sie benahm sich auch wieder abweisend und fast feindselig. Maggie war verwirrt. Karen hatte jeden Anspruch darauf, sich die Zeit zu nehmen, die sie brauchte, um mit dem Schock ihrer neuen Liebe fertig zu werden und sie in ihr Leben integrieren zu können. Doch wenn Etta mit der Gefahr in diesem Haus recht hatte... Weiterhin mit Karen herumzustreiten würde sicherlich bedeuten, den Graben zwischen ihnen noch zu vertiefen. Nichts zu sagen, würde ihre eigene Sorge ins Unermeßlich steigen lassen.

Sie nahm ein Sandwich und blickte aus dem Fenster. Der Sturm näherte sich tatsächlich mit großer Geschwindigkeit. Ein Windstoß rüttelte an einer Seite des Hauses, riß einige kleine Zweige von den Bäumen und trieb sie auf der verharschten Schneedecke vor sich her. Sie war sicher, daß das Thermometer den ganzen Nachmittag kontinuierlich gefallen war, und das Barometer genauso, das auf schwere Schneefälle hindeutete. Doch an welchem Barometer wäre das emotionale Tiefdruckgebiet in diesem Raum oder die steigende Spannung ablesbar?

„Es müßte ja nicht meine Wohnung sein", versuchte sie es noch einmal. „Du könntest bei einer Freundin von mir wohnen. Es wären Leute da, die dir helfen und darauf achten könnten, daß du alles hast, was du brauchst. Meine Wohnung ist recht klein", endete sie, mit einem Blick in Ettas Richtung.

„Bestimmt nicht", erwiderte Karen entschlossen. „Ich werde

nicht von hier fortgehen. Ich werde weder in deine Wohnung gehen, Maggie, noch in die Wohnung einer Freundin, noch sonst irgendwohin. Dies hier ist mein Zuhause, und hier bleibe ich." Sie hielt inne, um ihrer Stimme den wütenden Tonfall zu nehmen. „Sieh mal, ich weiß es zu schätzen, daß du dir um mich Sorgen machst, wirklich. Und ich bin gerührt, daß ihr beide euch um mich kümmert und mir eure Hilfe anbietet. Aber ihr übertreibt es jetzt ein bißchen. Im Ernst, ich brauche keine Hilfe. Es wird mir gutgehen."

Karen versuchte sich zu entspannen und setzte sich an den Tisch. „Ich habe euch beide sehr in mein Herz geschlossen, und es ist gut zu wissen, daß es euch umgekehrt genauso geht. Also los, laßt uns etwas essen. Ich mache mir allmählich Sorgen, weil Maggie noch durch dieses schlechte Wetter hindurchfahren muß."

Etta stand auf und begann, sanft Karens Schultern zu massieren. „Wir wollten uns nicht in deine Angelegenheiten einmischen, Karen. Es liegt natürlich bei dir. Können wir uns in der Mitte treffen? Wenn du nicht wegfährst, bleiben du und ich in engem Kontakt während der nächsten paar Tage, einverstanden?"

„Das wäre sehr lieb von dir", sagte Karen; ihre Stimme klang dagegen wenig überzeugt, und sie starrte auf ihre Hände.

Etta wandte sich an Maggie. „Vermutlich hat Karen recht. Es wird langsam Zeit. Ich werde hier ein bißchen die Küche aufräumen. Karen, du gehst am besten wieder ins Bett. Maggie, warum gehst du nicht mit und bringst sie ins Bett? Ich bleibe hier unten und stelle die Sachen weg."

Maggie dankte Etta innerlich für die Sensibilität, ihr und Karen ein wenig Zeit zu lassen, sich allein voneinander zu verabschieden. Sie legte den Arm um Karen und führte sie sanft die Treppe hinauf.

In ihrem Schlafzimmer angekommen, setzte sich Karen auf die Bettkante, und Maggie setzte sich, ohne den Arm von Karens Schulter zu nehmen, neben sie. „Versprich mir, daß du mich anrufst, wenn es dir schlechter geht – und überlege dir doch bitte auch noch einmal, ob du nicht doch eine Weile nach Boston herunterkommen willst." Maggie zupfte spielerisch an Karens Schulter. „Das hier ist jedenfalls kein durchsichtiges Manöver, um dich für ein paar Tage in meine Wohnung zu locken." Sie lachte leicht. „Ich mache mir Sorgen um dich und möchte dir helfen, soweit ich kann. Und ich glaube, du weißt, daß ich dich liebe."

„Maggie", sagte Karen und nahm Maggies Gesicht zwischen ihre Hände, „du bedeutest mir mehr, als ich mir jemals hätte vorstellen können." Sie hauchte Maggie einen Kuß auf die Lippen, dann ließ sie die Hände sinken. „Ich brauche einfach noch ein bißchen Zeit, um mir darüber klarzuwerden, wie ich mit all dem umgehen soll . . . diesen Gefühlen zwischen uns. Und manchmal fügen sich die Dinge wie von selbst . . . Denke bitte daran, daß du mir sehr wichtig bist."

Maggie drückte leicht Karens Schulter. „Ja, ich weiß", flüsterte sie ihr leise ins Ohr, „ich weiß es, und das Wissen darum ist sehr kostbar für mich."

Karen lehnte sich an und barg den Kopf in Maggies Halsbeuge. „Und sei bitte vorsichtig auf der Rückfahrt."

„Das werde ich. Und ich werde mich in ein paar Tagen bei dir melden, um mich zu erkundigen, wie es dir geht." Sie küßten sich leicht, und Maggie stand auf. Sobald sie sich erhoben hatte, streckte sich Karen auf dem Bett aus und sagte müde: „Sag Etta auf Wiedersehen von mir."

„Ich werde anrufen", sagte Maggie und drückte Karens ausgestreckte Hand. „Paß gut auf dich auf." Sie warf der Kommode einen letzten Blick zu, und als sie feststellte, daß das Arrangement darauf verschwunden war, nahm sie es als Zeichen dafür, daß sich schließlich doch noch alles zum Besten fügen würde. Als sie die Stufen hinunter und auf das Rumoren in der Küche zuging, wurde ihr bewußt, an welchen Strohhalm sie sich da klammerte, sie wußte aber auch, daß sie bis auf weiteres damit Vorlieb nehmen mußte – damit und mit ihrem Vertrauen in Etta.

Etta war gerade dabei, die Sandwiches zu verpacken. „Tja, wir sind nicht weit gekommen bei Karen, stimmt's?" sagte Maggie trocken.

„Wohl wahr", antwortete Etta, „aber das ist auch nicht allzu überraschend. Ich werde noch einmal mit ihr sprechen. Vielleicht braucht sie Zeit, um in ihrem Kopf alles zu ordnen. Es ist ja auch nicht gerade das Gewöhnlichste der Welt."

„Nein, wohl kaum", sagte Maggie. „Ich habe ein besseres Gefühl, wenn ich weiß, daß du hier bist und nach ihr schaust. Das

Ganze kommt mir so merkwürdig vor, Etta. Wir behandeln hier zum einen ein äußerst ungewöhnliches Ereignis, und zum zweiten versuchen wir, einer Frau zu helfen, die offenbar gar keine Hilfe wünscht. Das ist frustrierend, um es vorsichtig auszudrücken, und auch erschreckend. Laß uns Telefonnummern austauschen – ich habe ein besseres Gefühl, wenn ich weiß, daß ich dich anrufen kann."

Sie umarmten sich, um sich gegenseitig zu trösten und Lebewohl zu sagen. Als Maggie auf ihren Wagen zuging, fielen die ersten großen Schneeflocken von einem bleigrauen Himmel. Bevor sie den Wagen wendete, winkte sie Etta noch einmal heftig zu. Etta stand in der Eingangstür und winkte zurück; ihr Lächeln spiegelte ihre neue Verbindung ebenso wie ihr gemeinsames Dilemma.

Etta ging zurück in die Küche und schloß die Tür fest hinter sich. Sie lehnte sich gegen die Tür, die Hände immer noch um den Türgriff. Sie hatte Karens Freundin nicht über Gebühr beunruhigen wollen, doch ihre eigene Sorge wuchs. Sie würde noch einmal mit Karen sprechen müssen, um ihr eindringlich vor Augen zu führen, daß sie hier in Gefahr war. Das war eine Aufgabe, die beträchtliches Nachdenken erforderte. Aus dem, was sie erkennen konnte, war Karen viel zu praktisch und zu intellektuell, um sich von irgend etwas beeindrucken zu lassen, das nach billigen Sensationen aussah – oder auch von dem Drängen einer alten Frau, die versuchte, sie mit Geschichten von Gespenstern und ruhelosen Geistern zu erschrecken.

Da sie es nicht eilig hatte, nach Hause zu kommen, saß Etta noch eine Weile am Küchentisch und versuchte, sich auf das Haus zu konzentrieren und darauf, was sie darüber wußte. Sie saß vollkommen ruhig da, sah mehr als nur mit den Augen, erlauschte mehr, als nur mit den Ohren zu hören war.

Wenn sie doch nur die Verbindung zwischen Blessing McCartland und der jungen Frau, die dort oben schlief, entdecken könnte. Was war es, das Karen so fest an dieses Haus und den anwesenden Geist der toten Frau fesselte? Sie war frustriert, als hätte sie ein Gedicht vor sich, dessen letzte Verse ausradiert waren.

Während sie dasaß, begann sich ein anderes Gefühl um sie herum zu verdichten. Auf einmal war ihr klar, daß ihre schon so lange bestehende Faszination für dieses Haus und den Geist darin kein Zufall war. Irgendwie hatte sie das Gefühl, daß alles, was sie wußte und in Erfahrung bringen konnte, jetzt gefordert war, daß sie ihr Wissen umsetzen und anwenden mußte; und wenn sich die Stücke des Puzzles zu einem Ganzen fügten, würde sie unweigerlich auf eine Wahrheit und eine Konfrontation stoßen, die sie jetzt noch nicht absehen konnte.

So eingesponnen war sie in ihre Gedanken, daß sie nicht hörte, wie Karen die Treppe herunterkam und sich hinter ihren Stuhl stellte.

„Du bist immer noch hier“, sagte Karen.

„Oh – ja, ich habe nur hier gesessen und nachgedacht. Komm, setz dich eine Minute zu mir, es gibt etwas, das ich dir sagen will.“

Karen setzte sich, und Etta beugte sich nahe zu ihr. „Es geht hier einiges vor. Ich will dich nicht beunruhigen, aber ich muß dir sagen, daß es sich nicht um Dinge handelt, über die man sich freuen sollte. Bitte denke noch einmal über Maggies Angebot nach. Oder komm für ein paar Tage zu mir.“

Karens leerer Blick intensivierte sich, und ihr Gesicht erstarrte zu einer entschlossenen Maske. „Wir haben das alles schon einmal durchgesprochen. Du und Maggie, ihr redet, als ob ich in Gefahr wäre –“

„Das bist du auch.“

Als die Eingangstür mit einem mächtigen Krachen gegen die Wand schlug, sprang Etta auf, doch nicht schnell genug, um sich vor den unzähligen umherfliegenden Glasscherben des Fensters in Sicherheit zu bringen. Sie drückte mit der Hand einen Schnitt in ihrem Unterarm zusammen, um den Blutfluß zu stoppen, und starrte auf das zersplitterte Fensterglas. Sie hatte die Tür geschlossen, und zwar fest. Draußen wehte zwar ein starker Wind, aber er war niemals stark genug, um die Tür mit solcher Gewalt aufzustoßen.

Karen stand bewegungslos da und starrte auf die Splitter auf dem Fußboden. Wieder lag jetzt der vertraute Geruch in der Luft. Sie wußte, sie mußte Etta hier herausbringen. Doch zu ihrer Bestürzung hörte sie Etta irgend etwas von Zusammenfegen und Aufräumen sagen.

Im Raum wurde es kalt; der eisige Wind drang durch das gähnend leere Loch, wo früher eine Fensterscheibe in der Tür gewesen war. Karen fegte das zerbrochene Glas auf.

Etta griff nach einer Taschenlampe im Regal hinter der Kellertür und stieg in das Halbdunkel hinab. Unten angekommen, ging sie festen Schrittes einen dunklen Gang entlang; sorgfältig vermied sie es, sich an den ausrangierten Öfen, leeren Kisten und den anderen im Keller abgestellten Gegenständen zu stoßen. Die Waschmaschine und der Trockner glänzten wie zwei weiße Zähne im gähnenden Schwarz, und sie ging auf sie zu, näherte sich damit dem Teil des Kellers, der direkt unter der Küche lag; undeutlich konnte sie erkennen, daß die unbehauenen Steinwände mit einigen Holzbalken neben den Maschinen abgestützt wurden.

Als sie näherkam, konnte sie sehen, daß hier ein Teil der unteren Balken des Küchenbodens eingesackt und ein Stück sogar ganz heruntergekommen war. Sie müßte Karen sagen, daß sie die Handwerker rufen mußte, sobald sie wieder oben war – allerdings schien Karen nicht gerade in der Stimmung, Mitteilungen über eingesackte Fußböden entgegenzunehmen.

Sie ließ das Licht der Taschenlampe die zerbrochenen Bohlen entlangstreifen, um den Schaden zu ermessen. Plötzlich hielt sie inne. Irgend etwas hatte da metallisch geglänzt. Sie bewegte die Lampe zurück in Richtung auf die Stelle, an der es aufgeblitzt hatte. Es schien sich um ein Stückchen einer kleinen Kette zu handeln, die zwischen den eingesackten Küchendielen eingekeilt war. Sie packte die Kette zwischen Daumen und Zeigefinger und zog sie ganz langsam zwischen den Brettern hervor.

Etta legte das Medaillon in ihre Handfläche und leuchtete mit der Taschenlampe darauf. Worte waren auf seinem Deckel eingraviert, doch Zeit und Schmutz hatten sie fast völlig unkenntlich gemacht. Mit dem Pulloverärmel wischte sie ein paarmal über die Oberfläche, bis sie zumindest die Inschrift erkennen konnte: *Mein Herz wird Dich immer finden.*

Ohne zu wissen warum, war sie sicher, daß dieses Andenken, das sie hier in der Hand hielt, viel dazu beitragen konnte, das Geheimnis dort oben zu lüften. Der Fund des Medaillons war mehr als ein Zufall, selbst wenn sie an Zufälle geglaubt hätte, was nicht der Fall war. Diese Miniaturen, die Karen dort oben zu einem altarähnlichen

Gebilde aufgebaut hatte; das Medaillon, das sie hier in der Hand hielt, alles, was sie über das McCartland-Haus wußte, mußte zusammengenommen so viele Hinweise geben, wie sie brauchte, um Karen aus dem zu befreien, was offenbar von Tag zu Tag immer gefährlicher wurde. Auch die zerbrochene Scheibe der Eingangstür war kein Zufall gewesen.

Karen half ihr dabei, behelfsmäßig ein Brett vor die Tür zu nageln. Sie tat es in einem tranceähnlichen Zustand; das einzige, was sie wollte, war, diese Arbeit möglichst schnell abzuschließen – und Etta bald zum Gehen zu veranlassen.

Etta redete wieder auf sie ein: „Karen, versuche bitte, dich darauf zu konzentrieren, was du fühlst, auf deinen Geist und deinen Körper, darauf, was du darüber weißt, wer du bist. Und dann sieh um dich, ob sich etwas verändert hat."

Weit davon entfernt zu verstehen, was Etta sagte, nicht einmal richtig zuhörend, trommelte Karen ungeduldig mit den Fingern auf den Tisch. „Ihr macht alle deswegen solch einen Aufstand. Ich bin schon in Ordnung. Ich wünschte, wir könnten das Thema einfach fallenlassen", fügte sie unwirsch hinzu. „Wenn du mich jetzt bitte entschuldigen würdest, Etta, ich möchte mich jetzt wirklich gern ausruhen. Ich bringe dich noch zum Jeep."

Karen stand auf der obersten Stufe der Außentreppe und sah zu, wie Etta ihre lange Gestalt in den Jeep faltete. Nachdem sie versprochen hatte, bald zurückzukehren, fuhr Etta davon. Karen beobachtete ihre Abfahrt von der Treppe aus, bis der Jeep hinter der weißen Wand der letzten Kurve verschwunden war.

Während der Fahrt befühlte Etta mehrfach das kleine goldene Medaillon, das tief in der Tasche ihres Parkas ruhte. Bis jetzt, dachte sie, war sie mehr oder weniger passiv gewesen, hatte nur zugesehen und Informationen weitergegeben. Das würde sich jetzt ändern müssen. Sie atmete tief durch und versuchte, ihren Blick noch fester auf das sie umgebende Geheimnis zu lenken. Ja, das würde sich alles ändern müssen, und zwar sehr bald.

* * * * *

Noch weit nach der Zeit, zu der Etta gewöhnlich zu Bett ging, saß sie in dem kleinen Alkoven in ihrem Wohnzimmer und las in den leinengebundenen Bänden, die sie von Karen zurückerhalten hatte. Selbstverständlich hatte sie schon früher darin gelesen, doch niemals mit solch konzentriertem Interesse. Sie saß im Lichtkegel ihrer grünen Schreibtischlampe, der einzigen Lampe, die im Haus brannte, und streichelte die weiße Katze, die auf ihrem Schoß lag.

Die verschnörkelte Handschrift ihrer Großmutter auf den vergilbten Seiten erinnerte Etta an deren würdevolle Art und all das, was sie im Laufe ihres Lebens von ihr gelernt hatte. Der Grund, weshalb Etta die Dinge so verstehen konnte, wie sie es tat, daß sie mehr sah als nur mit den Augen zu erkennen war, daß sie all das ihrer Großmutter verdankte. Wer außer dieser Frau hätte sie schon ernst genommen und ermutigt, als Etta als kleines Kind behauptet hatte, daß sie oft im voraus wußte, was geschehen würde – oder daß sie manchmal die Menschen überhaupt nicht als Menschen erkannte, sondern sie als strahlend leuchtende Farbkreise sah?

Auf dem Tisch vor ihr lag das kleine goldene Medaillon, das sie im Keller gefunden hatte, eingraviert darin die Worte *Mein Herz wird Dich immer finden.* Mit der Zeit war eine Rußschicht auf der Oberfläche entstanden, Rost hatte sich um den Verschluß festgefressen. Sorgfältig reinigte und polierte sie die Oberfläche, dann öffnete sie vorsichtig den Verschluß. Im Innern war, kaum noch zu sehen nach all den Jahren, in denen das Medaillon irgendwo im Schmutz gelegen hatte, ein schwach, aber doch noch deutlich erkennbares Porträt von Aimee McCartland eingelassen – derselben Frau, deren Bild auf Karens Kommode lag, neben Blessings Bild. Dieselbe Frau, die jeder für Karens Zwilling hätte halten können.

Sie nahm das Medaillon wieder in die Hand und betrachtete es im Licht ihrer Schreibtischlampe. Die Katze schnurrte und veränderte ihre Lage, legte den Kopf in Ettas Armbeuge. Etta drehte das Medaillon immer wieder zwischen den Fingern und betrachtete lange Aimees Gesichtszüge.

Damals, vor langer Zeit, als Blessing und Aimee im Haus dort oben über dem Abhang lebten, war es durchaus üblich gewesen, Medaillons als Zeichen der Liebe und Wertschätzung auszutauschen. Etta projizierte auf den Schirm ihrer Vorstellungskraft alle Bilder, die sie von jenen Menschen gespeichert hatte, die schon so lange tot waren: Blessing, ihrem Mann Ian und Aimee.

Aus dem, was sie über Ian gelesen hatte, von dem keine Bilder mehr existierten, stellte sich Etta einen bescheidenen, hart arbeitenden Mann vor, älter als seine Frau, eckig und ausgemergelt, sein Hals und seine Hände knochig aus Kragen und Ärmeln herausragend. Wohl kaum ein Bild, das zu einem Medaillon mit einer solch liebevollen Inschrift inspirierte, noch eines, das erklären könnte, warum der Geist seiner Frau eine zeitlose Wanderung durch ein Jahrhundert erdgebundenen Kummers angetreten hatte. Nein, das hatte nichts mit ihm zu tun. Das Medaillon war ein Geschenk zwischen Blessing und Aimee gewesen, das Zeichen einer tiefempfundenen Bindung.

Je länger sie in den Aufzeichnungen las, desto mehr war sie überzeugt, daß ihre Schlußfolgerung stimmte. Die Seiten enthielten eine ganze Reihe von Hinweisen auf die Beziehung zwischen der leidenschaftlichen Künstlerin und Aimee und darauf, daß die beiden Frauen andere Menschen immer stärker aus ihrem Leben ausgeschlossen hatten. Etta las immer weiter, liebkoste dabei das Medaillon mit einer Hand, während sie mit der anderen vorsichtig eine der brüchigen Seiten nach der anderen umblätterte. Zumindest von einem Teil des Rätsels hatte sich der geheimnisvolle Schleier gelüftet: Blessings ruheloses Umherwandern, ihre leeren, suchenden Augen, ihr Kummer waren das, was von ihrer Liebe zu Aimee McCartland überlebt hatte.

Mit einer ruhigen, entschlossenen Bewegung schloß Etta den letzten Band und wandte ihren Blick dem Haus auf dem Hügel über ihr zu. In der Nacht war das Haus selbst nicht zu erkennen, doch sie konnte ein Licht ausmachen, das irgendwo in einem der oberen Schlafzimmer brannte. Ohne so recht zu wissen, warum, war ihr klar, daß Karen dort oben war und sich an der Kommode zu schaffen machte. Nicht mit ihren fünf Sinnen, sondern mit anderen Augen sah Etta die schlanke, zerbrechliche Gestalt mit ihren Händen etwas auf der Kommode ordnen. Und während Etta ihren Blick schärfte und genau hinsah, murmelte sie ein Gebet.

Die Frau, die dort in dem dunklen Haus herumschlich – welche

Ähnlichkeit hatte sie noch mit der strahlenden, energiegeladenen Professorin, die erst vor ein paar Wochen hierhergezogen war? Jene Frau war dabei, vor Ettas Augen immer weiter dahinzuschwinden. Was war es nur außer ihrer frappierenden Ähnlichkeit mit Aimee, das Karen in dieses Geisterdrama hineingezogen hatte? Sie mußte von Karen mehr erfahren.

*****

Kurz vor zwei Uhr morgens erst legte Etta sich endlich zur Ruhe. Es kam nicht oft vor, daß sie so lange aufblieb. Manchmal, wenn sie bei einem kranken Tier saß und manchmal bei Geburten – und ein einziges Mal, grinste sie leicht in sich hinein, als sie bei einer Scheuneneinweihung zuviel Gin getrunken hatte. Das letztere hatte sich nie wiederholt.

Als sie die Treppe zu ihrem Schlafzimmer hinaufging, spürte sie zum ersten Mal seit langer Zeit wieder ihr Alter. Die Beine taten ihr weh, und jeder einzelne Knochen schmerzte. Eine Schwere legte sich auf ihre Brust. Als sie an die Aufgabe dachte, die vor ihr lag, wußte sie, daß sie alle Kraft zusammennehmen und bereithalten mußte, die sie nur aufbringen konnte. Sie würde nur leicht verdauliche Mahlzeiten zu sich nehmen, sich häufig ausruhen, ihre täglichen Spaziergänge ausdehnen, wieder mit den Meditationen beginnen und ihre besonderen Gebete ausarbeiten. Und, so schwor sie sich, während sie die Bettdecke bis zum Kinn hochzog, sie würde Karen gleich morgen früh anrufen ...

Nach dem Frühstück ging Etta mit langen Schritten zur Scheune hinüber und warf mit einer Mistgabel Heu für ihre Ziegen in den Pferch; dann kehrte sie zum warmen, nach Kräutern duftenden Haus zurück, sorgfältig die Schritte durch den dick fallenden Schnee setzend. Sie warf ihre rot besohlten Stiefel ab, die unter dem Vordach vor sich hintropften. Dann ging sie ins Haus, wählte Karens Nummer und wartete. Das Klingeln hatte den merkwürdig leeren Klang, der dem Anrufer signalisierte, daß wohl niemand zu Hause sein wird. Etta wußte, daß niemand ans Telefon gehen würde, auch nicht, wenn sie es zwanzigmal oder den ganzen Nachmittag lang klingeln ließe. Karen war entweder nicht zu Hause, oder sie wollte nicht abheben.

Etta versuchte sich zu beschäftigen. Sie packte Kräuter in kleine Säckchen für ihre Nachbarn, erfüllte kurz ihr Versprechen an den Küchenboden, ihn gründlich zu schrubben, und setzte sich am Spätnachmittag ans Klavier. Die Anfangsakkorde eines Requiems von Berlioz kamen ihr in den Sinn, und sie begann zu spielen, doch die Musik war zu traurig, zu klagend, und sie wechselte zu einem Stück von Mozart. Sie spielte aus dem Gedächtnis, versuchte sich selbst in der Musik zu verlieren. Solche Momente waren wie eine Meditation für sie, wenn das Bewußtsein ausgechaltet war und hinter dem herabgelassenen Vorhang ihr tieferes Wesen ruhig und ungestört wirken konnte. Sie hatte einmal jemanden gekannt, der dasselbe Ergebnis erzielte, indem er Stunden damit zubrachte, sich auf die Form, das Muster und die Farben kleiner Puzzlestücke zu konzentrieren; das hatte sie zwar noch nie selbst versucht, doch, dachte sie mit einem kleinen Lächeln, sie sollte das unter diesen Umständen möglicherweise auch einmal in Angriff nehmen.

Gegen siebzehn Uhr dreißig klingelte das Telefon. Etta sprang sofort auf und nahm den Hörer ab. Es war Maggie. Ettas anfängliche Enttäuschung legte sich schnell. Vielleicht hatte Maggie etwas Neues zu erzählen.

„Etta, ich rufe an in der Hoffnung, daß du etwas von Karen gehört hast. Ich habe es schon mehrfach versucht, aber es geht nie jemand dran. Allmählich werde ich nervös."

„Ich bin selbst ein wenig aufgeregt. Was hältst du davon, wenn ich hinübergehe und nachsehe und dich dann später wieder anrufe?"

„Das wäre großartig, Etta. Offen gestanden bin ich mehr als nur nervös, ich mache mir regelrecht Sorgen. Laß mich dir meine Büronummer geben. Ich werde den größten Teil des Abends hier sein."

* * * * *

In Boston legte Maggie den Hörer auf, lief aus ihrem mit Bändern und Manuskripten übersäten Büro hinunter in die Eingangshalle und von dort aus in einen ebenfalls vollgestopften Vorführraum. Sie öffnete die Tür zu einer Kabine voller Monitore, Playback-Tische und Steuerpulte, Hebel und Knöpfe. Die Videokassette von Karen lag vor ihr auf dem Tisch. Sie nahm sie in die Hand, wollte sie auflegen und sie sich noch einmal ansehen, doch sie zögerte. Als sie sich das Band heute morgen zum ersten Mal angesehen hatte, waren ihr die Tränen in die Augen gestiegen; sie hatte sie energisch fortgewischt, um sich vor den anderen Mitarbeitern am Projekt, die sich um den Monitor versammelt hatten, nichts anmerken zu lassen. Obwohl Karen letztlich die richtigen Worte gefunden und auch eine lebhafte Gestik an den Tag gelegt hatte, hatte Maggie durch den unbestechlichen Blick der Kamera hindurch eine veränderte Karen gesehen, eine Frau, die nur noch ein Schatten ihrer selbst war.

Maggie legte das Band ein, dann griff sie spontan nach einer Kassette mit früheren Kommentaren von Karen, die sie auf einen Vorführtisch daneben einlegte. Sie spulte das Band vor bis zu der Aufnahme am Kap. Dann drückte sie gleichzeitig die beiden Starttasten. Auf dem Monitor zu ihrer Rechten ging Karen den Strand entlang, ja sie schien auf ihm entlangzuschweben, kerngesund, vom Wind zerzaust, ihr schönes Gesicht sprühend vor Leben. Zu ihrer Linken saß Karen still in ihrem Sessel, und obwohl sie gut sprach, schienen ihre Gesichtszüge umwölkt. Sie sah klein und verschreckt aus. Die Gegenüberstellung zeigte die Veränderungen an Karen so deutlich, daß Maggie, allein im Vorführraum und ohne den Zwang, sich zu beherrschen, heftig zu weinen begann.

Morgen, sagte sie sich, morgen würde sie das Filmteam zusammenrufen und darauf drängen, von diesem letzten Band nur den Ton zu verwenden und ihn mit anderen Bildern zu unterlegen. Denn sonst hätte jeder – auch in der breiten Öffentlichkeit – erkennen können, daß mit Frau Professor Latham während der Produktionszeit des Filmes eine schwerwiegende Veränderung vor sich gegangen war.

Sie spulte die Bänder zurück, griff nach einem Taschentuch und schnaubte laut hinein. Einer der Nachtwächter rief durch die Tür hinter ihr: „Anruf für Sie, Miss England."

Die Leitung war sehr schlecht. Etta rief durch das Krachen: „Ich habe mit ihr gesprochen, Maggie. Sie hat endlich abgehoben. Sie behauptet, sie hätte gearbeitet und das Telefon abgestellt."

Maggie konnte hören, daß Etta am anderen Ende der Leitung einmal tief durchatmete. „Sie klang schrecklich", sagte Etta schließlich, „ich habe versucht, sie zu überreden, sie solle Freitag wieder zum Musikabend kommen, aber sie hat so getan, als ob sie gar nicht recht begriffen hätte, wovon ich überhaupt redete. Und sie legt offenbar auch keinen Wert darauf, daß ich sie besuche."

„Etta", warf Maggie ein, „ich habe mir gerade das Band angesehen, das wir im Haus gedreht haben. Sie sieht viel schlimmer aus, als ich wahrhaben wollte, während ich noch dort war. Was können wir nur tun?"

„Nun ja, vielleicht ist das einzige, was wir derzeit tun können, immer wieder zu versuchen, mit ihr Kontakt aufzunehmen. Ich habe lange darüber nachgedacht, Maggie, habe versucht herauszufinden, was da eigentlich los ist. Und ich glaube, daß ich manches jetzt ein wenig besser verstehe als vorher. Für den Augenblick würde ich vorschlagen, daß wir beide miteinander und auch mit Karen in Verbindung bleiben. Ich habe mir vorgenommen, morgen einmal hinüberzugehen, ob ich nun willkommen bin oder nicht."

„Ich wünschte, ich wäre da, um mit dir zu gehen."

„Ich rufe dich an, nachdem ich sie besucht habe. Vielleicht kann ich bis dahin mehr von dem auf die Reihe bekommen, was sich da eigentlich abspielt."

Maggie zog sich den Mantel an und ging nach Hause.

Am nächsten Tag wartete sie auf einen Anruf; jedesmal, wenn das Telefon klingelte, stürzte sie sich darauf. Als sie schließlich selbst versuchte, Karen anzurufen, hörte sie immer nur dasselbe einsame Klingeln. Bei der Arbeit war sie fahrig und ungeduldig, herrschte die Mitarbeiter des Teams an und verbrachte ihre Pausen allein. Ihre sonst so gute Laune schwand mit jeder Stunde, die ohne Nachricht von Karen verstrich.

Schließlich konnte sie es nicht mehr aushalten und rief Etta an. Entsetzt und verzweifelt stand sie da, den Telefonhörer in der Hand, und hörte es immer wieder schrillen. Vielleicht war Etta draußen in der Scheune oder machte Besorgungen in der Stadt, versuchte sie sich zu beruhigen. Doch jedesmal, wenn sie Ettas Nummer wieder wählte, hörte sie nichts als das leere Schrillen.

Kapitel 9

Etta erwachte in dem sicheren Bewußtsein: Dies war der Tag. Sie würde zum McCartland-Haus gehen und selbst nach dem Rechten sehen.

Vorsichtig fuhr sie die kurze Strecke zwischen ihrem Bauernhof und Karens Haus hinauf. Das eiskalte, stürmische Wetter hatte vorübergehend ausgesetzt; statt dessen herrschte an diesem Tag eine ungewöhnlich warme Witterung. Gestern war das Thermometer langsam über null Grad geklettert und hatte ein paar Zentimeter Schnee wegtauen lassen. Dann waren letzte Nacht die eiskalten Winde von Kanada heruntergestürzt und hatten den geschmolzenen Schnee zu tückischen Seen harten Eises gefroren.

Rauch stieg von Karens Schornstein auf, als Etta die Auffahrt hinauffuhr; Karens Wagen war wie gewöhnlich neben der Küchentür geparkt.

Sie hupte, um ihre Ankunft anzukündigen, stieg aus und fixierte das Haus. Abgesehen von dem Rauch, der langsam aus dem Schornstein kräuselte, war kein Lebenszeichen zu entdecken. Der

Schneedecke auf Karens Autodach war zu entnehmen, daß der Wagen seit Tagen nicht bewegt worden war.

Sie rief laut ein herzliches „Hallo“, bevor sie auf die Hintertreppe trat und laut an die Tür klopfte. Ihre Füße, die schon an das Eis gewöhnt waren, glitten immer wieder leicht unter ihr aus, und sie griff nach dem Türknopf, um sich festzuhalten.

Sie erhielt keine Antwort, nicht einmal ein Laut war aus dem Haus zu vernehmen. Wieder klopfte sie, diesmal mit der flachen Hand gegen das harte Holz der Eingangstür. „Karen?“

Mit wachsender Unruhe wartete Etta auf der Treppe. Karen mußte dort drinnen sein. Sie versuchte, den Riegel hochzudrücken, doch er ließ sich nicht bewegen. Karen hatte sich eingeschlossen.

Behutsam, sich der Gefahren bewußt, die das schimmernde Eis für sie bereithielt, trat sie vom Vordach zurück und begann, über den gefrorenen Schnee zu den Fenstern an der Vorderseite des Hauses hinüberzugehen.

Sich mit einer Hand an der Hauswand abstützend, drehte sich Etta um und stellte sich vor eines der kleineren Sprossenfenster. Sie beugte sich hinunter und lugte hinein, mit beiden Händen schirmte sie links und rechts das Sonnenlicht ab, um etwas in der Dämmerung dort drinnen erkennen zu können. Während sie herumschaute, dachte sie zunächst, Karen könne nicht dort sein, so ruhig und totenstill erschien ihr der Raum. Doch sie mußte dort sein. So schnell, wie ihr der Gedanke durch den Kopf schoß, sah sie Karen dann auch.

Karen kam langsam die Treppe herunter, ihren Blick ins Nichts gerichtet, die Lippen bewegend, als ob sie mit jemandem spräche. Sie betrat das Wohnzimmer, immer noch sprechend, und setzte sich ans Feuer. Etta trommelte gegen die Fensterscheiben und schrie Karens Namen.

Karen schien nichts zu hören und streckte die Hand zum leeren Stuhl aus, als ob sie jemanden berührte, der dort saß. Sie lachte ein hohes, klirrendes Lachen, das Etta durch das geschlossene Fenster hindurch in die Glieder fuhr.

Etta sah sich in ihren schlimmsten Befürchtungen bestätigt. Sie lehnte sich gegen die Schindeln und versuchte nachzudenken. Irgendwie, aus Gründen, die sie erriet, fühlte sie sich geschwächt, einfach durch die Tatsache, hier zu sein. Sie war nicht erwünscht. Der Gedanke machte sie wütend und um so entschlossener. Sie würde in dieses Haus gehen und Karen mit körperlicher Gewalt dort herausholen, jetzt, da ein solcher Schritt offenbar notwendig geworden war.

Sie erinnerte sich an das dünne Stück Holz, das sie und Karen vor die Tür genagelt hatten. Vielleicht würde es unter einem präzisen, harten Tritt nachgeben. Sie kehrte Zentimeter für Zentimeter über den vereisten Schnee zur Küchentür zurück, wobei sie sich immer wieder mit einer Hand an den Schindeln festhielt.

Sie erreichte die Treppe und stieg hinauf. Plötzlich erfüllte ein Aasgeruch die Luft. Ein steifer Wind war aufgekommen und trieb ihr den Gestank in Wellen entgegen.

Das nächste, was sie wußte, war das Gefühl zu fallen und ein wütender Schmerz in ihrer Seite. Sie krachte auf den hartgefrorenen Schnee. Es wurde ihr schwarz vor Augen – eine Schwärze, die sie von dem Schmerz und ihrem Bewußtsein fortzog, und obwohl sie dagegen ankämpfte, wurde es Nacht um sie.

* * * * *

Drinnen im Haus bemerkte Karen nur, daß die Frau wieder in den Raum trat und lächelte, während sie sich wieder neben sie ans Feuer setzte. *Heute ist Mittwoch,* atmete die Frau an ihr Ohr, *und mittwochs machen wir Butter. Du erinnerst dich doch daran, nicht wahr?*

In Wahrheit wußte Karen nicht, ob sie sich erinnerte, doch sie stimmte ganz fröhlich zu. „Natürlich", sagte sie mit einer Stimme, die ihr nicht mehr zu gehören schien.

Und danach machen wir unseren kleinen Spaziergang, fuhr die Frau fort. Sie waren schon so oft spazierengegangen, an ihren ganz besonderen Ort in der Bucht, und immer schien die Frau von der Kälte unberührt zu bleiben, trug nicht einmal einen Mantel. Doch Karen, so dick sie sich auch verpackt haben mochte, hatte jedesmal gespürt, wie die Kälte in sie einsickerte. Sie fühlte sie immer noch in den Knochen.

Sie ging mit Blessing in die Küche und begann mit ihr gemeinsam, ein Butterfaß und einen großen Krug voll warmer Milch zu holen. Doch es war merkwürdig: Keiner dieser Gegenstände war so recht fühlbar; sie erinnerten sie eher an das Phantasiespielzeug eines Kindes. Sie hielten gelegentlich inne, um sich aneinanderzuschmiegen, und bei solchen Gelegenheiten kümmerte es Karen ganz und gar nicht, ob sie die Gegenstände tatsächlich in der Hand hielt oder nicht. Das einzige, was sie interessierte, waren die zufälligen Berührungen und liebevollen Zärtlichkeiten.

* * * * *

In winzig kleinen Stückchen erlangte Etta das Bewußtsein wieder. Die Schmerzen waren es schließlich, die sie endgültig zu sich brachten. Die Schmerzen und die grausame Kälte, die von ihrem Körper Besitz ergriffen hatte. Sie wollte sich umdrehen, um die Schmerzen in ihrem linken Arm zu mildern, auf dem sie lag, doch ein scharfer Stich durchzuckte sie bei jedem Versuch, sich etwas anders hinzulegen, und jedesmal rutschte sie zurück in ihre alte Position. Sie lag einige Minuten ruhig da und überprüfte ihre körperlichen Reaktionen. Beine und Füße ließen sich problemlos bewegen. Ihre linke Seite und ihr linker Arm waren es, die ihr heiße Sterne vor die Augen treten ließen, sobald sie versuchte, sich zu erheben.

Sie blickte auf und stellte fest, daß sie nur wenige Meter vom Jeep entfernt dalag; und immer noch lief der Motor im Leerlauf.

Etta Cavendish, ermahnte sie sich, du hast in deinem Leben schon so manches geschafft. Und nun wirst du das hier auch noch hinbekommen. Du stehst jetzt auf und gehst zum Jeep, und dann fährst du in die Stadt und holst Hilfe.

Sie atmete einmal tief durch, um sich gegen den stechenden Schmerz zu wappnen; dann rollte sie sich auf den Bauch und anschließend auf ihre rechte Seite. Die Tränen traten ihr in die Augen vor Schmerzen. Langsam und mit zusammengebissenen Zähnen zog sie sich den gefrorenen Boden entlang, einen qualvollen Zentimeter nach dem anderen, immer mit festem Blick auf die Stoßstange des Jeeps. Endlich war sie so weit gekommen, daß sie die Hand ausstrecken und das kalte Metall ergreifen konnte. Sie zog sich langsam hoch, stellte sich auf die Füße und wartete, bis der

Schmerz und ihr Brechreiz etwas abebbten. Vorsichtig drehte sie sich um, öffnete die Tür und ließ sich auf den Sitz sinken, froh darum, daß es nur ihre linke Seite getroffen hatte. So konnte sie zumindest den Schalthebel bedienen.

Als sie schließlich auf der Straße war und auf Pelham Falls zufuhr, stieß sie mit zusammengebissenen Zähnen ein Stoßgebet hervor, die drohende Bewußtlosigkeit möge sie verschonen, bis sie das Dorf oder jemanden erreicht hatte, der sie in ihrem hin- und herrutschenden Jeep erkennen würde. Sie fuhr langsam und atmete flach.

Nach einer Ewigkeit, wie ihr schien, parkte sie den Wagen vor der Eingangstür zum Kaufmannsladen. Jetzt erst erlaubte sie es sich, den Kopf nach hinten sinken zu lassen. Das letzte Bild, an das sie sich noch erinnern konnte, war, daß der Laufbursche des Ladens, Joe Grimes, vom Eingang herunter auf sie zulief, wobei seine Lippen die Worte formten: „Miz Cavendish!“

* * * * *

Immer noch war es Maggie nicht gelungen, Karen oder Etta telefonisch zu erreichen; wie ein Tiger im Käfig lief sie in ihrer Wohnung auf und ab. Wieder trat sie ans Fenster, und diesmal sah sie unten eine junge Frau hinter einem lachenden Kind durch den Park laufen. Verblüfft registrierte sie – und dieser Gedanke spülte eine neue Welle der Angst in ihr hoch –, wie sehr die fremde Frau dort unten sie an Karen erinnerte: dieselbe langbeinige, biegsame Anmut, dasselbe gesunde gute Aussehen, das blonde Haar, das beim Laufen leicht um ihren Kopf wippte. Derart offensichtlich an Karen erinnert zu werden, ließ Maggies krampfhaft aufrechte Haltung endgültig in sich zusammenbrechen.

Sie mußte irgendwie mit Karen in Verbindung treten, und sei es auch nur indirekt. Plötzlich erinnerte sie sich an die Videobänder. Zugegeben, das war nicht viel, aber doch besser, als hier, von Nachrichten über die Freundin abgeschnitten, in ihrem Apartment zu warten, bis das Telefon endlich klingelte. Bevor sie ging, versuchte sie noch einmal, Karen und Etta anzurufen; dann schloß sie die Türe leise hinter sich und lief hinaus, quer durch den Park.

Der Tag war recht warm gewesen, doch mit der einbrechenden Dämmerung kam der Temperatursturz. Maggie eilte durch den beinahe verlassenen Park, ihr langer Wollschal flatterte hinter ihr her.

Sie konnte nicht anders, sie mußte daran denken, wie Karen an dem Tag ausgesehen hatte, als sie sich zum ersten Male begegneten und wie schnell ihre Gefühle für diese Frau gewachsen waren. Daß sie überhaupt so etwas erleben konnte, derart machtvolle Liebesgefühle, betrachtete sie als ein Geschenk des Himmels, das sicher nur wenigen Auserwählten zuteil wurde.

Daß die Quelle dieses Geschenks in ihrem Leben immer Frauen gewesen waren, hatte sie niemals im geringsten gestört. Vom ersten Augenblick an war ihr das als die natürlichste Sache der Welt erschienen; und weit davon entfernt, sich schuldig zu fühlen, betrachtete sie es für sich als großes Glück, das sicher nicht vielen beschieden war. Jedenfalls ganz bestimmt nicht Karen, die vor ihren Gefühlen geflohen war, nur um Gott weiß was dort oben an der Küste in Pelham Falls durchzumachen.

Was geschah dort oben mit Karen? Maggie beschleunigte ihre Schritte. Das einzig Konstante in ihrem Verhältnis zu Karen war jetzt die warme, intensive Liebe, die sie in sich trug wie das Licht eines Leuchtturms.

Sie schloß die Tür zum Studio auf und winkte ein paar Mitarbeitern zu, die Spätschicht hatten. Dann betrat sie den Vorführraum. Im Halbdunkel legte sie das letzte Band ein, saß da, das Kinn in die Hände gestützt, und beobachtete, wie Karens Gesicht auf dem Monitorschirm zu Lebensgröße wuchs.

Sie hatte mit einer Großaufnahme begonnen, dann eine Nahaufnahme von Karen gemacht. Während Karen sprach, war sie mit der Linse auf mittlere Distanz gegangen und hatte diese Kamerastellung beinahe für die gesamte Einstellung beibehalten. Als sie sich den Übergang von der Nahaufnahme zur mittleren Distanz noch einmal ansah, fiel ihr etwas auf: eine leichte Ungenauigkeit im Film, ein Fehler, den sie während früherer Vorführungen übersehen haben mußte. Sie spulte das Band zurück und sah sich die Stelle noch einmal an.

Diesmal gab es keinen Zweifel: Ein leichter Schatten ließ die Aufnahme an einer Stelle unscharf erscheinen, und zwar war es genau links von Karens Schulter. Noch einmal spulte Karen zurück, und dieses Mal spielte sie den Filmausschnitt in Zeitlupe ab. Wieder erschien dieser Schleier, diesmal war er deutlicher zu sehen. Maggie konnte erkennen, daß er sich leicht auf- und abbewegte und innerhalb von mehreren Sekunden einige Male die Position wechselte. Kälte kroch ihr den Hals hoch und die Arme hinunter, als sie die formlose graue Wolke über Karens Schulter schweben sah.

Sie hatte sich in den letzten Tagen einige Male äußerste Mühe gegeben, Karen zu glauben, hatte ernsthaft versucht, sich einzureden, daß sie vielleicht übertrieb, wenn sie sich über Karens Situation Sorgen machte. Verängstigt durch ihre Machtlosigkeit, hatte sie ihrem Verstand erlaubt, vor dem Unbekannten zurückzuschrecken, sich in der bequemen Sicherheit des Vertrauten zu wiegen. Wenn ihre Intuition ihr nicht dieses Unbehagen bereitet und sie aufgestachelt hätte . . .

Maggie starrte wie betäubt auf den Bildschirm, und ohne daß sie hätte sagen können warum, war ihr unwiderruflich klar, daß Etta und sie mit ihrem Gefühl, im Fall von Karen sei keine Zeit zu verlieren, absolut recht hatten. All ihre Erfahrung sagte ihr, daß er kein technischer Fehler sein konnte, dieser merkwürdig auf- und abwogende Schatten über Karens Schulter.

* * * * *

Das Krankenhaus lag fünfzehn Meilen außerhalb von Pelham Falls. Man hatte Etta vorsichtig auf die Rückbank von Mr. Lyles Buick gelegt, der mit ihr, so schnell es ging, zum kleinen Hospital gefahren war.

Etta lag unter dem blendend grellen Licht einer Deckenlampe; zu ihrem großen Ärger war sie durch festgezurrte Bettücher an eine Bahre gefesselt. Verschiedene Gesichter beugten sich über sie, und während sie krampfhaft versuchte, sich auf sie zu konzentrieren, glaubte sie, das eine oder andere wiederzuerkennen. Sie versuchte, sich aufzusetzen, sowohl um die Gesichter besser erkennen zu können, als auch, weil sie telefonieren wollte. Sofort durchzuckte sie ein greller Schmerz, und von mehreren Seiten griffen Hände nach ihr und hielten sie zurück. „Nur ruhig, Miz Cavendish“, hörte sie eines der Gesichter sagen. „Wir haben Ihnen etwas gegeben, damit Sie schlafen können."

Ihre Zunge lag dick in ihrem Mund, und es war schwer, sie unter Kontrolle zu bekommen; das gleiche galt für ihre Gedanken. Doch sie wußte, sie durfte keine Zeit verlieren. Sie mußte jemanden beauftragen, Maggie anzurufen.

„Sie verstehen nicht", wollte sie sagen, doch sie brachte nur unartikulierte Laute hervor, wie ein Kind, das mit vollem Mund spricht. Wieder versuchte sie zu sprechen, und wieder kamen nur undeutliche und unverständliche Laute aus ihrem Mund.

Jemand legte ihr die Hand auf die Schulter. „Versuchen Sie sich zu entspannen. Wir haben Ihren Arm geschient und Ihnen die Rippen fest umwickelt, und bald werden Sie sich wieder wie neu geboren fühlen. Nur müssen Sie jetzt ganz still liegen bleiben."

Etta spürte den Stich in ihrer Armbeuge, dann glitt sie sanft zurück in die weichen Kissen. Schläfrigkeit breitete sich in ihr aus. Die Stimmen sprachen immer noch auf sie ein, doch sie kamen aus immer größerer Entfernung.

* * * * *

Als sie wieder erwachte, lag sie in einem Zimmer auf einem schmalen Bett, und niemand beugte sich über sie. Es fiel ihr schwer zu atmen, als ob jemand ihr auf der Brust säße. Vorsichtig fuhr sie mit den Fingern der rechten Hand über ihre Rippen und zuckte zusammen, als sie den festen Pflasterverband fühlte. Der Gipsverband um ihren linken Arm fühlte sich an wie eine Betonverschalung; darunter pochte ein dumpfer Schmerz in ihrem gebrochenen Arm.

Zunächst nahm sie ihre seltsame Umgebung war, dann fielen ihr die Ereignisse wieder ein, die sie hierhergebracht hatten.

Etta drehte behutsam den Kopf auf dem Kissen und sah sich im Zimmer um. Eine farblose Flüssigkeit tropfte aus einer Flasche, die in einem Metallständer über dem Bett hing, in ihren Arm. Neben ihr stand ein leeres Bett, daneben war die Tür, die vermutlich auf den Gang hinaus führte. Zwischen den beiden Betten stand ein kleiner Nachttisch, und Erleichterung durchströmte Etta, als sie das Telefon neben einer blauen Schüssel und einer Packung Kleenex stehen sah. Alles, was sie jetzt noch brauchte, war Maggies Telefonnummer, die in ihrem Portemonnaie steckte, und jemanden, der für sie die Nummer wählte. Sie drückte auf die Klingel, die neben ihrer rechten Hand an der Matratze befestigt war.

Angekündigt durch das Rascheln von gestärktem Stoff, schlüpfte eine junge Frau ins Zimmer. „Wie fühlen Sie sich?" fragte sie mit gedämpfter Stimme.

„Bitte", murmelte Etta mit einer Stimme, die ihr immer noch nicht gehorchen wollte, „können Sie bitte mal nachsehen, wo meine Tasche ist? Sie müssen mir bei etwas behilflich sein." Etta versuchte sich aufzurichten, doch sie stellte erschreckt fest, daß ihr die Kraft dazu fehlte.

„Versuchen Sie sich jetzt auszuruhen, Miz Cavendish. Später werden Sie genug Zeit dafür haben, worum es sich auch immer handeln sollte. Liegen Sie jetzt einfach still da und ruhen sich aus, ja? So, seien Sie ein braves Mädchen."

Die Krankenschwester strich mit geschickten Bewegungen die Bettdecke um Etta glatt und richtete sich dann auf, um die Tropf-Geschwindigkeit der Infusion zu kontrollieren. Als sie gerade nach der Flasche greifen wollte, packte Etta sie am Arm, ihre Finger umklammerten das schmale Handgelenk der Frau wie ein Schraubstock. „Nein! Es gibt etwas, das ich unbedingt jetzt tun muß. Und das duldet keinen Aufschub."

Trotz der Einwirkung der Medikamente konnte die Schwester in Ettas Augen lesen, wie dringend und ernst ihr die Sache war. Sie versuchte, sich vorsichtig aus dem Klammergriff zu lösen und sprach besänftigend auf sie ein. „Also gut, ich werde es versuchen. Worum handelt es sich?"

„Finden Sie meine Tasche, die gewebte, mit der ich gekommen bin." Etta hatte Mühe zu sprechen. „Darin finden Sie eine Nummer auf einem kleinen Zettel, darüber steht: Maggie England. Bitte wählen Sie die Nummer und geben mir dann den Hörer."

„Aber Miz Cavendish", protestierte die Krankenschwester mit einem Blick auf die Uhr, „es ist kurz nach drei Uhr morgens. Sind Sie sicher, daß Sie um diese Uhrzeit jemanden wecken wollen? Sollen wir nicht doch lieber bis morgen früh damit waren?" Der Tonfall der Krankenschwester deutete darauf hin, daß sie überzeugt war, die alte Dame sei durch die vielen Medikamente wohl etwas wirr im Kopf. „Ich werde selbstverständlich gerne jemanden von der Frühschicht beauftragen, Ihnen beim Telefonieren behilflich zu sein. Kann das nicht wirklich warten?"

„Nein, es muß jetzt sein."

Solcherart beruhigt, daß es der Patientin offenbar egal war, um welche Uhrzeit sie jemanden aus dem Bett warf, ging die Schwester hinüber zu einem kleinen Wandschrank und holte Ettas Tasche heraus, wobei sie in fröhlichem Plauderton mit Etta sprach. „Es steht uns einiges bevor. Im Wetterbericht hieß es, der schwerste Sturm dieses Jahres sei gerade auf dem Weg zu uns. Seien Sie froh, daß Sie heute nacht hier bei uns sind." Sie hielt ein Stück Papier hoch. „Ist es das?"

Etta nickte, und die Schwester schritt schnell zurück zum Nachttisch und griff nach dem Telefon. Eine Ewigkeit später hörte Etta, wie die Schwester in den Hörer fragte: „Sind Sie Maggie England? Einen Augenblick bitte." Dann hielt ihr die junge Frau den Hörer ans Ohr.

* * * * *

Maggie hörte das Telefon klingeln, warf ihr Deckbett zurück und rannte durch das eiskalte Zimmer. Draußen bildeten die großen Schneeflocken einen wirbelnden, dichten Vorhang. Sie nahm den Hörer ab, kauerte sich frierend in einen Sessel und hielt sich mit dem freien Arm umschlungen, während sie lauschte. Der erste Schwall der Erleichterung, Ettas Stimme zu hören, machte bald einem dicken Knoten der Angst Platz. Sie hörte aufmerksam zu, während Etta die Geschichte ihrer Fahrt zum McCartland-Haus und ihre Erlebnisse dort schilderte.

„Ich gehe zur ihr, Etta. Ich fahre sofort los", unterbrach Maggie sie.

„Nein, du darfst da nicht alleine hingehen! Komm hierher ins Krankenhaus. Wir gehen dann zusammen."

Maggie ließ sich von der Krankenschwester eine Wegbeschreibung geben und legte auf. Sie schaltete das Radio ein, um den Wetterbericht zu hören. Es sah wirklich scheußlich aus da draußen. Während sie sich anzog, trank sie heißen Kaffee in großen Schlucken und goß den Rest in eine Thermoskanne für unterwegs. Sie zog Jeans und einen schweren Wollpullover an und streifte ihren Parka und ein Paar dicke Handschuhe über. Die Thermoskanne und ihr Schlüsselbund in der Hand, machte sie sich auf den Weg zu ihrem Wagen, der in der Tiefgarage stand. Wann hatte sie zuletzt getankt? Wie weit war es wohl bis zur nächsten Tankstelle, die um diese Nachtzeit geöffnet hatte? Sie schlüpfte hinter das Lenkrad, sah, daß der Tank noch fast voll war, und ließ den Wagen langsam auf die verschneite, menschenleere Straße hinausgleiten.

Die Reifen knirschten über den frisch gefallenen Schnee. Zu dieser späten Nachtstunde war absolut niemand unterwegs. Der Zeitlupeneffekt der fallenden Schneeflocken in der Stille bereiteten ihr das Gefühl, als sei sie unversehens in eine ins Groteske vergrößerte Weihnachtskarte hineingeraten. Es waren nur noch wenige Wochen bis zu den Feiertagen, und in zahlreichen der jetzt dunkel daliegenden Straßenzüge, an denen sie vorbeifuhr, waren schon Lichterketten und Weihnachtskerzen an Bäumen und auf den Dächern angebracht. Doch in den kurzen Stunden vor der Dämmerung waren alle Lichter aus, und die Menschen schliefen noch fest in ihren warmen Betten.

Sie fühlte sich grenzenlos allein, eingesponnen in den stummen Kokon ihres Wagens, auf dem Weg zu einer ungewissen und furchterregenden Konfrontation. Sie schaltete das Radio ein, und Paul Simons Stimme tönte klar durch die Stille: „Slip sliding away . . ." Irgendein zynischer Discjockey im Radio-Nachtdienst hatte sich wohl einen Scherz erlaubt. Sie drehte am Suchknopf, bis sie einen Sender gefunden hatte, der sanften Rock spielte. Sie versuchte mitzusingen, um sich von ihrer inneren Unruhe abzulenken. Sie fuhr an der Schlafstadt Lowell auf der Autobahn 95 entlang und vorbei an dem Abzweig nach Glouchester und Cape Ann. Sie würde auf dieser Autobahn bleiben bis kurz hinter Portland, dann nach Osten zum Ozean hin abbiegen und der gewundenen Küstenstraße weitere zweihundert Meilen folgen, bis sie Pelham Falls erreicht hatte. Oder, genau gesagt, bis sie das Krankenhaus südlich der Stadt erreicht hatte.

Der Schnee breitete immer neue weiße Laken auf der Windschutzscheibe aus. Kaum hatten die Scheibenwischer eine Drehung vollendet, war die Scheibe schon wieder mit einer dicken, weißen Schicht bedeckt. Gelegentlich brach der Wagen seitwärts aus, wenn die Räder auf einer der tückischen Eisplatten keinen Halt mehr fanden. Sie kroch die Autobahn entlang und war sich schmerzhaft der geringen Geschwindigkeit bewußt, die sie jedoch einhalten mußte, wenn sie heil ankommen wollte. Frustriert fluchte sie leise vor sich hin. Bei diesem Tempo würde sie erst am nächsten Mittag in Pelham Falls sein. Und auch das nur, wenn der Sturm nicht schlimmer wurde. Sie klammerte sich noch fester ans Lenkrad und murmelte ein Dankgebet an die Vorsehung, die ihr eingegeben hatte, ein Auto mit Allradantrieb zu kaufen und Unsummen in teure Winterreifen zu stecken. Sie konnte es schaffen – sie mußte es schaffen.

Die Morgendämmerung brach ohne Vorankündigung herein, irgendwo auf der Strecke hinter der Einmündung des Highway One in die Autobahn. Die Thermoskanne lag leer auf dem Beifahrersitz, und Maggie taten Arme und Beine weh von der Anstrengung, den Wagen die vereiste Straße entlang geradeaus zu lenken. Vor sich in der Ferne konnte sie einige Lichter im Schneesturm aufblitzen sehen, kurze Zeit später erkannte sie, daß es sich um eine Raststätte handelte. Immer noch eingesponnen in den Kokon ihres Wagens, stellte sie beinahe überrascht fest, daß die Welt da draußen auch noch existierte. Sie mußte unbedingt eine Pause machen. Ein merkwürdiges Gefühl beschlich sie jedesmal, wenn sie mit dem Auto durch ein Schneetreiben fuhr: das Gefühl, die Schwerkraft sei aufgehoben und sie gleite durch einen weißen Tunnel, könne jeden Augenblick in eine andere Dimension hineinstürzen.

Die Raststätte war so gut wie ausgestorben. Ein paar Lastwagen standen, unter Schneewehen begraben, auf einer Seite des Rasthauses; sie sahen aus wie übergroße Schlittenhunde, die im Schnee schliefen. An den überraschten Blicken der wenigen Menschen im hell erleuchteten Restaurant erkannte sie, daß ihr Auftauchen wohl ein besonderes Ereignis war.

Sie setzte sich an den Tresen und stellte erschöpft die Thermoskanne auf den Resopaltisch. Eine Kellnerin näherte sich ihr mit hochgezogenen Augenbrauen. „Was bekommen Sie?" Maggie bestellte eine Tasse Kaffe und ließ sich die Thermoskanne füllen. Als die Kellnerin mit einem siedend heißen, bitter riechenden Kaffee zurückkam, musterte sie Karen scharf. „Ist schon eine verdammt üble Nacht für 'ne Spritztour." Sie machte eine Pause, um Maggie die Gelegenheit zu geben, ihr verrücktes Verhalten zu begründen. Maggie grinste zustimmend und verrührte die Milch in ihrem Kaffee. Die Kellnerin schenkte ihr ein kleines, nachsichtiges Lächeln, schüttelte den Kopf und kehrte zu ihrer Unterhaltung mit den gestrandeten Lastwagenfahrern zurück, die in einem Pulk um einen Tisch in der Nische saßen.

Maggie starrte in ihren Kaffee und unterhielt sich im Geiste mit der Kellnerin weiter: Tja, sehen Sie, es ist so. Ich bin heute nacht hier draußen in diesen Schneesturm geraten, weil eine Freundin von mir in Gefahr ist, von einem Geist besessen zu sein – von einem gewalttätigen Geist, kann ich Ihnen versichern. Ich fahre, was das Zeug hält, um eine siebzigjährige Frau mit gebrochenem Arm zu treffen und mit ihr gemeinsam etwas gegen diesen Geist zu unternehmen. Ach und übrigens, ich liebe die besagte Frau – die junge, lebendige natürlich.

Nun ja, das würde eine Zeitlang hier Leben in die Bude bringen, schloß sie. Sie rieb sich mit der Hand über ihre angestrengten, rotgeäderten Augen.

Statt sie aufzuheitern, machte ihr Selbstgespräch sie traurig. Kein Wort davon war gelogen. Nur: Was um Himmels willen würde sie tun, wenn sie einmal dort oben angekommen war? Bislang hatte sie nur an den Sturm gedacht und daran, es bis Pelham Falls und bis zu Karen zu schaffen.

Mit zusammengebissenen Zähnen ging sie zurück zu ihrem Wagen, bezahlte ihre Benzinrechnung und fuhr wieder in den Sturm hinaus. Sie konnte nicht weiter durch den dichten Schneevorhang sehen, als sie die Ereignisse vorausahnen konnte, die sich abspielen wurden, wenn sie endlich irgendwann ihr Fahrtziel erreicht haben würde.

Als sie schließlich bei der Ausfahrt zum Krankenhaus von der Küstenstraße abbog, war Maggie den Tränen nahe vor Erleichterung, überhaupt angekommen zu sein – und vor Sorge. Sie würde Karen nicht sofort sehen können. Zunächst würde sie Etta vom

Krankenhaus abholen, dann würde sie beide zu Etta nach Hause fahren und dort Pläne schmieden. Wenn die Situation wirklich so bedrohlich war, wie Etta es angedeutet hatte, würde Karen sie dann überhaupt wiedererkennen? Wieder krümmte sie sich nach vorn über das Lenkrad und versuchte krampfhaft, durch das dichte Schneetreiben hindurch die Straße vor sich zu erkennen.

Sie erinnerte sich daran, wie ihre Eltern sie als Kind immer in die Kirche mitgenommen hatten. Eines der Kirchenlieder hatte ihr jedesmal besondere Angst gemacht. Die Verse besangen die Menschen, für die es zu spät ist – die Glücklosen oder die mit dem versteinerten Herzen, die dazu verdammt waren, daß ihnen keine Gnade und kein Licht zuteil wurde. Jedesmal, wenn die letzten Akkorde um sie herum erklangen und die Gemeinde die Schlußworte „Beinahe – und doch verloren" intonierte, krampfte sich Maggies Kinderherz zusammen und in ihrem Kopf drehte sich alles vor Entsetzen über ein solches Schicksal. Dann umklammerte sie die Hand ihrer Mutter noch fester und betete stumm, daß sie von einem solch grausamen Schicksal bitte verschont bleiben möge.

Schon lange hatte sie ihren Glauben an Gott aufgegeben und somit auch die Angst und Schuldgefühle, die solche Lieder auslösen sollten. Doch als sie sich dem Krankenhaus näherte, erinnerte sie sich an die Gefühle damals bei jenem Kirchenlied, und wieder kroch die Angst in ihr hoch. Würde sie zu spät kommen?

*****

Als Maggie ins Zimmer trat, saß Etta schon vollständig angezogen, ihren linken Arm in Gips, eine Schlinge um die Schulter, auf dem Rand ihres Bettes. Zwar litt Etta offensichtlich Schmerzen, doch Maggie konnte sehen, daß sie noch sehr der Frau glich, die sie in so kurzer Zeit bewundern gelernt hatte.

Es ist ja oft so, dachte Maggie, wenn ältere Menschen einen Unfall erleiden, zum Beispiel stürzen und sich etwas brechen, verfallen sie oft regelrecht, und häufig erholen sie sich nicht mehr. Nicht so Etta. Daß sie Schmerzen hatte, war an ihren zusammengepreßten Lippen deutlich zu erkennen. Die Medikamente, die sie offenbar erhalten hatte, ließen ihren sonst so scharfen Blick etwas gläsern wirken; doch abgesehen davon war sie nach wie vor der Inbegriff von Stärke – eine Frau, die mit sich im Reinen war.

Sie umarmten sich, Maggie legte den Arm ganz vorsichtig um Etta. Dennoch zuckte Etta unter dem leichten Druck zusammen. „Die gebrochenen Rippen sind besonders lästig. Ich sitze hier die ganze Zeit und bete, daß ich nicht husten oder niesen muß." Etta lächelte zu Maggie herauf und nahm ihre ausgestreckte Hand. Sie stellte sich, nur ein klein wenig unsicher, auf die Füße. „Laß uns von hier weggehen."

Etta mußte noch ihre Entlassungspapiere unterschreiben, und währenddessen redete eine Schwester leise und mit mißbilligendem Zungenschnalzen auf sie ein, drängte sie zu bleiben – wenn schon nicht aufgrund ihres Zustandes, dann wenigstens wegen des schrecklichen Wetters. Etta schenkte den Ermahnungen keinerlei Beachtung; hastig unterzeichnete sie die ihr vorgelegten Formulare. Als die langweilige Prozedur endlich überstanden war, erhob sich Etta vorsichtig von ihrem Stuhl, legte eine Hand auf Maggies Arm und kommandierte: „Jetzt aber raus hier!"

Während sie langsam auf Ettas Hof zufuhren, kämpfte Maggie gleichermaßen gegen den Sturm und ihr Verlangen an, Etta nach mehr Informationen auszufragen. Etta konnte beinahe sehen, wie die Fragen in Maggies Kopf herumschwirrten und ihr Gesicht verdüsterten, und versuchte, sie zu trösten. „Wir werden über alles sprechen, sobald wir im Haus sind. Konzentriere dich jetzt nur darauf, uns heil dort hinzubringen. Wir werden gar nichts mehr für Karen tun können, wenn wir hier im Graben landen."

Maggie nahm Ettas gesunden Arm und geleitete sie über den schneebedeckten Boden ins Haus. Sie machten es sich vor dem Holzofen gemütlich, der bald eine tröstliche Wärme ausstrahlte. Etta setzte sich in ihren abgeschabten Sessel, Maggie in einen Schaukelstuhl ihr gegenüber. Maggie setzte die Teetasse, die Etta ihr gereicht hatte, auf den Linoleumboden und trocknete sich die von Angstschweiß bedeckten Handflächen an der Oberfläche ihrer Jeans. Etta lehnte sich zurück, schloß einen Moment lang die Augen, und Maggie spürte, daß sie darüber nachdachte, wie sie beginnen sollte.

Dann beugte sich Etta vor und sprach zu ihr mit ihrer direkten, klaren Stimme. „Ich habe es mir durch den Kopf gehen lassen, was wohl mit Karen los ist." Sie machte eine Geste in Richtung des McCartland-Hauses, das durch den dichten Schneefall draußen fast nicht erkennbar war.

„Dinge geschehen nicht einfach ohne Grund", fuhr sie fort, „nicht immer ist der Grund für uns erkennbar oder einsichtig, doch irgendwo ist immer ein Grund für etwas, das geschieht. Mit anderen Worten, manche Leute schreiben dem Zufall oder vielleicht dem Glück Dinge zu, die ganz andere Ursachen haben."

Etta erzählte Maggie von den Aufzeichnungen, die ihre Urgroßmutter begonnen hatte und die viele Jahre weitergeführt worden waren.

„Blessing McCartland war schon zu ihren Lebzeiten eine seltsame Frau. Hat sich nicht sehr mit Menschen eingelassen, nicht einmal mit ihrem Mann. Schien in einer abgeschlossenen Welt zu leben, nur für ihre Bilder und irgendwelche Visionen Raum zu haben, die allein sie kannte. Das alles veränderte sich mit der Ankunft von Aimee . . ."

Etta hielt inne und legte vorsichtig eine Hand auf die verbundenen Rippen. „Gib mir doch bitte meine Tasche, Maggie. Da ist etwas, das ich dir zeigen will."

Maggie brachte die Tasche herüber. Etta kramte darin herum und brachte schließlich ein kleines goldenes Medaillon hevor. „Ich habe dies hier gefunden, eingekeilt zwischen den Holzdielen unter dem Küchenboden." Sie reichte Maggie das Medaillon.

Maggie drehte das kleine Schmuckstück zwischen den Fingern und las die Worte auf dem herzförmigen Deckel: *Mein Herz wird dich immer finden.*

„Öffne es", forderte Etta sie auf.

Das Gesicht, das in der verblaßten Daguerreotypie eingefangen war, starrte sie an, schwach und kaum noch zu erkennen, doch es war eindeutig das Gesicht einer seinerzeit schönen jungen Frau. Maggie ahnte jetzt, was Etta ihr gleich erzählen würde.

„Blessing McCartland ist an diese Erde gebunden, weil sie Aimee liebt. Zu ihrer Zeit konnten sie diese Liebe natürlich nicht offen leben. Doch sie liebten sich, davon bin ich überzeugt. Das ist die einzige Erklärung, die einen Sinn ergibt. Etwas in mir weiß einfach, daß das die Wahrheit ist."

Maggie trat ans Fenster, das Medaillon immer noch in der Hand und blickte hinüber zu Karens Haus; im Erdgeschoß brannte Licht, die Umrisse des Hauses selbst waren durch die Dämmerung und das Schneetreiben verzerrt. Während sie auf den einen Lichtpunkt starrte, fühlte sie sich unendlich viel weiter von Karen entfernt, als die Distanz zwischen diesen beiden Fenstern signalisierte, so als ob der schneebedeckte Boden sich aufgetan und einen gähnenden Abgrund freigelegt hätte. Sie wandte sich wieder Etta zu. „Dann ist es also die Ähnlichkeit zwischen Karen und Aimee, die Blessing sieht. Es ist in Wirklichkeit Aimee, die sie will, oder die sie bereits zu haben glaubt. Richtig?"

„Das ist das, was ich mir zusammengereimt habe."

„Aber weiß Blessing nicht, daß es Karen ist und nicht Aimee?" Maggie hob die Stimme. „Ich meine – kann sie den Unterschied nicht erkennen?" Sie blickte wieder zum erleuchteten Fenster hinüber, dann zu Etta. „Wir können einfach hinübergehen und es Karen erzählen. Ihr sagen, was sich da abspielt, oder sie einfach da herausholen."

„Ich fürchte, es ist doch etwas komplizierter", erwiderte Etta. „Siehst du, es muß etwas in Karen geben, das dies zuläßt. Irgendein versteckter Teil in ihr, der den Geist von Blessing akzeptiert und in sich aufgenommen hat. Das ist der Teil, den wir noch kennenlernen müssen, bevor wir versuchen können, ihr zu helfen. Was Blessing anbetrifft, so stelle ich mir vor, daß sie den Unterschied überhaupt nicht bemerkt hat. Alles, was sie weiß, ist, daß ihre Traurigkeit, ihre Sehnsucht ein Ende haben. Für sie hat Karen den Schlußstrich gesetzt unter ihre fast hundertjährige Suche. Eine Suche, die Blessing nur zu gern beendet sehen will."

Maggie ließ sich schwer in den Schaukelstuhl fallen. Die Arme auf die Knie gestützt, blickte sie auf das Medaillon hinunter.

Etta spürte Maggies Befürchtungen, blieb einen Moment still sitzen, dann beugte sie sich gegen den Protest ihrer gebrochenen Rippen nach vorn und streichelte Maggie sanft über den Kopf.

„Wie schlimm kann es denn werden?" fragte Maggie mit brüchiger Stimme. „Was wird geschehen, wenn wir es nicht schaffen, sie da herauszuholen? Es ist ja nicht gerade so, als ob wir nur zum Hörer greifen und den Notarzt oder die Polizei rufen müßten. Oh mein Gott, Etta."

„Nein, das können wir nicht tun. Das heißt, wir sind ausschließlich auf uns selbst angewiesen. Sie fühlt sich uns beiden nahe und vertraut uns, glaube ich. Doch wir müssen jetzt handeln. Karen ist in Gefahr, den Verstand oder ihr Leben zu verlieren – vielleicht sogar beides. Du hast gesehen, wie zerbrechlich sie inzwischen aussieht. Wahrscheinlich befindet sie sich schon nicht mehr in dieser Welt, zumindest nicht mehr lange. Es könnte der Tag kommen, an dem sie ihren Weg nicht mehr zurückfinden kann. Sie ißt nichts, sie ruht nicht, sie verlangt ihrem Körper mehr ab, als er ertragen kann."

Etta blickte Maggie eindringlich an. „Und dann gibt es noch das, was weniger einfach zu erklären ist. Maggie, hast du das schon einmal erlebt, daß du jemandem begegnest, der dir durch seine bloße Anwesenheit die Kräfte zu rauben scheint? Du fühlst dich so ausgelaugt, daß du nur noch weg willst. Wer von einem Geist besessen ist, erlebt etwas Ähnliches. Wir alle entwickeln und verhalten uns, weil uns die Lebenskraft – Energie, oder wie immer du das nennen willst –, dazu antreibt. Geister haben keine eigenen Kräfte dieser Art und müssen sich daher auf die Lebenden stützen. Karens Leben wird von diesem Geist aufgesogen wie Wasser von einem Schwamm."

Maggie sprang auf die Füße. „Laß uns rübergehen! Oh Gott, wir müssen sie da herausholen!"

„Warte, Maggie. Wir müssen erst wissen, was wir tun sollen, wenn wir erst einmal dort sind. Und es gibt immer noch ein Stück dieses Puzzles, das uns fehlt. Der Anteil an Karen, der offen ist für Blessing. Darüber müssen wir noch ein wenig nachdenken."

In dem darauffolgenden Schweigen ging Maggie gedanklich noch einmal alles durch, was Etta gerade gesagt hatte; dabei stolperte sie immer wieder über den Gedanken, daß irgend etwas an Karen Blessing ermutigt hatte. Und das dieses unbekannte Etwas sie immer noch an Blessing gebunden hielt.

Maggie legte im Geiste eine Liste mit Karens Persönlichkeitseigenschaften und Merkmalen an. Worte wie klug und selbstbewußt kamen ihr sofort in den Sinn und führten die Liste an, gefolgt von lebhaft, interessant, witzig. Bald wurde aus der Liste ein Katalog von Karens Eigenschaften, wie Maggie sie sah, und Worte wie wundervoll, warmherzig, sinnlich begannen an die Stelle der objektiveren Beschreibungen zu treten.

Noch bevor Maggies Suche sie direkt auf die Antwort zuführte, spürte sie, wie sie rot wurde, und ein Klingen in ihren Ohren kündigte die Erkenntnis an. Sie, Maggie, wußte besser als irgend jemand sonst, welchem Konflikt Karen ausgesetzt war durch die Liebe, die Maggie ihr zu leben anbot. Karens Konflikt, ihr ohnmächtiger Kampf gegen ihre eigenen Empfindungen, waren die Schwachstelle gewesen, durch die Blessing in ihre Persönlichkeit hatte eindringen können.

Die Erkenntnis traf Maggie mit solcher Wucht, daß sie in ihren Schaukelstuhl zurücksank und nach Luft ringen mußte. Gerade als sie sich davon erholte, wurde sie von der zweiten Welle der Erkenntnis überspült – daß sie es jetzt Etta erzählen mußte. Sie würde ihr genau das enthüllen müssen, was Karen unbedingt verbergen wollte.

Maggie blickte Etta an, die ruhig in ihrem Sessel dasaß, und sah, daß die ältere Frau sie unverwandt anblickte. Ettas graue, sanfte Augen hatten die Macht, sie allein durch ihren klaren Blick zu fordern. Etta sagte kein Wort, sie schaukelte nur in ihrem plumpen Sessel hin und her. Ihr Gesichtsausdruck sagte: Nur weiter, Maggie, es ist schon in Ordnung.

Maggie beugte sich in ihrem Sessel nach vorn, die Hände zwischen die Knie geklemmt. „Etta“, begann sie und hielt erst einmal inne, um sich zu räuspern, „da gibt es etwas, das erklären kann, was du wissen willst.“ Maggie verlagerte das Gewicht in ihrem Sessel, zog eines ihrer langen Beine unter sich, stieß sich mit dem Fuß der anderen langsam vom Boden ab und schaukelte. Ihre Augen durchforschten den Raum eine Zeitlang, bevor sie weitersprach. „Karen ist sehr besorgt, es könnte irgend jemand erfahren, was ich dir jetzt sagen werde. Doch unter diesen Umständen habe ich wirklich keine andere Wahl. Siehst du, Etta, ich bin mehr als nur Karens Freundin. Wir lieben uns. Ich meine – ich liebe sie. Und ich glaube, sie liebt mich auch.“

Maggie hielt inne, atmete tief ein und versuchte, Ettas Reaktion einzuschätzen. Etta nickte und lächelte, ermutigte Maggie dadurch, fortzufahren.

„Sie hat große Angst vor ihren Gefühlen. Kurz nachdem wir uns das erste Mal geliebt haben, begann sie sich zurückzuziehen – eines Tages mietete sie dieses Haus und verschwand. Das war ihre Art, dem Ganzen zu entkommen, ihre Art, vor sich selbst davonzulaufen. Sie fühlte sich von all dem bedroht, Etta. Sie macht sich Sorgen, daß sie sich da vielleicht in eine Sache hineinbegibt, die möglicherweise all ihre beruflichen Aufstiegspläne gefährden könnte."

Ettas Gesicht hellte sich zusehends auf. Wo scharfe Linien des Zweifels und der Verwirrung gewesen waren, breitete sich jetzt weiches Verständnis aus.

„Armes Ding", sagte sie sanft und berührte Maggies Knie.

Mutig geworden, fuhr Maggie fort: „Ich hoffe, das klingt jetzt nicht kitschig, aber das, was zwischen Karen und mir geschieht, ist etwas ganz Besonderes. Ich wußte es von Anfang an. Was auch immer sie in bezug auf ihr Leben und ihre Gefühle entscheidet, ich werde es akzeptieren müssen. Doch ich liebe sie mehr als alles andere auf der Welt, mehr als jeden anderen Menschen. Es gibt nichts, das ich nicht für sie tun würde, Etta. Gar nichts." Maggie blickte auf ihre Hände hinab und biß sich auf die Lippen, dann hob sie den Blick und begegnete Ettas Augen.

Etta sah Maggie geradeheraus an, in ihrem Blick lag große Bewunderung. „So. Jetzt wissen wir es also", sagte sie, und ihre Stimme klang so geradlinig wie immer. „Schließlich legt sich das letzte Stück unseres Puzzles an den richtigen Platz. Karen tut mir schrecklich leid; die Gefühlsverwirrung muß furchtbar für sie sein. Auf jeden Fall danke ich dir sehr, daß du es mir gesagt hast. Das hast du richtig gemacht, Maggie. Jetzt müssen wir Karen aus der Gefahrenzone bringen."

Mit einem langen Seufzer der Erleichterung fragte Maggie, ob Etta noch etwas Tee wolle. Einige Minuten später reichte sie ihr eine Tasse Kamillentee und setzte sich wieder neben sie.

„Wenn es an mir läge", sagte Etta, „hätte ich die Regeln völlig anders gefaßt. Scheint, als sollten wir die Liebe feiern und uns weniger darum sorgen, wen wir uns für diese Feier aussuchen. Ich weiß etwas von strikten Regeln und habe Verständnis für Menschen, die einen anderen Weg wählen. Ich habe ja selbst einen anderen Weg gewählt."

Etta schüttelte beinahe traurig den Kopf, dann blickte sie wieder zu Maggie auf. „Ich war schon eine Seltsame, denn ich habe gewählt, nicht zu heiraten, statt dessen auf dem Hof zu arbeiten und eine beträchtliche Zeit mit mir selbst zu verbringen. Ich habe allmählich die Gaben, die mir mitgegeben waren, verstehen und nutzen gelernt, doch viele haben mich eine Verrückte genannt, die herumläuft und mit den Tieren spricht, Krankheiten mit Kräutertees heilt und sogar Hand auflegt." Etta lachte leicht und machte eine schnelle Handbewegung, als verscheuche sie eine Mücke. „Doch ich bin einfach meinen Weg weitergegangen, ein naturnahes Leben zu führen, das mir am meisten entspricht und mir ermöglicht, das zu tun, was mir für mich das Richtige schien. Alles in allem fühle ich mich reich beschenkt, daß ich ein solches Leben führen konnte."

Etta blickte von Maggie weg zum Fenster hinaus auf das, was jenseits davon lag. „Die Sache ist die, ich hatte tatsächlich keine andere Wahl. Sonst hätte ich ein Leben führen müssen, das mich von mir selbst entfernt hätte. Ich kann mir keine schlimmere Existenz vorstellen."

„Nein. Ich auch nicht", sagte Maggie weich. Es war dieselbe Erkenntnis, von der sie inständig hoffte, daß auch Karen sie haben würde. Sie ging zu Etta hinüber und legte ihre Arme um die kräftige Frau, wobei sie darauf achtete, sie nicht zu fest zu drücken, um ihr keine neuen Schmerzen zu bereiten. In diesem Augenblick fühlte sie sich Etta näher, als sie seit langem jemandem gewesen war. Beide hatten füreinander Verständnis bewiesen und respektierten sich in ihrer jeweiligen Lebensweise.

Sich die linke Seite haltend, durchquerte Etta den Raum auf dem ausgetretenen Linoleum und schaltete die Lampe auf dem Klavier an. Von dort ging sie zum Fenster hinüber und blickte hinaus durch den immer noch heftigen Schneesturm. „Wie spät ist es?" fragte sie leise. „Ich trage meine Uhr nicht mehr, seit sie mir diesen Gips um den Arm gemacht haben."

„Kurz vor sechs", erwiderte Maggie und kam herüber, um sich neben Etta ans Fenster zu stellen.

Das Haus dort drüben war kaum zu erkennen, sein einsam

erleuchtetes Fenster verhöhnte sie in der frostkalten Nacht. Etta wurde bewußt, daß der Wind, der ums Haus fegte, ähnlich klang wie ihre Nerven klingen würden, wenn sie denn ein Geräusch machen könnten. Nichts in ihrer Vergangenheit, überlegte sie weiter, hatte sie so recht auf den Kampf vorbereitet, der vor ihr lag. In der jungen Frau, die da neben ihr stand, spürte sie Stärke und Ausdauer. Maggie war eine Frau, die nicht so schnell zu Gefühlen wie Angst oder Hilflosigkeit neigte. Und dasselbe konnte man von ihr sagen. Doch als sie so hinüber zu den dunklen Umrissen des Hauses blickte, schien es ihr, als würde jetzt von ihr weitaus mehr verlangt als jemals zuvor. Sitzungen mit kranken Tieren, so etwas wie den siebten Sinn zu haben, das war das eine, doch die Konfrontation mit einem Geist war etwas weitaus Schwierigeres.

Etta zog sich weiter in sich selbst zurück, bezwang ihre Unruhe durch reine Willensanstrengung. Ihr Geist, befreit von Zittern und Zagen, begann die Möglichkeiten zu untersuchen, die ihr zur Verfügung standen, und während sie die Fakten noch einmal auflistete und ordnete, nahm ein Plan in ihr Gestalt an – ein Plan, der zweifellos äußerst schwierig in der Durchführung sein würde. Etta schauderte leicht, und Maggie rückte näher zu ihr heran und legte ihr einen Arm um die Schulter.

Ohne die Augen von dem Haus auf der anderen Seite der Straße zu wenden, sagte Etta: „Wenn wir dort sind, werden wir den Geist von Blessing McCartland rufen müssen. Wir werden sie in unsere Mitte holen müssen . . ."

„Warum können wir nicht einfach hinübergehen und Karen herausholen?" fragte Maggie mit weit aufgerissenen Augen.

„Und was ist mit der Tatsache, daß es sich um eine gegenseitige Angelegenheit handelt? Bist du schon einmal gezwungen worden, dich von jemandem zu trennen? Ich nicht, doch ich stelle mir vor, das kann die Bindung nur noch verstärken. Wir können sie nicht einfach herausholen – wir müssen sie dazu veranlassen, daß sie von selbst gehen will. Und wir müssen Blessing dazu bringen, daß sie Karen ebenfalls losläßt. Sonst legen wir nur einen Verband um eine offene Wunde, statt erst die Blutung zu stoppen."

„Also gut. Aber *wie,* das ist die große Frage. Wie können wir den Geist von Blessing herbeirufen, und wie sprechen wir mit ihr?"

„Nun ja", sagte Etta, „ich glaube, ich werde sie einfach anrufen. Sie heraufbeschwören, weißt du, und sie dann irgendwie davon überzeugen, in die Welt zurückzukehren, in die sie gehört. Es kann hier keinen Frieden geben für sie, selbst wenn sie glaubt, sie sei wieder mit Aimee zusammen."

„Aber was ist mit Karen? Wie soll das gehen, sie dazu zu bringen, Blessing loszulassen?" Maggies Stimme zitterte.

„Wir müssen Karen davon *überzeugen,* Blessing loszulassen, damit Blessing frei ist, in ihre Welt zurückzukehren, und Karen frei ist, im Hier und Jetzt zu leben. Sie müssen das füreinander tun ... einander loslassen. Wenn nicht, dann ..."

Etta hielt inne. Maggie fand den Mut, die Frage zu stellen, vor der sie mehr Angst hatte als vor allen anderen. „Könnte es irgendwann zu spät sein?"

„Es gibt immer einen Punkt, von dem aus es keinen Weg zurück mehr gibt. Laß uns so stark und zuversichtlich sein, wie wir nur können. Es könnte der Fall sein, daß unser eigenes Leben und das von Karen davon abhängen. Ich wurde von einem faulig riechenden Wind von der Treppe geworfen, und ich weiß, das war Blessing. Dort drüben kann alles mögliche geschehen, Maggie. Blessing ist sehr mächtig. Bist du sicher, daß du es mit ihr aufnehmen willst? Das wird nicht einfach sein."

Ohne zu zögern antwortete Maggie: „Ja."

„Laß mich noch ein paar Minuten allein, dann werden wir gehen." Damit wandte sich Etta um, ging in die Küche und ließ Maggie zurück, die hinausstarrte in den Sturm.

*****

Irgend etwas stimmte nicht. Karen wußte es. Sie hatten sich eine Ewigkeit lang intensiv geliebt, so lange, wie Karen sich zurückerinnern konnte. Und doch saß jetzt ihre dunkle Geliebte versteinert am Feuer und wandte ihr den Rücken zu in unerträglichem, demonstrativem Schweigen. Sie zeigte ihr Mißvergnügen, indem sie ihr die kalte Schulter wies und ihre vollen Lippen aufeinanderpreßte. Karen hatte ihr den Sinn der Papiere auf dem Schreibtisch erklärt, hatte versucht, die Frau sehen zu lassen, was sie selbst wußte. Sie hatte um

Zeit gebeten, zwischen ihrem leidenschaftlichen Zusammensein und den Alltagsverrichtungen, um sich zum Arbeiten an ihren Schreibtisch zurückziehen zu können. Daraufhin war die Frau stumm geworden, hatte nur noch mit einem eiskalten Wortstrom Karens Wange gefroren. *Es wird nichts anderes geben außer uns.*

Karen hatte sich dennoch ihrem Schreibtisch zugewandt, sich an ihn geklammert, als ringe sie um Atem. Sie saß entschlossen da, den steif aufgerichteten Rücken dem Rücken der Frau am Feuer zugewandt. Alles, was sie zusammen taten, erschien ihr so verschwommen, als ob es überhaupt nicht wirklich geschehe, von ihren leidenschaftlichen Umarmungen abgesehen. Doch andere Dinge, wie Mahlzeiten zubereiten, Butter schlagen oder spazierengehen – all das erschien unwirklich, und sie nahm es nur wie durch einen Schleier hindurch wahr.

Sie nahm ihren Stift zur Hand und begann wütend zu schreiben. Vielleicht, wenn sie hart genug aufdrückte und schnell genug schrieb, würde allein diese Aktivität die Frau veranlassen, sich umzudrehen und mit ihr zu sprechen. Sie schrieb, bis sie nicht mehr schreiben konnte und den Kopf erschöpft auf den Schreibtisch sinken ließ, sich nur noch ausruhen wollte. Sie zitterte am ganzen Körper von der Anstrengung. Doch immer noch saß die Frau da und starrte ins Feuer, bewegte sich nicht, sprach kein Wort.

Karen schwirrte der Kopf, und eine Welle der Übelkeit stieg in ihr hoch. Es war noch etwas anderes nicht in Ordnung, etwas außerhalb des durchdringenden Schweigens. Sie hatte das Gefühl, zu fallen, und plötzlich hatte sie das panikartige Gefühl, sie könne niemals aufhören zu fallen, sie müsse in alle Ewigkeit in kleinen Kreisen immer weiter nach unten sinken.

Schwindelig von dem langsamen, spiralförmigen Fall und unfähig, ihn noch länger zu ertragen, spürte sie die eiskalte Berührung; die Frau legte ihr die Hand auf die Schulter. *Komm,* sagte sie, *laß uns nicht über Kleinigkeiten streiten. Warum machen wir vor dem Abendessen nicht einen langen Spaziergang?* Blessings Gesichtszüge waren wieder entspannt und liebevoll.

Karen nahm ihre Hand und ging mit ihr hinaus zum Strand. Es war sehr kalt und dunkel, und Karen stürzte oft hin, brach im tiefen Schnee zusammen. Jedesmal, wenn sie fiel, bückte sich die Frau, um ihr aufzuhelfen, führte sie immer weiter hinunter zum schneebedeckten Strand.

Als sie endlich zum Haus zurückkehrten, setzte sich Karen, eingewickelt in eine Decke, vor den Kamin, in dem sie ein neues Feuer entzündet hatte, doch es wurde ihr nicht warm. Sie schlotterte am ganzen Körper und hatte das Gefühl, ihre eingesunkene Hülle könne sich einfach in den Staub auflösen, der dicht im Raum hing.

Sie wandte sich der Frau zu und sah, daß sie ganz ruhig dasaß, weder zitternd noch frierend, jenes nach innen gewandte, zufriedene Lächeln auf dem Gesicht, das Karen schon so oft an ihr gesehen hatte.

Kapitel 10

Maggie schlüpfte hinter das Lenkrad des Jeeps. Beide Frauen zogen die Vorhänge an den Seitenfenstern zu und warteten in einer Dampfwolke darauf, daß der Motor warmlief. Maggie rieb ihre behandschuhten Hände aneinander und spähte hinüber in Ettas Gesicht, das von der grünlichen Instrumentenbeleuchtung angestrahlt wurde. „Darf ich dich fragen, was du in der Küche gemacht hast, bevor wir hinausgegangen sind?"

„Ich habe einige Gebete gesprochen, habe versucht, ein wenig Schutz auf uns zu sammeln."

„Hoffentlich funktioniert es", sagte Maggie grimmig.

„In der Vergangenheit war es so, doch meistens ging es da um Tiere. Ist seit vielen Jahren kein Wild mehr auf meinem Grundstück getötet worden. Habe mir vorgestellt, das könnte uns auch nicht schaden." Etta drehte sich um, sah Maggie an und reckte den Daumen hoch. „Dann also los."

Maggie steuerte den Jeep vorsichtig Ettas Auffahrt hinunter und in einer weiten Rechtskurve auf die Straße. Weniger als zweihundert Meter weiter kam eine scharfe Linkskurve: die Auffahrt, die zu Karen führte, auf das Haus zu, das durch die dichte Schneewand nicht zu erkennen war und auf eine Begegnung zu, die unvergleichlich zu werden versprach.

Sie umklammerte das Lenkrad und starrte nach draußen durch die gelben Schwaden, die vom Abblendlicht durchschnitten wurden; sie fuhr sehr langsam, aus Angst, sie könnte die Auffahrt verpassen, deren Begrenzungen durch den Schnee schemenhaft geworden waren. Sie erkannte die vertraute Baumreihe und fuhr vorsichtig in die Auffahrt ein, die weder vom Schnee geräumt noch befahren worden war.

Sie erinnerte sich, wie sie das erste Mal diese Auffahrt hinaufgefahren war. Eine lächelnde Karen war aus dem Haus herausgestürzt, ohne Schuhe an den Füßen, um sie zu begrüßen, und Maggie hatte das Herz bis zum Hals geschlagen. Als die schweren Reifen des Jeeps jetzt über den frischen Schnee knirschten und nur das rhythmische Quietschen der Scheibenwischer zu hören war, schlug Maggie das Herz wieder bis zum Hals.

Das Haus am Ende der langen Prozession nackter Ahornbäume schien leer und unbewohnt. Es sah aus, als sei es zugenagelt, als sei es nicht gewohnt, Leben in sich zu beherbergen. Nicht ungewöhnlich für ein dunkles Haus mitten im Winter – doch in diesem Haus war es nicht dunkel. Eine Pfütze gedämpften Lichts drang aus dem Wohnzimmer hinaus auf den Schnee, und ein dünner Rauchfaden kräuselte sich aus dem Kamin nach oben. Die Wellen des Meeres, die man durch die wirbelnden Schneeflocken gerade noch erkennen konnte, wälzten sich dick und schwer auf das gefrorene Ufer. Alles: das Haus, die schneebedeckten Felder, selbst das Meer wirkten steif, unbeweglich und unnachgiebig. Karens Wagen, immer noch neben der Küchentür geparkt, war fast vollständig unter den Schneemassen verschwunden, gefroren zu einer totenstillen Plastik. Es war ein Ort, der unpassierbar für Menschen schien, eine verrückte Karikatur dessen, was einmal gewesen war.

Zuerst dachte Maggie, die Räder hätten den Bodenkontakt verloren. Plötzlich schien der Jeep vom Boden wegzugleiten und seine Vorwärtsbewegung zu verlieren. Sie befanden sich mitten auf der Auffahrt, etwa hundert Meter vor dem Haus, als der Motor zu stottern begann und schließlich erstarb.

„Starte ihn noch einmal", forderte Etta sie auf, und Maggie drehte den Schlüssel herum. Ein schleifendes Mahlgeräusch war alles, was sie zu hören bekamen. Maggie drückte das Gaspedal ein paarmal herunter und versuchte es erneut. Nichts. Nicht einmal das Startergeräusch war zu hören, nur das Klicken des Anlassers. Der Wind peitschte mit ungewöhnlicher Stärke durch die Bäume und schüttelte den Jeep wütend von einer Seite auf die andere.

„Wir werden das letzte Stück zu Fuß gehen müssen", knurrte Etta zwischen zusammengebissenen Zähnen; ihre Kiefer mahlten so fest aufeinander, daß die Muskeln an ihrer Schläfe und ihrer Wange sich hart vorwölbten. „Hier, wickle dir das um Gesicht und Kopf." Etta reichte Maggie einen gestrickten Schal und wickelte sich einen zweiten selbst um den Kopf. Der Wind prügelte auf sie ein, als sie der Sicherheit des Wagens entstiegen; Etta strauchelte und suchte Halt auf dem schlüpfrigen Schnee.

Mit gebeugten Köpfen stemmten sie sich gegen die wütenden Windstöße an und kämpften sich zentimeterweise neben dem Jeep hervor nach vorn, bis sie sich vor dem Kühlergrill trafen. „Was nun?" schrie Maggie, um das Heulen des Sturmes zu übertönen.

„Zum Haus gehen. Vorsichtig, einen Fuß vor den anderen. Halte dich an mir fest!"

Dicht aneinandergepreßt, sich gegenseitig stützend, um nicht das Gleichgewicht zu verlieren, beugten sie sich gegen den Schneesturm. Die nackten Bäume schüttelten und drehten ihre Zweige in verrücktem Gegenpart zum stöhnenden Wind.

Je näher sie dem Haus kamen, desto mehr spürte Maggie seine Gegenwart wie eine böse Vorahnung. Es schien zu lauern, sie herauszufordern, näherzukommen. Etta spürte den Tod – seine durchdringende Aura drang aus dem schneebedeckten Gebilde vor ihr und begrüßte sie. Sie glaubte auch, ihn sogar riechen zu können, hier draußen in der verschneiten Luft.

Mit jedem Schritt schien der Wind an Gewalt zuzunehmen. Etta flog der Schal vom Kopf, und bald waren ihre grauen Haare von einer Schneeschicht bedeckt. Der Schnee klebte ihr an den Augenbrauen und bestäubte ihre Wangen. Maggie hatte den Schal mit ihrer freien Hand auf dem Kopf festhalten können – ein Luxus, der Etta nicht vergönnt war, die sich unverzagt, vorwärts getrieben durch ihren eisernen Willen, durch den Mahlstrom kämpfte. Maggie blickte zum Jeep zurück, dessen leuchtend roter Lack schon unter einer weißen Schicht verschwand. Jede der beiden Frauen hatte den gleichen inbrünstigen Gedanken: Kommen wir noch rechtzeitig? Lebt sie noch?

Schließlich erreichten sie die Treppe zur Küche. Maggie setzte ihren Stiefel auf die oberste Stufe, dann streckte sie die behandschuhte Hand aus, um Etta heraufzuhelfen. Etta zog sich zum Treppenabsatz hinauf und zuckte dabei leicht zusammen. Beide hielten sich aneinander fest, um sich gegen den peitschenden Sturm abzustützen, und Maggie klopfte laut gegen die provisorische Verkleidung des Fensters in der Eingangstür; währenddessen hielt Etta den Türpfosten umklammert, um sie beide fest dort oben zu verankern. Wie erwartet, reagierte niemand auf das Klopfen.

Maggie zögerte nicht, mit der Faust gegen das dünne Sperrholz zu schlagen. Sie hörte das quietschende Geräusch, wenn Nägel sich aus ihrer Verankerung reißen, und ein leichtes Splittern, als ein kleines Stück Sperrholz abbrach. „Karen“, schrie sie aus Leibeskräften, „Karen, kannst du mich hören?“

Schweigen. Ihre Kehle fühlte sich von ihrem Gebrüll ganz rauh an, und sie rümpfte die Nase über den Gestank, der ihr entgegendrang. Wieder knallte sie ihre Faust mit voller Wucht gegen das Holz, und dieses Mal gelang es ihr, eine kleine Ecke herauszubrechen.

Etta, die innerlich zutiefst bedauerte, das Brett so gut festgenagelt zu haben, zog ihre Hand um den Türpfosten herum und boxte gleichzeitig mit Maggie gegen die Tür. Plötzlich gab das Holz nach und fiel mit einem dumpfen Geräusch nach innen auf den Boden. Etta bückte sich, faßte durch die Öffnung und hob den Türriegel an. Hinter Maggie betrat sie den düsteren Raum.

Die Totenstille wurde durch das Geräusch von scharf eingezogenem Atem durchbrochen, als beide Frauen auf das Chaos starrten, das sich in Karens fröhlicher Küche breitgemacht hatte. Der Tisch war über und über mit schmutzigem Geschirr bedeckt, Essensreste waren überall auf der Anrichte und dem Fußboden verstreut. Neben dem Kühlschrank war eine Tüte Milch ausgelaufen und zu einer Pfütze gefroren. Der Gestank war überwältigend, eine Mischung aus Schweiß, Krankheit, ungewaschenen Körpern und dem Übelkeit erregenden Modergeruch – und über allem hing ein widerwärtig süßer Fliederduft.

Ein lautes Krachen war aus dem Wohnzimmer zu hören. Maggies Herz klopfte so laut, daß sie nicht sicher war, ob Etta etwas zu ihr gesagt hatte. Sie fühlte sich in dem schrecklichen Moment gefangen, wenn die Furcht vor dem, was um die Ecke auf einen wartet, und das Wissen darum, daß man sich Gewißheit verschaffen muß, in gleich unerträglicher Stärke wirken. Sie durchquerte die Küche zusammen mit Etta, rannte fast auf den Flur hinaus – und blieb auf der Schwelle zum Wohnzimmer wie angewurzelt stehen.

„O mein Gott", stöhnte sie. Etta murmelte etwas Unverständliches. Sie standen nebeneinander auf der Türschwelle und blickten in das Dämmerlicht des Zimmers, das nur von einem glimmenden Feuer im Kamin erleuchtet wurde.

Karen saß da, eingewickelt in eine Decke, den Blick ins Leere gerichtet. Maggie war sich nicht sicher, ob Karen sie überhaupt bemerkt hatte. Einmal hob Karen kurz den Kopf, dann ließ sie ihn wieder zurückfallen, als sei sein Gewicht mehr, als sie tragen konnte. Ihre Haut war fahl und wächsern, bis auf die ungesunde Röte eines hohen Fiebers. Hätte sie sich nicht bewegt, ihre Züge hätten wie die einer Leiche ausgesehen. In der Mitte des Raumes, ein Stück entfernt von den Tischen und Bücherregalen an den Wänden, lagen die Überreste einer schwarzen Amethystvase, von der Maggie wußte, daß Karen sie besonders liebte. Sie war in tausend Scherben zerbrochen, als ob sie von jemandem mit enormer Kraft und großer Wut zu Boden geschleudert worden wäre. Die zusammengebrochene Frau dort im Sessel war wohl weder zu einem solchen Kraftaufwand noch zu einem solch gewalttätigen Gefühlsausbruch in der Lage.

Wie auf ein Stichwort rannten Etta und Maggie durch den Raum auf sie zu.

Mitten auf ihrem Weg wurden sie von einzelnen knallenden Geräuschen gestoppt, die von überallher gleichzeitig zu kommen schienen. Die Papiere auf dem Schreibtisch flogen durch die Luft und flatterten zu Boden, als wäre eine Böe von draußen durch den Raum gefegt. Maggie und Etta wirbelten herum, als Bücher aus dem Regal hinter ihnen zu Boden geschleudert wurden. An den Fensterscheiben rüttelte ein heftiger Windstoß, der aus dem Innern des Hauses kam. Der stechende Schimmelgeruch war überall. Das Feuer, das dabei gewesen war zu verglühen, loderte auf und sandte dichte, ätzende Qualmwolken in den Raum.

Maggie umklammerte Ettas Hand und starrte auf das Bild der Zerstörung um sie herum.

Der Wutausbruch im Raum war nicht auf ein bestimmtes Ziel gerichtet. Immer mehr Bücher und Papiere, Bilder von den Wänden und eine kleine rosafarbene Muschel vom Kaminsims zerschellten auf dem Fußboden. Schließlich gab es nur noch weniges im Raum, das noch nicht durch die Luft geschleudert worden wäre.

Der Angriff verebbte. Vereinzelt standen noch ein paar Bücher im Regal, und eine *Mola* schwankte und hielt sich gerade noch schief an einem Nagel der Wand. Alles andere lag in einem Haufen zerbrochener und zerrissener Stücke auf dem Fußboden. Karens Schreibtisch war leergefegt.

„So", flüsterte Etta in die Stille, „du Gespenst, das einsam am Meer entlanggeistert, endlich begegnen wir uns."

Sie wappnete sich, achtete nicht länger auf die Schmerzen in ihren Rippen und ihrem Arm. Solch ein Zorn, dachte sie, solch ein unirdischer Zorn. Trotz der Gewalttätigkeiten um sie herum empfand Etta einen Augenblick lang Trauer. Trauer um die unglückliche Seele von Blessing McCartland. „Du tust mir leid", flüsterte sie.

Maggie hatte sich durch den Raum geschlichen. Mit weit aufgerissenen Augen und selbst zitternd legte sie ihre Arme um die schwache und zitternde Karen.

Etta blieb im Zentrum des Raumes stehen; mit jedem ihrer Sinne durchforschte sie die stickige Luft. „Sie ist hier", murmelte sie leise in Maggies Richtung, „sie ist bei uns."

Maggie nickte und drückte Karen fest an sich.

Beruhigt, daß Karen für den Augenblick in Sicherheit schien, stellte sich Etta mit beiden Beinen fest in der Mitte des Raumes auf. Dort, dachte sie. Dort drüben am Kamin steht sie.

Sie holte tief Luft und ließ sie langsam aus den Lungen entweichen, wiederholte diese Übung dreimal hintereinander. Dann wirbelte sie herum und wandte ihr Gesicht dem Kaminfeuer und den flackernden Schatten zu. Sie hob den gesunden Arm und deutete mit dem Finger auf das Feuer. Ihre Stimme donnerte durch den Raum. „Blessing McCartland."

Maggie blickte auf, aufgerüttelt durch Ettas laute Stimme und den Namen, den sie so klar und deutlich ausgesprochen hatte. Auch Karen, die in ihren Armen lag, fuhr hoch, aufgewühlt von der brausenden Stimme und von dem Namen, den diese Stimme laut ausrief.

„Blessing McCartland!" donnerte Etta mit einer Stimme wie aus Eisen. „Du hast nichts zu befürchten. Zeige dich."

Maggie stellte sich auf die Füße und starrte ungläubig, als ein Dunstschleier vor dem Kamin Gestalt anzunehmen begann. Er war kaum zu erkennen, noch nicht als eigenständiges Ding sichtbar, doch er schwebte auf und ab, eine wolkenähnliche Masse. Ein lautes Stöhnen durchdrang das Zimmer, es klang, als ob eine Lawine zu Tal stürzte. Die Wolkenfetzen begannen Gestalt anzunehmen, zunächst undeutlich, dann immer klarer zeichneten sich Umrisse ab. Wo noch wenige Augenblicke zuvor nichts als eine graue wirbelnde Masse gewesen war, erschien langsam eine große dunkle Gestalt, das Haar in dicken schwarzen Locken wirr um den Kopf. In ihren Augen brannte ein Feuer. Ihr Gesicht war zu einer weißen wütenden Maske gefroren.

Sie deutete mit ihrem Finger auf Etta und sprach. Ihre Worte durchdrangen den Raum in einem dampfenden Flüstern. *Hinaus!*

Karen fuhr bei dem Klang des Wortes auf und sah aus, als wolle sie auf die Gestalt zugehen. Sie blickte zuerst zu Maggie, dann zu Etta, als ob ihre Anwesenheit sie erstaune. „Was tut ihr hier", murmelte sie. Maggie umfaßte sie und drückte sie tief in den Sessel zurück.

Dies ist mein Haus, wütete Blessing. *Hinaus!*

„Nein! Dies ist nicht dein Haus." Ettas Stimme klang mindestens ebenso laut und bestimmt. „Du bist es, die gehen muß."

Nein! schrie Blessing. Ihre Stimme war so kalt wie der Wind, der um die Ecken des Hauses pfiff. *Geht und laßt uns allein!*

„Das werde ich nicht", donnerte Etta. „Dies", sie deutete auf die zusammengesunkene Gestalt im Sessel, „dies ist nicht die Person, die du meinst."

Blessing wandte ihr Gesicht Karen zu, durchbohrte sie mit einem Blick aus ihren kalten Augen. *Aimee?*

„Dies ist nicht Aimee!"

Blessing starrte herüber und grinste höhnisch, immer noch sprühte sie vor Haß. *Aimee,* sagte sie laut und warf Etta einen Blick glühender Verachtung zu.

„Blessing, die Aimee, die du liebst, ist tot. Sie ist nicht hier."

Blessing spuckte eine dünne Reihe blauer Kristalle auf den Boden zu Ettas Füßen.

„Blessing, hör mir zu. Liebe darf niemals zerstören. Karen ist nicht Aimee. Deine Liebe zerstört sie."

Schweiß tropfte Etta von der Stirn, doch ihre Stimme verlor nichts von ihrer Festigkeit. „Karen ist eine Sterbliche, und du mußt sie gehen lassen. Noch lebt sie, aber bald wird auch sie tot sein. Dann wirst du wieder allein zurückbleiben. Willst du das? Noch mehr Kummer? Noch mehr leeres Suchen?" Bei den letzten Worten erhob Etta die Stimme, so daß sie in dem stillen dunklen Haus widerhallte.

Karen blickte zu Etta, dann zu Blessing. Verwirrung machte sich auf ihrem Gesicht breit, durch das sich tiefe Linien und Schatten zogen. Die beiden lauten Stimmen hatten sie aufgeschreckt und verunsichert.

Worüber sprachen diese Frauen alle? Sie versuchte, etwas zu sagen. Dann spürte sie ein Bohren in ihrer Brust und lehnte sich hilfesuchend an Maggie. Die dunkle Frau sprach von Aimee – und rief sie mit diesem Namen an.

In Karens Ohren dröhnte es. Sie fühlte sich krank und schwindelig. Obwohl sie sich äußerste Mühe gab, sich einen Reim auf all die Dinge zu machen, die um sie herum geschahen, registrierte ihr Verstand nichts als Verwirrung. Warum nannte die dunkle Frau sie Aimee? Warum waren Maggie und Etta hier? Sie versuchte wieder, etwas zu sagen, jemanden um eine Erklärung zu bitten. Doch sie hing nur irgendwo, gewichtlos und schwebend.

In diesem Augenblick sah Blessing sie an und sagte durch fast geschlossene Lippen: *Aimee, du darfst mich nicht noch einmal verlassen. Erinnere dich daran, was das Medaillon sagt. Es wird immer recht behalten. Versprich es mir.*

Der Klang von Ettas Stimme durchschnitt die Luft. „Nein, Blessing, es wird nicht recht behalten. Es hat nicht einmal jetzt recht.

Dein Herz hat Aimee nicht gefunden. Sieh sie dir genau an, Blessing. Sie ist nicht die Frau, die du suchst."

Blessing zischte und deutete auf Karen.

Karen versuchte zu sprechen, doch Etta hinderte sie mit einer Handbewegung daran. „Antworte nicht, Karen." Ettas Worte klangen rauh und ärgerlich, doch sie wußte, sie mußte Karen dazu bringen zuzuhören. Sie war schließlich ein noch mit allen Sinnen begabtes Lebewesen, das nach wie vor fähig war, rational zu denken. „Sie ist tot, Karen. Sie ist ein Geist", sagte Etta und verließ sich wieder auf das reine Volumen ihrer Stimme, um Karens verwirrten Gesichtsausdruck zu durchdringen. „Sieh genau hin", befahl sie. „Sie hat kein Spiegelbild!"

Karen beugte sich vor, mit offenem Mund, doch kein Wort kam ihr über die Lippen. Mit weit aufgerissenen Augen schien sie am Rande des Bewußtseins entlangzuschwanken.

Sie konnte Blessings Spiegelbild im Spiegel über dem Kaminsims nicht entdecken. Entsetzt schreckte sie zurück in den Sessel.

„Hab keine Angst", sagte Maggie und zog sie in ihre Arme. „Konzentriere dich. Hör auf das, was Etta sagt. Sag ihr, sie soll gehen. Tu es, Karen."

Maggies sanfte und gleichmäßige Stimme klang im Raum, und Blessing warf ihr einen glühenden Blick zu. Der Mund in ihrem gespenstischen Gesicht kräuselte sich zu einem höhnischen Lächeln, und als ob sie Maggie zum ersten Male wahrnähme, wandte sich ihre kalte Wut ihr zu.

Blessings Worte brausten wie ein Strom aus ihrem Mund. *Nimm die Hände von ihr.*

Karen fühlte, wie Maggie sie dicht an sich zog und den Druck auf ihren Armen noch verstärkte. Es war alles so seltsam. In ihrem Kopf schwirrte es, und sie zwinkerte ein paarmal, als ob sie einen Schleier entfernen wollte, der sich ihr auf die Augen gelegt hatte. Maggie und Etta sahen hier so ganz anders aus, wie fremde Menschen, die sie vor langer Zeit einmal gekannt hatte, an einem anderen Ort. Doch an ihnen war etwas unbestreitbar Greifbares, Wirkliches. Sie nahmen den Raum, wo sie sich befanden, viel eindeutiger ein als die Frau, die vor dem Feuer schwebte und solch ein finsteres Gesicht machte. Tot? Tot? Hatte Etta tot gesagt? Karen schauderte vor dem Wort zurück und zog die kratzige Decke fester um sich.

Nimm die Hände von ihr, spie Blessing durch zusammengebissene Zähne. *Laß Aimee zu mir kommen.*

Maggie hielt Karen noch enger umschlungen. Sie versuchte, jedes Anzeichen von Furcht zu verbergen und sagte: „Karen, sieh sie an. Sie ist ein *Geist,* Karen. Sie existiert nicht wirklich."

Karen blickte Blessing an, und zum ersten Mal sah sie, wie bleich und grau sie aussah, verglichen mit der gesunden Gesichtsfarbe von Etta, die neben ihr stand. Karen fühlte, wie die Angst in ihr hochkroch und sah schnell von Blessing zu Etta. Alle schienen die Absicht zu haben, ihr irgend etwas begreiflich zu machen. Sie konnte aus ihren Stimmen die Angst heraushören, unter den festen Befehlen und Warnungen lag etwas Brüchiges. Wenn sie Angst hatten, dann sollte sie sich vielleicht ebenfalls fürchten. Vielleicht war hier irgend etwas nicht in Ordnung.

Je mehr die Trance, in die sie eingesponnen war, sich auflöste, desto mehr spürte sie fröstelnd die Erkenntnis in sich dämmern. Sie fühlte sich wie eine Schwimmerin, die sich vom Boden eines modrigen Sees abstößt, sich zur Oberfläche durchkämpft, um Luft zu holen. Die Empfindung war so wirklich, daß sie die Luft anhielt und gegen das Ersticken ankämpfte.

Irgend etwas stimmte nicht, stimmte auf ganz schreckliche Weise nicht. Sie konnte Etta neben der schwebenden Gestalt erkennen, doch Etta starrte sie durchdringend an, wollte sie irgend etwas sehen lassen.

Und sie sah es. Doch was sie sah, ließ sie in eiskaltem Entsetzen erstarren.

Dort, vor dem Kamin, verwandelte sich die Geliebte ihrer Träume in etwas anderes, sie wirkte hohl, eingesunken auf eine Weise, wie Karen sie noch nie gesehen hatte, und ihre blaugraue Haut sah kalt und tot aus. Und der Geruch – ein schrecklicher Gestank, ganz anders als der Fliederduft, den sie zuvor an ihr wahrgenommen hatte ...

Sie fühlte, wie die Panik glühende Nadeln in sie stach, und wußte, sie mußte weggehen, fort von dieser Gestalt ohne Spiegelbild und ohne Umrisse. Sie griff nach Maggies Hand, war überrascht, wie warm sie sich anfühlte, und betete, daß die Berührung ihr half, sich trotz ihrer eigenen Schwerelosigkeit zu erheben.

Blessing spie aus und stürzte sich auf den Sessel.

Etta stellte sich rasch dazwischen, doch Blessing glitt durch sie hindurch, als sei sie gar nicht da. Der Sessel wurde umgeworfen, schleuderte Karen und Maggie übereinander zu Blessings Füßen. Karen spürte die Kälte von Blessings Gegenwart, und ein Schrei entrang sich ihrer Kehle.

Aimee! schrie der dunkle Schatten schrill. Blessing stürzte sich auf Maggie, entschlossen, sie von Karens Seite loszureißen.

Karen sah die blaue Linie, die Blessings Hand auf Maggies Arm hinterließ, hatte auch gesehen, wie leicht diese Hand durch Etta hindurchgeglitten und zum Sessel gelangt war. Wieder schrie Karen auf und schlug die Hände vors Gesicht.

Etta wußte, daß dieser Moment allesentscheidend war, eilte in drei langen Schritten quer durch den Raum und stellte sich zwischen die beiden Frauen auf dem Fußboden und die Gestalt von Blessing McCartland, die vor ihnen aufragte. Alles, was sie jemals gewußt und geahnt hatte über diese Frau und die Unausweichlichkeit ihrer Begegnung, schoß ihr durch den Kopf. Sie wußte, sie mußte jetzt tief in ihr Wissen eintauchen. Wenn sie die Tiere des Waldes vor den Kugeln der Jäger schützen konnte, dann mußte dasselbe Wissen in der Lage sein, Karen und Maggie vor dem Geist zu schützen, der sich jetzt drohend über sie neigte.

Ich bin eine alte Frau, dachte sie, eine alte Frau, die immer zuviel wußte. Möge alles im Himmel und auf Erden mir jetzt helfen, das Richtige zu tun.

Eine Hand um das Medaillon in ihrer Manteltasche geschlossen, atmete Etta mehrmals tief ein und betete feierlich um die Kräfte, die sie kannte und von denen sie wußte, daß sie Lebewesen beschützen können. Sie stellte sich ein Netzwerk aus Lichtstrahlen zwischen dem Geist und den beiden Frauen auf dem Fußboden vor, und obwohl sie wußte, daß man dies nicht mit gewöhnlichen Augen würde sehen können, zwang sie jedes Quentchen Kraft in ihr, es sich vorzustellen.

Etta griff in die Tasche und zog das Medaillon heraus, hielt es zwischen Daumen und Zeigefinger und schwang es dicht vor Blessings Gesicht leicht hin und her. Sie öffnete den Verschluß, so daß das verblaßte Foto darin zu sehen war. „Halt, Blessing", sagte sie, „schau her. Dies ist Aimee. Dies ist die Frau, die du suchst."

Blessing hob den Blick und fixierte das langsam hin- und herpendelnde Medaillon. Der kalte Zorn wich für einen Moment einem zärtlichen Blick. *Mein!* zischte sie und griff nach dem Medaillon.

Etta zog es zurück. „Sieh genau hin, Blessing. Sieh Aimee an."

Blessing stand da wie angewurzelt, folgte dem Medaillon mit den Augen und griff wieder danach, als Etta es langsam vor ihren Augen hin und her bewegte. Wieder zog Etta es zurück.

„Aimee hat dir das vor langer Zeit gegeben. Ich bin sicher, sie möchte, daß du es wieder bekommst. Sieh dir das Bild an."

Als sich Blessing allmählich zu beruhigen schien, wie hypnotisiert von dem Bild im Medaillon, sagte Etta schließlich: „Hier, du kannst es haben", streckte ihr das Medaillon entgegen und gab es den Händen zurück, die es vor so langer Zeit schon einmal gehalten hatten.

Blessing streckte die Hand mit den langen, eiskalten Fingern aus, um das kostbare Schmuckstück entgegenzunehmen. Das Medaillon glitt durch den wogenden Schatten von Blessings Hand und fiel mit einem klirrenden Geräusch vor ihren Füßen zu Boden. Durch die Macht ihres Zornes und ihrer Besessenheit konnte sie Feuer in Gang setzen und Gegenstände durch den Raum fliegen lassen, doch der Geist konnte keine materielle Form festhalten. Blessing kniete sich auf den Boden, und Etta konnte ihr flüsterndes Gemurmel hören.

Karen begann, sich von Blessing fortzubewegen, fort von dem Lärm und dem Durcheinander. Sie kroch auf Händen und Knien durch die Scherben, die Blessings Wutanfall hinterlassen hatten, durch zerbrochenes Glas und Papierfetzen und griff zufällig nach Teilen ihrer Notizen. Ihre Hand glitt auf einem Stück Papier aus, und sie fiel hin, doch sie richtete sich wieder auf und kroch weiter, nutzte dazu die wenige Kraft, die ihr in Armen und Beinen noch verblieben war.

Tief in ihrem Innern flackerte etwas auf, schwach und ungleichmäßig, wie eine Kerzenflamme in der Zugluft. Jeden Augenblick konnte die Flamme kleiner werden und verlöschen und nur einen kleinen Rauchfaden zurücklassen, ein Echo von etwas, das früher einmal hell und schön gewesen war.

Alles außer dem Bild der flackernden Kerzenflamme verschwamm ihr vor den Augen; die Trennungslinien zwischen Fußboden und Sesseln, zwischen Maggie und dem Fenster hinter ihr. Selbst die Grenzlinien in ihrem Verstand schienen nichts mehr voneinander unterscheiden zu können. Was sein sollte, war nicht. Oder war es doch?

Maggie eilte zu Karen hin. Sie kniete sich vor sie, nahm ihr Gesicht sanft zwischen die Hände und sagte: „Schsch, es ist gut. Ich bin hier. Sieh mich an, Karen. Wach auf. Oh, bitte. Versuch es."

Langsam hob Karen die Augen und begegnete dem Blick aus Maggies sanften braunen Augen, die ihr Wärme und Sicherheit versprachen, sah die sanft geschwungene Linie ihrer Lippen und ließ sich gegen sie fallen.

Maggie saß wie ein Schutzwall zwischen Karen und der Gestalt am Kamin, ihr Körper ein Schutzschild zwischen ihrer Freundin und dem schrecklichen Nachhall eines Traumes, der sich in einen Alptraum verwandelt hatte.

Karen erreichte die Oberfläche, durchbrach die erstickende Dunkelheit. Sie preßte sich noch enger an Maggies Körper, klammerte sich an das machtvolle Rauschen ihres Pulsschlags, der Leben versprach. Sie zwinkerte, um die Tränen zurückzuhalten, nahm Maggies Hände zwischen die ihren und streichelte die warme Hautoberfläche.

Ein Bild, kurz, aber lebhaft, schoß ihr durch den Kopf. Sie rannte über eine Bergwiese auf Maggie zu. Alles an diesem Bild, die Baumwipfel, das wiegende Gras, selbst die Bänder, die sie sich ins Haar geflochten hatte und die ihr jetzt um den Kopf flogen, alles glühte in den gelbroten Farben des Sonnenaufgangs. Quer durch die Wiese schlängelte sich ein Bach und sprudelte an goldenem Löwenzahn vorbei. Ohne am Ufer des Baches innezuhalten, sprang Karen, stieß sich hoch in die Luft, überquerte das strudelnde Wasser in einem einzigen Freudensprung. Maggies ausgebreitete Arme schlossen sich um sie.

Das Bild verblaßte rasch, doch diese Empfindung der Farben blieb, wärmte und stärkte sie.

Karen ließ den Kopf auf Maggies Schulter fallen. Sie erwachte allmählich – und es gab nichts, wovor sie sich fürchten mußte. „Halt mich fest", sagte sie, „halt mich ganz fest, Maggie."

Blessing, die immer noch versuchte, das Medaillon zu ergreifen, blickte bei Karens Worten auf. In ihren Augen glühte noch das kalte Feuer, doch ein Schleier umflorte ihren Blick – die dumpfe Angst, betrogen zu sein. *Aimee,* zischte sie. *Erinnere dich* –

Etta trat an Karens Seite und kniete sich neben sie. „Nun kannst du wählen, Karen", sagte sie mit fester Stimme und packte Karen bei den Schultern. Sie blickte Karen tief in die Augen und sah ein kleines Lächeln des Wiedererkennens sich auf Karens Lippen ausbreiten, als Maggie sagte: „Sie hat sich bereits entschieden, Etta."

Mühsam die Tränen zurückhaltend, nickte Karen.

Ein zischendes Klagen erklang vom Kamin her, Blessing streckte ihre Hand nach Karen aus. Karen starrte sie an, diesen Schatten, mit dem sie sich solch leidenschaftliches Glück erträumt hatte, in Welten hineingetanzt war, die nie existierten. Nichts von all dem war Wirklichkeit gewesen – sie war dabei gewesen, ihr Leben für eine Leidenschaft einzutauschen, die nicht wirklicher war als ein nie gedachter Gedanke.

„Nein", krächzte sie. Sie befeuchtete sich die Lippen und formte das Wort noch einmal, wiederholte es laut. „Nein!"

Blessing schrie auf und begann sich zu drehen, langsam zuerst, dann immer schneller, wie eine Säule aus dunklem Rauch, bis sie schließlich langsamer wurde und innehielt, wie ein Grammophon, das mitten im Lied angehalten wird.

Etta, die wußte, daß der Bannkreis noch nicht durchbrochen war, die Heilung noch unvollkommen, schritt langsam auf den zusammengekrümmten Schatten von Blessing McCartland zu. „Komm", sagte sie und streckte die Hand aus. „Komm mit mir, Blessing."

Zögernd schwebte Blessing auf Etta zu, dann folgte sie ihr durch die Tür.

Blessing als wogenden Schatten immer neben sich, zog Etta ihren Mantel dicht um sich, bevor sie sich hinaus in die stürmische Nacht aufmachte. Auf dem Treppenabsatz hob sie die Hand über die Augen und blickte forschend die lange Auffahrt mit den Ahornbäumen entlang. Sie bedeutete Blessing, ihr zu folgen, und schritt hinaus in den Schnee.

„Sieh dir die Straße vor uns gut an", übertönte sie das Heulen des Sturmes.

Ettas Füße sanken tief in den Schnee ein, doch sie spürte die Kälte nicht, so stark konzentrierte sie sich auf das Bild vor ihren Augen. Was sich der Verstand vorstellen kann, kennt die Seele schon als Wahrheit, und die Natur kann es Wirklichkeit werden lassen. Etta zwang all ihre Kraft in das Bild in ihrem Kopf und starrte auf die Reihe der Ahornbäume.

Jedes Ereignis, das wußte sie, hinterließ Schatten, Abdrücke im Schlick der Zeit, und jedes Bruchstück eines Geschehens besaß ein endloses Echo, das bis in die gegenwärtige Wirklichkeit hineinhallte. Finde das Bruchstück, betete sie, findc es und laß es auf dieser Zeitebene noch einmal Gestalt annehmen.

Zunächst war sie nicht sicher, ob sie es tatsächlich gesehen hatte, die Nacht und der Schneesturm versperrten ihr die Sicht. Sie versuchte es noch einmal, konzentrierte ihre gesamte Aufmerksamkeit auf das Ende der Auffahrt. Etta beschleunigte ihre Schritte und wies Blessing mit einer Handbewegung an, ihr zu folgen.

Sie blickte wieder hin, und in diesem Augenblick war sie ganz sicher. Wo nur ein Lidschlag zuvor eine Lücke in der Baumreihe gewesen war, gab es jetzt keine mehr. Ettas Herz klopfte laut in ihrer Brust.

Langsam, leicht schimmernd und weiß glühend, näherte sich ein Zweispänner. Oben auf dem Kutschbock saß eine einsame Gestalt.

In jener Welt stehend, einer zeitlosen Welt, empfand Etta Frieden und Ekstase zugleich. Tausend Glocken tönten ihr in den Ohren. Obwohl der Wind schrie, schien jedes Teilchen der Luft aufgehört zu haben, seinen ewigen Bewegungen nachzugehen.

Sich selbst mit den Armen umschlungen haltend, um auf der Erde zu bleiben, beobachtete Etta, wie die Kutsche näherkam. Die Nacht wurde von einem blaßgoldenen Lichtkreis verdrängt. Darin lächelte eine blonde junge Frau, und auf ihrem Gesicht lag der Ausdruck strahlender Vorfreude.

„Jetzt", sagte Etta, „jetzt, Blessing. Geh zu ihr."

Blessing glitt auf das Licht zu, ihre dunkle Aura schmolz dahin.

Eine Träne rollte Etta über die Wange, als sie an die Worte dachte, die vor so langer Zeit ein Versprechen enthalten hatten: *Mein Herz wird dich immer finden.* Worte, die durch die Leidenschaft des Glaubens wahr geworden waren. „Es gibt keinen Unterschied zwischen Sterblichkeit und Unsterblichkeit", flüsterte sie sanft, „denn wir sind beides zugleich."

Aimee streckte ihre Hand hinunter, als Blessing ins Licht trat, ihr Mund erfüllt von dem Namen – *Blessing.*

Dann war nur mehr das tiefe stöhnende Geräusch von splitterndem Holz zu hören. Eine helle Explosion spaltete die Nacht.

Etta schloß die Augen vor dem grellen Blitz und fiel zurück in den Schnee, umhergeworfen durch den Zusammenprall von Zeit und Ewigkeit.

Als sie sich wieder erhob und die Auffahrt hinunterblickte, war sie verlassen. Der Schnee lag da wie eine glatte unberührte Decke, und wieder gab es eine Lücke in der Reihe der Ahornbäume. Etta wandte sich zum Haus zurück. Es lag still und ruhig da, sein ernstes Gesicht der See zugewandt.

Katherine V. Forrest

Seltsamer Wein

Sieben Frauen zwischen dreißig und vierzig treffen sich zu Skiferien auf einer Berghütte. Am abendlichen Kaminfeuer reden und streiten sie und enthüllen einander ihre Liebes- und Eheerfahrungen. Zwischen zwei der Frauen bahnt sich zaghaft eine Liebesgeschichte an, die sich bald zu dramatischer und leidenschaftlicher Intensität steigert.

176 Seiten. DM 18,00 ISBN 3-89137-002-4

Elsa von Bonin

Das Leben der Renée von Catte

Dieser 1911 zuerst erschienene Roman ist die literarisch anspruchsvolle Darstellung der Kindheit und Jugend einer preußischen Adligen um 1900. Enfühlsam und psychologisch genau schildert die Autorin Renées „anderen Blick“ auf die gesellschaftliche Welt, in der sie lebt, ihre Versuche zur Überwindung des konventionellen Frauenstatus und ihre Liebe zur sterbenden Dichterin Yvonne.

286 Seiten. DM 18,00 ISBN 3-89137-003-2

Jane Rule

Outlander

Kurzgeschichten und Essays

OUTLANDER ist die seltene und spannende Kombination von kunstvoller literarischer Spiegelung und souveräner intellektueller Durchdringung eines noch immer umstrittenen Themas: Zwölf virtuose Kurzgeschichten über die verschiedensten – oft auch hinreißend komischen – Facetten lesbischen Lebens und zwölf scharfsinnige Essays über Themen wie „Sexualität in der Literatur“, „Homosexualitätsphobie und romantische Liebe“ oder „Geschlechterkrieg“.

Ca. 220 Seiten. DM 19,00 ISBN 3-89137-004-0

DAPHNE VERLAG
Vertrieb für den Buchhandel:

Frauenliteraturvertrieb
Erich-Ollenhauer-Straße 231
6200 Wiesbaden
Telefon (0 61 21) 41 07 80